董无渊 著

重庆出版社

一纸千金 下

目录

- 第三十章　田里抓鸡　如虎添翼　001
- 第三十一章　乙之蜜糖　跌入泥泞　013
- 第三十二章　县外来客　机智斗法　045
- 第三十三章　无比相信　大赌伤身　061
- 第三十四章　熟人熟地　遭遇劫难　087
- 第三十五章　德昌升号　窝藏祸心　109
- 第三十六章　嗡嗡得利　仗义执言　134
- 第三十七章　绽开笑颜　张榜招工　154

第三十八章 不屈不挠 堪比考编 165

第三十九章 成败英雄 所向披靡 171

第四十章 接下战帖 万万物也 185

第四十一章 名正言顺 十拿九稳 200

第四十二章 罚罪召令 缂丝白泽 208

第三十章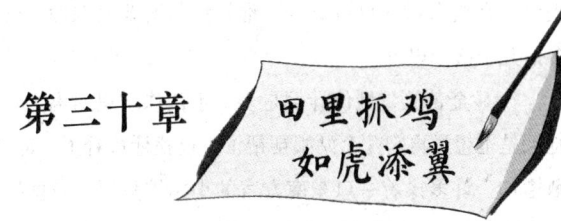

九月,梧桐枝丫摇曳,零星的光晕透过枝丫落在小院的空地与圆桌上,圆桌旁放着木制冰鉴,冰鉴上摆着两只剥开的石榴。紫红色的石榴籽像几粒晶莹剔透的玛瑙,躺在深绛色的木制格子盘上。乔宝珠跷着脚,靠在摇摇椅背上,跟个榨汁机似的,塞进嘴里的是紫红石榴,吐出来就成了白生生的石榴核,她手里拿了本《泾县十八吃》,看得津津有味。

"花菇田鸡:田鸡腿肉如蒜瓣,薄芡勾底,老抽上色。此菜花菇滑嫩爽口,田鸡肉脆爽韧性,以宣城百味堂为佳,色评甲等、香评乙等、味评甲等,综述为上佳之推。"乔宝珠口水快要流出来了,小胖妹侧个脑袋,对正在给邻桌上茶的贺显金嚷嚷,"我想吃花菇田鸡了!"

"你看我长得像只田鸡不?"贺显金眼神都没抬,利索地将云鼎红茶放在泥炉上,再在铁丝网盘上放了几颗花生与两个橘子,笑着对未挽发髻的客人道,"您慢用。"

她见这桌的姑娘身侧放了两本手账,一本随意打开,一本书封都还没拆,又笑道:"您若要送人,我让人给您送一只牛皮纸袋来,再用火漆帮您把封口封上——人家拿到手亲自拆开时,最高兴了!"

"看吧"做起来后,有些距离泾县较远的姑娘非常想购入手账本子。故而,便常常有人左右请托,请了在泾县相熟的手帕交或亲戚,特意来店里买本子。嗯,这算不算大魏朝初代的代购?

对于这种状况,贺显金把仪式感做到位了。不仅拿印刷有陈记图案的牛皮纸袋装好封存,甚至还专门倒上火漆,请代购姐妹亲自敲章,主打的就是一个体贴入微。

姑娘抿嘴笑着,声音温婉:"谢谢贺掌柜。"

真甜,比石榴还甜。贺显金浑身的疲乏消失殆尽,压低声音,像藏了一串气泡在喉咙里,笑眯眯而油腻地说:"为佳人殚精竭虑,实乃吾幸。"

咋说来着?对付油腻男,得学习他、成为他、超越他。

"我想吃花菇田鸡!"身后的胖佳人快要四脚朝天,像只没吃到笋的矮脚国宝。

贺显金转身:"好好好!我让锁儿告诉张妈,你今晚上回老宅吃饭去!花菇田鸡、发糕、冬瓜火腿锅,再给你切个才下地的西瓜咋样?"

乔宝珠哼哼唧唧点了头,在木制摇摇椅上翻了个身,随着"嘎吱嘎吱"的响声,继续认真研读萧敷艾荣大大的佳作。

贺显金朝这桌的温婉姑娘抱歉一笑："家里妹子，您见谅。"

温婉姑娘丝毫不在意地摇摇头，看向一路小跑的锁儿、临嫁前来帮忙结果忙得满头大汗的陈左娘，再看这位白净挺拔、面容秀雅得像株玉兰树的贺掌柜："您也太累，原以为做掌柜只是在柜台后面扒拉算盘，谁知您是既要卖东西、又要打算盘、还要招待客人。若不然，多请几个伙计也可。"

贺显金苦笑，她伙计倒是多，水西作坊里肌肉男一串一串的，奈何没办法过来帮忙啊。她倒是也想过再聘几个姑娘帮帮忙，也找牙行看了。近日，东南沿海向南北直隶逃窜的流民渐渐增加，许多操着一口东南方言的小姑娘只要二三两银子就能买到。贺显金倒是想过买三四个，待长大了便做主转户籍、张罗嫁人，可现买现上手太难，且这些女子多半都是渔民出身，听不懂南直隶官话，干活行，干招待、服务却不行。

陈敷倒是拨人来帮忙，张妈来了两天，直嚷"你光是茶汤就有九种，手账本子有十二种，我这打麻将都看不了两个庄的人，我咋记得住！"家政达人宁肯回老宅打半个月年糕，也不愿意来"看吧"丢人现眼。其他丫头、婆子试工一天后，也表示压力大，连银钱的面子都不给，三爷的面子又算得了啥，陈敷只好作罢。

最终的结果就是，店子里常年只有她、锁儿和左娘三人斗地主，她既要对接货，还要兼顾账目，还要做大堂经理，忙得跟个陀螺似的，连乔山长新布置的作业都没写。幸好乔山长去了应天府还没回来，否则她怕是会被喷得如菜鸡啄米。

"错误估计店子的客流了，"贺显金将苦笑尽数收敛，"等过几日，我再想想办法，总要将大家伙服务好呀。"

温婉姑娘笑起来，指了指门口空着的白墙："您可以张榜招人啊，写清要求与薪酬，不比您亲自连轴转好？"

贺显金一愣。可以欸，就是店门口招工嘛！若是有意做工，自己不就来了吗？

"您这法子真好！"贺显金笑着道谢，转身送了一碟白玉糕，"您昨儿个好似也来过？"

温婉姑娘抿唇笑："是，您这儿茶好、纸好，前日我也在。"

贺显金笑起来："我就记得您这两日惯坐在内院井边喝茶的。您若明日还来，我提前给您把这个位子留着。"转头嘱咐锁儿，"把井边的瑞雪桌给……"

贺显金卡壳，略微迟疑。温婉姑娘笑道："熊，我姓熊，能火熊。"

贺显金从善如流："把这个位子，给熊姑娘留着。"

贺显金又朝熊姑娘颔首致笑，待走了两步方回头，只见这位熊姑娘正目光温和地注视着忙得脚下飞尘的陈左娘。

乔宝珠说要去老宅吃饭，张妈脚趾都抓紧了，一个时辰舞出八菜一汤，吃得乔宝珠肚儿圆滚滚。贺显金送乔宝珠出门，正好遇到迎面而来两道被光拉得老长的人影。

"哥哥！"

"二郎。"

乔宝珠与贺显金同时开口。乔徽走得不急不缓，陈笺方脚下却快走两步："乔妹过来吃饭？"问的是乔宝珠，人却离贺显金更近。乔徽不着痕迹地看了眼挚友。

乔宝珠笑答："吃了花菇田鸡和发糕！"

陈笺方笑得温润如玉，"噢"了一声，便道："三叔的第九吃与第十吃——他老人家知道你看他的书，可高兴吗？"

高兴，咋不高兴。一顿饭，这俩快混成忘年之交了。

陈敷说："田鸡腿吧，还是得田里现抓的，吃起来嫩。"

乔宝珠捧："那咱们明日就去田里抓。"

陈敷再道："哪块田？"

乔宝珠答："我看城郊种稻子的那几块田都不错。"

一老一少一合计，拍脑门定了抓田鸡之旅。九月的天毒辣辣的，贺显金不敢想象，一个恋爱脑带着一只锦鲤花花去抓青蛙的画面。一老一少围绕着癞疙宝展开了激烈讨论，超越美味的麻婆豆腐、辣豆豉卷饼、蛋花小葱糕，成为贺显金这顿饭最后的记忆。

哪来这么多癞疙宝？她今晚做梦，梦里怕都是癞疙宝！贺显金疲惫又麻木。陈笺方瞥见贺显金的神色，偏眸抿唇笑，落在贺显金身上隐蔽的眼神，像一片柔软丝滑的绸缎。

乔徽眸光一转，笑着招呼胖妹过来，又问贺显金："《为政》的卷子写了没？"截断了陈笺方丝绸般的目光。

说起作业，贺显金可不困了。

"没有！"贺显金迅速哀号一声，"看不懂，真的看不懂！山长几时回来啊？"

山长回来之时，便是死线之日。与其说是死线，不如说是死期。她不由好奇，进修后的导儿会用什么猎奇的语言，攻击她脆弱的灵魂呢？真是期待呢！贺显金仰天长啸。

"没说。"乔徽手一摊，"说是七八月回来，如今都九月了，一点信儿也没有，我倒是把卷子做了，明天让宝珠给你带过来看看？"

"别别别，恐怕看了你的卷子，满脑子都是你的看法了。"贺显金连连摆手，悲壮道，"我写得再烂，也是自己的垃圾。"

乔徽"哼哼"地笑出猪叫。陈笺方嘴角的笑却渐渐被抹平，他轻轻别过头去。不知为何，他一直觉得贺显金与宝元很像。这很奇怪，两个天差地别的人，一个出身良好、一帆风顺，一个地位尴尬、满身坎坷，但是，两个人带给人的观感却极为相似，皆有悲天悯人的慈悲心、旺盛蓬勃的上进心，还有藏在骨子里的傲气。

是的，每个人都以为一说一个笑的贺显金，甚为可亲。他却时常察觉，贺显金的傲气深藏在那张笑脸之下。这个姑娘不笑时，眉目很浅，且微微上挑，看上去很凛冽。恰好，乔徽的倨傲也是声名远扬、无人不知。

陈笺方在心里苦笑一声，他好像确实容易被这类人吸引。他擅长站在旁观者的立场，看这样的人畅意风发，便好像自己也享受了这样的人生。自己就像华服下的跳蚤、堂屋下的蛰虫，偷偷躲在夹缝中大口呼吸着,而他和她散发出名为自由的味道。陈笺方心尖闪过一丝轻微的刺痛,让他轻轻别过眼去。

贺显金依那位熊姑娘的主意,在门口张贴了一张"纳贤帖",这几日,便有四五个女子来应聘,贺显金便搬了套桌凳坐在内间,趁响午人少,正好一起面了。其中有两个还不错,一个是家中男人在郊外管庄子的小嫂子,动作麻溜、说话利落,甚至还会写几笔字。

贺显金对她寄予厚望,问了几个常规问题,便拿软毫笔在她名字旁打了个钩,又问:"家中人可准允你出来做工?我们店早上开门、晚上才关,薪酬虽开得高,但做工时间长,难免顾不了家里。"

小嫂子一愣,问了句:"早上多早?晚上多晚?"

"巳时开,酉时关。"

小嫂子略有犹豫:"那不成,我晚上要回去给男人做饭的。早上早起没问题,我可以寅时末就起床给男人炖汤,给孩子蒸包子,但晚上若回去晚了,我男人、三个孩子和公婆就没饭吃了。"

五点起床给男人炖汤?你回去晚了,公婆、男人和孩子就都没饭吃?那你没嫁的时候,这家人就不吃饭啊?贺显金有点麻了。

小嫂子却还没说完,拿眼觑了觑内堂里端庄优雅地喝着茶的姑娘奶奶们,压低声音:"这正响午,这群娘们不回家伺候男人和公婆,却在这里喝茶躲懒,管她家里有钱没钱,回去总得挨揍!"

贺显金不懂,但大为震惊。小嫂子说到兴头,声音压得更低:"我刚看了,这群娘们喝茶都得分六步,你说这里也没男人在,她们演给谁看?"

贺显金默默低下头,在小嫂子名字旁边打了个叉。有句话怎么说来着?别人能骑到你背上来,是因为你自己先把腰弯下来了。你心疼男人倒也不是过错,只要放下助人情结,世界充满尊重祝福。但不应该随意对自己并不了解的人和事妄下结论,致以最坏猜测,这就不好了。

直到快要打烊,店里才迎来了今日最后两位求职者,其中一位是个熟人。

"杜家婶子!"贺显金站在柜台后,看门廊处有个人影探头探脑,待听到贺显金准确无误的召唤,人影才面带赧然地走出来,站到光下。还有个缩着脑袋的年轻妇人低头,亦步亦趋地跟在杜家婶子身后。

杜君宁他娘!先前,她带着崽儿来陈记道谢,贺显金对她的印象和观感很好。贺显金很惊喜,赶忙绕到柜台前给她倒了杯茶,顺手给她旁边那个年轻妇人也倒了茶。

那年轻妇人面容白皙,身量纤弱,看上去虽略显疲乏,却也牙齿整洁、皮肤光洁、头发乌黑,不像是穷苦人家出身。

贺显金打量片刻后收回目光,笑道:"杜家婶子,你怎么来了?"

杜婶子一笑,露出六颗牙:"小崽儿说您新店子在招人,我在哪儿不是干?印染作坊费衣裳,每次回家我的衣裳和小崽儿的衣裳一起洗,就把他的学服也染得个赤橙黄绿的,都换了两三套学服了！在您这儿更好，听他们说您这儿有书。"

贺显金千满意万满意，又怕杜婶子也要晚上回去给崽儿做饭，便将难点说在前面："晚上酉时才关店，是晚了些，但咱们薪酬可不低，您才进来袖子上没杠杠，一个月一两半钱银子，等您做满半年，袖子上缝了一道杠时，薪酬就有二两银子了。"这可不是画饼，这是正常的岗前谈涨薪。

杜婶子咂舌，这可比印染作坊高出一倍不止！

杜婶子心头大动，连连点头，只说："工时晚些可不怕，出来养家糊口可不能稀罕劳力。"

贺显金问："你不回去给杜君宁做饭？"

杜婶子一脸疑惑："老娘出来赚钱已是不易，他下了学不用伺候老娘就很轻松了！我若还有力气，就砍柴烧火随便做个一二样，我若累极，地里有啥，他就吃啥罢！"

昨天那崽儿，吃的是旱葱配盐水白菜。地里只剩了点旱葱，缸子里倒是有很多盐水白菜，干净又卫生，除了难吃点，也没别的坏处。小崽子吃饭要这么好吃做啥？吃不坏不就行了？

贺显金用一脸不可思议的表情看杜家婶子，在她名字后打了个钩，目光转向与她一起来的年轻妇人："您呢？您对工时可有要求？"

年轻妇人站在实木柜台前，略有些疑惑地蹙了蹙眉，跟着反应过来，连忙摇头："没有要求没有要求！我家中只有一个不到两岁的幼子，父母帮忙照看，我、我能上很久的工！"

贺显金一顿，她是寡妇吗？再看这女子穿着一身鹅黄色单裙，淡红单衣，为夫守孝要三年，幼子却不到两岁，着实不像是在守孝的样子。

"您夫君呢？"贺显金问。

那年轻妇人看着面目全非的店铺大堂，眼中噙泪，语气却很是决绝："跑了！不知哪儿去了！就当他死了吧！"

贺显金一听这年轻妇人的形容，心里便有了个谱。这怕不是宋白喜那瘪三的老婆？对上受害者家属，贺显金心里腾地升上来一股心虚，当初收购宋记，钱虽给得多，但也确实是算计了宋家几把的。这商海沉浮，搞的是当家人的心态，更是家属的人生。大部分生意人起起落落，小部分生意人只有起，更多生意人只有落，毕竟不是谁都能当风口上的猪。生意场上的成败，直接影响家属的生存环境。

就像恋爱脑陈敷，要不是她贺显金卷天卷地、负重前行，恋爱脑的《泾县十八吃》又怎么上得了架？也像宋白喜的老婆。贺显金眨了眨眼睛，再仔细观察眼前的年轻妇人，不过双十年华，相貌姣好，肤容白皙，但两鬓边隐约可见银丝斑驳。

"夫人您贵姓？"

"免贵，姓钟。"年轻妇人抽了抽鼻子，又道，"请您唤我一声大娘，我已在官府衙门处留了'去夫帖'，若他回来便叫他去签定，若他两年都不见踪迹，便当他死了，我也恢复自由身了。"

这么好的政策！两年不见，就自动离婚？

"大娘。"贺显金从善如流地接了话头，坦然询问，"可否知您前夫之姓？"

"前夫"一词甚得年轻妇人欢心。钟大娘抹了把额头："前夫姓宋,原是这家铺子的东家……"眼眶红红的,却倔强地咬住后槽牙,"生意做毁了,库房里的纸卖不出去,他便拿了卖店子的钱,将家里值钱的东西拿到当铺当了,将田地、屋契,甚至家丁丫鬟的身契都转手卖了,待他将自己的衣物收拾妥帖后,便趁夜不知跑哪儿去了。"

这狗东西!贺显金瞠目结舌。她知道宋白喜不要脸,却不知宋白喜是不要脸他妈给不要脸开门——不要脸到家了。就算放在渣男界,也是炸裂的存在啊!

"那家、家中……"贺显金略有迟疑。

钟大娘抹了把眼睛,扯了个笑:"家中就像被山贼洗劫一空,连茅房里那卷竹棉纸都没放过。我为数不多的嫁妆也早被他偷拿去填补铺子上的亏空,所剩无几,家又被卖了,我只好带着孩子回娘家。"

锁儿适时给钟大娘上了一盏茶水,顺势拖了个小凳子坐到旁边。钟大娘端起茶盏喝口水,贺显金却看到女人手背皲裂,和脸上的皮肤完全不同。

贺显金张了张嘴。钟大娘顺着贺显金的目光看过去,神色释然地解释道:"我娘家不行。若我娘家很行,也不至于嫁给死了双亲又没什么用的宋白喜。我回娘家后多了两口人,我爹生我生得晚,如今已五十五,实在操劳不得。家里做果子生意,近年也不太好,弟弟又要读书,我总不能吃干饭,便把孩子交给我娘,我在外头寻了个印染作坊洗布料的活计。"

杜婶子点头如捣蒜,证明其所言非虚。贺显金张着嘴,正欲说什么,却被钟大娘摆摆手,挡了回去:"我晓得的,和您无关,您够意思了,这个店加上库房里的纸可不值一千两。"钟大娘看了眼斗柜里封皮精美的手账本子,"噢,在宋白喜那狗娘养的手里值不得一千两银子,在您手上一千两、两千两,不过是寻常。"

贺显金有着大部分暴发户都有的特质——非常爱听马屁。钟大娘一席话,说得她通体舒畅。钟大娘又道:"没有您也有别人,他志不在此,搞不好这店的。"

钟大娘又是一记哂笑:"他这人,志向太高了,日日做梦要入阁拜相,要光宗耀祖,明明连个秀才都考不上,却暗恨怀才不遇,一心要去闯荡京师找伯乐。他说,照他的才和貌,一去京师就该有三品大员慧眼识珠,将嫡长女下嫁给他,再拿银子给他,将他送去国子监读书,一年考秀才、三年考举人、五年登顶做状元。"

贺显金目瞪口呆。这辈子的惊,都受完了。才与貌、嫡长女、国子监、做状元……再传奇的人生,肯定都有人在过,譬如乔宝元,譬如希望之星。但,贺显金坚信一点,就算老天爷得了白内障、青光眼,成了小聋瞎,这狗屁运也不可能砸到宋白喜头上!

"那、那他现在呢?"

钟大娘冷冷一笑:"前两日,一个素日与他走得近的老童生来找我,说收到了宋白喜的来信,找他出借二两银子付客栈的房钱和酒楼的饭钱,并承诺以后高中状元必当百倍偿还。"

二两银子都需要借,就意味着身上没钱了。一千两银子的出让金,甚至还有变卖家产和屋契得来的钱,在短短不到一个季度的时间,就被宋白喜挥霍一空。就是拿银票烧纸,也见不得烧这么快啊!

"他做什么了？"贺显金发问。

钟大娘嘲讽的笑一直挂在脸上："东边买了个马车，西边买了只不知哪个朝代的陶俑，南边买了好几匹瘦马，北边财露了白，被人做仙人跳，把剩下的钱都抹了。"

这钱真是冤枉哦！还不如当纸钱给烧了，烧出来的火，还能烤烧烤。被仙人跳圈走的钱，只能肥了犯罪分子的腰包。

贺显金对于宋白喜的遭遇感到欣慰，再看钟大娘，只觉这个年岁不大的小妇人倒是拿得起放得下，说话行事也清楚明了，便敞开了问："你如今来店子应聘做工，可会尴尬？"以前是少奶奶，现在是打工仔，这落差也不小。

钟大娘坦然地摇头："有啥好尴尬的？少奶奶是宋家少奶奶，自力更生做活计，别人才会叫我一声钟大姐，我才是我咧！我只怕贺掌柜你不要我，我又要去洗布匹。我这人别的本事没有，不怕吃苦算一条优点。"

"既是能吃苦，怎么又害怕洗布匹？"贺显金提出疑问。

钟大娘抿唇道："我纵是将布匹洗得再好，我能得到什么？我如今能得到八钱银子的月例，五年后呢？十年后呢？我仍然只有八钱银子。我不怕吃苦，但我怕吃没有意义的苦。"

钟大娘咬住唇，摇摇头，再抬起头："我打听过了，陈记从试用到一根杠，再到三根杠，有一套完整的晋升制度。泾县作坊负责做纸的李师傅和店里负责店务的董管事都是三根杠，我好好干，总比一辈子陷在八钱银子里强。"

杜婶子嘴巴张成圆形，为刚刚因二两银子月例就兴奋的自己羞愧不已。人家的职业规划是三根杠，要干到领导层！为自己感到羞愧的同时，杜婶子默默向钟大娘靠过去。大腿要提前抱好，希望以后大腿给她批假的时候，也像她答应带大腿来应聘时，一样爽快。

钟大娘这个话叫贺显金一愣，愣神之后便笑起来。这是来这么久，第一个在她面前毫不掩饰地表达晋升欲望的女性！锁儿对蹄髈的欲望不算，钟大娘想晋升，想爬到和男人一样的高度，想有三根杠，想赚更多的钱！真是叫人惊喜！

贺显金低头喝了口福鼎白茶，笑道："我原以为宋白喜的妻室是委曲求全、忍气吞声的。"

钟大娘扯出一抹苦笑："我原本着实委曲求全、忍气吞声，只因宋家给我娘家的大额彩礼，只因宋白喜算半个读书人，只因我吃宋家的饭、我弟弟依赖宋家的银子娶亲！直到宋白喜告诉我，他把店子卖了要北上读书，我和孩子要自谋生路，我才终于变得不委曲求全，不忍气吞声！"

那日，她恶狠狠地把宋白喜的脸挠烂，指甲缝里都是宋白喜的脸皮和血肉。贺显金也突然想起店子过户当日，宋白喜脸上的抓痕。

钟大娘捏紧拳头："我父亲考中过秀才，我也念过书，我也识几个字，我也会打算盘！若非宋白喜日日告诉我，我不行，我只是个会生孩子、会奶孩子的工具，我必不允他将祖产都糟蹋了！"

杜婶子释然了。人家这种高端复合型人才的职业规划，她在这儿羞愧个毛线啊。

"你来吧。"贺显金仰头。

别人忌讳新店用旧人，一嫌不吉利，二嫌有异心，她不忌讳。君不见，宋记原先的伙计，除了中风的老管事，尽数都在小曹村当外包指导吗？宋记员工在陈记齐聚一堂，春节都能单独坐一桌。也不知是宋记的胜利，还是陈记的战绩。

"但，无论你会读书、会写字，无论你先前是什么身份，无论你父亲是什么出身……"贺显金抬了抬头，表情淡淡的，"在我这儿，你都只有一个称谓——伙计。"

"伙计干不好事，就要被扣薪。"贺显金朝锁儿努了努嘴，"你可以去打听一下，水东作坊的周二狗，大名鼎鼎的狗爷，有多少扣薪在我手上攥着。"

锁儿愣住，那不是他文盲的代价吗？

钟大娘咬着唇点头。贺显金再笑道："干得好嘛，自然青云直上，钱财无虞。你也可以打听一下，咱们水西铺子上的董管事盖了几间房、垒了几堵墙、儿子娶媳妇给了多少聘礼。"

懂了。锁儿在心里点点头，周二狗和董管事成了鲜明的对照组。

这就是董师傅说的，入职之前要先来个下马威，有的店家组织员工跑操、喊口号，美其名曰凝聚合力，有的店家以恶狠狠贬低员工实力来淬炼队伍千锤百炼厚脸皮的作风，至于他们老板，可谓是军事奇才，先使一招杀鸡儆猴，再给个甜枣说些光明的未来展望，一套组合拳打下来，何愁收拢不了这位原装少奶奶、现今的试用期小白！

等等，试用期。锁儿后背一震，她如今可不是陈记资历最浅的人了！

"锁儿，带两位先找董管事签订契约，再去张妈处领两套衣裳。"贺显金叮嘱锁儿。锁儿珍惜地摸了摸袖子上那一道杠，昂首挺胸地带着二人往外走。

两人一来，如虎添翼。钟大娘虽是全职太太重出江湖，但胜在有一颗卷天卷地的心，不到两天就把"看吧"的七八种茶水和十二类手账本子的名字、特点背得滚瓜烂熟，甚至还自己给自己拓宽业务——在客人来时，将陈记如今热卖的三十二种纸张如报菜名般报一遍，不仅把手账卖得飞起，连带着把陈记的库存也清了一遍。

杜婶子抱着一盘子空茶盏，愣愣地看钟大娘满场乱飞的身影，口干舌燥地问贺显金："贺掌柜，咱们店里不存在最后一名就被辞退的风险吧？"

末位淘汰制？贺显金摇摇头："暂时没有施行。"

杜婶子默默吐口长气，紧跟着就听贺显金后言："但这种优秀的管理方式，倒是可以考虑借鉴。"

杜婶子盘子一抖，空茶盏"噼里啪啦"发出瓷器碰撞的清脆声。把一条鲇鱼放进沙丁鱼群中，沙丁鱼就会活力满满、四下乱窜，钟大娘一来，陈记瞬间卷起来了，连稳坐钓鱼台、静等退休的董管事都旁敲侧击地问过贺显金："听说'看吧'来了一位文能沏茶、武能跑圈，一日卖出手账三十余本，连起来可绕陈记一圈的女壮士？"

贺显金嘿嘿笑："这位女壮士拿一两半的月例。"

董管事随即跟着贺显金嘿嘿笑起来。锁儿痛哭流涕地摸着袖子上的那一道杠，她错了，她菜她认账，但那个姐姐不睡觉啊！无论啥时候，她都看到大娘姐姐在店了里背书，不仅背书，还对着铜镜咬筷子练习怎么笑啊！不仅练习怎么笑，打烊后还在脚上缠两个沙包袋绕着水西大街跑来回啊!这杠杠,她锁儿配吗?她不配啊!

小熊姑娘再次光临"看吧"时,听了一耳朵钟大娘的推销:"如今咱们这手账本子三本让两成利,您看您带几本走?"

被推销的对象微微一滞,略有迟疑,便又听钟大娘反应极快道:"这样吧,您带两本吧,我帮您和其他客人做个拼单。"被推销的对象微不可见地长舒了口气,点了点头,浑然不觉自己一开始,其实一本都不想要。

小熊姑娘在贺显金的招呼下,一边落座瑞雪桌,一边笑着道:"您这店里,尽是宝贝。"

小熊姑娘好几天没来,一来就听见店里在骗人买东西。但贺显金做生意,现在很难有心虚的情绪——当你没有道德时,别人就不能道德绑架你!

"若没有这么多宝贝,您这见惯好东西的姑娘也不会当回头客啊!"贺显金笑眯眯,送了碟松子仁给小熊姑娘,又转头嘱咐杜婶子,"给熊姑娘上一盏咱们新出的白桃杏仁绿茶。"

"可要在井中窨过的?"贺显金又问小熊姑娘。

贺显金以为小熊姑娘会拒绝,谁知小熊姑娘十分平静地笑着点头:"听起来很是冰爽宜人,劳您费心。晌午没吃饱饭,您能否看着安排些小食糕点?"

贺显金笑着同杜婶子道:"那就再上一碟酥饼、一盘小麻花、一小盒水磨九浆糕吧。"

杜婶子拿着本子记。小熊姑娘面露诧异:"您店中的妈妈,竟也认字写字?"

杜婶子略微悲愤。本是不认字、不写字的,钱扣得多了,便能认会写了。他们掌柜的做了个习字扣钱的板子,她没以前,周二狗稳居第一,她来了,无形中拯救了周二狗,倒数第一变倒数第二。董管事倒是很开心,夸她"舍己为人"。

杜婶子很气愤,她晌午学得够累,下午回店子还要接受同期实习生的精神茶毒,比如钟大娘。

"姐姐,我刚刚试了三盏茶,一盏多白桃肉,一盏多茶汤,一盏放了点黄糖,您尝尝哪一盏更好喝?"钟大娘不需要学字,但她也不午休,神采奕奕得像刚从劳动中吸食完精气的妖怪。

杜婶子有气无力:"你、你不累吗?"

钟大娘一边拿着小本本记录新茶评价,一边惊讶:"累?怎么会累?在店里做活是我最快乐的时光!"

希望钟大娘早日得到三条杠,去卷董管事吧,他年纪大了,他耐卷,他再不卷就退休了!杜婶子阴暗的呐喊无人可知,小熊姑娘脸上的诧异却毫不掩饰。

贺显金笑道:"略会几个字,粗粗浅浅开了几天蒙,在泾县这样的小地方是够用了,较之您所在的宣城,却仍拍马难追。"

小熊姑娘略微一愣:"您如何知道我自宣城来?"

"您几日来都是独身,顶多带一位丫鬟打扮的随行。若是泾县本地的姑娘,多半是呼朋唤友地来咱们店里说说笑笑、打发时间。"贺显金半蹲着身,抬眼看了看井边的更漏,同一旁的钟大娘随口道,"今儿,左娘纳征,也不知走完礼了没?等会打烊,给她装两盒糕点,多半中午也没吃饭。"

这头杜婶子流水般拿了茶与糕点来，小熊姑娘愣愣地看着从井中取的茶汤，茶盅边缘沁出了一圈又密又细的水珠。

"是那位脸圆圆的，看上去很有些福相的姑娘吗？"小熊姑娘突兀开口。

贺显金本转身欲离，听她说话，便转过身来，笑盈盈道："您还记得她？您记性倒好，她并非我们店里的伙计，只是偶来帮忙的陈家姑娘。"

小熊姑娘抿抿唇，回头看了看小院。"看吧"小院子里收费更贵，大厅里有三十文一壶的茶水，院子里只有六十文一壶的价位，与高价位匹配的是院子里更清幽的环境、更精致的装饰和更完善的服务。

泾县的家庭虽不穷，却也没富到能随手拿六十文来喝一盏茶的地步，故而院子里的客人常常只有一两位，其中一个，还是四脚朝天吃白食的乔花花。今天是初十，乔花花要闭关练字，不能来，整个院子，便只有小熊姑娘一人。

"倒也不是记得。"小熊姑娘轻声道，"与她议过亲的崔大人，如今正与我议亲。"

来了来了。贺显金本直起身，听她这样说，又默默地蹲了回去："是吗？"

话一出口，贺显金反省，这声音听起来不是很惊讶，便重新调整情绪："是吗？！"

小熊姑娘垂眼扫了贺显金两眼，似笑非笑道："掌柜的明明就猜到了，何必这个语气？"

贺显金张了张口，小熊姑娘探身推了一只竹椅到贺显金身前，素来平静无波的面上挂了一丝善意的笑："您不忙吧？"

忙也要说不忙，贺显金默默收拾围裙坐下。小熊姑娘笑了笑："冲您打听打听，您家姑娘与崔大人的婚事，是如何化掉的呀？"

"化掉"这个词，用得就很精妙了。本来就是一堆泡沫，拿到太阳底下一晒，不就化成水了吗？贺显金歪头想了想，有点拿不准小熊姑娘已经掌握了哪些情况，便打了个哈哈："就那样呗，拖久了，又恰逢我们家大老爷在任上积劳成疾……本也不算定亲，这样一来，这门亲事便无疾而终了。"

小熊姑娘对于贺显金的虚言并不意外，给自己倒了一盏茶，喝了一口，赞道："果然在深井里窨过更爽口。"又笑道，"您确是脑子灵，陈记如今被您打理得火火红红，陈家三爷那本《泾县十八吃》甚至传到了宣城府，大家伙都爱看，连青城山院的乔山长都对您青眼有加……"

小熊姑娘一边说，一边给贺显金也倒了一盏茶："泾县您就是当家人，小女相信您在陈家大姑娘退亲这件事上，一定不会是个配角。"

这是有备而来啊！贺显金低头喝了口冰茶，也觉得爽口，这要是配点油炸椒盐鸡翅，岂不是快乐得要升天。贺显金默默晃了晃脑袋：打住打住，你是干纸行生意的，不是开饭馆的。

"婚姻婚姻，是结两家之姓，崔大人如何，我们家大姑娘又如何，其实在结亲中，他们个人的想法绝非最要紧的。"贺显金放下茶盅，笑了笑，"这个道理，您必定是明白的。"

贺显金拿不准这位小熊姑娘的来意。是来打探消息，是纯好奇，还是把左娘当作敌人，预备撒泼的？这可不少见，有的女子想法奇形怪状，男人不中用，怪他妈、怪他姑、连他前女友都要被咒骂，这谁能顶得住？她更拿不准熊家的态度，小熊姑娘来，是自发行为，还是熊家授意的？熊家是同意这门亲事还是不同意？还是熊家同意，但小熊姑娘自己不同意？

这坑太多，随便一踩，陈记陷下去了就爬不出来。小小崔衡，尚且要陈笺方一退再退、反复谋划，才能在不开罪他的情况下将左娘的亲给退了，更何况正儿八经的五品知府？但是，贺显金又怕小熊姑娘盲婚哑嫁，被逼着跳入火坑。

"比起丈夫，在婚姻中，婆母其实更要紧。"贺显金喝了口白桃杏仁绿茶，心一横，笑了笑，"我们家是做生意的，钱倒是有，但也并不是非常多。若我们家大姑娘嫁过去了，我们踮着脚、咬着牙供养，倒也不是不行，但两家的颜面该怎么全呢？总有一家会吃闷亏，总有一家会耿耿于怀，反倒对两家的交往不利。"

为防止眼前是个一根筋的疯子美人，贺显金又加了一句："您就不一样了，您出身官家，论起来，确实与崔大人是天作之合。"

贺显金说了一通，但又像啥也没说。聪明人懂的都懂，若这都听不懂，那、那她就再说一遍吧……

贺显金正准备再开口，却见小熊姑娘若有所思地点了点头，语气抽丝剥茧，像轻飘飘的丝绸里缠绕着一股坚硬的铁丝，总结道："只是因为钱？"

贺显金一愣："倒也不是……"

钱是崔家对陈家的要求。崔家还是人性化的，没拿同一套标准来要求官与商，对你们熊家的要求更高，要在官场帮忙扶持他才行。

贺显金迟疑道："我们有钱，但你们……"

熊家有什么？有权啊。崔衡的择偶观很淳朴，你有啥我补啥。

贺显金点到即止。小熊姑娘眯了眯眼："崔衡可有吃喝嫖赌之烂习？"

贺显金迟疑片刻，摇了摇头。那倒是没听说，在此之前，听别人说起泾县待掌的县丞，好评居多。

"可是荒唐无度、寅吃卯粮之家？"

贺显金思索后也摇摇头。也没听说过，最多就是崔母落井下石、看碟下菜。

"在泾县，可有死敌对头？可有生死仇家？"

贺显金摇头。没有，崔衡土生土长泾县人，哪来那么多传奇故事。

小熊姑娘挑了挑眉，舒出一口长气，像是心里大石头落了地："我还以为他是什么十恶不赦的大恶人，原来只是势利又现实了些。"

小熊姑娘好像放下心来，面目都舒展开来。贺显金听不懂了，这触及她的知识盲区。"势利又现实"难道是什么好词儿？小熊姑娘以为他们为啥退婚？以为崔衡一记左勾拳打陈左娘左脸，再一记右勾拳打陈左娘右脸，一生车马很慢，只够揍一个人？还是以为崔衡身负巨额赌债，准备要把陈左娘骗过来慢慢杀？还是以为崔衡家里六十八个通房、老少通吃、男女不忌？还是以为崔衡天天被人泼油漆，被催着还高利贷？贺显金咬咬后槽牙，要真是这些毛病，那她也觉得"势利和现实"不算个大问题啊！

贺显金如张文博般睿智的眼神，把小熊姑娘成功逗乐，她笑着递给贺显金一块小麻花："他需要，我伯父正好有，他要承我伯父恩情一日，就得尊着我、敬着我一日！"

小熊姑娘笑眯眯。这姑娘走的是可爱挂，两只眼睛圆圆的，苹果肌满满的。

"不怕他有所求，却怕他无所求啊！"小熊姑娘轻松地往后一靠，"在宣城府，我们家看起来烈火烹油、花团锦簇，但那是熊家的。我父母双亡，跟着伯父伯母过活，说直白些，好一点的人家压根看不上我，差一点的人家又太差了。要么是家里通房妾室一大堆，就差娶个主母回去好让庶子进宗祠；要么是本人阴着坏，吃喝嫖赌样样精通，时不时还打死人……"

小熊姑娘咬了口麻花，嘎嘣脆，看起来很如释重负的样子，明显经过深思熟虑："说起来，崔衡是这些年最好的人家了。出身清白，宗族干净，本人上进，正宗科举出身，政绩仕途也不错。"

"当然也有不足，寡母难缠，家底稍薄，无人帮衬。但这也未必不是长处，家底稍薄，我就握着我的嫁妆；无人帮衬，他能依靠的就只有我伯父……唯一难搞的就是寡居婆母。但她恶，我就装弱，她装弱，我就一病不起，都不是甚大事。我把着我的嫁妆、倚靠着娘家，我做甚不成啊！"

贺显金看着面前的麻花，一张脸也快扭成了麻花，皱着眉头道："那万一，我是说万一，你伯父或仕途不顺，或百年之后，你又当如何？"

小熊姑娘坦然道："我无论嫁给谁，都面临这个困境。来求娶我的，几乎都是想和我伯父搭上关系，走这条捷径。"

这是她面临的大盘。对此，小熊姑娘看得非常开："只有保佑我伯父一定长命百岁，再激励他老人家要努力上进啊！"

伯父不努力，老大徒伤悲。贺显金咂摸咂摸，嘿，你别说，你还真别说，小熊姑娘这个思路非常好。与其找一个虚无缥缈、无欲无求的合伙人，还不如找一个拿得住、握得稳的搭子。

"那你同意了？"贺显金问。

小熊姑娘神色非常轻松："不。"

贺显金更疑惑了，你都快说服我了，结果你也不干了？

"伯父将他的名字报在县令推荐表上，与他同期报送的，还有另三个县的县丞，另三位县丞，可都对泾县空缺的县令之位虎视眈眈呢。"小熊姑娘笑靥如花，苹果肌鼓鼓，看上去很有弹性，"如果他成功迈入七品县令的官序，伯父就同意这门亲事。如果不成，我又何必嫁给一个小吏？"

贺显金惊了，这诡计多端的读书人！这不是和崔母有异曲同工之妙吗，你涨嫁妆，我才娶你。熊家想的是，你由吏晋官，我才嫁你，不会因为可能选择你成为我的侄女婿而倾力帮助，但可以因为你成为七品县令而选择你成为侄女婿。

贺显金看小熊姑娘的眼神充满敬畏，很好很好，这姑娘就算进了龙潭虎穴，她也不会怕。反而龙和虎该害怕，怕自己一不留神，就被这姑娘鼓着苹果肌，笑眯眯地抽了筋、扒了皮。

第三十一章 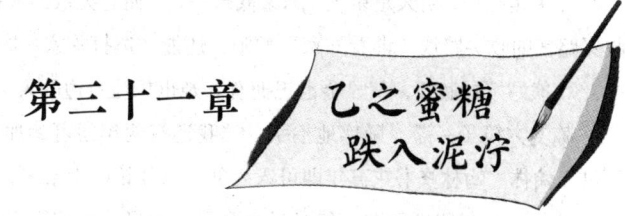 乙之蜜糖 跌入泥泞

天渐落黑,陈家老宅饭桌上,贺显金将小熊姑娘来访一事,跟希望之星提了一嘴。

陈敷没在,今儿陈左娘纳征,陈敷作为长房荣誉代表和财务核算代表出席,据说规格很高,吃了晚饭就被张文博的四个叔叔、五个伯伯拖去小稻香续二场了。去之前,陈敷仰头干了一碗王医正开的药汤,视死如归:"要记得,我是为陈家去的……"

知道你很慌,但你先别慌。贺显金一早就给张文博敲了警钟,说她家老爹是一名极为柔弱的二世祖,喝酒就瘸腿,谁灌他酒,谁就负责陈敷往后十五天躺在床上要死要活、哼哼唧唧的一切需求,包括但不限于衣食住行等物质需求及吹拉弹唱等精神需求。陈敷难得为陈家上刀山下火海,自然错过了小熊姑娘这一八卦。

饭桌上,贺显金和陈笺方一左一右围坐小圆桌。

"甲之砒霜,乙之蜜糖。于陈家而言,崔衡是把陈家的脸皮撕下来踩,可谓是奇耻大辱。于熊家,好像这都不是事儿,不怕女婿借势,更怕女婿不借势。"

贺显金喝了口绿豆南瓜小米粥,又夹了一块半熟夹生的跳水白菜,粥黏稠香甜,跳水白菜脆爽咸鲜,熨帖到嗓子眼,贺显金舒服地眯了眯眼睛。陈笺方本没有吃饭说话的习惯,食不言寝不语,真君子也,奈何陈敷与贺显金恨不得在饭桌上唱台戏。

近朱者赤,近墨者黑,陈笺方十分自然地夹了一块跳水白菜,也跟着贺显金舒服地眯了眯眼,浅笑道:"因为地位不平等。崔家有所求,我们拿捏不住,只能予取予求;你试试看,崔衡连带他娘,敢不敢在府台大人跟前撂一句狠话?"

那肯定不敢。在熊知府面前,崔衡就算想放屁,都要夹碎了,分段式释放。

贺显金闷了闷,低头将小米粥喝完,抬头问道:"哪种情形,商贾可得官府青眼优待?"

陈笺方未作迟疑:"家中有人在朝为官,此为其一;另有一种,皇商。"

后者贺显金知道。皇商嘛,由皇帝委任。像铜铁、食盐、茶叶、丝绸、皮草等事关国计民生的行当,朝廷会放心交出去给别人干?那自然不行,这些行当必须由朝廷牢牢把持。再者,皇商还需管理皇家的资产,如各地的店子、土地,或向宫廷供应的各种物资。另外,若是皇帝有令,皇商还需为朝廷运送军粮军备。

总的来说,皇商是圣人的打工仔、朝廷的枢纽站、皇家赚钱敛财的二传手,如有必要,还要出钱出力,当一个合格的补血包。

扯远了,贺显金清咳一声,把思绪拉转回来:"那陈家……"你看,陈家还有机会吗?

皇商虽是高危职业,但高投入、高风险、高回报,若为皇商,每年年末进京述职,可得皇帝亲自宴请,满朝文武无一不尊一句"大人"。能做到顶流,为啥不努力?

今天是崔衡,明天是崔歪,陈家低微一日,便有无数的人拦在路上,收保护费的收保护费,收买路钱的收买路钱,谁看陈家不顺眼,还能一边打陈家一边摸陈家大腿。

小熊姑娘的底气,贺显金也想拥有。她也想让身边的人"仗势欺人","作威作福"。

陈笺方筷子一滞,疑惑地抬头:"我还有两年便可参加贡试,二甲登榜,若名次靠前,便可入翰林。翰林修书三五年即可入六部,六部轮岗十余年,入阁拜相也并非美梦。"

这是一条很明晰的路,何必另辟蹊径,走另一条前人未历、无经验可循的险道?贺显金不知如何解释,低头给自己倒了一盏下午小熊姑娘喝过的白桃杏仁绿茶。这茶不能喝热的,热的杏仁茶就像冰的烤肉,不仅奇怪,且吃着难受。

陈笺方再一蹙眉:"怎又喝凉茶?"

说着便预备拎起烧开的铜制茶炉。上次喝凉茶,陈笺方便自作主张地给她冲倒了一壶热水。半冷不热的温茶确实健康,但没有必要。

贺显金看了陈笺方一眼,转过头就"咕噜噜"给自己倒满凉茶,甚至弯腰从冰鉴里取了两颗井水窖过的葡萄放进去。贺显金仰头将冰茶一口气喝了个干净,顺便将一滴不剩的茶盅底,巧合般地放到陈笺方面前。

陈笺方静静看贺显金喝完,默了一会儿,方低下头,拿筷子夹了一大口干菌菇丝配着米粥快速吃完。随后,陈笺方将碗筷轻轻放在桌边,抿了抿唇,站起身来,向贺显金轻轻颔首后转身向内屋去。全程安静且从容,未掺杂一丝直白的情绪。

贺显金手捏住茶盅,目光平静又温驯。

"掌柜的和二郎君吵架了?"张妈出来收拾晚饭时,看着桌上,与锁儿咬耳朵。

"没有啊,两个人很和谐啊。"锁儿迷惑,努力回忆,"二郎君展望了光明的未来,掌柜的也吃了两颗葡萄。"

张妈转头看着桌上的残羹冷炙。二郎君的配餐吃得精光,金姐儿的配餐,却剩了好几样。不太符合常理嘛,一般是,二郎君的配餐吃不完,金姐儿还会多要一小份。如今倒过来,略有反常。

张妈将这一重大发现与锁儿进行了学术探讨,锁儿摊手道:"狗都有爱吃的屎,何况二郎君!"

张妈无语,算了,这姑娘只有吃饭和学字时灵光,其他时候像被三爷附了身。

贺显金和希望之星陷入了一种奇怪的冷战状态。她知道他们在冷战,他也知道他们在冷战,但具体因何而战、为啥要战、战争结束有什么标志,二人一概不知。总体来说,这场战役来得毫无预兆,比较随心所欲。

贺显金三口刨完稀饭,再往嘴里塞了个素馅粉丝包子,冲陈敷囷做了个"拜拜"的手势,背上包一转身,便和一脸阴沉的陈笺方撞个正着。贺显金目不斜视地往外走,陈笺方眼神一顿,目光僵硬地从干净得看不见一根头发丝的地板,移到深褐色的四角凳,再移到摆了六七个白釉瓷碗碟的桌上,最后无措地、意料之外地落到了自家三叔的眼底。

二人目光对视，深情且专注，陈敷一时间忘记塞小笼包。

有点尴尬。为缓解尴尬，陈笺方僵硬地扯开唇角，破天荒地在大清早开始了和三叔陈敷的寒暄："三叔，昨夜睡得可好？"

陈敷筷子上摇摇欲坠的小笼包，终于坠了："好……还不错吧……"

好在陈敷算是个话题开启者，唠嗑永不便秘，便越说越顺，进入抱怨流程："就是入了深秋，怎么还这么多蚊子，我今儿要挂上细葛布的蚊帐，再让张妈记得熏艾——你昨天被蚊子咬了没？"

陈笺方低着头拖板凳，被打了个措手不及："啊？"

什么蚊子？没蚊子咬他，可能都去咬三叔去了，留给他的份额并不多。但是他也没睡好，上半夜辗转反侧，下半夜刚阖眼，却闻鸡鸣。

陈敷本来也没指望这钢铁大侄子能给他一丝暖心的反馈，摆摆手，专心吃上了自己的小笼包。隔了一会儿，陈敷又开口："这小笼包没我在乔林镇上吃的那家井水酱肉包好吃。"

陈笺方眼珠子一转："井水酱肉包，我就写在《泾县十八吃》的第——"

语调拖长，恋爱脑等待大侄子做完形填空。大侄子却两耳不闻窗外事，一心只数碗中米。陈敷无语，可惜了他刚刚还和这人分享昨夜之蚊！

陈笺方确实是两耳不闻窗外事，他满脑子，连带着两只并没有思考功能的耳朵，都在飞速运转——他不明白，贺显金为何生气了？

是生气了吧？贺显金向来豁达温和，又如何会做出当面反驳之举？不过，她为什么生气？因为他不希望她喝凉茶吗？此举何错之有，夜里喝凉茶，伤脾胃、肝肾，有百害而无一利。

陈笺方轻轻摇头，或是嫌他手伸得太长？或是以为他企图掌控她？无论哪种情况，他总要道个不是才行。就今晚吧，等贺显金从店里回来，他就认认真真谈一次。

陈笺方下定决心，晚上站在路口却没等到贺显金，他埋头踱步到水西大街陈记门口，却见店门紧闭。门口的灯笼倒是亮着，被深秋的风一旋，"陈记"两个字正好投射在他的脸颊上。陈笺方低了头，避开灯笼的昏黄亮光，不急不缓地拐过街角。街角处人来人往，一个挂着"清汤面"的摊贩小铺，客人络绎不绝。

"三碗清汤面，带走。"陈笺方同老板娘道。

三碗，显金、锁儿，或许还有那个一身腱子肉的周二狗吧？

老板娘笑着应了"欸"，一抬头见是陈笺方，一边利索抖落面条，一边问陈笺方："三碗啦？你一碗？上回那个白瘦的小姑娘一碗？乔山长家的大少爷一碗啦？"

陈笺方略抿了抿嘴，隔了片刻，方摇了摇头，并不答话。老板娘本是套近乎，客人不答就算了，利利索索地起了三碗面，舀起三碗汤，放进食盒递给陈笺方。陈笺方将食盒抱在怀里，继续埋头向水东大街的"看吧"走去。

"看吧"也没人。门关得死死的，还从外上了一把大铜锁。两个地方都没人，陈笺方不由自主地往青城山院看去。乔师还未回来，或许贺显金与宝珠有约？

陈笺方轻轻抿了抿唇角，将食盒紧紧抱在怀中，在"看吧"门口等候良久，方转过身去。

贺显金夜不归宿去了哪儿？她在夜半的小曹村。

热气腾腾的作坊，二十余米长的水池里灌满了热水，竹帘在东西南北四角铺开，五十个师傅，一人一手捉着圆筒竹帘，袖子撸到肱二头肌处，皮肉下绷出突起的青筋和极为分明的肌肉线条。

"一二——一二！"喊号子的是李三顺。

诸人随着他的号子，将手里的竹板高高举起，再轻轻放下。贺显金屏气凝神地看着，害怕呼吸扰乱师傅们手上的节奏。

满池都泡着纸浆，被竹帘一激荡，白絮如翻涌的浪潮，自下而上地滚出极富压力感的暗流。李三顺一双乌龟吊梢眼朝两边一看："嘿哟！"

师傅们屏着一股气，手上使劲，将竹帘斜插进十余米的水池中，在纸浆中稳而快、平而迅地晃动两次，使纸浆均匀地附着在竹帘上，又迅速将竹板上均匀铺陈的那层白絮放在干净的青砖地上。

呼——贺显金默默地呼出一口长气。

六丈宣。

历经半年筹备，几乎暂停水西作坊的生产，李三顺带领周二狗和郑家兄弟潜心试验，在泾县周边寻找上佳的青檀树皮、沙田稻草和猕猴桃树藤，一遍一遍将青檀树皮高温蒸煮，用冷水浸泡，反复循环。在原料优化到极致后，李三顺终于点头："可以试试制作六丈宣了。"

六丈宣，自李老章师傅过世后，便在泾县，乃至整个宣城府绝迹了。

五十个师傅一鼓作气，分作两列继续捞纸，李三顺师傅仍旧是掌舵人。在第一张竹帘成功被捞起后，李三顺的脸色明显松弛了些，侧耳倾听水流的声音与竹帘上纸浆流动的韵律。

"起！"

第二张、第三张、第四张……贺显金目不转睛地盯着水池，吸了吸鼻子，鼻头有些酸涩，抹了把眼角，好像沁出了点滴的湿意。不为别的，只为这群匠人，只为这传承了数千年、日益精进的华夏技艺。贺显金不由自主地为他们鼓掌。

临近天亮，带着水汽与湿意的"纸"叠为厚厚两摞。李三顺叼了只水烟烟斗，斜靠在门框前，神色满足且惬意地看着还未完成的作品；周二狗随地铺了张竹席，双手抱头，半眯着眼睛看屋顶的横梁；郑家兄弟勾肩搭背地坐在屋子前的竹凳上；小曹村精挑出来的师傅们也都三三两两找个地方舒服地坐下来。

贺显金和锁儿挨个儿给师傅们斟茶。李三顺接过茶，摆在一边。

贺显金笑道："您说过纸房不现明火。"

老头子把水烟烟斗翻过身，在地板上"磕磕"两下，再撇撇嘴："小丫头片子，你可拿不着你爷爷。"压根没点燃，更别提明火。

合着您老是拿着烟斗凹造型呢？贺显金笑呵呵地赔了个不是，在李三顺身侧盘腿席地而坐："您高兴不？"

李三顺扯扯嘴角，别过头去，把前半辈子的悲伤都过了一遍，才勉强压下笑意："高兴啥啊高兴，这才干了一半！"李老头拿出手，一个拇指一个拇指地盘算，"还有点拐、压水、焙面、刷纸……都是活儿呢！"

贺显金点点头："道远且阻，然行则必至。"

李老头摆摆手："听不懂听不懂，你说话文绉绉，一个字听不懂。"

"不是请了二郎君教了认字嘛！"贺显金笑道。

李三顺理直气壮："认字是认字，学文章是另外的价格！"

贺显金想，恋爱脑的人设塌了，你们学渣组都塌不了。

贺显金毫不遮掩的白眼逗乐李三顺，老头又乐呵呵地敲了敲水烟烟斗，难得给了贺显金一个笑脸，虽然笑意弧度甚小，但好歹也是个笑："你跟着乔山长读书，越读越长进。等读出头，别留在这儿，走远点。"

贺显金笑起来："我能去哪儿？"

李三顺目光投到那两摞"走了一小半"的纸上，语气很长："它能去哪儿，你就能去哪儿。"

它能去哪儿？它历经放平、压实、挤出水分后，由李三顺踩着云梯一张一张敷在焙房高高筑起的烘板上。一张纸二十二道点刷，以五十张为一摞，折纸成封，六丈宣终于完成，总计二百张，四摞，贺显金驾着骡车尽数带回泾县。

一来一往二十余天，再回泾县，已近十月初冬。陈记铺子和"看吧"由董管事统管，铺子只留了周二狗他弟周三狗和郑家最小的兄弟，"看吧"留的是钟大娘和杜婶子，纲目章程都有，董管事只需照章行事。贺显金一见董管事，却见这老头儿一脸疲惫，眼下两团乌青，嘴角也起了皮。

董管事朝贺显金摆摆手，欲言又止，最终心魔打败正义，悲愤控诉："那位钟大娘，不吃、不喝、不睡、不打烊啊！"

贺显金恍然大悟。董管事可是这卷王的职业目标，怎可轻易放过薅毛，哦不，取经的机会。

"她怎么了？"贺显金憋笑。

董管事发誓，他这辈子在职场虽不是什么傻白甜，但从来没有背后告过黑状！此时此刻，他真的很想搬来一张小凳子，坐在金姐儿旁边，从二十天前的事情开始告第一个状。

"吃饭、午休、打烊后都跟着，问东问西，问我如何从陈家诸多伙计中脱颖而出的，有哪些特质更容易出头？"董管事生无可恋。其实撬他位子，只需要等他自然退休就行了，最多两年，倒也不需要现在立刻逼死他吧？

贺显金虽然不卷，但看着下属卷起来，还是很欣慰的。只要不卷到她头上就好。

贺显金接过董管事手中的账册看下去。很好，如今两家店都做上了道，一家售卖传统宣纸和描红本，一家售卖情怀和文创产品，走不同的路，上个月的总盈利几乎超过九十两。这样算下去，一年的总盈利恐怕能破一千两。不错了，都快要超过陈家做得最好的城东桑皮纸作坊。

贺显金安抚了董管事几句，便说起骡车后的那四摞六丈宣："好容易做成的，我预备送两摞去宣城府,请老夫人掌掌眼。"

六丈宣不像手账本子或是描红本子,他们将六丈宣做出来了,且能够长久供应一事,必须告知本家。不然,等老夫人来泾县转悠一圈,发现这边突然多了个吸金又吸睛的大项目,宣城却不知道,这就很难解释了。

董管事点点头:"是该这么做。这些年泾县没有六丈宣出世,咱们家是头一份,等年末,内官二十四衙来南直隶采买时,也可以在其中争得一席之地。"

宫中是肯定要用纸的,用谁的不是用?泾县读书人多,做纸行营生的也不少,十家里有六七家都挨着做纸的边,纸行总要靠一样打出名头才行。贺显金自己心里有谱,但她不能抢在当家的发话之前把这事干了。

那就等待老夫人的号角了!贺显金和董管事对视,不约而同地嘿嘿一笑,等待号角的同时,他们也可以期待期待丰厚的年终奖吧?

年终奖暂时还在路上,贺显金如约等来了自家老爹,借接风洗尘之由,摆了一大桌满足自己口腹之欲的"家宴"。照例是陈敷、贺显金和希望之星雄霸三方。一顿饭,贺显金只看到希望之星低下的头顶毛和陈敷喋喋不休的红唇。

贺显金发现自己多了个技能——双耳自动屏蔽陈敷的音波。她看着陈敷的嘴在不停地动,但两只耳朵外好像罩了两个无形的隔音罩,只道:"嗯嗯嗯……然后呢?"

陈敷叽里呱啦。

"啊?真的吗?"

陈敷:"怎么不是真的!"又叽里呱啦。

"那您真厉害!"

陈敷:"还得是我闺女懂我!"

然后继续下一个"三句半"来回。

陈笺方数次抬头,看着贺显金,欲言又止:她好像忘了他们之间那场官司了?

她回来时,甚至友善地朝他点头致意,还不如继续目不斜视地无视他呢。至少意味着她还记得走之前,他们间那场莫名其妙的争吵。

在陈笺方第十次抬头,准备打断陈敷发言时,小厮小言跌跌撞撞地跑进内堂,大口大口地喘着粗气:"不、不好了……"

陈笺方略皱眉:"何事大惊失色?"

小言涨红一张脸:"青城山院来了好一众官兵,将山院里三层外三层地围了!里面的人出不来,外面的人进不去啊!"

贺显金手一紧,猛然抬头,语气比想象中更凛冽:"什么意思?"

小言哭丧着一张脸,使劲摇头:"刚我去拿郎君的教案,一出来便看到好多官……我趁乱从偏门爬出来,之后、之后没有人进,也没有人出……"

十岁出头的小儿,被吓得上牙碰下牙,碰得嘎嘎作响,说的话颠三倒四,但在座的都听懂了。

衙门来人，直接把青城山院围了，如今不准随意进出。

贺显金不由惶恐起来，突然想起来一件事——乔山长一直没有回来！

乔山长因公差去应天府后，一直没回来，如今又是一个多月了！这时候来了官兵……贺显金脑子乱成一团糨糊，下意识脱口而出："乔徽呢？他在哪儿？"

陈笈方脊背微僵。小言哭得口齿不清："乔公子在里面呢，我爬偏门前，正看到他让书生全都回寝舍……"

贺显金心下稍安。乔徽在，至少，宝珠不至于孤立无援。

贺显金看向陈笈方，语气很急："你可知，乔山长去应天府究竟所为何事？"

陈笈方沉吟片刻："应天府尹大人召见，说是就今年秋闱考题，望与老师相商。南北直隶的秋闱向来自己命题，通常由学政大人主持，往前几年均未曾与老师相商。今年应天府来信，老师先推辞一二，却推不过再三……"

好像有什么思绪从大脑中穿过。陈笈方手捏成拳，紧紧扣在桌面，筵无好筵，鸿门宴，棋无好棋，绝杀棋。这是在调虎离山、擒贼擒王！

陈笈方迅速从隔间披上外衣，又从斗柜下拿了一包银子，预备出门前，转头嘱咐三爷："家里就拜托您了，若真是剑指青城山院，官府未必不会来陈家搜查。"

众所周知，他是乔山长手把手带出来的，若官府真想做局敲一敲乔家的首尾，也极有可能拿陈家开刀。陈敷的手紧紧捏住桌布一角，待听清陈笈方后话，将手一撒开，像老母鸡护崽似的将贺显金藏在身后。

陈敷重重地点了几个大头："好！好！好！"

陈笈方转头再看贺显金一眼，抿了抿唇，快步向外走。贺显金想唤住他一起去，却最终没张口。她去没用，这件事，陈笈方有他的门路，那是他的圈子。

陈笈方向来是喜怒不形于色的，情绪极少外放，从来以温和沉默的形象示人，贺显金发誓，她从他回头那一眼看到了肉眼可见的张皇。

究竟怎么了？贺显金一晚上没睡好，准确来说，是压根没有睡着，一直蜷缩在逼仄小床的床脚，迷迷蒙蒙地透过糊成窗棂的薄秀堂纸，见外面明明灭灭，由幽深的夜色转为蒙蒙亮，一颗心也如同这明暗交替的光一般，来回晃悠。

一声鸡鸣，贺显金翻身起来，披了件衣服，走出院子便见陈笈方迎着光走进长廊。贺显金快走几步，焦灼发问："可有眉目？"

待走近，贺显金才看清陈笈方的脸色。他面色惨白，连嘴唇都是白的。贺显金一颗心落到了谷底。

"八月底，宁远侯抗倭战败，朝廷另派五千人手增援福建，宁远侯带队出海，至今杳无音信。李阁老弹劾宁远侯渎职、以民代俘、贪污……"陈笈方低声道，"还有通敌。"

"与乔山长有何干系？！"贺显金低吼。

陈笈方一声苦笑："姻亲姻亲，有好处时互相提携，有危难时自然要一同清算，在京师的乔家大爷如今也被革职投狱。宁远侯去福建后，与老师书信来往甚密，有几封信件中粗粗提及战事概况。"

贺显金愣愣地看着陈笺方，脑中的许多画面像被一根长长的线联系了起来。乔山长日日爱喝的武夷红茶、专门让张义博送给她的福建特产、人牙市场里突然涌出的东南沿海口音的丫头小厮……天下广大，通信却不发达，人通常只会知道自己身边发生的事。但是，就如蝴蝶引起的龙卷风，很遥远的大事，只会以微小却具体的表现形态，出现在她的身旁。

贺显金艰难地吞咽口水，喉咙好痛，像两把刀片横插进她喉管左右两侧。

贺显金口中含着两把刀片，一字一个钝痛地梳清思路："就算与乔师有书信往来，就算是姻亲，也并不是什么铁证。乔师是有探花功名的！就算是应天府府尹，也不能说扣人就扣人……"

陈笺方低了低头，看不清面上的表情，语气很轻："现任应天府尹是李阁老的亲师弟，李阁老推崇理学，而老师是很有名的心学家，李阁老即将卸任……"

李阁老即将卸任，而乔放之却正当年，就算他自己不出仕，每年也有二三十名受其教诲的读书人出仕。李阁老的极力推崇下，理学一点一点地蚕食着当今圣人的思绪和判断。在这个关键时刻，李阁老必定会为他的下一任，将路上的杂草尽数清理干净。

东南抗倭战败，这岂不是送上手的刀吗？至于怎么战败？还有没有翻牌的机会？屁股决定脑袋，这些暂时不是这些位高权重之人全心考虑的问题。

贺显金深吸一口气，看向陈笺方，轻声问道："老师还活着吗？如今是在应天府，还是押送进京了？"

陈笺方眼眸发涩，目光晦暗地看着走廊中的朱漆柱子，隔了许久才轻轻摇头："都不知道，再多也打听不出来，据说……"陈笺方微微别过头去，喉咙发苦，发酸，"据说，他们给老师上刑了。"

"刑不上大夫！"贺显金以为自己声音很尖厉，但真正出声，才听见声线中暗藏的颤抖。

像是给自己鼓劲般，贺显金挺直脊背，大声坚持道，"刑不上大夫！"

"不是不上。"陈笺方声音很稳，"是不轻易上。这不是中饱私囊，不是结党营私，甚至不是擢用党徒……是通敌！通敌，形同谋逆！"

贺显金脊梁一松，一股又一股冷汗从后背袭来。上刑……笞、杖、徒、流、死是为五刑。五刑之外，花样极多，斩、绞、迁徙、枷号、刺字、论赎、凌迟、枭首、戮尸……

"宁远侯是失踪了，不是死了……怎可盖棺论定他通敌！"

是，商人也难缠。可这世上最难缠的，是弄权者。

贺显金呢喃道："这么明显的排斥异己，这皇帝竟也看不穿？"

陈笺方看了贺显金一眼，口中发涩："前一届朱批钦点的一甲第一等，是出身江北流派的理学学生。百安大长公主恰巧是推崇心学的。"

贺显金微微眯眼："宁远侯是？"

陈笺方再看贺显金，眼眸中顿生深意："宁远侯是端孝和太后的族弟，百安大长公主的族舅。"

百安大长公主撑心学，皇帝偏偏在前一届点了理学的状元。宁远侯又是百安大长公主的外族亲，乔家的姻亲，乔放之恰好是心学的大拿。错综复杂的关系，离她太远了。

贺显金颓唐地一屁股坐到回廊低矮的长条栏杆上，蹙眉抬头："咱们如今能做什么？"

陈笺方抿抿唇，亦疲惫地坐到贺显金身侧："保护乔徽和宝珠，保护山院，保护山院的学子和藏书。"

"那乔师呢？"贺显金站起身，来回踱步，"乔师怎么办？"

陈笺方面色发沉，隔了许久方轻轻摇头。除此之外，他们什么也做不了。那个阶层，离他们太远了，不是踮脚就能够到的存在。

陈笺方收拾心绪，轻声安抚："青城山院授学十年，近百名进士，或外放为官，或留京任职，攀升最高、最快者已至通政司右参议。他们不可能不管乔师。"

而青城山院，全是一群未出仕的学生。目前身份最高的，是拿过解元的乔宝元，偏偏他那个性子……

贺显金眼眶发酸，手扶在朱漆柱上，隔了许久，才将脊背上松散的骨头整合到位，抬头看陈笺方，神容不复惶惶："鱼救鱼，虾救虾……可还有其他消息？"

"这些消息，是崔衡透露出来的，他如今代掌一县，有些邸报绕不过他。但他也只知道这么多了。"陈笺方嘴角紧抿，一条一条地梳理，"来者是应天府的衙内，奉命进山院搜寻'密件'，崔衡一大早去交涉过，来者承诺不会动山院的学生。"

贺显金低声道："能不能进去看看宝珠？"

陈笺方沉吟片刻道："单是进去可以，只是……"

贺显金抬头。陈笺方一抹苦笑："只是要钱。"

钱有啊！但贺显金见陈笺方脸上的苦笑，不由明了。这钱，可不是一二十两的数量。店子账上倒是有钱，只是用店子的钱去沾官家的事，瞿老夫人能否点头？特别是这等被扣帽子谋逆通敌的大事。

私下挪用吗？那她和陈六、猪刚鬣之流，又有什么区别？

"三百两够吗？"贺显金轻声道，"我娘死前，给了我点钱，用以傍身。"

陈笺方缓缓抬起头，狭长眼眸中的情绪交杂不明，隔了许久，方见陈笺方微微颔首："你先拿着，我手上也有东西，若对方狮子大开口，咱们拿再多的肉也满足不了他们的胃口。"

事实证明，难得出一趟外差的鬣狗，是块肉就想叼走。

山院前围满了人，陈笺方埋着头，从人潮里挤进去，从袖中拿出五十两银票塞给这群鬣狗的领队，满面笑意："做纸陈家的，我弟弟在里面呢！冲您打听打听，这关卡何时能撤掉呀？"

领队摸了把银票："这可说不准！贵人们的事儿，你说得准吗？"

陈笺方笑着摇头："我虽是举人，却也不敢妄评！"

领队倨傲的神态平了平："你也是举人？"

陈笺方笑道："不才，前年乡试十八名。"

"你们小小泾县，学风倒是旺盛。"领队身板微正，语气变得平和了许多，大拇指往山院里一戳，"昨儿清人，嘿！奶奶个腿！三个举子，二十四个秀才！我这群兄弟搜东西都害怕惊着了你们！我估摸着封不了多久——这么多举人秀才的，人家又没犯律法，凭甚将人家圈起来？我估计就是个三日五日，或许就撤了！"

陈笺方笑得很自然，又从袖中摸了张银票，转头指了指站在一旁的贺显金："他姐姐急得很，您通融通融，叫我们进去看一眼弟弟吧？"

领队手里掐了掐银票。这一抹手，就是一百两，看来这小小泾县不仅学风昌盛，有钱人也不少啊！领队再一抬头，眯眼看了看，人群中那张脸像是糊了层光似的，又白又亮，这白润姑娘正怯生生地朝他笑。

领队被闪得低下了头，在袖里飞快打了个手势："进去进去！半个时辰啊！不出来，我亲来捉你们！"

围在山院的栅栏终于被钱轰开了一条口子，贺显金三步并作两步走，紧紧跟在陈笺方身后往山院里去。

山院倒是如前，毕竟一院子的读书人，指不定谁就高中，就算是官差，也不至于苛刻得罪。松柏宽道上仍有三两个行色匆匆的读书人，埋着头不知想些什么，快要走到空阔坝子，隔老远，贺显金便听见一个耳熟的声音。

"你哭什么哭！你哭什么哭！我们大家伙半夜三更被困在山院，全赖你爹！我听说你爹被关起来了！泡水牢！知道什么是泡水牢吗？把你爹泡在三米深的脏水臭水里，每隔一个时辰水就升上来，把他口鼻淹住！等你爹受不了，把尿啊屎啊全都排在水池时，水才会降下来！"

"你胡说！你胡说！"是胖宝珠的声音！

贺显金脸色一凛，提起裙裾小跑前进。

"你爹是卖国贼！会被砍头！你是卖国贼的女儿！"

一个非常稚嫩的童声高声道："你闭嘴！你个孬种！只会挑宝元不在时欺负他妹妹！你要有种，你就等宝元兄来了，再把这些话重说一遍！"

贺显金气喘吁吁赶到，看到杜君宁双手张开，死死护在满面是泪的乔宝珠身前。小男子汉才不过八岁，瘦削的肩胛骨像蝴蝶的羽翼。而口出狂言者，也是个熟人，孙顺，淮安府那个没买齐盲袋，拿不到六丈宣，便来骂她"来路不正""生父过多""母亲荡妇"的瘪三。

瘪三手指着杜君宁哈哈笑起来，笑完，狠狠地往地上吐了口唾沫："你算个屁！别人赏你两张纸，你就当人家的狗！老子今天就要在乔宝元不在时，把他妹子的皮给扒了！也让大家伙看看，探花郎的闺女皮肤、身段是怎么个样子呀！"

贺显金面无表情地将衣袖一点点撩高，再弯腰将裙裾塞进细纱高袜中，头向左边扭扭，再向右边扭扭。

陈笺方先去的茅草书屋，拐了个弯再来坝子。甫一走近，便见贺显金埋着头往后退了三步，随后发力向前冲，待快冲到孙顺面前时，只见她毫不迟疑，一手拎起孙顺的衣襟，一手捏成拳头高高抬起！

"砰！"贺显金一记手拳，狠狠砸在了孙顺的右眼眶上！

又见贺显金双臂伸直，身形向后一仰！"砰"的一声，贺显金的额头狠狠地砸在了孙顺的前额上！贺显金一松手，孙顺像块烂抹布似的，双膝一软，瘫倒在了坝子的空地上。贺显金低头捂住额头，面无表情地转了一圈，头晕眼花地看到孙顺的狗腿子们默默向后移了半步，再看乔宝珠哭哭啼啼地拎起裙摆朝她飞奔而来。

贺显金单手接住乔宝珠，再转过头将一口唾沫啐在了孙顺的面上："你个废物点心！欺负姑娘还要挑时候？我以后见你一次打你一次！"否则都对不起老娘清晨爬起来练的八段锦和太极拳！

贺显金双手揽住乔宝珠胖乎乎的身躯，将全身的重量压在了胖姑娘身上，眼前划过一颗流星。怕是脑震荡了，或者中午的菌子没煮熟，大白天的中午，她看到了一颗流星。

贺显金闭着眼晃了晃脑袋，一抬头，看到乔徽手里拿着一把刀，沉着一张脸停在了距她三米远的位置。

真的脑震荡了，若不是脑震荡，她怎么看到乔徽乔宝元，乔大探花的眼睛里，也有几颗一闪而过的星星？贺显金眨了眨眼，星星不见了，只留下乔徽微微泛红的眼眶和布满血丝的眼球。乔徽一抬手，刀背闪过凛冽的寒光，刀刃对准孙顺。孙顺惊恐地捂住肿得比山高的右眼眶。

陈笺方大跨步向前，侧身拦住乔徽，低声："宝元，慎行。"外面就是应天府的官兵，正愁抓不到你乔家的把柄！

乔徽看了宝珠与贺显金一眼，反手将刀背于身后，赤红一双眼："滚。"

孙顺还想横，身后的狗腿子忙拉了一把孙顺的衣角："你上次被他揍得左眼瞎了两个月！"这次换成右眼瞎。老天眷顾，倒是非常对称。

狗腿子又低声道："他向来混不吝，如今家里遭难，更没顾忌，砍了你，他诚然讨不了好，可没命的是谁？还不是你！"就差没明说，疯子杀人不犯法。

孙顺隐隐约约记起那两个月躺在床上的悲惨人生，再看看乔徽手上的刀，踮起脚，食指冲乔徽虚空戳戳，随即半推半就地被狗腿子向后拖走。

孙顺一走，看热闹的人去了三分之一。乔徽眸光发冷地扫视四周，声音低沉却中气十足："诸位师兄师弟，平日我乔宝元张狂倨傲，如有对不住，给您致歉！"他深深一鞠躬，又道，"诸位若对我心中有怨，你现在上前来，刀在此处，是砍是打，随您所愿！只一条，乔家突遭巨变，幼妹无辜，诸位请勿迁怒！"

高大的少年郎，赤红双眼，身负长刀，独立于天地之间。

可能是疯了吧。读书人脑袋顶脑袋，窃窃私语。这谁能不疯？前一天，还是清贵矜持的世家子，第二天，老爹下狱，大伯革职，姑父叛变，整个家族岌岌可危。从云端跌入泥泞，这谁受得了？

乔徽红着眼珠，神色却是平静，等片刻，见无人上前，便将刀利索收拢，双手拱拳，向四下一拜:"因我乔家之故,劳诸君受惊受累,待乔家沉冤得雪,自会补偿诸君今日之亏。"好像很笃定乔家必安全无事。

读书人们继续凑拢脑袋,絮絮叨叨。也有仗义的,高声振臂:"乔山长乃吾师,今日不算亏欠!待我们出去了,我找你喝酒!"

具备"仗义"这一特质的读书人,就像卖艺不卖身的娼妓,都属于比较珍稀的物种。而后,无人再出言,人群渐渐散去,仍是三三两两,脑袋凑脑袋,叽叽咕咕。

贺显金脑袋晕乎乎的,手上还挂了个哭哭啼啼的胖花花。

乔徽抬了抬下颌,言简意赅:"谢了。"

贺显金摆摆手,表示小事一桩,不足挂齿。

陈笺方眼神中藏着隐秘的担忧:"你知道外面怎么说吗?说乔师被应天府捉拿,宁远侯通敌,与乔师书信往来中藏有战事密件,一旦找到……"四周人群都已散去,陈笺方声音很低,"一旦找到,即可押送乔师入京,宁远侯府邸及乔府上下,全部收押下狱……"

乔徽将妹妹从眼冒金星的贺显金手里接过来,顺手交给杜君宁:"阿宁,看好宝珠。"

陈笺方还说什么,乔徽摆摆手:"此处不便多言。"指了指不远处的茅草书屋,三五个穿着盔甲的官兵正在粗鲁地翻箱倒柜,乔徽又指了指松柏林中,率先跨步向前。陈笺方未作迟疑,随之跟上,贺显金晕晕乎乎跟在陈笺方身后。

松柏林里树木笔直,能藏身的地方不多。乔徽与陈笺方简单说了几句,约莫是叫陈笺方别担心,总有办法解决,他爹辞官教书,桃李满天下也不是虚的,就算宁远侯回不来了也没关系,乔家会受牵连但不多,云云。

半个时辰很快。没一会儿,便有官兵在松柏林外眯着眼吆喝:"出来!谁在那儿干吗!"

乔徽与陈笺方对视一眼,陈笺方回过头,立刻用身形挡住乔徽,高声道:"官爷!马上马上!我跟我弟弟说会儿话!"

陈笺方说话之间,有个盖着麻布的包裹,被突兀地塞进贺显金手里。贺显金被吓了一跳,下意识地捏住了奇怪的来物,再抬头看乔徽。乔徽正扬着头,并不看她,好像悄悄递东西过来的人也并不是他。棱角分明的下颌线,笔直的鼻梁,就算配了一双赤红的眼睛,看起来也并不可怜。

密件?

贺显金被这个认知吓到了,立刻将手中两寸高、三寸长、三寸宽的包裹利落地塞进袖中,再抬头看乔徽,见这个向来意气风发、从不低头的少年,似乎长长地舒了口气。

出关卡时,为首的官兵认认真真搜摸了陈笺方浑身上下,就怕进去一趟带了东西出来。轮到贺显金,贺显金的手掩在袖中,将那包裹死死掐住,面上扯了抹羞赧又怯气的笑,夹着嗓子轻声道:"官爷,小女、小女便不用搜了吧?"

白花花的姑娘,唇红齿白,乌发青黑,脸颊像蒙了一层模糊又发散的光。为首官兵略有迟疑,陈笺方顺势摸了张银票,姿态放得很低:"官爷,家里妹妹没出阁呢。放我们进去本是逾矩，您睁一只眼闭一只眼抬抬手，对您来说小事一桩。"

叮咚，五十两银子到账。是呀，放进去都是逾矩了，人家老老实实进去两个人，出来还是两个人，又何必在搜查这种小事情上为难嘛？更何况，这两人一不是乔家的，二不是山院的学生，与乔放之关系没亲近到那个份儿上，就算有要紧的东西，怎么可能叫个小姑娘帮忙带出来？为首官兵抿着嘴角，手飞快摆了摆，示意二人快出去。

待回了陈家老宅，贺显金焦灼地等待着天黑。天黑了，万物迷蒙，一片昏沉，铺天盖地的黑暗与静谧战胜了天际处最后那条昏黄的光线。逼仄狭小的空间中，贺显金颤抖着手打开了那只用麻布袋子粗略包起的包裹。

说是麻布袋子，也算是块布面子。贺显金伸手将这块布拎起来，看边缘参差不齐的线头，便知这是乔徽撕开的衣裳。

里面整整齐齐包裹着一大叠文书、信件，有淮安府、滁州府的地契，有宣城府半条街连着号的铺子，有五千两银子的存根，还有几张地图，贺显金只能看出个大概，一张像是大魏的地图，一张像是福建的地图，一张像是北直隶的地图。还有几封信，没写名字，只用火漆泥将已打开过的封口，又封了起来。

还有一封信，没有封口。贺显金打开，龙飞凤舞的字体，是她惯常看过的乔宝元卷子的字：

"显金，见信如吾……田地、房契、铺子、银票，均落于老仆乔连生名下，待山院解封，可尽数过给吾妹宝珠……密封过的信笺劳你收藏妥当……轻舟过往万重山，诸君劝抚吾身，吾心却知圣命难违，乔家如瓠水倾覆，再难回圜，乔氏已至危急存亡之际，吾只好独身应之，不敢横拖幼妹，只能交予与你，万望你妥善相待，吾垂泪流涕百怀感之。"

风一吹，薄薄的信纸卷起小小的角。贺显金愣神垂眸，舔了舔嘴唇，艰难地咽下口水。

"金姐儿！"屋子里陈笺方的声音，略有惊诧之意。

贺显金如大梦初醒，将乔徽塞给她的所有东西全都横扫进抽屉中。推开门，只见陈笺方大步流星地停在屋门口，神色惶然又有些无措："乔徽跑了！"

乔徽跑了，谁也不知道他是如何单枪匹马地从层层包围的山院跑出来的，也不知道他跑到哪里去了，更不知道他是否裹挟了重要物件出逃。

是的，逃，这个字，安在了乔徽的头上。

贺显金呆立在泾县城墙根下，愣愣地望着贴在城墙上的画像。那个向来恣意倨傲、不知天地为何物的少年郎，那个顶尖聪明、阳光明媚的少年郎，那个时刻挺直脊背、拥有完美出身与前途的少年郎，那个看上去做什么都不费吹灰之力的少年郎，被贴上了"逃"的标签。像一只仓皇逃窜的老鼠，一只走街串巷、人人喊打的野狗。

贺显金的手紧紧攥成拳头。来往之人或受青城山院恩惠，或曾闻得乔山长美名，或出于对读书人的敬仰，行走路过时，或多或少，留下一声嗟叹。贺显金向他们投去善意感激的眼神。

锁儿闷声抽泣，张妈揽过锁儿的肩头，长叹口气："咋一朝就变了天啊？"前几日还来家里吃了香酥大肘子，今儿就挂墙上了。

贺显金紧紧抿唇。有些人的一个念头，就要掉数十条性命，毁掉数百人的前程。千里之外，权力的倾轧使车轮肆意横行,不知会碾到谁的脸上。如果,她可以握住权力的鞭子,是不是就能控制住车轮的方向?贺显金被这个念头吓到,轻轻甩甩头,垂眸转身往外走。

没去店子,回了老宅,还没拐过墙角,便听里面闹哄哄的,锁儿有些害怕地往贺显金身侧靠了靠。一众身穿银灰盔甲的兵士,大刺刺站在门口,陈笺方背着手,神容淡定地立于二门阶梯上,陈敷努力挺直腰杆当个人。陈笺方的余光瞥到了贺显金,手在腰间冲贺显金打了个手势。

贺显金眼神一垂,低声告诉锁儿:"快去,告诉杜婶子,围山院的官兵在老宅。"

锁儿转身就跑,一双小短腿上下翻腾跑得飞快,没一会儿便看不见身影了。

贺显金转身,再抬头时,带了一抹羞赧又胆怯的笑,声音像被晾衣架夹过:"官爷——"

贺显金要吐了,喉咙向下一压,生生把干呕咽回去。

为首的官兵看到贺显金,气势减了两分,胡乱点了点头,转过头去,与陈笺方冷面相对:"乔徽可曾来过?"

陈笺方适时诧异,蹙眉反问:"他?他不是在山院吗?"

为首官兵是方脸,冷哼一声:"跑了!昨晚跑的!背了把刀,翻墙跑的!"再横一眼陈笺方,"你个读书人不老实,分明是乔放之的学生,昨天来山院,愣是一个字没透!"

手握在刀把上,随时预备出鞘:"还有你们陈家,与乔家关系不浅啊?听说有个掌柜,甚至颇得乔放之青眼,进出往来频繁,很是亲密。这种关系,乔徽要跑,你们会不知道?"

贺显金走到陈笺方身边。只听陈笺方笑道:"这泾县的读书人,哪个和乔家关系不近?不亲密的,在泾县读什么书?考什么试?要什么前程?"

陈笺方双手叠在身前,身形向后微靠,说话间极有条理:"昨日,我便同官爷交过底,我是前年的举子,先父生前官至四川成都府府尹,我因丁忧守孝,从国子监回老家读书。"

为首方脸气势又减了两分。陈家大爷地方官干到五品,也不简单了。

陈笺方不急不缓再道:"还有不到两年,我便可参考贡试,大好前程就在眼前,就算乔徽上门,官爷,你想想看,我能搭理吗?"

"你们没有弟弟在山院读书……"方脸官兵眼珠子转了两转,迟疑道,"昨日去山院,干什么去了?"

这是反应过来了。贺显金正要开口,却见杜婶子跌跌撞撞小跑过来,一过来便膝盖一软,跪倒在梯上,双眼红肿:"官差!官差!我儿究竟几时可以回家!"

杜婶子神色仓皇,还穿着印有"陈记"二字的衣裳。贺显金难过地别过脸去,恰好露出清晰却倔强的下颌线。

"我们口中的弟弟便是这位婶子的独子。"贺显金声音淡淡的,"这位婶子在我们作坊做工,是位身世可怜的寡妇,母子两个相依为命,她儿子恰好在青城山院读书,两日没消息,杜婶子便求到我们跟前来,请我们一定去里面看看究竟。"

贺显金适时哽咽一番:"她儿子叫杜君宁,如今八岁,预备明年下场考秀才,您若不信,尽可以去查，若是说谎，您便来这儿捉我罢！"

方脸官兵的目光从贺显金脸上移到杜婶子脸上，来回移动一番，手从刀鞘上放下，本已抬脚欲离，却突然又收了回来："不对。一个伙计的儿子，值得你们花一百两进山院？"

贺显金一滞。一百两，这笔钱确实有点多，也确实不太符常理。贺显金抿了抿唇，眼光沉了沉，正欲开口，却听杜婶子双眼一瞪，哭声尖厉又响亮："你意思是，老娘的儿子值不了一百两？！"

贺显金微愣。

杜婶子继续哭道："老娘儿子三岁开蒙，七岁凭本事考进青城山院，八岁就预备下场考秀才。八岁的秀才啊！就是那乔徽，也不过比他早一岁罢了！陈家是有钱，但官爷，你打听打听，如今陈家除了这个二郎君，还有谁在读书？没有啦！剩下的都是像陈三爷这样分不清楚个东西南北中的歪瓜。"

陈敷皱皱眉，感觉膝盖有点痛。说他歪瓜就算了，说他分不清东西南北中就有点侮辱人了。他是谁？陈家雀神是也！别说东西南北中，就算是三五七八条，他都能胡！

杜婶子还在继续："以后谁帮衬这陈二郎君？你个臭虫来帮啊？花一百两，就收拢了个大有出息的孩子，收拢个忠心耿耿，为这店卖死命的伙计，你自己算算，这笔账划算不划算！"

方脸官兵一愣。确实，生意人家本来读书的就少，提前下本买注，收拢人心也不是什么新鲜事。有些富商，甚至会搞些榜下捉婿的戏码。连女儿都舍得，还会舍不得这一二百两的银子？

陈笺方皱眉斥道："杜婶子！不许对官爷无礼！"

陈笺方一个跨步便将那方脸拉到了一旁，低声道："那孩子确是我们家精心挑了又挑，认真养出来的，青城山院都送得进去，多花个一二百两又算什么？"

说着便又摸了张银票到方脸官兵袖中："商贾人家不缺银子，我虽是读书人，但骨子里还是做生意的，这笔账您自己算算，我们陈家辛辛苦苦三四代人，至于为了一个乔家毁基业吗？"

方脸官兵想了想，仍是把银票还了过来。陈笺方低声道："您若实在不放心，就亲自在我们宅子里搜上一搜，但凡搜出个与乔家沾边的东西，不用您扭送，我亲去应天府尹领罪。"

贺显金手一紧。方脸官兵沉吟半晌，手过肩头一挥："那就得罪了。"

身后的小吏鱼贯而入，半个时辰后鱼贯而出，打头的冲方脸官兵轻轻摇摇头。方脸官兵松了口气，他也不想陈家有事，陈家若洗不清嫌疑，他不仅这几张票子保不住，保不齐还要因收受钱财、失职渎职被责难。

贺显金的手缓缓松开，方脸官兵面色放松地带着人手向外走。贺显金隐隐约约听见，方脸官兵说了句"去水东大街王家"。

王医正。看来，他们已经摸清泾县里与乔家关系甚密的人家了。

待人走后，陈敷眼眶一红："好好一个孩子，怎么这么坎坷？"

陈笺方意味不明地看向走远的官兵，再转过头来，望向素来感性的三叔。人生或许是有定数的，先苦后甜，或先甜后苦，宝元一帆风顺了近二十载，前半生唯一的波折是母亲早逝，如今天降横祸，他将何去何从？

乔徽是基于什么心态跑了？是不敢面对逃了，还是企图置之死地而后生？陈笺方闭了闭眼，复杂的情绪在胸腔中翻涌，许久都未得到平复。

"山院解禁后，我想将宝珠接过来。"贺显金与陈笺方并肩而立。

当一个家族倾覆之际，唯一有可能得到保存的，只有女人和稚童。

陈敷抹了把眼角，点头道："该是这个理，山长待你一向很好。"

贺显金看向陈笺方，陈笺方轻轻颔首。贺显金不知为何，如昨日乔徽将那包包裹交给她时那般，轻轻地舒出一口气。

"山院恐怕很快就会解禁。"陈笺方语气发涩，"继续围着也没有意义。人都跑了，难道东西还会老老实实待在那儿吗？"

东西在哪儿？贺显金强自镇定地进了二门，刚一进屋子，便飞快关上门，将桌子移开，把昨夜连夜撬松的石砖抽出，低头看到包裹好好地藏在里面，终于一颗心放回肚子里。

乔徽要跑，在她意料之中。不跑，便如砧板上的鱼肉，任人宰割，跑了，尚且能挣出一条生路。换作她，她也会将幼妹安顿好后，跑出去拼一条血路出来。但她不明白，乔徽为何要把东西给她，而不是陈笺方？

果如陈笺方所料，再过五日，山院解封，学生们披头散发地鱼贯而出。封了将近十日，山院的一切补给暂停，蛋肉果蔬全都送不进去，恰逢封禁之日是山院勤杂师傅们休假的日子，学生们只能依赖现有的物资生存，跟荒野求生似的。有些求生技能弱的，胡子拉碴又面黄肌瘦地出来，活像被关进水牢整整十来天的人是他们自己。

杜君宁还行。杜婶子教得好，杜君宁很小就帮着家里做事，出来时不仅把自己打理得干干净净，还顺道仔仔细细地照顾了一把宝珠小朋友。两个小孩，杜君宁八岁，宝珠刚十岁，一人裹着一床大大的毛毯，手里捧着一杯红糖姜茶，小口小口地喝。

杜君宁喝口姜茶，眼皮稍有红肿，眼神却坦诚清澈："有的怨声载道，有的不敢置信，有的反咬一口，百人千面，有些身上有钱或家里有些权势的，或打听消息，或走通关系，先定立场再谋下步。"

杜婶子前两日那场戏虽是演的，戏剧的精神内核却是真的，担忧地揽过儿子："可有人欺负你没？"

杜君宁摇摇头："没。孙顺那天夜里不知被谁打断了腿，大家伙都猜测是乔师兄下的手。"

是乔徽的风格。贺显金笑了笑。

"所以，乔师兄人虽走了，但那把刀始终横在明处。大家伙都害怕他杀个回马枪，便也不敢特别过分地对待我和宝珠。"杜君宁声音闷闷的，像是溺水的人呛了一口，但终于浮上了水面。

"那就好那就好，珠儿呢？珠儿可有什么想吃的？婶子去做。"杜婶子爱怜地拢过乔宝珠的肩膀,想起宝珠一向爱吃老宅的张妈的手艺,又道,"婶子去找张妈学?"

贺显金终于有勇气将眼神移向宝珠。胖花花一直低着头,手里捧着茶,却几乎没怎么喝,从未有过的沉默。贺显金心里升起无数酸涩。

"宝珠。"贺显金声音很柔,像在唤一只刚经历雷雨天的小猫,"宝珠……"

宝珠抬起头,眼里充满迷茫与恐惧。贺显金险些落下泪来,别过眼去。

一顿接风饭吃完,杜君宁想带宝珠回家,杜婶子没有迟疑,只问贺显金:"掌柜的,你说行吗?我听说乔家老家就在咱们泾县,事闹得这么大,老家没人来找宝珠,说明要么怕惹祸,要么受牵连。家里人多半是指望不上了,我这一只羊也是放,两只羊也是养,两个崽儿一块儿养也挺好。"

贺显金没想到,竟然还有人跟她争夺花花的抚养权?

"您……养个姑娘可不是一张嘴的事,吃饭是小事,重点是姑娘长大了的衣裳、首饰、嫁妆……"贺显金企图利用经济实力碾压竞争者,"您可想想清楚哦。"

杜婶子"嘿哟"一声:"那不简单?等我放了一道杠,月例银子妥妥够了!"

我当然知道一道杠的阁下很强,但如果我让阁下一直在试用期,试问阁下又当如何应对?当贺显金企图不要脸地运用管理权限碾压竞争者时,宝珠轻声开口:"杜婶,我、我想跟着显金姐姐。"

杜婶子还想说话,却被身边的杜君宁扯了扯衣角。

贺显金笑道:"跟着我和跟着你,差别不大,反正我这儿没做饭,就去你那儿吃,何必细分?"又看杜君宁,"青城山院一时半会开不了,可有后路?"

杜君宁眼眸一黯,低声道:"明者视于冥冥,智者谋于未行。世浑浊而我独清,众人皆醉而我独醒。山长常言,君明臣贤。如山长般睿智淡泊之人,尚且遭此蒙难,这书我不读也……"

"啪——"贺显金一巴掌挥到杜君宁后脑勺。杜婶子收回挥舞在半空的铁砂掌,很好,有人比她动作还快。

"这书不读也罢?杜君宁,你若觉得朝堂晦暗,你更当埋头读书,做后来者的光;你若觉得江山不安,你更应奋进向前,当后来者的靠山!若每个人都如你所想,当个逃兵,这世上还会好吗?"贺显金有些生气,"我帮你写信,去清河镇找秦夫子,今年该下场下场,若考得上,我奖励你娘越级升到二道杠,再帮你活动门路送你去宣城府继续读;若考不上,你就安安心心在秦夫子处读书,山长何时回来,你就何时回来!"

什么?儿子考中秀才,娘就能升为二道杠?钟大娘耳尖动了动,还有这等好事?她那尚在牙牙学语的幼儿,学习课程要抓紧了才是。

杜君宁后脑袋被削,反倒将脸上的颓唐气削没了,红着脸,向贺显金郑重其事地道:"是!学生谨记掌柜的教诲!"

贺显金欣慰地点点头。对付这种一腔热血的中二少年,就是要比他更中二才可以。但对于宝珠,贺显金似乎有许多话藏在胸口,酝酿许久,或劝慰或开解的腹稿写了一次又一次,却仍旧无法张口——宝珠的变化实在太大了。

宝珠不说话了,字面意义上的不说话。任谁同她说什么,她无论赞同与否,都点头。点头如捣蒜,嘴巴如上栓。自表明想与贺显金一起后,便再也没有开口说过一个字。

这种情况,贺显金听说过。有些人遭逢大难后,一时间无法调节自身的情绪,便容易出现各式各样的问题,有的问题表现得比较具象,比如失声、失眠或失去食欲,有的问题表现得较为隐蔽,若身边人粗心大意些,便会酿成无法挽回的苦果。贺显金比较庆幸,乔花花属于第一种。前者尚在自救,无论是失声还是失眠,其实都是无声的呐喊和求救。

贺显金嘱托张妈给乔花花这几日的餐食口味稍重一些:"浓油赤酱也好,辛辣冲鼻也好,总要叫人活泛起来。"思来想去很久,终是定了个计划,计划实施前,特意去了趟小曹村,收拢了李三顺师傅首制的六丈宣,不多不少正好三刀。

贺显金特意对比了这一批六丈宣与李老章师傅制作的六丈宣有何不同。结论是,以她的水平没有看出任何不同,但陈敷倒摸出了些许差异来。

"李三顺制的这批更韧。"陈敷拿着新纸,对着光抖了抖,听纸张发出清脆的声音。

贺显金问:"这批更好?"

陈敷便笑道:"那是自然。新一批六丈宣,是这群师傅停工全力以赴,从选料、制料到成品皆挑最上等的来做。上一批,许是被陈六和那猪头克扣、催促狠了,明显纸絮没泡好,也没舂好,便着急忙慌开干,纸张便不够润,不够韧。"

说着,陈敷随手拿了支软毫笔,在笔洗里浪了浪,两滴墨水分别滴在两张纸的边缘上。新一批六丈宣上,墨水一圈一圈向外氤氲印染,外圈的色比内圈的淡,但过渡自然,如内外圈里架桥泊舟;老的一批,墨水虽也晕染,但明显晕染的面积与速度都没有新的好。

何为匠人?便是投入一分回报一分,从没有投入一分回报十分的道理。脚踏实地,但步步留痕。贺显金若有所思地颔首。

陈敷笔杆子敲到贺显金额头:"你呀你,既做这门生意,这点学问须得牢记呀。"

贺显金笑着歪头看陈敷:"您呀您,既不做这门生意,又何必牢记这点学问呀?"

陈敷向后靠了靠,伸手正了正镶粉绿色的斓边衣襟:"你不懂。鸿鹄安知燕雀之志。"

好吧。贺鸿鹄表示陈燕雀的志向,她确实不太懂。

既有陈敷盖章认可,贺显金便大着胆子将那三刀六丈宣印上"陈记"标志,绕了弯给小熊姑娘写了封信,小熊姑娘随即下了封帖子,贺显金终是拿到了进出熊知府的帖子。帖子的纸是洒金的,字是烫金的,画着大朵大朵的秋海棠,主打的就是一个雍容华贵,彰显宣城知府府上的大气。

帖子的内容是——喝茶。

贺显金想,她是开茶馆的,被人邀请喝茶……

帖子上写,邀陈记纸行贺掌柜于府上浅酌一盏洞庭碧螺春新茶。闺阁姑娘的娱乐内容真是贫瘠啊,贺显金想了想,为了避免被一直灌茶汤,便又收拾了一套新制作的、预计在"看吧"推出的拼纸桌游,一并带去。

泾县到宣城府，摇摇晃晃半天的路程，小熊姑娘请的是午后饮茶，不包午饭，贺显金便提早了三个时辰出发。也就是说，为了喝这一盏洞庭碧螺春，贺显金得天不亮就坐着骡车跋山涉水。

到了府邸，贺显金给门房递上帖子，又见门口两列歪歪斜斜靠在一起、长衫素衣的读书人，轻声问道："这是？"

门房"扑哧"一声嘲笑："都是来求见府台大人，望府台大人帮青城山院那个那个……"门房记不清乔山长的姓。

贺显金轻声补充："乔山长。"

"噢，帮那个乔山长求情咧！"门房大剌剌，一边核帖子，一边说。

帖子核完了，门房的脸上瞬间挂了个笑："原来是大小姐的客人！您请进！"

贺显金仿佛看了场不要钱的"变脸"，同时对小熊姑娘在府中的地位有了新的认知。能够随时自主下帖邀客，门房提起大小姐的语气颇为谄媚，光是这两点，寻常人家的嫡出亲女恐怕都做不到。更多的是如陈左娘般，在家中既是长姐，又算半个管家婆的存在，承担着大姐的义务，但无法享受相应的权利。

贺显金若有所思地跟随门房抬步进府。熊府府邸以黑白灰为主调，用天井连接大厅与厅堂。穿斗式木结构的木楼鳞次栉比，斗拱精雕细琢，以绚烂缤纷的藻饰涂抹造型，在深秋午后的天空下呈现出错彩镂金之美，贺显金好像整个人都静了下来。

贺显金先被带去见了熊知府的夫人罗氏。侄女的客人，当家主母有时间见就见，没时间见的话，她就按照礼数在门口向长辈问个安就行。贺显金也不认为自己一介商户能得以见到宣城府主官的夫人。

果不其然，穿红着绿的大丫鬟就叫她在门口给夫人问个好就行，贺显金将装有六丈宣的鎏金礼盒郑重其事地交给大丫鬟后，便被带到了小熊姑娘所居的西跨院。跨院不大，呈不封口的"口"字结构，三行平房坐落有致，坐北朝南的那一行平房便是小熊姑娘的闺阁。

"叫我呦娘就好。"小熊姑娘笑着让人给贺显金上了一盏茶，"我闺名唤作熊呦呦，也是我伯父取的，说是熊字听上去略魁梧，点缀'呦呦'倒是小趣可爱。"

贺显金笑着接过，顺着话："熊也可爱，呦呦也可爱。"

呦娘又说了些近日的消遣，隔了片刻，方道："你信中所说知县一事恐有变化，具体是指……？"

贺显金轻巧地放下茶盅。她好像看清呦娘的真实内心了，呦娘，比她表达出的，更想嫁给崔衡。贺显金在信中特意大写加粗提了一句，"一朝变天，县衙提正一事恐有大变"，这是专门给熊呦娘设的钩子。

婚事尚且八字没有一撇，呦娘都亲自前往泾县三四趟，足以表现呦娘对这门亲事的重视，若崔衡无法上位，这门亲事很大可能成不了。

一旦勾上熊呦娘，贺显金自然就有了出入府台大人府邸的机会，自然也有将六丈宣送出手的机会。整个宣城，很久没有产出贡纸了，她不信，熊知府不期待辖区内拿出直通天听的贡品。

贺显金敛了笑容，以问句回答熊呦娘："你可知青城山院山长被押下狱？"

熊呦娘眯眯眼："这与崔大人提正有何干系？"

"崔大人虽不是乔山长的门生，但青城山院却属实是在崔大人任上做起来的，素日乔山长与崔大人也关系良好，此为之一。"贺显金神色沉凝，"再者，照应天府的说辞，乔山长一直与福建书信往来频繁，兼有通敌叛变之嫌。"

贺显金将茶盏推开，神色很淡："你若是京官，可会判代行辖区主官之责的崔大人一个渎职、误职之罪？"不问责就算好的了，还提拔呢！提他个汗巴脚！

熊呦娘紧紧抿唇，隔了许久，方粗粗地喘了一口气。就真的挺烦的，她不是十四五岁的小姑娘了，刚出父母热孝，翻过年头，马上十九岁了。大伯大伯娘是好人，待她如亲女，但不意味着她能一直没脸没皮地赖在家里不嫁人。

找来找去，崔衡是最好的选择，年纪合适，有功名在身，又有正经差事，就算有点不好的地方，靠娘家也能压下来。放眼整个宣城，这个人选再合适没有。看看媒人说的其他人选，要么人不错，官至六品，但嫁进去就要当续弦；要么家里不错，但人无寸功，很不上进……熊呦娘气馁地叹了口气，偏偏在这节骨眼上出这档子事！

贺显金将熊呦娘的神色看在眼里，小声试探："若是崔大人因此事前途不明，你也不在意？"

熊呦娘抿唇，再抬头看贺显金时，眼神多了几分坦诚："乔家出事，崔大人可曾落井下石？"

贺显金思索后，摇头。那倒没有，听陈笺方说，在山院封禁期间，崔衡对山院里的书生也颇多照拂。

熊呦娘点点头："那有无立即旗帜分明地与乔家划清界限？"

贺显金立刻摇头，没有。崔衡甚至多方周旋，企图先将花花保出来。陈笺方的许多消息，都是崔衡告诉他的，有些甚至是邸报里的消息。

熊呦娘叹了口气："那就很好了。"

贺显金一下理解了熊呦娘。崔衡当然有许多毛病，但在大德上，至少不是个两面三刀、落井下石的小人。也就是说，在熊呦娘的考核评价体系里，就算崔衡不能如期当上县令，她也是愿意出嫁的。可惜，熊呦娘的考核评价体系，熊知府不一定会沿用。

贺显金想了想，方道："你若是担心婚事，倒是可以同你大伯娘细细说道。"

熊呦娘上齿咬下唇："我是侄女，不是亲女。"

大伯与大伯娘待她再好也隔层纱，有些话，亲女说得，侄女说不得，自己心里有成算即可，切勿舞到长辈眼前。她可以为自己筹谋，但不能当着长辈的面噼里啪啦打算盘。如果这样，在长辈眼中，她变成什么了？费尽心思汲汲营营之徒？一个姑娘，吃相过于难看了些。为啥大伯大伯娘喜欢她？也是因为她温婉大方、善解人意，她若真不知天高地厚地插手自己婚事，那积攒下来的这点长处，岂不是说塌就塌？

"不过，也不是没有转圜的余地。"贺显金了然地点点头，开玩笑般，"若乔家洗清冤屈，那咱们崔大人该官运亨通自然继续亨通——"

贺显金顿了顿，喝了口茶，仿佛随口问道："就是不知道这事儿，究竟走到哪一步了？"

贺显金继续下钩子。鱼儿，哦不，熊呦娘思绪被唤回来，看着贺显金似笑非笑："我同你坦白从宽，你却在这儿阴着套我话！"

哦豁，被发现了。贺显金倒也不尴尬，理不直气也壮："我这哪是阴着套话，我分明是明着来的！"

"我真不知道！乔山长下狱这事，我也只是隐隐约约有听说。我一个深闺姑娘，就算大伯疼爱，也不至于将官场的事告诉我！"熊呦娘笑得温润又爽朗，弯弯的眉眼像月亮，"否则，我又怎么会因为一封信就被你勾上手？"

这倒是。贺显金脊背一松，虽有心理准备，但听熊呦娘这么说，也气馁地向后靠了靠。熊呦娘，是她目前够得上的社会地位天花板了。再高，就只能去京师滚钉板、告御状了。两个气馁的人相对而坐，气氛都稍显颓唐。

熊呦娘率先开口，话锋一转："你不是送了六丈宣给我伯娘吗？"

贺显金目光一亮，熊呦娘笑得温婉。与陈左娘单纯的温驯不同，熊呦娘的温婉带了些"我知世间爱温婉，我便温婉给世间看"的通透与豁达。

"用晚膳后，我带你给伯娘请个安。大伯今日回府，他素来喜好笔墨相关物件，又崇尚自由之道。"熊呦娘狡黠地眨了眨眼，"若他知道你是陈记泾县的话事人，又是乔山长的关门弟子，保不齐愿意见你一面。"

贺显金目光复杂地看向熊呦娘。短短一段话，释出了好几个意思，熊知府看重宣城的纸行生意、熊知府崇尚心学、熊知府与乔放之关系良好。熊呦娘正在规则范围内，一点一点地试探着，探索自己最大的自由啊！

贺显金抿唇笑了笑，投桃报李："若府台大人愿意见我，我倒也有机会探一探，他老人家对咱们泾县知县的想法……"

熊呦娘眯着眼弯眉浅笑。贺显金手扶椅背，舒朗笑开。这叫双赢！

有话聊，一下午就过得贼快。天将将落黑，房檐四角点上红灯笼，中轴上的那处院落灯笼最大，灯光最红。熊知府回来了，彼时贺显金和呦娘吃完晚饭，正陪着府台夫人罗氏聊天。

也不知是早上的六丈宣起了作用，还是呦娘的面子起了作用，用完晚饭再来请安时，罗氏的院门便大大打开了。罗氏与呦娘有些相似，圆圆的脸，粗粗的眉，骨骼前瘦，说话轻言缓语，很标准的江南美人。挺拔颀长的贺显金站在她们旁边，像两尊矮白瓷器旁立了个瘦长的窄口花斛。

窄口花斛惯会见人说人话，见鬼说鬼话。罗氏说江南的黄鱼鲞好吃下饭，贺显金就说起温州的洞头紫菜空口都能干二两；罗氏说江南的麻将打法和徽州的不一样，贺显金顺势就将缺一门、爆头、彩漂、杠开挨个儿顺一遍；罗氏说绢花簪发不如鲜花挽发灵动，贺显金立刻笑道："任什么花儿，上了夫人的脸，都被您衬得更灵动了。"主打一个以丰富的知识储备，拍好夫人马屁，真正做到事事有回音。

熊知府踏步进门，便听内间言笑晏晏。贺显金随呦娘起身，罗氏笑着接过熊知府的外披风，眉眼放松地介绍："您不是一直听说陈记泾县作坊的掌柜是个小姑娘吗？喏——"

贺显金赶紧双手扶左膝问个大安，大声道："府台大人，小女是陈家陈敷之女，请府台大人安好。"

熊知府被吓一跳。这小姑娘中气也太足了。

熊知府不急不缓进隔间拿香胰浣手，低着头随口道："姓也改成'陈'了？"

贺显金克制住上挑的眉头。竟真的知道她！

"回府台大人话，没改，还是姓贺！"声音仍旧中气十足。

熊知府笑了笑，拿干绢帕擦干手，转身坐到八仙桌前，把帕子随手递给罗氏，抬眼打量眼前的少女。身量挺拔，素面朝天，穿的是深棕色的麻布衣裳，一张脸白皙，眸子亮得像燃了把火，看起来利落又精瘦。

上位者见小辈，最喜欢的就是如贺显金般，行事说话不拖泥带水，大大方方又精神头十足的。熊知府点点头。贺显金也不知他在赞同什么。

"我记得你。"熊知府单手搭在四方桌上，国字长脸上八字胡，看上去不像一府主官，倒像个与世无争的乡绅老爷，"怀民灵堂，你爹扛个棺材发癫，被瞿夫人拿拐杖杵了膝盖窝子，正好撞到你背上。是你不？"

贺显金惊诧于熊知府的记忆力。是不是干到一定程度的人，记忆力都非常惊人？

"是我是我！"贺显金忙点头，又笑道，"那时候光顾着疼了，没来得及跟您请安！"

熊知府胡子动了动，估计是胡子下面的嘴在笑，转头同罗氏道："好几个月前，就有人告诉我陈记不得了，当家人是瞿老太，老家店子管事的是个小姑娘，娘子军掌事，陈记更上一层楼。"

罗氏温婉地笑："陈记开明，您不记得了？咱们余杭老家的女东家也不少，东庄的绣楼、西庄的布店，不都是女人当家？"

熊知府捋捋胡须，不以为然道："谁当得好就谁当家，在意什么男女？"

贺显金眉梢动了动。所以这是呦娘相对自由的原因？

熊知府又指向贺显金："咱们宣城近五年没出六丈宣，这小姑娘反倒把六丈宣制出来了，我看其他纸行最好都去陈记取取经，学上一学，知耻而后勇，别嘴上赞誉，心里妒忌，拐弯抹角在我这上眼药。"

上眼药？上什么眼药？谁上眼药？贺显金眉梢未动，面容仍旧保持着恭敬的姿态。

呦娘单手掩帕，温温柔柔地打了个呵欠，扯着罗氏撒娇："伯娘，进了仲秋就易困呢！"

罗氏看了眼贺显金，笑着叫大丫鬟打发呦娘回去，又拿了个绣花绷子坐到隔间的太师椅上，表明自己人在，但心不在。熊知府与贺显金虽年龄差放那儿，但到底男女有别，罗氏自愿充当缓冲带已是很见礼了。贺显金感激地向罗氏投了一眼。

熊知府将茶盏里的浮叶吹散："木秀于林，风必摧之，你做出六丈宣自是大功一件，但也有不少人借青城山院一事告陈记的黑状。听说，你和放之走得很近？"

贺显金知道自己该跪下了，但是她不想跪，乔导儿不是罪人，她不需要跪下帮乔导儿赔罪。

"乔师，指点过小女学业。"贺显金低着头，声音仍旧响亮且坦荡，"小女受乔师照拂颇多，故而青城山院事变后，小女便将乔师膝下幼女接到陈家。滴水之恩当涌泉相报！"

熊知府再点点头，好像是这位府台大人的习惯动作。也不算在赞同什么，只是给出一个模棱两可的态度。

"照料宝珠就照料吧，宝元估摸着也是心有底，知道有人会尽心尽力照顾他幼妹，才会往外跑吧？"是问句，但熊知府不需要答案。

熊知府又喝了口茶，在口中品了品茶汤，又笑道："这福鼎白茶确是不错，入口不涩，且有回甘。"

贺显金猛地抬起头来。熊知府随手将茶盏放下，眼睛未抬起："你喝过这白茶没？"

贺显金喉头一动，讷声道："乔师……曾给小女送过一盒……"

熊知府笑着再点点头，随口道："放之是受了些磋磨的。水牢磨不死人，却能把人磨得头晕眼花、手脚溃烂，不死也要脱层皮。早年的探花郎，又桃李满天下，普通五品府尹可吃不下这样的人物。"

贺显金手攥紧，她不知自己听懂没。熊知府，是不是在给她递话，隐晦地告诉她，乔山长死不了啊？至少，近日，在应天府收押阶段，乔山长是死不了的。那之后呢？之后的事，谁也说不清楚。

贺显金心里清楚，就算是老熊，也远远没有到上达天听的级别。如今是阁老针对心学流派，阁老背后站着的就是当今。圣人要搞谁，搞了就搞了，难道还要挑日子呀？关键是，为啥要搞？搞到什么程度才算完？这搞法，是全民都搞呢，还是重点搞乔家一家？这些答案，才关乎乔家的命运。

贺显金低垂了头，抹了把眼泪，一只手狗胆包天地指向东南角，索性换副牌来打："门口的那些书生，打地铺喝凉水，日夜守着，沽名钓誉固然有，但真真切切为乔山长求一条生路的也不少，就是泾县那位崔县丞，也为了乔山长的事跑来跑去、忙前忙后，累得一嘴的燎泡。"贺显金声音一软，泫然道，"大家都只是想乔山长活着罢了！"

罗氏绣花的手都缓了缓。小姑娘看起来太可怜了，像只被丢到半路的小狗，就算不能帮忙，宽宽小姑娘的心，总是可以的吧！

罗氏不赞同的目光投向熊知府。熊知府感知到老妻的谴责，清了清喉咙："这通敌的罪名，目前也只是怀疑。圣人到底顾忌青城山院出去的学生和百安大长公主，若是真要捉拿，你以为宝元跑得掉？你以为宝珠还能被你领出去？通常来说，在事发后二十四个时辰内，你拿不到证据，想将对方置之死地就很难了。最多流放三千里，断两条腿，小事情啦！"

熊知府乐呵呵地安抚贺显金。官场上说话，从来不说死。熊知府又挽了一句："但凡事无绝对，若福建有突破，放之的生死便要再议。"

流放,三千里,断两条腿,是小事?贺显金在消化。当官的,玩得都这么大吗?风险越大,收益越高?

罗氏转了转眸子,抓到了盲点,探出个身子眯眼问:"崔大人也很焦灼?"

贺显金依旧耷拉眼,转过身来,点头道:"崔大人虽不是青城山院出身,但长久以来,他有学问上的问题都会找山长请教,素日里县衙与山院之间的关系很不错。县城的读书人也都服他气,以前山长还对他颇为可惜,说过'若崔衡家中少负累,许能百尺竿头更进一步……'"贺显金一副愣头青的样子,张口就来,"听说,我们县上要来个新知县?"

熊知府似笑非笑地看着她,好似早已看穿姑娘间的小把戏。贺显金硬着头皮上,为了呦呦的荣光和后半生继续开口:"若新知县架子大、性格犟,咱们县,乃至咱们府上的读书人恐怕要跑完!"

罗氏若有所思地点点头。熊知府倒是如同打开了新思路的大门,青城山院培养的学生多数走心学,如若朝廷派下一个走理学的官员,两个学派斗起来,吃亏倒霉的只有他。辖区内学风昌盛、人才辈出,他的政绩不比他的钱兜好看?

立刻将崔衡拱上知县的位子不现实,但是让来官都个个滚蛋,这,他还是能做到的。毕竟县官不如现管,年底考评时,直属上司的评语十分重要。熊知府摸了摸胡子。

有丫鬟给贺显金倒茶,倒茶送客,这规矩她懂。贺显金低着头,恭恭敬敬地垂首告辞。

罗氏唤住贺显金:"天太晚了,回泾县,恐怕天都亮了,不若……"

罗氏瞥了眼熊知府,话锋一转:"不若,叫小厮帮你在官驿腾一间房,明日消消停停地出发?"

贺显金受宠若惊地连连摆手,又道:"不怕不怕!小女今日有住处——三爷带小女进的宣城府,等会还去给瞿老夫人请个安欸。"

罗氏又留了两句,贺显金态度很坚决,罗氏便差了大丫鬟送贺显金出府门。

将出府门,身后的锁儿便怯生生道:"咱们回宣城宅子吗?"

救命,她害怕。张妈这样强悍又不要脸的存在,都被宅子里的人逼着打了半个月的年糕,如她这般娇弱的小羊羔,岂不是要被吃光光?

贺显金回头望向门柱前的大红灯笼,轻轻摇摇头:"直接赶骡车回泾县。"

锁儿嘟囔一句:"那不若刚才应承去官驿歇一夜?"

贺显金笑了笑:"做人要见好就收。"

罗氏是想留她下来,但明显熊知府是不想的,一个干了这么多年稳稳当当的五品官,没必要与商户关系走近,这看在别人眼里,是自损身价、浪费羽毛。六丈宣给了,乔山长的消息打探到了一二,也帮呦娘将崔衡摆到了台面。总的来说,这一趟走下来,收益颇多啊。

贺显金上了骡车便大口大口地喝起水来,留下罗氏埋怨熊知府:"小姑娘家家的,身世本就坎坷,像只无家可归的小狗儿。好容易得了乔山长青眼,过了几天安稳日子,如今又没了这层庇佑……你偏生跟个小姑娘猛打官腔,真是七分人样没学会,三分官样栩栩如生。"

熊知府哭笑不得。他这老妻什么都好,偏生一点,十分天真纯良。就算两鬓间斑白了,眼神也像举子学生一般清澈。小狗儿？这姑娘是小狗儿吗？是松狮啊！看上去愣头愣脑，实则精得舔灰！熊知府"嗯嗯嗯"地囫囵敷衍，不欲与老妻争执。

罗氏又道："听她这么说，崔衡倒是不错啊，是个心宽又和善的君子。"

在你眼中，耗子都有两分长处——一分吃得少，二分长得小。熊知府未置可否。

罗氏接着道："就算这次当不了知县，倒也与呦娘算是般配。"

熊知府隔了一会儿方笑了笑，习惯性地点了点头："呦娘既然看好他，那就他吧。"

罗氏一愣："呦娘向来知礼，何来看好不看好的？向来都是一句'父母之命，媒妁之言'便羞答答地回房……"

熊知府摸了把胡子。姑娘耍的小心眼子，在他眼中，就像一层清澈的水流，是隔了层东西，但无济于事，至少水下有几尾鱼，他作为看客，能看个清清楚楚。熊知府心知肚明，却不欲拆穿。任谁的筹谋都是从小到大，从糙到精，要给年轻人一点时间，教他们慢慢长成，那时候耍的心眼和手段，才更好看啊。

紧赶慢赶，在宵禁前出了城，贺显金坐在骡车上，看天空斗转星移，四下空寂无声。锁儿睁大眼睛靠在车框边缘，撩起车帘，见天际处有好几颗星星连成了一条线，便兴奋地预备叫自家掌柜一起来看，哪知一扭头，便见自家掌柜的歪着头靠在车身上，几个呼吸就睡得跟头小猪似的了。

锁儿心疼地脱了外裳给自家掌柜披上，抱着胳膊半撩开帘子问："狗哥，咱们几时能到家呀？"

周二狗挥鞭子："山路不敢快，天亮到家吧！"

锁儿"噢"一声，又探个头出去："那狗哥赶稳一点噢，掌柜的刚睡着，这几天掌柜的一直没咋睡呢。"

周二狗胡乱摆摆手："知道了知道了……就你懂事！"一边敷衍，周二狗一边暗自挺直脊背，把缰绳细缠了几圈，稳稳掌控在掌心。

骡车一停，贺显金立刻睁开迷蒙的双眼，撩开车帘，便见微弱熹光中模模糊糊的"猷州"牌匾，还是乔山长的字呢。

贺显金抿抿唇，转头问周二狗："不让进？"

宵禁没结束，城门就不让进。贺显金倒是做好了宿在城门外的准备："我记得三五里外有间客栈，要不咱上那儿歇歇？"

谁知周二狗还没说话，便听车厢外传来守门士兵恭恭敬敬的声音："可是陈记的贺掌柜？"

周二狗"欸"一声，不太适应守门士兵这么好的态度。接着便听城门"嘎吱嘎吱"，专门为她打开了一条细缝，堪堪足够骡车通行。贺显金撩起车帘眯眼探头看，便见硕大灯笼下，陈笺方背手而立，微微垂首，下颌藏在温润的眉眼下，像一个精心勾勒的椭圆，不见棱角与锋芒。

贺显金人醒了，脑子还没醒，脱口而出："这么早，你在这儿干吗？打鬼还是捉鸡？"

陈笺方一抬头,贺显金正呆头呆脑地贴在车窗边,嘴角还挂着一行可疑的亮晶晶的液体,心头升起微妙的情绪。这小姑娘一晚上没回家,他急得在城门口等了三个时辰,一晚上就陪这守城的士兵值夜了,后来士兵都去睡了,他不敢,就怕他们回来没人给开门。她倒好,嘴巴边还挂着一行口水。

陈笺方转头向守门的士兵拱拱手:"辛劳您开门。"顺手递了一枚银角子出去。

士兵笑嘻嘻地接了,腰躬得比陈笺方低:"您客气您客气!"态度很是恭敬。

钱是一回事,重要的是人。没听说县城里如今传得沸沸扬扬的?青城山院倒了,里面的书生作鸟兽散,整个县城的读书人如今就陈家这位二郎君有点出息。不过是提早三刻开城门的小事,早开也是开,晚开也是开,卖希望之星一个面子又有何不可?

城门打开,门口熙熙攘攘,等着排队出城赶集的百姓,也有做早饭生意的摊贩。贺显金嗅着空气中喷香的气息,深吸了口气。

"饿了没?"陈笺方的声音适时在骡车响起。

咋不饿?去大人物家里做客,总不能一直猛吃啊。一只屎壳郎,捧着碗,猛吃三碗饭,这画面也太美了。贺显金摸摸肚子,挑帘子看了眼摆着大油锅炸油条和芝麻圆子的早餐摊,再看希望之星神色淡然,微垂首跟在骡车旁走。

他怎么不上车?贺显金心中浮出第一个疑问。

他准备一直跟着骡车走回老宅?贺显金缓缓生出第二个疑问。

"我们去吃豆浆油条吧。"贺显金抿唇笑笑,叫停了周二狗,提起裙摆三步并作两步跳下骡车,主动朝陈笺方走去。

既然他要走路,那就一起走吧。她又不是瘸了。

贺显金让周二狗和锁儿先回去:"回去补觉先,都赶了一夜的路!"

待贺显金走远,周二狗赶着骡车,如梦初醒:"不对。"周二狗愤愤不平,"我们也可以吃了豆浆油条,再回去补觉啊!"

锁儿愣了愣,难得与周二狗同仇敌忾:"掌柜的怎么吃独食啊!"

油条浸满豆浆,用筷子夹起来,酥脆的外壳还未完全软化,但内里经发酵后产生的气孔裹满了豆浆,像一块美味的海绵。贺显金坐在早起做活的人旁,一口一小截,干得飞快。陈笺方一夜未睡,胃口没开,默默舀了一小碟酸笋放在贺显金跟前。

希望之星人还怪好的咧!省嘴待客,还照顾周全。他真的,她哭死!贺显金抬头朝希望之星展开一抹油条味的笑。陈笺方不由自主地跟着笑起来,好似半月前的挣扎,在油条与豆浆的烟火气中,默契地一笔勾销。

待贺显金吃完,陈笺方双手撑膝,开口道:"昨天走了一晚上的夜路?"

贺显金点头:"走的官道,二狗哥打头阵,寻常人不敢来惹事。"

约莫是伙食好,周二狗这一年块头越变越大,感觉甚至可以单手把李三顺拎起来,让人很有安全感。再加之走的官道,尚在宣城府辖区内,不像宝禅多寺的山匪,故而贺显金才敢连夜赶路。陈笺方见小姑娘不以为然，不由闷了闷，想起那盏冷茶，再想起小姑娘仰头喝下冷茶的决然……

"你若需要，可以提早告知我，我陪你去。"陈笺方这句话说得心惊胆战，实在不知这话说完，小姑娘是否又会如冷茶事件一般，发个大脾气，想了想又挽了一句，"左右山院如今作鸟兽散，我出个远门，也权当散心。"

陈笺方手握着豆浆的碗沿，隔了一会儿才听小姑娘言语含笑："行，下回叫上你！"

"咯噔"一声，陈笺方心中好似有石头落地。他低眉掩饰住眼中的放松，再侧眸用余光看贺显金神采奕奕地喝豆浆吃油条。

陈笺方在心中长长呼出一口气。或许，他可以不用当面锣对面鼓地，与贺显金将那日的凉茶的事情撕扯开了吧？

过去了就过去了，也许是小姑娘那天不太高兴，也许是小姑娘就想喝那碗凉茶，也许还有其他无足轻重的原因……如今再撕开，未免有种时过境迁的难受。

陈笺方按照心意，转了话头："可见到了熊知府？"

贺显金微微一愣，便笑言："见到了，看起来便是位久居官场，知世故却不世故的前辈……"

陈笺方听贺显金语气中透露着明显的轻松，亦不由得为两人的关系恢复如初感到高兴。高兴之余，他不知自己似乎错过了贺显金眼中稍纵即逝的叹息。

贺显金与陈笺方细说起昨日与熊知府的往来，着重强调了三点："照熊知府的意思，乔师一事还有得熬呢，上头在博弈，且不知谁输谁赢。"贺显金指了指天。

陈笺方心情很好，跟着贺显金的指头望上去，天空亮澄澄，偶有浮云飘过。

陈笺方重重地点了点头。贺显金看少年郎难得颇为孩子气地又仰头又点头，心下一软，看着陈笺方笑了笑："此为一。二则，便是咱们泾县知县的人选，估计崔大人若想上位，虽有难度，却也并非不可为，陈家若想在泾县进一步，与崔衡的关系必须维系。"特别是在青城山院一朝作鸟兽散的状态下，崔衡是陈家能抓到的另一张牌。

陈笺方唇角抿笑着点头："此事，你无须担心，我与崔衡从未交恶。"

少年郎的眼神温和，唇角藏了抹冰释前嫌后的放松的笑。贺显金将那声叹息暂停，在心中换作了怜惜与豁然。

"第三则，"贺显金顿了顿，"我们的六丈宣已送到了熊知府手中，最晚明年，最早今年，或许将成为贡品上交朝廷。"

学成文武艺，卖于帝王家。读书人最好的归宿是出仕，将一腔热血与数十年读书凝结的果实，献于九州山河。而商品，最好的结果，便是成为贡品。不同的阶层将赋予商品不同的含义，这便是商道令人厌恶的本质。

陈笺方低头喝了口豆浆，低声喂喏，害怕被贺显金听见，又希望被贺显金听见："都听你的。"

贺显金眉梢微动，低眸看了眼早已空空如也的碗，不觉暗骂自己"饿死鬼投胎"，这时候借机喝口东西，才能缓解她清晰听见这句话的惶然啊！

一路回老宅，贺显金倒是没试过从城门走回水西大街，途经一处双子尖塔，门口聚集挎着竹篮、鲜花、香烛、花灯、清水和攒盒饭菜的信众，熙熙攘攘，人声鼎沸。

贺显金探头看了看，陈筊方细心介绍道："这是水西双塔，双塔后有一座崇庆寺，里面的信和方丈很有些精通佛法。恰逢今日十五，是信众拜佛上香的日子。"

贺显金一直不太懂精通佛法是个什么意思，心里想，嘴上便问。宗教确实不是陈筊方的高分课程，他略想了想便道："于佛法，信和方丈可讲深讲透，譬如人生习苦，苦尽则甘来，许多信众都爱听。"

贺显金耸耸肩："信众们是否多家贫，或多病？"

陈筊方看了眼排队信众，多数是中老年女子，粗布麻衣，面容凄苦，目光却很平静，他不由抿唇。贺显金笑笑，那肯定爱听这"佛法"嘛！信和方丈不就是给这群擅长吃苦的贫家画了个大饼嘛，这饼之大，今生炖不下，需到来生才能吃上。

陈筊方低眸温润道："也有读书人，或功成名就之人，愿与信和方丈讨教。我记得山长以前就很爱来。"

贺显金挑眉，站定问陈筊方："宝珠，可说话了？"

陈筊方苦笑摇头："你才走一日……"

你才走一日，我会想念你。但不代表，这一日，宝珠就会说话了呀。

"依旧不说话，终日将自己团成一团，张妈送过去的餐食，每次都只用了一点点白饭与水……"陈筊方不知如何安抚小姑娘，但他能理解宝珠的无助与封闭，"再这样下去，她也会垮掉。"

贺显金埋头原地踱步，隔了片刻又抬头问："这位信和方丈除了佛法精通，骗人可灵验？"

陈筊方眯眼："骗人？"

噢，嘴一快，把真心话说出来了。贺显金摇摇头："算命，算命！"

陈筊方不知贺显金要作甚，只能如实作答："据说，看相卜卦，信和方丈也有一番建树。"陈筊方自是不信怪力乱神之语，以为贺显金为乔师一事走投无路，企图投奔空门，赶紧道，"请信和方丈算上一卦未尝不可，上上签便准，下签便是你手臭。"

不过，希望之星为贺显金提供了思路，贺显金一进老宅，便直奔宝珠厢房，径直推门而入，见厢房大门、角门与几大扇窗棂全都关得死死的，雕花芙蓉木床上拱起一堆小山样的被褥，是宝珠。

贺显金半坐在床边，拍了拍被子："宝珠，我打听到乔山长的消息了。"

被子掀开一角，拱出一只肥润小猪头。

贺显金摸摸猪头，轻声道："乔山长如今被押在应天府，择日将往京师，乔山长，吃了些苦头，被囚在水牢中，每隔一个时辰水牢中便将水升起来，将他淹没……"

宝珠埋着头，浑身浑身抖动如筛糠。贺显金连忙扑去，将宝珠花花的肩膀拼命搂住："可他还活着……可乔师还活着啊！再多，我也打听不出来了……我刚刚路过水西双塔，听信众说，信和方丈解卦很灵，我想我们或许可以去崇庆寺求一卦，看乔师与宝元究竟怎么样？"

贺显金死死抱住宝珠，她能明显感觉到宝珠渐渐不抖了，渐渐平静了下来。当现实没了盼头，那就画个饼吧，等待饼的过程，就足以治愈一切。隔了许久，宝珠泪流满面地仰头。

贺显金忙重重点头："咱们去吧？"

宝珠紧紧攥住贺显金的衣角，两行泪"唰唰"往下落，头却止不住地点。贺显金舒出一口长气。

临到晌午，贺显金牵着低低挽了个髻子的宝珠，自二门进了崇庆寺，佛祖雕花描金，慈眉善目，贺显金带着宝珠上了香，供奉了清水与果子，再向功德箱中投了一枚银角子。小沙弥撞了撞钟，表明佛祖知道了，可以开始有偿许愿了。

贺显金便将签筒递给宝珠，目光鼓励："摇个签子，咱们待会去请信和方丈解签。"

宝珠胖爪子摇晃，一根签落到地上。贺显金捡起来看，工整小篆写着"下下签"。

贺显金抿抿唇，从袖兜里掏了一枚更大的银角子出来，塞进功德箱，又把签筒递给宝珠，言简意赅："摇，我命由我不由天。你显金姐姐什么都没有，就银角子最多。"

小沙弥看呆了。贺显金看向小沙弥："劳烦小师傅敲敲钟，看佛祖同意不。"

小沙弥还是呆着，他该怎么传达佛祖的意图？同意敲两下、不同意敲一下？

小沙弥闷头敲了钟。贺显金摸摸宝珠头顶，理直气壮道："这钟声比刚才的响亮，回声也更悠长，佛祖同意了，摇吧。"

宝珠抱着签筒，如临大敌。贺显金弯腰捡起来——中吉。

贺显金还想再摇，抬头见小沙弥惊恐且不可置信的眼神。算了，人生不如意十之八九，中吉就中吉吧，有点缺憾才完美。

贺显金恭恭敬敬地将签子递给小沙弥，温声道："陈家二郎早晨邀约了信和方丈解签，小师傅您看，咱们是在大堂等？还是进内院等？"

"在大……还是在内院去等吧！"小沙弥一分钟脑子里转过八百个弯，万一方丈一句话没说对，这奇怪的香客在大庭广众之下，拿出一枚银角子塞到方丈手里，理直气壮说"劳烦您重新说一次"怎么办？

小沙弥不自觉地抖了抖。佛祖大量，有可能不怪罪。但他笃定，方丈一定会被气到，骂他"孽畜"。你问为啥不骂奇怪的香客？没看到人香客塞了银角子嘛！

小沙弥为自己周全的考量而自豪，深感下一任住持不选他，都是方丈眼瞎。

"内院内院！您出二门，左拐再直行，先往闻声阁去！"小沙弥手里死死捏着那支"中吉"，飞也似的赶紧逃离此是非之地。

贺显金牵着乔宝珠的手，不急不缓往里走。宝珠才十岁，和贺显金见过的乔家人一样，身架子大，长得高，如今已到贺显金肩头。贺显金一低头，便看到小胖花花湿漉漉的眼神和通红的鼻头。

小胖花花正扬起脸，充满期待与依赖地看着她。贺显金轻轻捏了捏小胖花花的掌心，像是给她说，更像是给自己说："放心放心，咱们抽的是吉签。"

放心放心，《为政》篇的作业都还没交呢。这次，她特意写得狗屎烂，十分期待导儿的辣嘴毒评。

崇庆寺的内院质朴干净，走的小清新原木风，一枝过季的桃花剩个光秃秃的脑袋恭迎秋风。秋风没恭迎到，恭迎了位一看便仙风道骨的领导层和尚，长须飘飘，袈裟加身，面颊瘦削，双目有神，且慈眉善目，语气温沉。

"贺掌柜、乔姑娘。"信和方丈唱了声"阿弥陀佛"，看了眼前的两个姑娘。一个健壮圆润却嘴角向下、双眸无神，一个颀长瘦削却眸光如炬。

贺显金不知道怎么和出家人见礼，只能带着宝珠拱手问好："信和方丈。"

前者，方丈见过两面，乔山长的幼女，掌上明珠。后者，他听过数遍，泾县的名人，陈记纸行在泾县的话事人，有人说她乐善好施，有人说她手段狠辣，还有人说她贪婪愚昧，也有人说她聪敏机变。故而，贺显金在他心中一直是个又善良又恶毒又贪心又大方又聪明又蠢钝的多面体形象。

如今一看，这多面体，面相真好！天庭饱满、印堂开阔、耳郭分明、眉长且高，眉中藏小痣，尤其田宅宫宽广平坦，有趋利聚财之相。这样好的面相，是他当住持这么多年，在泾县还是第二次见。

信和方丈从容地收回目光，伸手拿过签子，口中念了一句："很好啊，中吉。"

小沙弥跟在身边急得猴跳狐窜，恨不得攀上住持的腿，扒到耳朵边说小话。

信和方丈余光瞥了一眼："出家人喜怒定心，何故失态？"

贺显金抬起眼皮子。小沙弥憋了声，夹道："这第二根签……"

信和方丈没听清。小沙弥仰头闭眼："这是第二根签！第一根不是这个，不知这根作数不作数！"

信和方丈不置可否地一拂宽袖，先"噢"一声，再问："那乔施主抽第二根签时，你有无阻止？"

小沙弥疑惑睁眼，想了想，随即摇头。他当时惊呆了，力气都用来支撑着他不往下掉了，哪还有力气张嘴阻止啊！

信和方丈便点点头："这便是佛祖的意愿，自然很是作数。"

小沙弥不解。信和方丈顺势告诉小沙弥佛法："万发缘生，皆系缘分，你的不言即为佛祖的指引，乔施主在佛祖指引下抽第二次签，即为缘分，又如何不能作数？"

信和方丈这个解释，就很有佛法的感觉啊！贺显金先是一愣，随即抿嘴笑了笑，信和方丈这个说法，不仅是在告诉小沙弥，更是在告诉宝珠。果不其然，宝珠双眼含泪地紧紧攥住贺显金的手。

小沙弥似懂非懂，信和方丈觑了眼宝珠，笑了笑："签文的意思是，置之死地而后生，签中写'西水长安过明桥'，意为施主所求的因果在水，过水则生，不过水则死。"

宝珠双目瞪圆，连连点头，是是是！早上才说了，父亲被关在了水牢，和水有很大关系！宝珠急切地摇了摇贺显金的手，对着贺显金如胖锦鲤啄米般一直点头。

贺显金安抚似的摸摸头，转身问信和方丈："那后一句'东海长风上天云'又是何意？"

信和方丈道："风与水自东而起，阳与乐自东而生，此为万事万物之道，两位施主心中所求，在水中，在东边，在云和雨交替之处，风卷残云之后方可扶摇直上。"

这就说得有点抽象了，怎么理解都行，甚至可以理解为你到东边的游泳池游个蛙泳，脚趾一蹬，就夹出块金砖。

贺显金密切地关注着宝珠的神色，见宝珠从欣喜到迷茫再到肉眼可见的欢喜，不由心中大慰。既然科学无法解决，那就只能寄托于玄学了。

贺显金还想问点什么，却听宝珠喑哑又迟疑地开口："东……东边……意思是我哥哥……去了东边吗？"

贺显金大喜过望，一把抱住宝珠："你说话了！你说话了！"

信和方丈半蹲下身，双手微微扣住宝珠的肩膀，神色悲悯："东，或许是你的东边，或许是镜中你的东边，或许是宣城府的东边……这只是广义说辞。但小姑娘你前途广宽，你所关心的人事必定全须、安稳无恙，否则，怎么会是你抽到了吉签呢？"

宝珠闷了半晌后，双眼迅速红透，嘴唇紧紧抿在一起，肩头窸窣抖动，瞬时之间放声大哭。贺显金轻轻环抱住宝珠，面露感激地看向信和方丈，嘴形无声地说了声"谢谢"。

信和方丈将签子抹进宽袖中。谢他？不谢他。乔家姑娘命好，常遇贵人。陈家的贺掌柜命更好，自己就是贵人。

闻声阁中，小姑娘撕心裂肺，号啕大哭。若院子里那棵秃头桃树有小手，一定用双手捂住自己的小耳朵。

信和方丈温声安抚胖花花两句，见安抚不下来，且有愈演愈烈之势。小姑娘声音又尖又细，与其说是哭，不如说是尖叫。胖花花身体健壮，肺活量极好，叫起来不带换气的，信和方丈脑门像被锤子砸了一个洞，再用锥子在小小的洞里挖呀挖呀挖……

佛法无边，契法无垠。信和方丈决定放过自己，从袖兜中拽出一枚缠红线的铃铛玉佩系在胖花花腰间，明确表达佛祖与他都坚定罩她，在用坚定的眼神与贺显金对视后，飞也似的逃了。

贺显金瞠目结舌地看着那仙风道骨的逃跑背影，一时间说不出话。嘿，你别说，这和尚，运动细胞还怪好的嘞，像披着袈裟在跨栏。

胖花花哭累了，手里紧紧攥着铃铛玉佩，一回老宅便跟着张妈在灶屋转悠。张妈激动得老泪纵横，操起刀就从水槽里捞了条精干的活鱼，将鱼肉背柳片成薄薄的片子，在翻滚沸热的老母鸡高汤里飞快地烫了几个呼吸，再一把捞出，扔在加了鸡蛋、又香又筋道的手擀面上。

胖花花还想吃，张妈嘴里"祖宗""心肝宝儿"一通乱叫，就是不多给碗面。中老年妇女有一套自己的养生逻辑："久贫乍富要忘形，久饿可不能吃多，伤脾胃。"

张妈心疼地贴贴小胖花花，嘴里嘟囔："咱们慢慢来，一会子张妈给你做点白玉糕，咱配芡实蜂蜜水吃；晚上再吃个粗盐烤羊肉肋条，张妈再给你炖个红豆薏米汤……看咱们小宝珠瘦得，脸都瘦脱相。"

贺显金的眼神从宝珠圆嘟嘟的脸上移到胖出窝的手背上。好瘦呀。

陈笺方接连几日都不在宅中，每日早出晚归，有时傍晚回家，眉头紧锁，甚至一言不发。

陈笺方忙啥，贺显金心里是清楚的——照熊知府的说辞，乔师一时半会是回不来的，短则一两年，长嘛那就没数了，这满山院的夫子和学生咋办？

家大业大的学生倒还好，家里派了马车来接，回去了是请西席做个过渡也好，直接打包硬塞到官学、府学也好，拿钱开道十分便利。也有生怕祸起萧墙、殃及池鱼的墙头草，连更连夜收拾东西，跑得比兔子还快，这一部分人是不需要别人帮忙操心的。

正儿八经需要帮忙操心的，是那一群或即将下场参考，或一心求学，但家贫无依的书生。陈笺方并几个夫子、三四个举人串成线，主要负责这一小部分考生的善后问题。

对于明年即将下场考试的书生，若是乡试考秀才的，陈笺方连同两位夫子，在城郊盘了一处一进的院落，不收受束脩，甚至还提供中午的餐食，一直到明年秋闱参考；对即将院试考举人的，陈笺方拜托了相熟的师兄，也走了崔衡的路子，荐到宣城府的官学读书；对杜君宁等家贫但好读书的童生，托了尚老板，本预备打包送到秦夫子处，后来想想要一碗水端平，这一批尖子苗子便被泾县周边的几个县学、私塾瓜分了。

对此，泾县老教谕特来老宅，借陈家的酒敬陈笺方的茶，老泪纵横地感谢："君子大义，孰知不向边庭苦，纵死犹闻侠骨香，您肯做到这个地步，乔山长应大慰，理应大慰啊！"说着便要把手里的酒往地下洒。

陈笺方眼疾手快一把拦住。贺显金想，乔山长是泡在了水里，不是埋在了土里啊！

不过看老教谕一副老泪纵横、后继有人的样子，贺显金便知陈笺方站出来善后一事，至少在宣城府算美名远扬，很得了一些南直隶读书人的赞许和追捧。读书人有名声，总归是件极好的事。

贺显金笑言："君子美名，传扬四方，若咱们科举仍是举贤制，你也不用再用功三年了。"

彼时陈笺方正低头喝张妈熬制的胖大海川贝梨汤，听贺显金如此说，陈笺方艰难咽下汤水。连续十来日在外奔波，一天说了以往八天的话，说得嗓子红肿，吞唾沫似吞刀片。

"不是为了名声。"陈笺方声音沙哑，像一块细腻发亮的丝绸落在发秃的枝丫上，被撕扯成毛边与碎片。

贺显金笑起来："知道你不是为了名声！"顺手把梨汤旁的枇杷膏送过去，"虽说不是为了名声，但做了这么多事，得一句赞誉不也挺好吗？这是王医正送来的家传秘制，人听说你为了乔师东奔西跑，话都说不出了，特意让人送来的。"

陈笺方眸光温了温，伸手接过枇杷膏，沙着喉咙："你也觉得我做了好事？"

贺显金再笑："为恩师奔走，此为大忠；为后辈奔走，此为大义；免费为后辈授课辅导，此为大德。你得表扬，应当的嘛，我当然觉得你做了好事啊。"

陈笺方将头埋下，下巴顶着衣襟，嘴角不可控制地勾起一抹浅笑："你觉得好，那便很好。"

少年郎声音沙沙的，正好挠在贺显金的痒痒肉上。贺显金略有不自在地转过身，不知作何感想。

好像怎么想都不对。从书中夹的干花，到前些时日陈笺方似说了又似没说的那句"都听你的"，再到今天这句"你觉得好，那便很好"，她抓心挠肝地刺挠，偏偏又不知道哪里痒，十个手指挠挠挠，全然无用武之地！

贺显金张了张口，隔了会儿，又把嘴巴闭上了。管他什么意思呢，和任何人打交道，都不应看他说了什么，而要看他做了什么。

为何她如今认认真真地将陈敷当作她爹对待？不就是因为陈敷待她全然不设防，不就是因为陈敷吃好吃的、玩好玩的，全都想着她？不就是因为陈敷先将她当作亲闺女看待吗？若陈敷天天"小心肝""乖姑娘"这么唤她，却时刻忌惮她，怀疑她，不允她插手铺子上的任何事，这算爱吗？

不算，这算口头警告。警告你这男人不行，只会花言巧语，提到真金白银就"臣退了，一退就是一辈子"。

第三十二章 县外来客 机智斗法

陈笺方忙，陈敷也没闲着。萧敷艾荣大大，最近迷上了写《宣城的二十八种纸》，展现出了丰富的理论功底和东拉西扯话南北的凑字数本领。

比如你说洒金箔宣纸，你就写师傅们头顶烈日摊草、在热气腾腾的水池中捞纸、在烘干石板上刷"三板斧"……萧敷艾荣大大偏不，他写洒金箔宣纸，写的是，少女在六月艳阳下一边拿银签子吃西瓜，一边用软毫笔写下瘦金体的清词；写的是，经水墨晕染后，熔炼得极薄的金箔像暴雨后的云朵藏在山水间，羞怯地露出染色的面容；写的是，上京赶考的读书郎将一纸洒金宣纸藏在胸口，作出最动人的文章后，才拿这张纸誊抄……

言辞很动人，文笔非常细腻，以纸说故事，以纸说人生。贺显金看得目瞪口呆。她以为萧敷艾荣大大写的是传统技艺的百科全书，结果大大写的是小清新随心散文。贺显金粗看觉得很荒谬，细想觉得也挺合理。任何事情发生在陈敷身上，都挺合理的。

这种心理建设，让贺显金看到穿着粉蓝色褂衫，将头发拿松油抹平，身上带着一丝水木暖调香气，一副标准小白脸纨绔打扮的便宜爹陈敷后，心态不仅平静，还有种诡异的"果然如此"的沉默。

贺显金默默地把样书向前推了推："三爷，您这书，尚老板愿意帮你印三百本。按照二十两的买断价格分销，之后如果再印，都以三百本打包算价，二十两二十两地付给。"贺显金加了一句，"这个价格已经很高了，秦夫子那本《霸道书生爱上我》，起付价也才不过二十两。人家是什么级别？人家是掌握宣城府九千少女心事的霸主，您就一本《泾县十八吃》卖得还不错，这个价可以了，我建议您签了。"

陈敷嘴里叼了根牙签，双手背后，斜着眼看桌上，把契书往前一推："我这本卖了。"

"卖了？"贺显金蹙眉。

陈敷点头，牙签随着弧度晃动："卖了。前几日宣城的兴荣斋找我定本，五十两银子三百本，若明年年初前卖出三百本，就再加印六百本，再得一百两。"

贺显金惊了，自家便宜爹，出息了？成大神了？有人约稿了？贺显金感觉陈敷粉蓝色小褂儿后，闪着一轮光圈。

贺显金愣愣的，半晌没说话，陈敷叼着牙签，心情很好地吃吃喝喝完毕后，同贺显金说了拜拜："我这日日去宣城府签契书，叫张妈不做我的饭。"

贺显金还没回过神来，便不见了陈敷的身影。贺显金想来想去，连忙追出去，赶紧叫了董管事陪着去："烦您一定多看看契书，三爷那性子，别给人骗了还帮人数钱。"

陈笺方在一旁默默喝着白粥，在心里的小本本上记下一句话：爱管事，抱鸡母，只信自己不信别人，别人不听话要生气。这句话被他长期置顶，仅屈居于"喜欢喝凉茶，着重强调"这句话的下方。

陈敷和董管事的双缺席，导致宣城来人时，够格接待的，只有贺显金一人。

贺显金正守着泾县铺子，扒拉算盘珠子，快腊月了，要把这一年的盈收支出算成财务报表。现目前泾县就两间铺子，平日里的账都很干净，算起来简单。

贺显金刚一抬头，便见一身着素色长衫，长圆脸，带着一抹恰到好处的笑意的中年男性推门而入。

"客官，您需要点啥？"贺显金将算盘归位后，扯了抹布擦了擦手。

这样貌有点眼熟。贺显金脸上挂着笑，脑子里飞速运转，她好像在哪儿见过吧？

来人温笑着同贺显金打个招呼："金姐儿，来泾县也才不到一年，怎就不认识你五爷爷了？"

贺显金恍然大悟。五爷爷，陈老五，陈敷的亲五叔，和被贺显金算计到家法伺候的陈老六是一个爹妈生的，如今帮着瞿老夫人和陈二爷管着宣城府的三间铺子。

贺显金忙笑着叫锁儿上了茶，又是拿攒盒又是拿瓜果："瞧我这记性，一到年底，这事儿尽数掀上来，便顾头不顾尾，怪我怪我！"

陈老五乐呵呵地落座，眼神避开了柜台上铺开的账册。这么一个小举动，叫贺显金对这个突然冒出来的五爷爷，多了几分好感。账册是生命，就算贺显金兜里干干净净的，可也不代表她没有从公账里临时挪用些钱财，或填补公账的支出，或提前给小曹村、尚老板预支订货的工钱。这些账，贺显金不太愿意让宣城府看见。

虽说都是陈家的，但底下分出来的铺子是存在资源竞争关系的。陈老五在宣城府的地位，比董管事更高，但没有达到贺显金在人事、资金这两项"卡脖子"权力上极为自由的高度。

陈老五笑了笑。这老头子一笑，双眼弯弯的，看起来既慈祥又可亲，跟他那老鼠过路都恨不得刮出二两油的六弟，根本就不是一个路数。

"怪你五爷爷，临时转道也没提前告知。"陈老五说话也很轻柔，叫人如沐春风，"本是去草场上收料，路经咱们老家，便想着来看看。"陈老五双手往下摁了摁，"你坐，你坐就是，贺掌柜该作甚就作甚，就当五爷爷我是来串门子的。"

贺显金没发现陈老五从"金姐儿"的称谓变成了"贺掌柜"，只觉这老头儿亲和有加，说话也很有章法。呜呜，好久没见到这么正常的陈家人了呢！特别是早上看到粉蓝搭配的时尚达人陈敷后。

人家说坐，但贺显金是一定不会坐的。贺显金跟在陈老五身后，在铺子里挨个看了一遍。陈老五仔细看摆货的斗柜，一边看一边随口问："咱们如今铺子上最卖钱的是哪种纸呀？"

贺显金展眉笑了笑："不是纸！是田字格练习册和十二节气手账本子。"

陈老五深为认同地点点头："早有耳闻。田字格练习册是咱们家与泾县周围的官学、私塾达成一致，定量运送；后面那个十二节气手账本子，倒是没怎么仔细听说。单本售价几何？一月可卖出多少本？咱们纸张的制作与印刷可还跟得上趟？"陈老五随口一问，语气轻松。

贺显金笑道："您问的这些，我这一时间脑子空空，实在是答不出来——咱们店里如何进货、如何经营、如何想法子盈利，这都是咱们董管事的功劳。"

贺显金注视着陈老五的神色变化。陈老五神色没有变化，仍旧一副乐呵呵的笑罗汉样，回头望了望，找人似的："咱们董管事今天旷工啦？"

贺显金递过去一盏温茶，笑眯眯道："陪着咱三爷回宣城府去了，您若要来，提前知会一声，三爷便带着董管事给您请安来着。董管事是咱们铺子里的老狐狸，他必定知无不言言无不尽，我一个小姑娘，我懂什么呀？"

别人不能拿性别说事，自己倒是可以以此示弱得风生水起。这不叫双标，这叫策略。

陈老五始终笑吟吟，听罢贺显金的话，不予置评，却转了话头，转头又看向层叠放置的斗柜："听说也做成了六丈宣？可拿来与五爷爷看看品相？"

贺显金赶忙一副惋惜的模样："您若早来一月便好了！我们就做出来了两刀六丈宣，上个月全都送往宣城府熊知府府上了。这种好东西，咱们一介商贾怎敢奇货可居，殊不知怀璧其罪啊！"

陈老五低头喝了口温茶，又笑道："咱们泾县铺子上，能掌舵做六丈宣的就一个李三顺，还需至少十五个手上功夫过硬的老师傅。咱们铺子上的周二狗尚算个劳力，其余几个郑家兄弟……"陈老五笑着摇摇头，"当伙计的命，成不了大器。"

陈老五将喝了一口的茶放桌上："其余做工的劳力，可是咱们泾县其他作坊家里的师傅？"

贺显金像没想到陈老五会这么问，愣了一愣："我、我还真不知道咱们是怎么做的六丈宣，全赖李三顺师傅主持。"说着憨憨一笑,"您知道我的,没甚见识,又是一介女流,对做纸一窍不通,就算脚连脚跟在李师傅后面看,也不一定看得懂啊。"

陈老五了然似的笑笑:"那贺掌柜是否介意我同李师傅聊一聊?"

贺显金忙点头,转头眨了眼睛,问锁儿:"快去请李三顺师傅来店子里。"

锁儿埋头嘟囔道:"您不是放李师傅假了吗?说他先前做六丈宣辛苦了……"

贺显金一急,神色就上脸:"那就让他现在跑着来店里!五爷爷过来,他放什么假!"

"唉唉唉——别!"陈老五连忙阻止,一笑,圆圆脸上的肉便堆在了颧骨下,"别别别,不过是闲来聊两句,你这小丫头倒是惯会小题大做的……"陈老五似是想起什么来,不由乐呵呵笑得更欢:"你说你,管店子有董管事,管作坊有李师傅,你拿着这二十两银子一个月的月例,作了个甚呢?"

贺显金也跟着笑,兴高采烈道:"当个好吃懒做的废物啊!"

这个答案,倒是在陈老五预料之外。陈老五的笑意终于被哽住了。

贺显金笑意到眼睛里:"若董管事当家,李师傅必然不服气;若李师傅当家,董管事必然不服气;若三爷当家……"算了,有这个念头,都是罪过。

贺显金点到即止:"故而,选来选去,只有我这个废物当家,最平衡。"

陈老五快被这一套歪理说服了,笑容收敛了三分,礼貌地嘿嘿笑了几声之后,便转头去细看店子里的陈设与现货。

人,来都来了,得吃了饭再走,这是中华民族传承千百年的人情。陈老五待到吃完饭,挥别了站在店子门槛上的贺显金,转身进了长巷。

身后紧跟的长随,埋着头快步跟上:"这贺小娘的闺女,在咱们陈家待了快十年了,从未听说过有甚不得的地方,如今也是传得厉害,这一看,确实是个窝囊废。"

陈老五脸上挂着的笑,淡了两分,神色却一直很是从容:"窝囊废个屁,这丫头滑不溜手,跟条泥鳅似的……你自己想想,咱们特意从丁庄绕到泾县来,这么一上午的时间,咱们问出个什么来了?"

长随眯着眼。嘿,还真是啥也没问出来!就记得那姓贺的笑得真诚,态度热情,礼数到位了!

陈老五见离老宅远了点,便逐渐放慢了脚步,圆脸宽眉,很是亲切可近:"那丫头心里有数着呢……"顿了顿,"让陆儿这两天蹲在陈记店子外头,数!看什么卖得最多。看谁去得最勤!看完之后,去店子里假装买家,把所有货的价格摸清楚,着重问问那手账本子!"

"咱不问六丈宣啦?"长随开动脑筋。

陈老五看了眼长随。动脑筋是好事,但更好的是,你先别动。

"平常人家,谁有胆子买六丈宣?买来六丈宣,又有个什么用处?"陈老五恨铁不成钢,"放机灵点吧!犯蠢别犯到我跟前来!"

饶是训人,陈老五都一副慈眉善目弥勒样。

陈老五一出去，锁儿便同贺显金道："那陈五老爷本就是来探听虚实的，您装作一个万事不管的撒手掌柜，到时老夫人听见了，那功劳是别人的，惩罚铁定是您的……"

贺显金正收拾去年的陈纸，听锁儿这么说，便笑道："乌龟有肉在肚子里，他来探听咱们店子的盈收，说明啥？说明瞿老夫人未曾与他明说泾县铺子的买卖现状，他才会几度试探我。"贺显金手上动作轻柔又有力，将一沓纸缓缓卷起来，"来自内部的竞争，示弱比示强有用，咱们把姿态做足，就算是瞿老夫人来了，咱们也占理。"

对待外部的敌人，要同仇敌忾，如秋风扫落叶般无情无义无理取闹。对待内部潜在的对手，既要防备，又要交好，可不能撕破脸皮，让老板觉得你是个刺头，丝毫不团结同事。

等陈敷回来后，陈老五又亲上门来了一趟，拎着一壶好酒，见到陈敷与下了学的陈笺方便热络招呼："藏了五年的黄酒！走！小稻香！五爷我定了八冷八热的大席，专门等着你们咧！"

贺显金笑着看。贺显金比较意外的是，陈敷见到这位五爷爷是很高兴的。至少，比见到其他陈家人要热情。

"五叔！"陈敷笑着颔首应是，伸手迎了迎，"您怎么有空来泾县？"

陈老五这头拍拍陈敷的肩膀，那头拿眼神和陈笺方纠缠："嘿！还能干啥呢！去丁庄收明年的草料和檀皮！"

陈笺方温和作揖，礼数周全。

"什么草料要你老人家亲自来找？"陈敷笑嘻嘻。

"嘿！收草料是小头，来看看你和二郎是重头戏！"陈老五一边说话，一边手推着陈敷朝外走，"走吧走吧！咱爷俩带着二郎喝着去。把老董和老李也叫上，周二狗那狗东西也来！郑家弟兄也来凑个数！"

陈敷最爱的就是吃饭、喝酒和艾娘，乐呵呵地跟着陈老五往前走，走了两步才觉出不对："显金，不去吗？"

陈老五"唉"一声："一群大老爷们，小姑娘去像什么样！"转过头，挥挥手中的酒壶，与贺显金潦草地打了个招呼，"我给金姐儿定了两个菜，叫张妈和她身边那矮胖黑的陪着吃就得了。"

锁儿左看右看，蹙紧眉头，缓缓打了个问号。

气氛热热闹闹，陈敷听说贺显金也有饭吃，便放心地被半推半搡往外走。陈笺方却默默收回了抬起的左脚，沉稳地躬身行礼："小辈尚在热孝，长辈们推杯换盏，小辈一人喝茶吃素难免扫兴，加之尚有文章要作，小辈今日就不陪了。"

希望之星本就不是陈老五的目标人物。陈老五听其言，不觉惋惜地"哎哟"两声，劝了几句不痛不痒的场面话，随即果断地带上陈敷远走高飞了。

乱哄哄的人一走，老宅迅速恢复平静。贺显金低头，掸了掸裙裾上的褶子，再抬头时随口招呼陈笺方："张妈说晚上吃面，我要了菌菇的码子，你要吃什么提前说。"

陈笺方走到贺显金身边，笑一笑："和你吃一样的码子，省得张妈做两份。"

二人说着便朝井口中庭去，贺显金若无其事地问："五爷爷一直跟着老夫人吗？"

陈笺方微微领首："自祖父死后，五爷爷跟着祖母闯，六爷爷守祖业。两位长辈虽是同父同母，性子却极为不同，六爷爷向来乖张反骨，胆子奇大。"

君子本不语人长短，更何况是自家长辈。陈笺方却说得很详尽："六爷爷犯下大错，后来的结果，你我皆知。五爷爷与他截然不同，向来温和，顾全大局且行事踏实，在长房这么些年，没出过什么大错处。"

贺显金抿了抿唇，轻轻点了点头。

陈笺方止步蹙眉："可是今日五爷爷寻你不是？"

贺显金摇摇头。

"四处寻了店子的错漏？"

贺显金再摇头。

陈笺方想不出了："那是……他哪里不好？"

就只能是五爷哪里不好？就不能是她不好吗？贺显金勾了勾唇角，有点想笑，好赖忍住了，便道："五老爷今日一进店子，便直奔盈利、成本几何问个不停，我未答话，便又绕着弯子问店子的经营和刚做的六丈宣……"

陈笺方略微疑惑贺显金不畅的点，下意识为陈五老爷找补："许是见你将店子打理得好，便多嘴问两句罢？"

肯定不是，问的全是商业机密。哪家好人一进人家店里就问"嘿！老板！你这一个月能赚多少呀？你这面还挺好吃，原料在哪儿买的呀？调料怎么打的呀？"你这商业间谍，连掩护都不打，就很侮辱人智商噢！

贺显金张口想同陈笺方解释，又觉得一开口定是长篇大论，久久说不完，很是耽误吃面，便囫囵摆摆手："哎呀哎呀，赚钱的事，你也不懂！"

说着便往外走，吃面去了。留下陈笺方一人，目瞪口呆地在风中摇曳：这么快就嫌弃他不赚钱回家了吗！

小稻香中，推杯换盏，无酒静三分，有酒亲亲热。

陈五老爷见大家伙都喝得面红耳赤、十分放松，便向董管事提了一杯，头歪在酒杯上，醉醺醺道："老董，听小女娃的话，舒坦吗？"

董管事酒杯碰了碰陈五老爷的杯壁，姿态很收敛，脸上虽升起了酡红，语气却仍是清醒的："瞧您说的，您不也是听老夫人的指令吗？"

陈五老爷没想到董管事这样回答，片刻怔愣后，笑起来："那可不一样！我是听嫂子的话，你是听小娘生的黄毛丫头的话！"

董管事仰头将杯中酒喝完。董老头子爱干净得很，日日修须，面上整洁，时刻挂着恭谨又亲和的笑意，只是如今这抹笑意有点淡。

"小娘生的，也是人，也说人话，也吃白饭。"董管事筷子夹一颗椒盐花生，"和别人没什么不一样。"

陈五老爷闻言，又提了一杯酒："是是是！酒后失言、酒后失言！"

黄酒温润，不辣嗓子，但后劲十足，玩的就是喧嚣过后的心跳。

"老董，你跟我这儿装傻充愣，就没意思了。"陈五老爷顺手拿小勺给董管事舀了半勺花生，"你帮陈家做工，我给长房做工，谁又与谁不一样呀！这几个月，你们泾县铺子的收益可谓是翻倍，好几样东西卖得贼好，当初叫你跟着老三来泾县，谁都清楚，老三就是个幌子，你才是真正做主的那个人……"

"如今呢？老家做出东西来了，你以为老夫人还会把这功劳算你头上？"陈五老爷借着酒劲，眯着眼看董管事神色，"任你去问谁，都只会说那黄毛丫头真厉害！你算甚？你就是个给他人作嫁衣的冤蛋！"

董管事莫名地举手。是不是挑拨错了人？连钟大娘都卷不动他，他又岂会被这三言两语扰乱阵脚？不要小看一个临退休人员躺平摸鱼的决心！

"本也是金姐儿的功劳。"董管事嚼着花生，"合该全归到她。"最好把他手上流水簿册核算的差事也归走！全职当一条咸鱼，他一点意见都没有。

陈老五脸上的笑仍旧没有打折扣，两只眼睛无时无刻不亲和、不温善，这副表情像个面具般焊在了他的脸上。人啊，面具戴久了，自己都以为真的了。

陈老五笑着附和，语气豁达又理解："是，也是你说的这个理！只是独木不成林，陈记这一年在泾县有多风光，咱都清楚，若说你没出力，我可不信！"陈老五手背靠在额头上，指头捻着小酒盅，似笑非笑地摇摇头，"没你们几只老麻雀，那只小鸡崽儿飞得起来？我可听说了，那小鸡崽儿前两日夜探熊知府府邸，回了宣城府，愣是没回陈家给嫂子请个安……"

陈老五手背拍手心，语气惋惜："你说，这落在嫂子眼中，叫个啥？不就是翅膀硬了要飞了吗？"

董管事嘴里嚼着花生米，喝了口酒："这意思是，老夫人派您来给泾县作坊紧紧皮子？"

陈老五向后一靠，圆嘟嘟的脸上挂着和善的笑："那倒也没有，只是你想想，如今陈家还用得上她。若哪日陈家用不上她了，你、老李还有在座这几位爷们儿，岂不是就跟错了人？站错了队吗？"

董管事浑然风雨不动安如山的样子，十分稳重地吃花生米。跟错人？老哥欸！他都快五十了！他现在还站什么队啊！他如今手上袖套三条杠，拿着一个月二十两的薪酬，包吃包住，还有几个小伙子听他安排，一年满打满算能存够二百两银子，他甚至每天可以不出现在店子里！

金姐儿说："人在心不在，还不如人不在，心也不在，凡两道杠以上的，实行牛皮筋管理制度，灵活上班，完成了任务的、没有事儿做的，你爱来不来，你来我还得包你一顿饭！没完成任务的，你也爱来不来，反正我只认结果，你一次没完成我不说啥，两次没完成直接减杠！"

他虽然不太明白，牛皮筋制度究竟是个啥制度，但他听懂了后面的话，只要能完成任务，一天到晚不在店里都无所谓。

而他的任务只有两个：站在店里镇场子，在贺显金忙不过来的时候，充当卖货推销的角色；以及承担了两个店子的账簿册清理的工作。

前者，贺显金没给他规定卖货数额；后者，因日清日结，忙也就是每个月发工钱、入账目、走票号的那五六天。其他时间，他是自由的小鸟，欢快地飞向雀神的怀抱。这不香吗？这和他理想中的晚年生活，没啥大差距嘛！

就算，就算啊，金姐儿往后嫁人了，对陈家没用了，君不见陈家那几个老爷郎君，对这小姑娘很是看得上嘛，特别是陈二郎。他可是经常看着陈二郎出入藏书阁，啥也不看，只盯着内院东南角那几间逼仄瓦房出神的。保不齐，他董管事，连带着他以后的子子孙孙，还得叫这姑娘一声"二奶奶"呢！

好吧好吧，退一万步，就算以后这金姐儿嫁不进陈家，那也还有两三年的时间为陈家卖命，一年就是二百两啊，三年就是六百两啊，他也赚够了。最最重要的是，金姐儿这人实在，能处，有问题她是真上，既解决问题，又解决制造问题的人；既能保他一顿饱，又能保他顿顿饱。

这笔账，从情绪到银钱，从工作强度到工作要求，他还是会算的。董管事慢条斯理地嚼着花生米，花生米香香的。再慢条斯理地开口："照五老爷这么说，站哪个队，跟哪个人，做什么事，才不算错呀？"

陈五老爷眯眯眼，觑了觑董管事说这话的神色，笑得带着悔意，轻拍了拍自己的嘴："瞧我这张嘴，总是张口乱说。"话在嘴上转了个弯子，叹口气，"你也晓得，老六是因为谁没了命的，老六是该死，但我好歹是他的胞兄，看那丫头不就不自觉地带点偏见吗？她既然好，那下回，我做东，请她做上宾，老董，你可得当陪客啊！"

董管事笑了笑，端起酒盅，主动碰了碰陈五老爷的杯子："成，你说话，我作陪。"

陈五老爷仰头将酒喝干净，笑嘻嘻地露出杯子底，转过头又去同旁人说话。

待酒足饭饱，结账走人时，陈五老爷着人将董管事送回去："你个老东西，年纪最大，我不放心，别冻死在街上，明儿让我去官衙认人！让陆儿送吧！"

董管事酒气上脸，满脸潮红地摆摆手，靠在陈五老爷长随身侧，转身往回走，自然顺理成章地错过了陈五老爷东倒西歪地钩住李三顺脖子的画面。

"顺儿——"陈五老爷钩住李三顺脖子，借着酒劲儿亲亲热热，像一母同胞的亲兄弟，"你把六丈宣做出来啦？"

李三顺酒气从喉咙到脑顶门，满得快要从七窍溢出来了。做纸师傅平时不喝酒，喝酒多了，手会抖，今天实在抹不过脸，只好喝两杯。两杯不多，但谁也没告诉他，一杯就是一两啊！李三顺正想答话，却从胃中翻腾起一股潮水般又酸又冲的气流。

"哇噢——呕——"李三顺朝天喷射，正好吐到陈五老爷头上。

陈五麻了，是真麻了，不是因为酸腐的酒糟味，也不是因为在他面前晃荡的那两根消化了一半、挂着黏液丝的面条子，是因为这该死的命运。他怀疑自己专门从丁庄绕道来，就是为了渡这场生命中必过的劫。

陈五老爷的笑终于淡了，面无表情伸手将刚从李三顺胃里出来的面条子捞开，从袖兜里掏出绢帕擦了擦后，愈战愈勇般将盯上了前方那个拥有绝品肱二头肌的男子。

"二狗……"

"狗"字还没发完音，就看到前方的男子叉着腰、撩起袖子，借着酒劲儿挑衅身边的郑家兄弟："来！来！你先跑！我让你五步，我追你，追到你，你就叫我爹！"

"砰——"随着一声不知从何处传来的响声，三个酒醉男子在空无一人的泾县街道上，展开了一场没有任何意义、但关乎父子名分的追逐。周二狗一身腱子肉，当然获胜，高兴得忘却了写错作业被罚钱的忧伤。

周二狗一只胳膊一个，死死锁住郑家兄弟的咽喉："叫爹！"

"爹——"

"爹爹爹——"

随即，周二狗痴呆中带着些许父爱的笑声响彻云端。陈五老爷在原地站定，除了无助，还想求助。深秋的风划过，也带不走他的无助和弱小。

撬人墙角这事，是很缺德，但老天爷倒也不至于这么报复他吧？

陈五老爷自己掏钱，受了一晚上的磨难，包括但不仅限于：周二狗携两大坨郑姓挂件在月黑风高的泾县县城里狂飙五公里，他赶着骡车都鞭长莫及；在那三个显眼包飞奔的同时，李三顺还牢记作坊一把手的职责，一边吐一边追一边约束下属："夜深人静，不要喧嚣，哇呕——！"

说实话，属他呕吐的声音，最大。

陈五老爷很想哭，但他没有时间，他还要把这几个丢人现眼的货色一个一个送回家去。一晚上折腾下来，天亮了，他顿感两鬓斑白，至少老了五岁。该怎么样回报他终将逝去的五年？

在回宣城的骡车上，陈五老爷顶着乌青的双眼，一拳头捶在车厢壁内。他很想骂人，但不知该骂谁，骂老奸巨猾的董无波，还是骂吐得天昏地暗的李三顺？还是骂在深夜的泾县奔跑着看到四点的太阳的周二狗？还是那个小娘养的贺显金？这些人，他、他都找不着骂点啊！

整个流程顺下来，他受的罪纯属活该。他花着钱，绕着弯，请着客，来受罪啊！车厢内壁不够柔软的丝绸让陈老五手心麻麻砾砾的。

长随陆儿小心翼翼地看陈老五的神色，迟疑道："咱们就这么回去了？"

现在看着泾县铺子，多眼馋呀，都是白花花的银子咧！刚过六月，泾县送了账册到宣城，盈利可比肩城东的桑皮纸作坊。具体有多少他们都不知道，这是机密，只有老夫人知道，但见老夫人看到泾县账册就笑，便能猜到数额应当不低！

如今这半年，泾县铺子的盈利那可是与日俱增啊！做生意就是这样，找到了门路，就不是你辛苦找钱了，是钱主动背着包裹上门找你，钱只会越来越多。有钱人，到了一定程度，是不用自己赚钱的，钱会生钱，甚至会有钱主动扑上来，求你赚它呀！

就这么放手了？陆儿继续低声道："您让我蹲门口看店子的销路，我看了，去水西大街的多是读书人，买的是描红册和刀纸。去水东大街的'看吧'就有点苗头了，尽是些穿锦着绣的姑娘、奶奶，多是泾县的富户，出来时人手一本厚厚的册子，我聘了个要饭的小姑娘进去看，你猜怎么着？店子还卖茶！我粗粗算了算，就冲这人数、卖价，一个月泾县的收益，至少这个数——"

陆儿比了个"一"。

陈老五眯眯眼："一张票子？"

一张票子五十两。保守，太过保守，保守限制了人的思维呀。

陆儿摇摇头："一百两！"陆儿鬼鬼祟祟地低头朝四周看了看。

陈老五斥道："咱们在骡车上！"

噢，除非有人藏在车底或是躲在车盖上……陆儿赶忙低头朝车窗外看去。陈老五无语，陈家招工，是不是有什么不为人知的神秘标准？比如脑子灵光的不准来？

"磨磨叽叽，快说吧！"陈老五明显动怒。

陆儿忙道："且我打听到，那小娘们心眼子多得跟筛子似的，如今全泾县的印刷都得从她手上过，啥书呀、木儿呀，要找城东头的尚记印刷就得买陈记的纸，还有那各大私塾、书院的本子、纸张全从陈记走。"

"那水东大街的店子先前是宋记的祖业，现如今变成个看书喝茶的地儿了！您自己想想，读书人、女人、考生的生意，她愣是一个没落，全划拉进生意经——就这么一年，泾县除了擦屁股的草纸不是从陈记出的，其他只要跟纸沾边的生意，陈记是宁可错杀，绝不放过……"

陈老五愣，愣之后就惊，面上却看着十分平静，眸光低了低，迟疑道："莫非，真是那小娘养的挣下的？"

董无波有几斤几两重，他是清楚的，老董有点本事，但没这么大的本事。

刚回宣城府，陈老五一进宅门，便见陈二爷陈猜急急匆匆朝外走。

陈老五笑呵呵地搭上句话："搁哪儿去呀？"

陈猜是个锯嘴闷葫芦，见到五叔，满脑门子官司却不知从何说起，"哎呀"一声便道："城东作坊出了点事！哎呀，说不清，等回来跟您明说！"

陈老五笑眯眯地点头，从袖兜里掏了两块拿油纸包着的丁庄米糕："多半没吃午饭，特意给你带的。"

陈猜感激地接过："您记得我爱吃丁庄的米糕！"

陈老五亲昵地揉揉陈猜的脑袋："你就是五十、六十、八十岁了，不也是五爷爷的亲侄儿吗？"

陈猜感动地摆摆手，拖着胖墩墩的身体转身笨拙地向外小跑。

待人走过回廊，陈老五侧身同陆儿轻声交代："去，问问哪个作坊、哪间铺子出什么事了，别打草惊蛇。"一边说着，一边往里走。

进正堂，便见瞿老夫人正吃午饭，长房遗孀段氏陪着用饭，二房的许氏站在瞿老夫人身边夹菜，三房的孙氏，估计又躲在房间里打火锅。

陈老五笑眯眯："嫂子，我回来了。"

瞿老夫人点点头，许氏忙转身见了礼，段氏抬眸看了陈老五一眼，神色很淡漠。陈老五心头嗤一声，老大这都没了，这段氏还端着知府夫人的架子。陈老五转念一想，男人没了，人儿子还顶事呢，一个陈笺方又能保长房长盛不衰三十年，便慈祥和蔼地同那二人都打了招呼。

瞿老夫人吩咐人端椅子放凳子，把拐杖往边上一顺，示意陈老五站近点："可顺畅？这几年丁庄的草料越发紧俏，我听说福荣记的二当家入秋后就立刻去定了草料，一下定金就是三百两，我生怕你去晚了，啥也捞不到。"

陈老五想起丁庄的农户一听说是陈记来收，气氛之热闹，态度之热情，恨不能将一整个草场卖出来，甚至价格上也谈得很是公道。

就有一点不愉快。有个庄头一听陈记就问他："咦？去年那个小姑娘哪儿去了？今儿怎么没来？若她来，我还预备杀了家里年猪，给她搞一顿正儿八经刨猪汤来着。"什么小姑娘不小姑娘的，陈记哪儿来的小姑娘，小姑娘的生意也敢做，不怕不靠谱吗？

陈老五心里过了一遍，面上却很沉稳："咱们陈记厚道又业大，名声在外，就算是旁人先去，庄头和农户也更愿意出给咱，这回收料收得很顺利，花了二百两银子定了十个月的草料，我看过那些料，韧劲足又长，很适合做熟宣。"

"你办事妥帖，我向来放心。"瞿老夫人又预备叫人再拿副碗筷来。商贾人家，又都是长辈晚辈，男女之别没这么严苛。

陈老五赶忙推辞："嫂子，路上吃过啦！吃的方糕和凉水，对付两口，胃里现在实着呢！"话锋一转，笑着说起瞿老夫人一定感兴趣的事，"待收完草料，我还特意回了趟老家儿，二郎瘦弱了，许是受他老师影响，神色看上去也有些疲倦，我还给他留了两只山里新收的参。"

果然，瞿老夫人放下了筷子，蹙眉："二郎很疲倦？"

陈老五笑道："您的孙儿您知道，二郎向来担得起事，青城山院散了，他接手了那些没去处的读书人，找了个宅子，自己的书不读，白天给人家当夫子，晚上回来再做文章温书——日夜颠倒、黑白忙碌，这能不疲倦吗？"

瞿老夫人眉梢间有冷戾，看向段氏："二郎的信里，与你说过这些事没？"

段氏轻轻擦了嘴，将绢帕放在一边，神色如常——也就是没神色："他都有功名加身了，若他爹不死，已娶妻生子。媳妇既不是他主官，又不是他老师，二郎倒也不用事无巨细地汇报吧？"

瞿老夫人面色从冷色变成厉色："老大媳妇，他便是成了家生了子，乃至有了孙辈，你做母亲的也该上心管教、贴心照顾，何来这番话？"瞿老夫人头微微一偏，"老大积劳成疾，莫不是也因你不管不顾才酿成的坏果？"

段氏抿抿唇，伸手将桌上的绢帕拿起，攥在手心里，微微张口企图说些什么，却终于忍下。也不知心中过了几段话、几个想法，段氏终究开了口："大爷自登科后，终日胸痛胸闷，媳妇问过缘由，是因小时发了高热未养好，便被夫子从床上掀起来读书，从此落下的病根。"

瞿老夫人看向段氏："你什么意思？"

段氏神色很淡："媳妇没别的意思，只是大爷身上的病根自小就存下的，媳妇纵是有天大的本事，也不能叫个向来健壮的男人一朝猝死，母亲的怨怪很是没有道理。"

瞿老夫人双目圆瞪，急促地大喘了几下。陈老五垂首安静立于旁，面容整个藏进了黑暗中，不知神色如何，只看他肩头垂立，十分放松，绝没有因这番争吵而紧张。

二房的许氏有些着急，在桌子底下伸手拽了拽大嫂的袖口。她这大嫂，啥都好，人才好、家世好、运道好，就一点不好，这口上不服软。先前跟着大伯在任上，天高皇帝远，和婆婆谁也不挨着谁，过年节时短暂地回来一趟，她那婆母也只有捧着、顺着、关怀着。如今大伯去了，大嫂回了宣城，这远香了好几年，如今开始近臭了。

近臭的具体表现为，大嫂和婆母就说不到一块去，一个说前门楼子，一个说镢枪头子，婆母要强，大嫂清冷，婆母气得头顶冒烟，大嫂仍旧面若冰雪。她在冰火两重天下，很是焦灼呀。且不论家和才能万事兴，单单一点，这城门失火容易殃及池鱼啊！

每每二人斗法，最后当炮灰的，总是她。偏生她还记吃不记打，比如现在，她克制不住张口劝架的欲望："怎么又说到大爷了……大伯刚过冥诞，正是大家都伤心的时候，大嫂也不是这意思，娘也不是这意思……"

瞿老夫人目光灼灼地扫视过来："我是什么意思，你大嫂是什么意思，你又听懂了，又明白了，全天下就你一个明白人！"

许氏瞬时脸色通红：您有本事跟大嫂厉害去呀……每次都骂我干啥呀！只有她受伤的成就达成。她这张嘴呀！真是闲人许大姐呀！

大嫂段氏轻垂眸，敛过衣袖，平平和和道："二郎与他爹不同，他爹耳根子软，二郎是有主意的。这么大的郎君了，知道什么该做什么不该做，母亲，您也该放宽心了。"

不待瞿老夫人做出反应，段氏起身告辞，未与陈老五有任何眼神接触，径直朝外走去。许氏手里的筷子还夹着块烤鸭，夹都夹起来了，许氏犹豫之后，还是把瞿老夫人的碗，当作烤鸭最后的归宿，顺便还夹了几根葱丝和一块面皮。

你是从哪里得来的结论，此时此刻我还有心思吃烤鸭？瞿老夫人不可置信地看向许氏，隔了一会儿平息心情后，方长舒出一口气，一边捏鼻梁一边告诉许氏："你也去吃饭吧，我同你五叔说说话。"

许氏忙点点头，圆嘟嘟的脸与夫君陈猜十分相配，放过烤鸭后便在裙裾上擦擦手往外走。

瞿老夫人示意陈老五坐下："跟我详细说说吧。"

陈老五应了声"是"，弯腰坐了一半的凳子，笑道："泾县铺子在阿敷的打理下不错，董管事和李师傅都是能干的，如今吞了宋记，干了许多事儿，看起来，咱们家的生意在老家做得很好呀。阿敷素日不着调，如今被您扔出来自生自灭，倒也是个能立起来的汉子……"

陈老五还想说，却被瞿老夫人摆摆手制止住："不说旁人，只说二郎。"

陈老五看向段氏刚走的方向。瞿老夫人不耐道："不用管她们，妇人之仁，以为宽容就是爱护，殊不知宽容便是放纵！"再摆手，"跟我详细说说二郎的近况。两月前青城山院乔夫子被官衙带走一事，我倒是略有耳闻，原以为不会影响到二郎的学业，如今听你说起，却是我疏忽了。"

陈老五略有局促地搓搓手，像是为因他而起的这场婆媳争执而内疚，话语间便也转了风向："唉——我也是因为看到二郎突然瘦削而心疼，刚未曾顾忌大侄儿媳妇也在，如今想来大侄儿媳妇说得也有道理，这乔夫子桃李满天下，又是探花郎出身，乔家在京师颇有根基，乔家女婿还有爵位，乔夫子多的是东山再起的机会。咱们家二郎这时候站出来善后，也是叫乔家看到他的真心不是！"

"难！"瞿老夫人鼻梁酸涩，揉了一会儿，总算好些，"除非那宁远侯全须全尾地从福建回来，清清白白地洗刷掉通敌叛国的罪名，乔家才能堂堂正正地复起。"

陈老五一副第一次听闻这个说法的样子，略带迟疑道："那、那咱们家二郎岂不是在做无用功？"

瞿老夫人紧紧抿唇，没有回答。

陈老五想了想，再道："不仅如此，听说金姐儿……"

瞿老夫人神色缓和了一些："金姐儿怎么了？"

陈老五准确地抓住了瞿老夫人的神色变化，笑容可掬："倒也没什么，只是听说金姐儿和乔家关系也不浅，甚至在乔夫子落狱后，将他的独女接到了咱们老宅养着。"

瞿老夫人微微蹙眉。陈老五又是一笑："养着倒也没事，养个姑娘的钱，咱们倒出得起，只是以后咋办？正如嫂子所说，乔家是生是死，咱们尚且不知，二郎帮山院的同窗，落在他人口中还能赚个忠义耿直的名声，可、可擅自养着乔家罪人的姑娘，这传出去了，别人会不会以为咱们家也跟在乔夫子身后帮着做些通敌呀、叛国呀、惹恼朝廷的事儿呀？"

瞿老夫人眉头拧成一个"川"字，隔了一会儿，到底保持了自己的判断，轻轻摇头："那不至于，祸不及妻儿，屠不下女稚，这是规矩，就是天王老子来了，也得这么干。咱们家把乔夫子的女儿养着也成，只是这些杂事不该叫二郎分心，祸害他读书的辰光。"

瞿老夫人话声听起来像是有了决断。陈老五没说话，等着她开口。

"既然青城山院都散了，那二郎还留在那儿有何意义？叫二郎尽快回来。"瞿老夫人沉声道。

陈老五恭恭敬敬应是。陈笺方在哪儿影响不大，把他放在宣城府更好。正好，借着陈笺方作筏子，把大房段氏和瞿氏的矛盾给勾起来——方才不就因为这事儿干了一架吗！

再者说了，陈笺方离开泾县，他想对泾县做个什么也便利了，免得陈笺方在那儿，他想做个啥都投鼠忌器，就怕陈笺方哪股轴劲儿发了，在瞿氏跟前出他言语。

陈老五道："那咱就赶在年前，叫二郎回来？年后也成，左右要回老家过年，咱们回来时便一并带过来即可。"

瞿老夫人摇头："立刻叫他回来，若他回来了，今年又何必回老家？"

陈老五故作怔愣："阿敷还在泾县呢！"

瞿老夫人愣了愣："他在就在吧，给他送二百两银子，叫他好生吃点，小时我忙起来，他不也自己过了好几次的年吗？这么大人了，还非得和亲娘过年不成？"

陈老五笑了笑，应了声"是"，又问："那乔家姑娘，咱们可还接着养？"

瞿老夫人思考片刻后道："继续养着，这烫手的山芋咱们不接也接了，如今扔出去，未免叫人说陈家凉薄，于二郎名声不利。"

陈老五再道："是，那弟弟等会就从内院另拨两个丫鬟和一个婆子到泾县去，专司照看乔姑娘，乔姑娘的月俸银子与家中的姑娘一致，日常所需银钱都从咱本家走，不过金姐儿的账，您看这样行吗？"事虽是金姐儿开的头，但这人情必须是乔家欠给陈家的，这中间就别有金姐儿的掺和了。

见陈老五理解到了自己的意思，瞿老夫人亲和地打眼看过去："很有些道理，就照你的意思办吧。"

陈老五领了命，眼神投到这一桌子还没怎么动过的菜上，有些愧疚："也怪我，非得挑吃饭的时候与您说道，只是看金姐儿在泾县一味靠着自己的想法，全然不顾陈家的利益，稍急了急……"

瞿老夫人眉头仍旧紧蹙，因长期地蹙眉，她眉心间已有深深的痕迹："金姐儿做事是把好手，可她娘死了，这路子太野，该沾染的不该沾染的全都敢干——接收乔家姑娘一事，至少应同主家说一声吧？"

主家。陈老五克制住意图高高挑起的眉头。什么叫主家？就是雇佣别人的！我给钱，你办事，叫东家！

陈老五搞清楚了那小贱娘们在瞿老夫人心中的角色后，出言便带了几分力度更大的试探："是，金姐儿这小姑娘做事有一套，许是能人脾气都大，在泾县颇有些一言堂、一刀切的样子，两间铺子，她一人说话，时日久了，倒不知泾县的铺子是姓'陈'还是姓'贺'了。"

瞿老夫人眯了眯眼："老董，也尽听金姐儿的？"

陈老五笑了笑："老董毕竟年岁大了，有些时候，心力大不如前，加之金姐儿强势，对其锋芒，老董也是能避则避。"

强势？瞿老夫人并不觉得强势是个缺点。身为女子，想要做出一番成就来，不强势些，万千个男人压到你头上作威作福。

瞿老夫人沉吟半晌后："一个店子，最好账房与东家一条心，金姐儿如今撤了账房的活儿，自己做了二东家，咱们就得找个与我们一条心的账房过去。"

无论何时，钱和人都是最要紧的。倒不是说防备着金姐儿，只是要监督几分，有些底线要划在前头。就像她派金姐儿去围猎先前的老六和朱管事一样，任何时候，店子都不可一人独大。瞿老夫人在心里过了一遍人选，城东桑皮纸作坊的年账房倒合适，对陈家颇有忠心，最后一点不好，他曾是贺显金的手下败将，这个事情在前面，又如何能对贺显金产生震慑呢？

瞿老夫人问陈老五："你可有人选？"

有，咋没有，就等着你问这话了！他想要摘桃，不让他插手，怎么摘这个桃？

陈老五低头想了想道："您弟妹娘家有个幺舅，先前也是读书人，后来考不上去了，便一直是个童生，我老丈人先头使钱给他塞到了清河镇上做小吏，您若需要，就把他召回来，派到泾县做个账房也成。"陈老五似是为难地摊开双手，"您说要一条心，我便只能想到这儿了。使账房还是要沾亲带故的好，家里的随从过去，仍旧要被金姐儿摁着整啊。"

瞿老夫人若有所思地点点头，是这个道理。

"那就他吧。"瞿老夫人着重强调，"不是叫他去约束管束金姐儿的，是叫他敲打敲打，别太忘形。"

陈老五连连点头："自是这个理儿！再好的人，不及时给她紧紧皮子，始终要变松松垮垮！"

一下子解决几桩事。二郎又要回来，这才是大事。

瞿老夫人又把话头扯到陈笺方身上："还是要请个师父才行。还有不到两年，孝期一过，二郎立刻上场。乔夫子倒了，乔徽便也没出息了，咱们宣城府的头号种子就是二郎了，你去差人上熊知府的府门问问，能否请他老人家荐一位有真才实学的夫子，顶好是致仕的进士，再不济也要是经年的举人，钱财、束脩都不是问题，只要对了咱们二郎的症，开多少价都行。"

陈老五连连点头。

待出了游廊，长随陆儿探头探脑地跟上前去："五老爷，咋样？"

陈老五笑眯眯地背手朝前走："咋样？小样儿！"

他拿捏这个嫂嫂，向来没有不成的。

没什么比坏消息来得更快。第二天吃过午饭，贺显金还没下席，就见董管事急急匆匆地从抄手游廊跑进来，面色倒是如常，脚下的步履明显比以往更紧促。

贺显金擦了擦嘴角，笑着问："怎么了？"

董管事看了眼龇着个大嘴剔牙的陈敷——这几个重磅可不能一股脑说给这位瘟神听，他听了，怕是要把祠堂掀翻！便预备与贺显金耳语。

陈敷怒目圆睁："说什么悄悄话呢！"

贺显金对董管事笑了笑，"您且说吧。"看了眼陈敷，"是五老爷的事，还是来人了？"

董管事不由大为惊诧："你、你如何得知？"

贺显金笑道："前天五老爷来，便知其来者不善。我在泾县一家独大，除了财权半数上移，几乎已经脱离宣城管控，五老爷手里掌着三间铺子，他不慌？"贺显金再看了眼清冷喝粥的陈笺方，"就算他不慌，现如今咱们家的宝贝二郎没书念，还给自己惹一身麻烦，老夫人今天没亲自杀过来，尚且算她老人家涵养好了。"

陈敷"哧"地笑起来。陈笺方颇有些无可奈何地放下碗："金姐儿……"

贺显金双手做投降状："好了好了，我说错我说错。"转身问董管事，"究竟是何事？"

董管事清清喉咙："现老宅门口来了位姓陆的账房，自称是从宣城来的，怕咱们如今铺子多，生意铺得开，现有的人手不足，老夫人特意派过来的，还拿了一封老夫人的信。"

意料之中。贺显金平静地点点头："那就麻烦您把他带进来吧。"

陈笺方面无表情地轻抬眸。董管事还没走,意味着还有事没说完。贺显金颔首,做了个"请"的姿势,坏消息就是要一下子听完才舒爽。

董管事索性闭着眼一股脑将坏事说完:"另,宣城还派了两驾骡车,接二郎回去,说是为二郎请了位极好的老师。还有咱们乔姑娘的日用、月例也一并从宣城拿过来了,走陈家姑娘的账,一个月五两银子。"说着又递了四张银票给陈敷,"宣城今年不回老家过年了,这是老夫人给您的过年费,指望您招待着店子的人好好乐一乐。"

陈敷接过银票,面色晦暗不明,隔了好一会儿方笑起来:"二百两?乐一乐?老董,过年你回宣城不?"

董管事喉咙发干:"自是回的,家中老妻、三子和幼孙还等着我回去贴春联。"

陈敷不自觉地将银票攥紧,轻轻点头:"是啊,过年,谁不回家?李三顺要回村里,郑家兄弟也要回老家,周二狗一早就请假说要回老家相看提亲……谁不回家过年?大家都要走——我拿着这二百两,和谁乐?"

说到最后,陈敷的话轻得快要掉入尘埃。贺显金将陈敷手中的银票抽走,笑着再递给董管事:"等会,劳烦您拿这二百两去小曹村将明年的定给续了,正好解了咱们的燃眉之急呢!"

贺显金又转头看向希望之星。只见陈笺方面色发冷,整个人散发出了一种从未有过的凛冽气息。

"那个人,显金你自行处理。"陈笺方轻声道,"至于那两驾骡车,让他们打道回府,让车夫给祖母带句话,就说我的文章还劳烦崔县丞改动,若无意外,明年这篇文章将作为邸报,落我与崔县丞的姓名,呈送南直隶。"

贺显金垂眸笑了笑,再抬眸时,目光平静轻轻地同董管事点点头。

没一会儿,一个身形偏矮、面颊凹陷、驼背耸肩的中年人耸着肩进来,一手抓一个大包袱,看起来便是做足了留下来的准备,一见到安静坐在上首的陈敷,便将包袱一甩,跟着就迎上去:"三郎君!你小时候,我还抱过你呢!我是你五奶妈隔房三婶家的小幺舅,论亲缘关系,你也得叫我一声舅公啊!"

舅、舅很离谱啊!陈敷躲都躲不开,哪里来的乡巴佬,把他粉蓝色褂子都摸脏了!陈敷手脚并用地往后缩,再一脸求救地望向贺显金。

贺显金笑着招呼:"您先从三爷身上下来成不?"语气平缓,"咱们陈记店子里,做生意时,便只认职务关系,不认亲缘关系,您看,便是我,素日唤三爷,不也没唤作爹爹吗?"

凹陷中年人回过头,看清是贺显金后,"啧"了一声,语声尖厉:"你倒是想叫爹,你是他女儿吗?你配吗?你能吗?!谁知道你是哪来的野种?"

陈笺方后槽牙咬紧,正欲开口,却听陈敷顶着一张气得涨红的脸:"你可闭嘴吧你!她若是承认叫我爹,我立马去崇庆寺烧头香啊!哪儿来的舅公,给老子滚下来,别往老子身上扑!"

陈敷像掸耗子似的,将这凹陷中年人往下扫。

贺显金不曾动怒,过了一年了,她成熟了,不像那时候,还得用暴力解决问题。现在解决问题，她一般用权力。

"扣一两银子。"贺显金笑眯眯地指了指这凹陷中年人，"您是主家派来做账房的，我是泾县的话事人，您才来，言语就不敬，按照咱们店子的规矩，说一句脏话，扣一两银子。"

"嘿！你个贱妇养的！"凹陷中年人指着贺显金。

贺显金平静地伸出两只指头："二两。"

"你怎么敢！我可是你五爷爷的舅舅！"

"三两。"贺显金笑着摇摇头，"您还说吗？要不您跟我这儿办个年费，咱一年打白工，您做事，我不给月俸。您想什么时候骂人，您就什么时候骂人，您骂人骂累了，我还给您端茶倒水，帮您润嗓子。"

凹陷中年人目瞪口呆地看着贺显金。这、这怎么和他想的不一样啊！他不是钦差大臣来的吗？怎么骂个人，还要扣钱啊！

凹陷中年人四下打望，见三爷正珍惜地摩挲布料，那面容端方的小子正目光冰冷地看着他，甚至带他进来的那老头儿管事也一副事不关己高高挂起的样子，更别说这死丫头身后站着的胖丫鬟，胖丫鬟身边立着个高颧骨婆子，这两女的眼神毒得像把剑似的！

"我、我现下便与五老爷修书一封！"凹陷中年人梗着脖子闹。

贺显金仍旧笑眯眯："您写，只要您送得出去，算我输。"

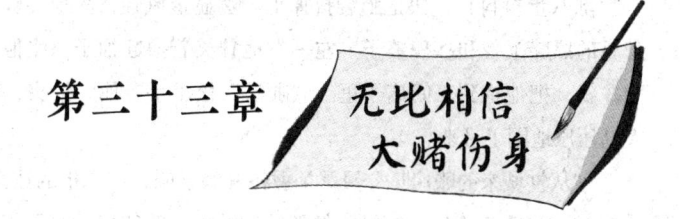

第三十三章 无比相信 大赌伤身

凹陷中年人，当然也有名字，他叫陆八蛋，一直过着坎坷多舛的人生，睁眼没了娘，爹也不靠谱，打着做生意的旗号，常年不回家，他是靠长他十来岁能干泼辣的姐姐养大的。姐姐女儿争气，嫁到城中大户陈家，就此一人得道，鸡犬升天。

幺房出老辈，他辈分在那儿，但他永远不敢在笑眯眯的外甥女婿面前充长辈威风。只因外甥女婿是城中富户陈家的人，手里捏着三四个铺子和作坊。

故而，此次比他年纪还大的外甥女婿给他荐了一份丰厚的活计——只有一个任务，就是搞清楚泾县铺子隐藏了些什么秘密，核心业务是什么，赚了多少钱，都与哪些店家和行当有生意往来。说白了，就是个探子。

那外甥女婿还教他："你就得用长辈身份压人，这活儿灵，不顺着你就是不孝，不孝者人人得而诛之，论是谁都别想活了！"

如今这世道，孝顺最大了，没几样东西比"孝顺"二字好用。可是，万一人家不买账怎么办？他有疑问，但他不敢说。幼时寄人篱下的结果是，他非常审时度势，也懂得欺软怕硬和随波逐流。

同样，比如现在。陆八蛋瞠目结舌地看着理不直气壮的现任掌柜，深刻体悟了什么叫强龙难压地头蛇，什么叫轻舟已过万重山，除却巫山不是云，什么叫在我的地盘你就得听我的。

"你、你怎么……你怎么敢！"陆八蛋手指颤颤巍巍地指向贺显金，"我告……"

陆八蛋后知后觉地想起来，一旦切断了他通信往来的路子，他还真是束手无策啊！难道要他飞鸽传书？书他倒是能编，鸽在哪儿啊？

"我、我不干了！先放我回去吧！"陆八蛋壮着胆子说。

贺显金双手一摊："咱们泾县这儿可是茶楼？"

陆八蛋强撑着挺直胸膛："啥意思！"

贺显金笑了笑："既不是茶楼，那岂容你想来就来，想走就走了的？"

陆八蛋抖抖。贺显金继续道："你别看这儿都是老弱病残，咱店子里可是养着六七个打手的！你脚跑打脚，手爬打手！若有异心，就把你那颗心给你挖出来，喂狗吃！"

陆八蛋感觉裤子兜里暖烘烘的，他快要失禁了，强撑着嚷了一句："你……这泾县是法外之地吗！"

贺显金"桀桀"地怪笑："没点特殊手段，你以为我一个小姑娘是怎么在泾县立足的？"

陈笺方都无语了，失敬失敬，我亲爱的黑帮女老大。陈敷上嘴唇咬下嘴唇，努力让自己的笑意不那么明显。

陆八蛋抖抖抖，快把脑袋抖掉了。贺显金风轻云淡地轻轻抬起手，陆八蛋只见这女阎王身后的黑胖丫鬟和寡瘦婆子一左一右地狞笑着撸起袖子，将他径直拖出了院子，出了宅门就向左拐，把他拖到一间店子里。"啪嗒"松了手，他一抬头，便看到四五个光膀子的年轻男人乌压压地围了过来。

"从宣城来的账房！"黑胖丫鬟拉开嗓子叫，"掌柜的让交给你们打理！"

陆八蛋双手抱肩，颤抖得像新嫁的姑娘，等待蛮壮汉子撩开盖头。一个健硕的黑汉子跨步上前，陆八蛋尖叫一声，捂住脸。

"打理？怎么打理？拿进热水槽里刷洗干净？"周二狗一把将陆八蛋拎起来，"这么个小鸡崽儿似的账房，洗个两次，连皮带骨怕都掉光了！"

陆八蛋心里尖叫：啊啊啊啊啊——

最后，也没人洗刷他。泾县老店的几个伙计把他安置在内院的一处小房间里，给他铺了床板和桌板，甚至还送了晚上的饭。一切都很和谐。

只是临到晚上，那个把他拎起来的健壮男子，恶狠狠地注视了他好几眼，意有所指道："我们回家了，你就住这儿，别以为没人管你了——那树上、那屋顶上都有哨子，还有外院养的那只大犬三天没吃饭了，你一出去，就是给它送肉！"

陆八蛋瑟瑟发抖。他好像进了一个什么了不得的地方！他一定要逃出去，写信，逃到官府去，这活计他不要了，这事儿他不干了成不？

周二狗好似看得穿他的想法，咬牙切齿道："别想往外逃！来了就是陈记的人，陈记要你死就死，要你瞎就瞎！"周二狗扬起蒲扇那般大的巴掌，"你看看，是你跑得快，还是老子一巴掌扇掉你脑袋快！"

陆八蛋深吸一口气，气息往回憋，连喘气都不太敢。周二狗又作势扬起巴掌要扇他。陆八蛋脖子向后一缩，现在眼眶里含着的泪，都是当初答应外甥女婿时脑子进的水，但凡他不贪陈家的月例，也不至于落得今天这个田地！

他好像是进了什么不知名的组织，不听话就要被揍，骂人就要扣钱。他好想哭，但是他不敢，他怕这群恶人，不给他喝水和吃饭啊！

陆八蛋蜷缩在床角，一晚上如被恶鬼狂追，时而梦到他的脑袋被那名为周二狗的男人一巴掌扇在地上了，时而又梦见一条黑棕色的大狗追着他撵，最后一口咬在他小腿骨上，时而梦到他终于鼓足勇气跑了，但是跑了还不到半个时辰，就给鹰隼叼回来了！他睡一觉，睡得快要累死了，整个晚上，他是又跑又尖叫，一起床便害怕得哆嗦。

这种日子，陆八蛋过了五六日，愣是一步都没敢出店子，他怕得要命，埋头干事，也不知道干点啥，就缩着脑袋在店子里晃荡。晃荡到周二狗面前，就会迎接蒲扇大小的手掌以吓唬的姿态贴上他脑门。吓死个人！

到了第十天，贺显金正喝枸杞红枣汤，董管事将这几天周二狗本色出演的剧集以说书的形式告知了贺显金："还有十来天过年了，您看，他怎么处理？"

贺显金"咕噜咕噜"两口喝完，丝毫不拖泥带水："把老店的账本扔给他，让他做年底汇总。"

董管事踟蹰片刻："咱们……给真的还是假的？"

贺显金大吃一惊："咱们还有假的账册？"

董管事忙道："没有没有！只是若你顾虑，我今晚加班加点再做一套给他敷衍过去！"

贺显金吓死了，她可是守法公民，怎么可能搞阴阳账册那一套！贺显金笑起来，看董管事的目光多了几分素日没有的深邃："给他真的，我不怕。"

董管事应声而去，正转身，却被贺显金唤住："老董，我知你一家三代都在陈家。你放心，我若与陈家斗法，必叫你及全家全身而退。"

董管事站定身形，低垂眉目，看上去就是个无懈可击的助理："是，我无比相信您能做到。"

比过年来得更早的是贺艾娘的冥诞。腊月十三，陈敷带着贺显金坐骡车到了一处种满橘子树的小庄头，庄头由一对老夫妻打理，庄子布局简单，老两口住靠门的排屋，正房和西厢都空着，平房前养了几笼嫩黄的小鸡儿，排屋后是郁郁葱葱的橘子树。陈敷面不改色心不跳地叫贺显金去西厢等着，自己则对着铜镜抿了抿耳边的鬓发，理了理整齐的衣襟，踏步向正房去。

贺显金进西厢，里面尽是拿黄花梨木打的家具，一整套的桌、椅、凳、台、斗柜、翘头案和六足香几，用贺显金小暴发户的目光看，这么一套家具没有千金都拿不下来的，特别是内间那石榴花开、百子千孙的降香梨木，一看就是用了心的。

贺显金五味杂陈。她又不是个傻的，咋个可能看不出来这是她便宜老爹给她准备的嫁妆。

不知道是啥时候开始准备的，反正挺全乎的。

贺显金拿手背抹了把眼睛——一个雄鹰般的女人流下了眼泪。

贺显金东边摸摸，西边搞搞，等了大半天也没等到陈敷出来，便踮脚出去张望。走到正房，通过朦胧的窗棂，迷蒙地看到陈敷衣冠楚楚地坐在四方桌旁，桌上两杯茶，一杯放在他的身前，一杯放在小小的牌位前。

"艾娘，显金出息了，可厉害了，会赚钱，把店子也打理得服服帖帖，也把伙计人手打理得整整齐齐。"

陈敷声音平淡，絮絮叨叨说家常，好像贺艾娘就坐在旁边，从未走远。雄鹰般的女人静悄悄地靠在墙上。

"她这么能干，肯定不像我。"陈敷笑道。

贺显金在墙根脚下，也笑。爹呀，遗传是根据血缘，不是根据和谁吃饭吃得多的。贺显金后背紧贴在灰墙上，嘴角不自觉地勾起。

"那丫头可能像她爹吧。"陈敷语气里盛满了醋，"你说她亲爹很厉害，天上知一半，地上全知，显金这么出息，多半像他。"

贺显金屏住呼吸，她对她生父可真是贼好奇啊，这世道，她跟着娘姓，本来就很神奇了。

陈敷哧了一声："你说他厉害，我却觉得他再厉害也是个孬种，放着妻儿在外面吃苦，反正我陈敷是做不出这种事。"

贺显金抿抿唇，这倒也是。如今宗族观念如此强，一个女人带着年幼的女儿出来，跟两个灾民似的，吃树皮，睡牛棚，只能说父族可能败落了，更可能是惹了什么祸事，让家里的女人带着孩子偷摸逃出来？

若是贺艾娘没遇到陈敷，会是怎样的光景，谁也不知道。一个貌美的年轻少妇带着幼女，无自力更生的能力，最后的结局，一般都不太好。

正堂的陈敷好像是在哄谁，语气变软了："好好好，我不说了，每次说起显金她爹，你总会生气，不说了，不说了！"

紧跟着又拉拉杂杂念了好一些，陈敷看了眼天色，意犹未尽地住了口，抬脚出来带着贺显金去后山的山头给贺艾娘磕头上香。贺显金看着墓碑上"陈敷之妻"的刻字，重重磕了三个头。

待回骡车，陈敷的情绪明显低落，低着头摆弄褂子外的玉佩。

贺显金绞尽脑汁地想话题："您这院子建得真好看。"

陈敷意兴阑珊："艾娘的主意，说想要个种满橘子树的院子，但她没看见……"情绪更低落了。

贺显金顿了顿，雄鹰般的女人，对于安慰人这种精细活，实在是无能……贺显金想了想，刚刚听陈敷那意思，便宜爹十分想痛快地出一出艾娘前任的言语，便投其所好地安抚说好话："我娘还好遇上您，她先头遇人不淑，也不知我那亲爹是个什么样的人……"

陈敷悲愤抬头："我就是你爹，哪来什么亲爹！他也算你爹？你不到五岁来的陈家，瘦弱得跟只小猫儿似的，是我一把屎一把尿把你拉扯大的。我对我那两小子都没这么上心过！"

你大了，倒说上亲爹了！"

　　贺显金想，对不起，她的技能点可能在情感需求这一块，没有点亮。想拍马屁来着，结果直接拍马腿子上。丧失六边形战士资格的贺显金只能埋着头，忍气吞声地应对便宜爹的重拳出击。

　　一路回泾县，陈敷通过回忆贺显金四岁的体弱多病、瘦弱矮小，对比贺显金如今的健壮如牛、狡黠如狐，来歌颂自己的付出与贡献。说到最后，悲伤倒是散去了不少。好吧，过程虽然不对劲，但结局是好的，贺显金姑且当作自己攒了功德。

　　回了泾县，腊月向新年狂奔，店子里的人三三两两回老家过年，只留了陈敷父女、希望之星、孤寡张妈、没家小锁、孤单小花，还有个有家不能回，被迫留下来的陆八蛋。

　　被磋磨将近一个月的陆八蛋，感觉自己神经衰弱了，窗外树叶飘动，他以为有人要打他，乌溪流水潺动，他以为有人要捶他，时刻活在即将发生人身灾害的恐惧中。

　　腊月二十八，贺显金悄无声息地走进老店，便见陆八蛋低着头拿小棍子算账。贺显金屈指轻扣了扣柜台。陆八蛋一哆嗦，条件反射般将棍子朝天上一扔，跟只尖叫鸡似的，仰头"啊——"一声。

　　贺显金蹙眉。陆八蛋看清是贺显金后，更害怕了，长鸣道："啊啊啊——！"

　　贺显金面无表情地做了个收声的手势，尖叫鸡戛然而止。

　　"账算得如何了？"贺显金问。

　　"算、算完了……"陆八蛋哆哆嗦嗦地收拾自己的算筹，"每、每月的账都清楚……我只需加减即可……"

　　贺显金挑起眉，努力让自己看起来很慈祥。但她确实不是这块料，眉眼本就略带清冷，兼之常年灰棕咖配色，脊背又打得笔直，像一只努力亲和、但心里憋着坏水算计人的屎壳郎，让人更害怕了。

　　陆八蛋抖抖："您别笑了……瘆得慌……"

　　贺显金无语，她挺讨人喜欢的呀，和希望之星啊、花花啊、乔大聪明啊，都处得很好嘛。既然不是她的问题，就一定是尖叫鸡的问题。

　　贺显金便慈祥地开了口："陆账房，既来之则安之，你要主动融入咱们这支队伍，要热情、要快活、要积极、要主动，你这样拒人千里之外，我当掌柜的，也很难做啊。"

　　陆八蛋快哭了。周二狗那蒲扇般的巴掌，每次都只差几毫厘就贴到他脸上！还有门口的旺财，看他的眼神像看一盘肉！还有！一开始威胁他，要听话，不听话腿打断的，是谁？不就是眼前这小姑娘！现在告诉他要主动、要积极、要热情……陆八蛋很想哭，但他不敢流泪。流泪就不快活了，不快活了就有可能被揍。陆八蛋眼眶含泪。嘴角努力挤出一抹笑，整个人看上去有点癫。

　　贺显金嫌弃，好丑，你还不如不笑呢。

　　贺显金别过脸去，从袖中掏了一只小荷包，推到陆八蛋面前，言简意赅："拿着吧。"

陆八蛋惊恐地看向贺显金，再看这荷包，这荷包还没他巴掌大，应该是装不下一把锤子吧？

"打开啊。"贺显金催促。

陆八蛋颤颤巍巍地将荷包拆开，却见里面放了一小坨银锭子和一颗小指甲壳大小的金……金瓜子？

金子？！陆八蛋猛地抬头！

贺显金乐呵呵道："收着吧，腊月开年，给大家的新春礼。倒是可以都换成银子，这不是想着大家伙一辈子都没见过黄金长啥样吗？这金瓜子不大，也不重，图个吉利，不值几个钱。"

陆八蛋两只眼睛，眼珠眼白，好似全都被黄金闪瞎了！这是黄金？黄金欸！他活了大半辈子了，第一次看到黄金！陆八蛋哆哆嗦嗦地拿手碰了碰黄金。

啊，好冰。但，好漂亮！陆八蛋不可置信地用双手捧起金瓜子，凹陷的脸颊甚至多了眉飞色舞溢出的神采。

贺显金笑了笑，这样看起来就漂亮多了，人还是在钱面前，最漂亮呀。

"我、我也有？"陆八蛋说话说快了，带着徽州乡下的口音。

泾县人来人往，南直隶周边几个州府有点奔头的读书人几乎都在此处，做生意自然也说官话。如今陆八蛋一激动，开始说家乡话，贺显金就竖起耳朵听，连猜带蒙地回："店子里的人都有，你是店子里的人，自然也有。"

陆八蛋满眼满脑子都是金瓜子，率先预备藏在袖兜里，想了想觉得不保险，又藏进衣襟里，还是觉得不保险，最后脱了鞋，把金瓜子压到鞋垫子下面。

贺显金嫌弃，别让她再看到这枚金瓜子，这枚充满味道的金瓜子。

在陆八蛋狂喜之下，贺显金若无其事地为自己倒了一杯茶，似是随口问道："今年不回家过年，家中人也不催？"

在陆八蛋发现贺显金好像不会说徽州乡下话后，立刻把口音变为蹩脚的官话，且金壮尿人胆，头摇得跟拨浪鼓似的："不不不！家里婆娘爱打叶子牌，有叶子牌打，有钱输，哪还记得我啦！两个丫头片子也嫁人了，初二回去，也是陪她娘打叶子牌！"

"这样啊……"贺显金点点头，随口再问，"牌面大吗？"

陆八蛋顿时怒上心头："咋不大！一手牌就是五个板子嘞！一晚上就是一百个板子嘞！"

贺显金笑道："这败家娘们——"转头又问，"那岂不是欠着钱？"

陆八蛋忙点头："欠啦！欠了四十两的外债啦。我原先在县衙当文书，一个月没多少板子啦！下工了，还去挑水挑砖做工，签字画押，认账认得！"

贺显金意味不明地扯着嘴角笑了笑："欠的谁的呀？庄家？散户？还是在外头单借的印子啦？"几个来回，贺显金的口音已经有点徽州乡下的味道了。

陆八蛋痛彻心扉："都有！印子最多！"又连连摇头，"还不清楚，还不清楚！"

贺显金打了个突然袭击："这么说来，陈五老爷，是你欠债的大头嘞？"

陆八蛋自然地点头："是嘞，共欠他三十四两……"

陆八蛋话出口，猛地一抬头，凹陷的脸上一层一层地出现了崩开的裂痕。贺显金笑得很自然，笑里藏着"果然如此"的了然。

从陆八蛋这么十来天的表现来看，他是个胆子很小、看问题肤浅又一惊一乍的人，这种人被派来当耳目，陈老五要么手上没牌了，要么这个牌，他很有信心。

亲缘关系嘛，是一则。可亲兄弟都有可能因为三分地翻脸，更何况这拐得比城墙还厚的亲戚关系，陆八蛋肯定还有啥别的把柄在陈老五手里。

一个老实巴交又眼界浅的农户，就算读了两天书，认识几个字，能犯下啥把柄？最多就是欠点钱，要不就是图点田。这不，一问就问出来了吗？

陆八蛋胆子小得跟鸡似的，第一道防线是被周二狗的蒲扇击破的，第二道防线是被还没一钱重的金瓜子击破的。两道防线一破，敌军长驱直入，直捣黄龙。

贺显金笑着再问："陈家准允陈五老爷在外面放印子钱啊？"希望之星的前程，不想要了？

陆八蛋死死将嘴巴抿住，目光呆滞地转向看不见贺显金的另一面。

贺显金挑挑眉，低头喝了口茶，轻声道："锁儿，咱们狗爷回老家了？"

小锁儿点头："狗爷回老家相亲去了。"

黑帮还要相亲啊？陆八蛋哆嗦一下，为无辜的姑娘默哀。

贺显金轻颔首："这样啊，那祝他成功。"想了想再道，"那你去院子里找条粗绳子，浸下盐水，把张妈叫进来，再把大门关了，几扇窗户都关死。"又云淡风轻道，"等下叫起来，左邻右舍的，不好解释。"

陆八蛋艰难地吞了口唾沫。叫？叫什么？

贺显金见陆八蛋转过脸来了，便笑道："您别担心，我们虽然三个女的，但力气都挺大的，女的也有对付人的办法呀——咱们鞭子抽不动，咱们有绣花针呐。"贺显金弯下腰，轻柔地把陆八蛋的手牵起来放到他眼前，"你看啊，往指甲缝里扎针，针尖尖轻轻扎下去，你血都来不及冒，哎哟，那颗心啊就攥得一团那么疼。"

陆八蛋，又感知到了熟悉的裤裆暖意。陆八蛋哆哆嗦嗦，抖得牙齿磕磕巴巴。您多虑了，鞭子您也抽得动，上回那一个胖丫头一个寡嫂子拖着他跑，轻轻松松的，像拖只鸡似的。

"我、我……"陆八蛋的话像含在嘴里，含含糊糊，听不清楚，一抬头就看到这小丫头双手捧着他的爪子，认真又温柔地观察他的指甲缝，仔细得像个扭曲的变态！

陆八蛋鼓起勇气，一把将爪子从困境中解救出来，艰难地吞了口唾沫："掌、掌柜的……"

贺显金气定神闲地双手抱胸："嗯？"

陆八蛋哭丧着脸道："我就是颗卒子，你问的这些难题，我说与不说，都难做。"

贺显金笑了笑。能清晰认知到自己是颗卒子的，已经不算卒子了。这人，比她想象中要聪明点。

贺显金随意点点头："三十四两是吧？我给你五十两。"

陆八蛋瞠目结舌。贺显金语气平淡："你借口说我们店子柜台管理混乱，你在这儿拿的缺口。去找陈老五把欠账平了。"

陆八蛋嘴巴动了又动，甚是不解其意啊！

贺显金继续平静道："你同我敞开天窗说亮话，我也不跟你绕弯子了。虽然你能力不行，人品一般，算盘不会打，心算不会用，身材矮小又面颊凹陷，我自己请人的话，想来是一定不会请你的。"

陆八蛋心想，真是谢谢你啊，这么不加修饰的真实反馈。

陆八蛋等待的"但是"来了。

"但是，若想办法将你弄走，陈五老爷想必寝食难安，甚至会再派一个、两个、三个卒子来我这儿。"贺显金眉梢淡淡的，"做生不如做熟，还不如把你留下来呢。"

陆八蛋惊恐抬头，做生不如做熟，听起来像是"不听话，我就做掉你"啊。陆八蛋嘴角嗫嚅，正想开口，却见贺显金做了个"少安毋躁"的手势。

"我帮你把账平了，你写个欠条给我，我不收你利，但是从新年起，每月只发一半的月俸，待你干满了两年，我再将所有月俸一并给你，且将欠条当着你的面撕碎。"贺显金说得很流畅，像是思考了很久。

陆八蛋已经不是目瞪口呆了，是如晴天霹雳。当然，霹的是好雳，这和白给他有啥区别呀？！

陆八蛋嘴唇嗫动，胸腔心动，很想答应，却听贺显金再问："所以，陈五老爷放印子钱，是怎么放的呀？"贺显金边说边思索，说话已经带着很明显的徽州腔了，"他肯定不会自己出面的呀，他若自己出面，迟早被发现，瞿老夫人岂能容他黑陈家的脸面呀？"

陆八蛋低下头，脑子里似是在天人交战。贺显金不催促他，好整以暇地将手中的茶一口气仰头喝完。

贺显金看了眼更漏，提醒陆八蛋："人逼上梁山，还得给绿林好汉交份投名状——我这又没让你砍个小拇指、挖个独眼，你再犹豫，我转身就把你送到陈老五那去，顺道随上三十四两银子。"贺显金似笑非笑，"你且看，陈老五要不要你的命。"

锁儿在身后抿抿嘴：跟好人学好人，跟着师婆学跳神，周二狗说她最近脾气越发不好，那也是师出有因来着……

陆八蛋浑身打了个哆嗦，抬头张嘴溜溜的："陈老五没干放印子钱这活计，他婆娘、我那外甥女的小堂叔在当明台，他小老婆的哥哥充当追债的，小老婆的弟弟是销账的。"

贺显金点头："放印子也要本钱，他哪来这么多钱？"

陆八蛋又闷了，贺显金气得想动手揍他。这人属蛤蟆的？怎么戳一下跳一下的！每次透露点重点信息，跟挤猫尿似的，总要她换点新的威胁花招。她又不是全职干黑道的，从哪儿更新这么多胁迫人的招数啊！贺显金站起身就往外走。

"哎哎哎！"陆八蛋忙道，"城东的桑皮纸作坊，那个年账房也好赌！我每次去赎我婆娘，就看到他也在里面！"

那拿小棍子作法的耗子？账都算不明白，还学人赌博呢！贺显金美女无语。

"也就是说，陈老五拿赌资做饵，与年账房里应外合，把桑皮纸作坊账上的钱掏了个空？"

贺显金笑了笑，"老夫人可不是甩手掌柜，账上没钱了，她能不知道？"

陆八蛋害怕贺显金不信，投名状打了水漂，赶忙道："不是不是！他放了印子，还本金，转利子，一百两他赚十两，账上不还有一百两吗？只要他能把本金按期收回来，谁知道呀！"

噢，陈五老爷不生产银子，他只是利息的搬运工。

贺显金大概了解了，想了想又问："这么说，还有呢？"

陆八蛋一脸蒙："还有啥？"

还有啥？还有陈老五其他黑料呢？

贺显金"啧"一声："还有什么有关陈老五，你知道，我不知道的。"

陆八蛋皱着眉，思考良久，想了想，很郑重地道："他明年本命年，但是一直拒绝穿大红褂衣，我外甥女便很是担忧他新年的运势。"

贺显金无语，滚吧，听了都脏耳朵，想想都脏脑子！

贺显金站起来转身就走，走到一半，止了步子，半侧过身来低沉道："赌鬼，赌一日则赌一世，狗改不了吃屎，你如果不是特别喜欢你那妻子，喜欢到要给她填一辈子的坑，趁早和离得了。下一个妻子的聘礼，我可以借钱给你。"

陆八蛋明显愣住。所有人都劝他：婆娘赌钱是小事，不去赌钱也会去打大码子叶子牌，男子汉大丈夫的，没道理因为赌点钱就不要这婆娘了。他便痛苦了快二十年，家里的房子卖了，地卖了，他也不读书了，甚至家里两个闺女也跟着学赌钱消遣。好像不供婆娘的赌债，他就不是男子汉大丈夫似的。这小姑娘是第一个劝他，早离早抽身的……

陆八蛋抿抿嘴，心里不知作何感受，低着头从抽屉里抽了张小纸条出来，上面写着陈老五给他布置的任务：店子利润几何？什么货最赚？上下游关系为何？

陆八蛋迷惘地抬头。这几个问题，他一个没打听清楚，反倒把陈老五的外快生意，事无巨细地交代透了……这放朝廷里，他要被砍头吧？

今年的年味比去年足，去年陈敷痛失爱妾，如丧家之犬般，拎着个拖油瓶，被赶出了陈家权力中心，他饶是脸皮再厚，嘴巴再硬，心里也不舒坦。今年吧，心里虽也不舒坦，但手上银子多起来，心里再大的坑，也能用钱来平。

陈敷领着花花和张妈，挂大红灯笼、写春联、贴福字、舂年糕。张妈拒绝舂年糕，张妈财大气粗，今年实现了年糕外包，以一斤年糕五十文的高价承包给了锁儿。

锁儿很快乐，觉得舂年糕相当于公费健身，把木杖舞得虎虎生风。张妈也很快乐，去年被宣城陈家的家仆欺负得舂了半个月年糕的峥嵘岁月犹如在目，今年就能嗑着瓜子、坐在摇摇椅上老神在在地观看小妹儿表演，张妈不由叹了一声："有钱干啥都成！"

贺显金路过大笑："有钱，我还能给你在街口找两个十八岁的小弟，让他俩光着膀子帮你舂年糕。"

张妈攥紧瓜子，娇羞道："十八？也太小了吧。"

贺显金大慰，这宅子里，好歹还有人残存荣辱观。

张妈红着一张脸:"二十来岁差不多了,再小,就跟我儿子一边大了。"

贺显金心想,告辞!这宅子的人,全都没救!

腊月三十,泾县热热闹闹的,水东水西两条街上挂着红彩带和灯笼,摊贩与店子都收得早,各家各户门窗大开向天接喜气,处处灯火通明,户户阖家团聚。陈记只点了一盏灯,两个店子的人要么腊月二十就放假了,要么腊月二五、二六也走了,对比起来,陈记稍显冷清。贺显金对了账,拿铜锁锁了门,算是结束了一年的工作,把钥匙贴身放进怀里,便不急不缓地向老宅走去。

刚拐过墙角,便见陈笺方提着灯笼等在老宅门口。贺显金快走几步,笑问:"读书的也回去过年了?"

陈笺方嘴角含笑,轻颔首:"给他们放了三日假,初二回来。"

贺显金咂舌:"三天啊?"

陈笺方灯笼稍提起来一点,神色从容:"三天不摸手艺生。照我说,大不了,除夕回家吃顿团圆饭,就该回来读书了。"

贺显金无语,你可真是你祖母的亲孙儿啊!

两个人说话间,穿过抄手游廊,便见张妈雄赳赳气昂昂的,身后跟着锁儿和花花,三个人一人手里拎着两个食盒,像两只小鸡崽跟着老母鸡似的。

陈笺方略微抬眸,看向张妈。贺显金的声音在身后不咸不淡地响起:"宝珠愿意跟着张妈,你便随她去,本来小姑娘这才缓过来,你甭拘束她,待过了年,我预备给她请个女先生,或直接送到你那去一并带着读书。关上门咱们不乱说,任谁也不知道。"

陈笺方沉吟片刻,方轻声道:"我见是圆,他见是方,方圆曲折,众口铄金。"

贺显金低了低头,手在袖中朝花花打了个暗号,花花便嘟着嘴将食盒递给了张妈,来牵贺显金的衣角。

走进正堂,便见硕大一张圆桌,上面垒着放了二十来道菜,冷菜热菜、白案红案、炖菜炒菜蒸菜,五福齐全,便宜老爹陈敷还在上蹿下跳地布置。

贺显金瞠目结舌:"怎么这么多菜?咱不得吃到初五六?!"还得每一顿都热来吃,才干得完!

陈敷刚踩在凳子上挂完彩带,嘴里嘟囔:"谁说不是!我一早便叫张妈收敛点,八冷八热不错啦!"

张妈嘿嘿地笑,眼神却移到贺显金身后。贺显金转头看去,只见周二狗一只胳膊夹着一个郑家兄弟,笑得满脸褶子往里走。周二狗身后是拖家带口、笑容可掬的董管事,李三顺和妻子抱着几个孙子笑着进来。再之后便是牵着杜君宁的杜婶子、带着娘家爹妈并一两岁稚童的钟大娘……

"叨扰叨扰!"董管事牵着小孙儿,笑意融融地冲陈敷、贺显金和希望之星三人作揖躬身,"董无波携老妻、犬子、媳妇和小孙叨扰除夕!"

陈敷差点把彩带挂脑门上,眼睛狠狠眨了眨,手背抹了把眼:"你们……你们不回去过年了吗……"

贺显金也不可置信地看着逐渐站满正堂的伙计及其家属。

董管事温声笑道:"自己家冷冷清清的,还得自行劈柴烧火做饭,还不如来打秋风,吃个亮堂热闹饭呢!"

周二狗高声叫道:"反正我也是孤家寡人一个,张妈说今天有烤羊腿!那我必须来啊!"

贺显金鼻头酸涩,冲周二狗高声笑道:"一看就是相亲打水漂了,若是成了,哪顾得上搭理我们啊!一早就守在人姑娘窗边了!"

郑家老大哥哈哈哈笑:"他相看时,跟人姑娘聊,他能挑二十担石头,问人姑娘能挑几担。"

周二狗梗着脖子:"那姑娘看起来挺壮,我也是敬佩地发问!"

郑家大哥又笑:"那人姑娘说了她能挑五六担后,你为啥鼓励人要勤加练习,早日赶超啊?"

贺显金无语,所有的孤狼,即单身狗,都是有理由的。

老宅正堂陡然变得热闹起来,四五个小孩绕着正堂捉迷藏,拉拉杂杂一大桌,男人们喝酒,杜婶子劝酒,钟大娘教导走路都不稳的幼儿:"等你考上举人,为娘就将窖藏的三壶好酒尽数取出!"幼儿眨眨眼,登时哭得眉毛胡子一把抓,贺显金笑得眼泪都出来了。

酒过三巡,陈敷红着眼连敬大家三杯,随即红眼又红脸半眯着躺在摇椅上。贺显金端着凳子坐到陈敷身边,递了一杯温水给便宜老爹,笑着轻声道:"三爷,咱杀回宣城吧?"

陈敷猛地抬头。贺显金抬头看桌上推杯换盏,众人或叉腰大笑或勾肩密语,语态舒展:"山不来就我,我就去就山,与其被动挨打,不如主动打人。"

陈敷的手撑在椅子把手上,嗫嚅嘴唇,酒气上头,整个人显得有些蒙。

贺显金将他摁回摇椅:"不着急,您慢慢想,咱有事,年后再说。"

恰逢窗外,漫天的烟火从乌溪平缓清澈的水面升起。砰砰几声,注意力比钟大娘儿子还差的陈敷瞬间被烟花吸引。贺显金跟着转头,却见坐在对面、身形笔直的陈笺方端起一盏茶,眉目含笑,遥遥相敬:"新年快乐。"

贺显金也笑,端起茶盅,将盅底轻轻磕在身前的碗盘上。

"新年快乐。"

过年这回事,无外乎吃饭喝酒打豆豆。陈家的豆豆,名唤贺显金。

年三十难忘今宵,众仙云集,大家聚一块守岁,陈敷便抬了两张桌子张罗打麻将。钟大娘、杜婶子、张妈和董管事发妻一桌,陈敷、董管事和李三顺一桌三缺一。叫周二狗来,周二狗捂紧荷包,绝不自投罗网。周二狗不来,郑家兄弟们自然也拒绝。陆八蛋对打牌这事深恶痛绝,兼之心里还藏着是否与老妻和离的困惑,更不可能上场。

董管事乐呵呵地瞅向贺显金:"金姐儿?"

见贺显金不会,董管事笑得更兴奋了。只见他的手将两垒麻将搭子一推,细言细语道:"四门牌，一门打绝，三门凑齐对子连子便作数，四张成杠，上杠翻番，金姐儿算数厉害，没问题。"说罢笑着与李三顺使了个眼色，"交上个五六两束脩，啥都会了。"

李三顺先没明白，而后看董管事笑得鸡贼又狡黠，当即笑着附和："来哦来哦！过年打麻将，新年旺一年！"

贺显金笑起来，这摆明冲她的年终奖来的啊！便也不扭捏，袖子一撸，坐到了顺风顺水的坤位。

陈笺方斜靠在摇摇椅上，喝了酒脸红红的，眯着眼安坐于灯下。听贺显金落座，陈笺方抬了抬眸子，抿唇笑一笑，心中只觉无限安宁。陈笺方心里安宁了，贺显金却手忙脚乱，如同进了盘丝洞。

"等等——我不打幺鸡吧？我打吗？我不打！"

"等等等！我换一张！换一张！"

"等等等等！我再想想！"

三圈过去，贺显金钱包减重二钱银子，思想负担增重起码一斤。董管事喜滋滋地将银子塞进荷包里，李三顺常年不见笑的脸上，透露着"来了大客"的真诚。

陈敷没笑，陈敷恨铁不成钢："你自己输钱就罢了，怎么牵连我也放了炮啊！"

贺显金怒了，这个时候你倒是分得很清了哦！

"三爷……"贺显金有气无力。

陈敷理直气壮："牌桌上无父女，你再牵连我，自己去小孩那桌坐去！"

贺显金气死了！

"金姐儿啊——"张妈的声音适时响起。贺显金以为有人来救她。

张妈笑得温和："要不，你到咱这桌来打？也给我们送点钱吧？"

贺显金气到发癫。陈笺方眯着眼，嘴角勾起一抹笑。新的一局开场，贺显金照例拿着张牌犹豫不决，身前陡然出现一只骨节分明的手，利落地帮她打出一张筒子，顺手再将手里的牌理清。

"嘿！"李三顺斥道！

贺显金一扭头，却撞进陈笺方含笑的浅淡眼眸里。

"李师傅，我又没看三家，不能帮忙？"陈笺方笑道。

李三顺正张口想说什么，脚却被左边一踹，一抬头就见董管事朝他眨眼。

"能帮！怎么不能帮！"董管事乐乐呵呵，"阆苑二郎下凡尘，与我老儿众乐，快哉快哉！"

陈笺方勾起唇角，端了个小机凳，规规矩矩地坐在贺显金身边，时不时低声向贺显金解释为何打这张牌、为何留那张牌。贺显金耳朵烫烫的，随着陈笺方的节奏往出打牌、往里顺牌，终于赢到了自己今晚的第一笔进项。

"杠上花，翻番，一家十文！"贺显金双手一摊，挨个收钱，收到钱便将几十个板子递到陈笺方面前，笑眯眯道，"谢你指导，这是谢师费！"

几十个板子摊在手心，手心粉红可爱。

陈笺方笑着摇摇头："你自己拿着玩吧，赢了都是你的，输了算我的。"

贺显金耳朵的烫，顺势蔓延到面颊上。董管事眯眯眼，眼神轻飘飘地先落在了陈敷脸上——这位雀神，正全神贯注地盘算自己哪张牌打错了，丝毫没注意两个小儿女的言语官司；再落到李三顺脸上——很好，这位咬卵犟正在算兜子里的钱。好吧，就算这咬卵犟不算钱，也一定注意不到隔壁拉丝的目光。

再看隔壁牌桌，正热火朝天地闲聊打屁。董管事咂了咂嘴，将桌上的牌往中间一推，噼里啪啦的，大声道："再来再来！"

大年初三，陈笺方开工读书上课，贺显金起个大早，打了套八段锦，吃早饭时见到陈敷。贺显金给陈敷打了个招呼："三爷。"

陈敷举起爪子，欲言又止。贺显金笑了笑，低头喝了口粥，吃了口菜包子："嗯，韭菜粉丝馅的，还不错。"

陈敷胡乱点头："是不错。"说着又咬了口手里的酱肉包，"吃起来还有肉味呢。"

贺显金失笑："您考虑清楚了？"

陈敷"啊"一声，随即明白过来，迟疑着点点头："就是……不知道该怎么干？"

贺显金郑重其事地将手里的碗和包子全都放下，双手撑膝，十分认真地与陈敷娓娓道来。

三个时辰后。初春艳阳普照，宣城府文正街道的柳芽抽出如丝新枝，翠绿蓬勃。两行柳树后，一排飞檐灰墙的平房建在黛青无波的水边，偶有乌篷小船划波而过，船撑划破水面，留下深浅不一的痕迹。陈敷目瞪口呆地站在平房前，看人流如织，三三两两的男人行色匆匆地从平房里出来又进去，进去又出来。

陈敷艰难地吞了口唾沫："咱们杀到宣城来的方法，就是来赌钱？"

平房挂着"四方来财"的描金红木牌匾，下方刻有印章"富顺宝斋"。

"宝斋"不过是时人对赌坊的美称，这里四五间平房，都是赌坊。来往匆匆的赌徒，或印堂发黑，或嘴唇发乌，或蓬头垢面，或贼眉鼠眼。

贺显金背着手，立于陈敷身边，神容轻松地点点头："是的，去赌钱，我给您三百两银子，你连赌五天，咱们赌到初八回去，到时候您三百两银子输完，再去搞二千两银子。"

陈敷不可置信地看向贺显金："你给我三百两，让我换二千两，剩下一千七咋个补？割腰子啊？"

贺显金抿唇笑了笑，嘴唇轻启："去借，找赌场里放印子钱的，姓霍的借。"

陈老五那极为得宠的小妾，人称霍小娘。陈敷木愣愣地站在赌坊门口，在人潮如织的热闹里静静消化这个炸裂的任务。

"那我要是出不来咋办啊？"陈敷欲哭无泪，"我听说赌坊有打手，乱打人，乌烟瘴气的，我、我有点害怕！"

哪有纨绔害怕赌坊的啊！果然是个败絮其外、金玉其中的假纨绔！

贺显金鼓劲般拍拍陈敷的肩膀："去吧！被揍之前告诉别人你是城东做纸陈家的三东家！"

陈敷哭哭啼啼："说了就不会被揍？"

贺显金道："说了，可能被揍得轻点。"

陈敷深吸一口气，怀里揣着三百两银票，如奔赴战场般往里走，走到一半如想起什么转头问贺显金："你不跟我一块儿？"

贺显金疑惑："您自己想，老爹带着闺女去赌钱——这件事合不合理？"

陈敷想，其他闺女，和你这种闺女，本质上就是两个品种啊！

"我怕我干不好……"陈敷轻声道，摇摇头，"我干啥啥不行，吃饭第一名，除了吃喝，我这辈子没干过别的能事，五爷爷这事儿太大了，我怕我给干毁了，倒把咱们泾县折进去……"

贺显金轻声道："谁说您干啥啥不行的？您写了两本册子，不都卖得很好吗？还有，一年前咱们在哪儿？咱们现在在哪儿？您想想，若没有您，我恐怕还在漪院吃白菜青菜呢！"

陈敷忐忑不安地看向贺显金："你真的认为我能行？"

贺显金重重点头："没问题！你收着点演，演出您素日纨绔气质的一半就成了！"

陈敷不禁一笑，仍旧胆怯："那若是我找不到那姓霍的子钱家咋办？"

子钱家就是放印子钱的。贺显金笑了笑："只要你说了你是陈家三爷，他自会来找你。"

陈敷半张了张口，又看了看贺显金，心里又过了一遍，终是下定决心，径直朝里走去。背影像白花花的银子，瞬间被血盆大口吞没。贺显金双手抱胸在门口看了看，待看不到陈敷背影后，转头疾步往回走。

陈敷一直没出赌坊，吃喝都在赌坊解决，三天后，满身酸臭、胡子拉碴地站在台子前，手里攥着唯一剩下的十来个筹码牌子，赌徒一般咬牙切齿地全砸到"小"的庄口。

"哟！三少又买小呀！"台子后的庄家伸出长杆子理了理筹码，笑嘻嘻地奉承，"您连买三把'小'了，要不咱换个手气？"

陈敷双目赤红地看了庄家一眼，后槽牙咬紧："那、那买大！"

庄家笑嘻嘻地将筹码牌子推到"大"字上，紧跟着右手举起一个油光锃亮的竹筒，摇摇摇，落地揭秘——二三一四。

庄家意料之中地将筹码牌子往身前一钩，嬉皮笑脸地与陈敷笑道："啧！您应当押小！您看，赌坊里除了自个儿，谁也别信，我这张臭嘴挡您财运了！"

陈敷气瞬时头顶冒烟，扑到台子上去抓庄家的杆子："出千！你在出千！"

庄家杆子一收，嬉笑道："饭可以乱吃，话不可以乱说的！我们富顺赌坊出什么都不出千！愿赌服输，您要想回本，就继续押啊！三十年河东三十年河西，风水轮流转，怎么着也能转到您跟前不是？"

陈敷双目圆瞪，气喘吁吁地看着庄家。庄家了然："三爷没钱了？"

陈敷梗着脖子道："是没带那么多！我陈家在宣城府虽不是第一富户，却也不是那没钱还出来玩儿的破落户！"

庄家眼珠子一转，左右两边藏在黑暗里的几只瘦猴动了动。

"是是是！陈家信誉向来很好，我们赌坊也有几位生意人，信誉也不错，他们有钱，要不朝他们借来使使？"庄家笑道，"您有陈家作保，又是第一回来玩儿，我给您说说，只收您五分利，您看成不？"

陈敷双眼迷蒙地看向庄家："五分利？我不如回去取呢！"

庄家一笑："瞧您说得！您如今手气正旺，一进一出，手气没了怎么办？且您回家拿钱，家里人问不问啊？追不追究呀？我可听说贵府瞿老夫人很有些难说话。还不如一鼓作气，咱们把本钱利息一起赚回来！"庄家再转转眼珠子，"您若觉得五分利多了，那我自己给您担一分，四分！十日还清，您看如何？"

陈敷动动嘴角，脸上流露出明显被说动的神情。庄家手一抬，便从暗处来了两只瘦猴，一左一右架起陈敷往里走。

陈敷眯着眼，左右一看，强打起警惕心："你们是谁！姓甚名谁！"

瘦猴之一咧嘴一笑，露出龅牙："我姓霍，三爷久仰大名！久仰大名！"

陈敷蹙眉："哪个霍？"

"雨佳霍！"瘦猴的龅牙非常亮，比旁边的蜡烛还亮，"我是这富顺赌坊里干得最大的子钱家，您信我，我也信您！"

陈敷在心里暗暗呼出一口气，点点头："听庄家这么说过。咱们赌坊没其他人姓霍吧？"

瘦猴赶紧摇头："没没没！只此一家！认准我这颗牙！"

陈敷想你这颗牙，确实很难复制。陈敷确认了眼神，遇上对的人，便脚下一软，方便两只瘦猴架着他到里间取钱画押。

"您要多少？"霍瘦猴笑着拿铜钥匙打开匣子。

陈敷抬眼偷看，匣子里一沓一沓的银票和碎银。

"二千两！"陈敷比了个手势。

霍瘦猴陡然双眼一亮："好！不愧是咱们陈家的三爷，一出手就知有没有！二千两，四分利，十天之内还清！您看成不？"

霍瘦猴笔走龙蛇，一会儿就写了张条子。陈敷稳住颤抖的手、激动的心，抓着笔签字画押，将那四十张银票，总计二千两的借款，一把抓起揣进胸前，颤颤巍巍地从里间出来。又趁机寻了个进茅房的由头，逃也似的从侧门飞奔而出，看到熟悉的骡车，屁滚尿流地翻身上车，撩开帘子心有余悸地往里冲。

"吓、吓死我了！"陈敷如劫后余生地拍拍胸膛，"赌博压根不是人干的啊！谁有那精气神连干四五天啊！那些人不睡觉、不吃饭啊！"

贺显金笑起来，照她家便宜老爹好逸恶劳的纨绔程度，赌博这玩意儿确实是累了点。

"银票到手了吗？"贺显金轻声问。

陈敷猛点头，从怀里掏出一沓子银票，期待道："咱们现在干啥？这二千两银票啥时候还啊？过了十日就要涨利钱了！"

贺显金心不在焉地挑了挑车帘，看窗外人流涌动，嘴唇吐出几个字："还？这钱，咱可不还了。"

"不还"这两个字，如佛音绕耳，一直萦绕在陈敷脑顶毛上。陈敷更害怕了，那些养在赌坊的打手，可不是吃素的！听说不还钱，会被剁手的！还会被头朝下，塞到井里呀！

陈敷欲言又止，怀着忐忑复杂的心情坐在骡车上，看贺显金风轻云淡，确定这闺女是铁做的，凡事不管难易险平，反正就三个字——刚到底！

骡车摇摇晃晃一路，等回了泾县，单细胞动物陈敷一觉醒来，早就把恐惧给忘了，打着呵欠一边下马车，一边伸懒腰，长叹声："我要睡个整三日！"

张妈看陈敷胡子拉碴又眼下乌青，终于想起来是谁给她发的月俸，一边心疼一边吩咐人烧火烧水。

贺显金转身便去了店子，找到李三顺和周二狗，说清如今的形势："两个店子，如今关掉最好，年节的假直接放到年十五，钟大娘和杜婶子两家人今日便启程去淮安府投奔博儿和左娘——我提前给左娘写了信，能将她们暂时安顿到茶庄上。"

李三顺大喘几口粗气，骂道："你个死丫头！凡事赌性太强！非得这么干？非得要拿两千两？那些是赌徒啊！你也敢！"骂完后，李三顺缓了缓，往地上吐了口唾沫，"干了就干了！别人老子不知道，陈老五和他弟一个德行！一个坏在外面，一个坏在心里，都是坏种！你说吧，你需要我们干啥！"

贺显金笑了笑："您、狗爷和郑家哥哥，带着陆八蛋，顶好住到老宅里来，凡事有个照应。"

李三顺青筋暴起的大手将架子一扔："行！大不了拼他个鱼死网破，老子看陈老五不顺眼很久了！"又想起什么来，"老董呢？"

贺显金笑道："董管事带着妻儿小孙在宣城过年，再大的火，也不至于烧到他那儿去。"

李三顺埋头想了想，闷闷地点点头。周二狗反手将藏在墙角的刀揣进腰带。

贺显金笑了笑："不至于，泾县是咱们地盘，就算是他狗急跳墙，地头蛇崔衡总是他开罪不起的。明年的贡品六丈宣，可不能断了档。"

周二狗脸沉得像柴犬，瓮声瓮气道："二郎教的，有备无患！你狗爷这身板，来一个砍一个，来一双砍一双！"

贺显金笑得很轻松："好！静待狗爷大发神威！"

贺显金与陈敷回泾县的当晚，陈五老爷便从小妾霍氏口中听到了陈敷在赌坊连赌五日，将身上的钱输干净后，找到她哥哥签字画押借印子钱一事。

"您不是一直想把陈三儿拉下水吗？这不，他那厌样儿，一离开把他护得跟眼珠子似的亲娘后，吃喝嫖赌啥都开始干了，压根不需要您去教！"霍氏也一把年纪了，仍穿着陈五老爷顶喜欢的粉桃色对襟褂衣，半靠在陈老五身侧，拿签子叉了块果子喂到陈老五嘴边。

陈老五张口接了，单手搂过半老徐娘的胖腰，乐呵呵地问道："是吗？输了多少？借了多少呀？"

霍氏"咯咯"笑："输了三百两，借了两千两，签的四分利，十日还清，若十日还不清，就是一日四分利。咱们一倒手就能赚上好几百两银子！"

陈老五听着微蹙眉："二千两尽数借出去了？"

霍氏将肩头挂着的褂子往下垮了垮："是的呀！借得多，咱们不就赚得多吗！"

陈老五面色一凛，将霍氏一把推到地上："荒唐！"

霍氏忙耸着肩，跪到陈老五腿边。

"年账房拿店面的钱去赌，刚被陈猜抓到——"

就那日，他从泾县回宣城，便见陈猜急匆匆往外走，后来他一问才知那只死耗子绕过他，拿着店子上的二十两现钱去赌，被人告诉陈猜了！还好是陈猜，他迅速揪着年账房跪在陈猜面前，左右开弓扇了那死耗子十几个耳光，才换来陈猜心软一句"此事只此一次，把钱还上来，便算了"。年账房险些将他暴露上台面，如今又多了陈敷！

陈老五的面具崩开了一丝慌张的裂缝："二千两啊！咱们店子账上的现钱，也不过才二千两！这么一大笔借支，为何不告诉我？"

霍小娘抖了抖，怯生生地抬眼，嘟嘟嘴："是认识的人，又不是平白冒头的，陈老三被他老娘压得跟头温驯骡子似的，他还敢不还钱？他、他就算输没了，难道连二千两的私房都没有？"

陈老五抿了嘴，没说话。霍小娘见状，赶紧软骨头似的靠了过去，有一搭没一搭地在陈老五腿上画圈儿："不过十日，等陈老三还了钱，咱们就把钱又补回店子的账上啊！难不成，就这十日，店子就有一二千两的支出必须要给欸？！哪有那么巧合的！"

细腻的指头尖在大腿根上绕啊绕。霍小娘不由得意道："如若陈老三不还，咱们还是老规矩，叫上我哥哥弟弟，带上我们村里的几个汉子去吓他！砍他手！挖他眼睛！这种纨绔，既害怕家里知道，又害怕吃皮肉的苦，哪有不从的！"

霍小娘声音娇滴滴的："等陈老三成了咱们的常客，您可得将我哥哥升到庄头上去——夫人的阿兄干的可不是这茹毛饮血、打打杀杀的粗活！"

陈老五心里确实是虚的，可转念一想，哪来那么巧的事——刚把城东桑皮纸作坊账面上的现钱清空，就立刻有大笔的支出？大笔的支出，早在年前就付出了，买草料、买檀树皮、买劳力……按照惯例，年后最大的收入，应在三月春闱之后，送情的送情，送礼的送礼，发奋图强的也要买纸来振奋。如此想来，陈老五心下也略定了几分。

大年初十刚过，雪落满城，一辆骡车在雪地上留下两道划痕，完美地停在了宣城府陈宅的门口。一个身披零碎狐毛大衣的胖汉，咚咚敲响了陈宅的大门。

门童来开，胖汉露出八颗牙标准的笑，说的是标准的泾县话："劳你帮忙通报一声，泾县印刷作坊尚成春,有大生意求见瞿老夫人。"

门童伸出个脑袋出来,伸手接了这生意人的两个铜钱,说了句"稍等"便飞快往里跑。陈家就算生意做得再大,也只是生意人,生意人宅子只能有两扇门,一绕过内门,正堂毫无遮掩地出现在眼前。小门房掐头去尾通报后,瞿老夫人暗自思考,蹙眉道:"泾县的印刷作坊?尚成春?没听过,何许人也?"

陈老五恭恭敬敬耸着肩答话:"未曾听过,想必是哪里来打秋风的穷家吧。"

瞿老夫人想了想:"泾县是咱老家,老家人祖上往三辈儿多半连着亲,或是隔了房的远亲,请他在堂前吃顿温和饭,给五十文钱即可。"

陈家富了后,老家儿的人循着铜钱味,过年过节时最爱来,无论有亲没亲,陈家都会给点盘缠,总不会叫人空手归。故而在泾县,特别是在泾县的农郊,陈家名声特别好。陈老五"欸"了一声,点头应是,抬脚预备自己去当这菩萨。

哪知,脚还没跨出去,便听正给瞿老夫人倒茶的老董"嘶"了声,似是从脑子深处刚挖了点东西:"我记得,贺掌柜之前卖得很好的描红本,全是从这位尚老板作坊出的。"

陈老五抬头看董管事。董管事单手立茶盏,笑得很有分寸:"听说尚老板的生意摊子铺得不小,泾县凡是白纸黑字的东西,都从他那儿走。和咱们家做生意一事虽有待商榷,但打秋风却很是说不上。"

瞿老夫人喝了口茶:"那就叫他进来吧。"吩咐身边的瞿二娘,"换壶雨前龙井来,上四盏攒盒。"

这是预备待客了。陈老五莫名心头"咯噔"一跳,有点慌,现在他一听到"泾县"一词,眼前就浮现出贺显金那张瘦长的螳螂脸。

陈老五不由自主地打了个寒战,还没等他开口说话,一个穿着零碎狐毛大衣的中年男子跨步进屋,躬身向瞿老夫人行礼,再笑着和董管事领首致意,眼神扫到陈老五处时,中年男子目光一跳,直接略过。

陈老五心想,好了,尘埃落定了!这绝对是螳螂脸的狗!

尚成春拎着两提包得严严实实的牛皮纸裹子,递到瞿老夫人跟前,真诚笑道:"过年来,也没甚带的……新鲜的福橘、干龙眼、干鱼鳖、干鱼胶和鹿茸,内子做的玫瑰猪油年糕、肉粽和枣饼,祝老夫人新年吉利、福寿安康。"前面一提主打昂贵,后面一提主打人情,再看这尚老板身量魁梧,眼善亲和,耳郭大而垂,是个有福气的相貌。

瞿老夫人人老眼亮,嘴唇勾了勾,笑道:"同喜同喜!"做了个手势请尚老板落座,"您是泾县哪家印刷作坊的呀?我们陈家就从泾县走出来的,水东水西都熟。"

"哪家?"尚老板笑得爽利,"泾县如今所有印刷作坊,都是我家的!先是水东头的那家尚记,去年一年,承蒙您泾县铺子关照,泾县三间印刷作坊,全都被尚记收下了!"

"显金?"瞿老夫人顺势问道,"听说她搞了个描红本子,卖得很是不错!"

尚老板忙点头:"是咧!您教诲得好,贺掌柜带着泾县商铺吃肉喝汤,老家儿说起陈家,谁不是这个!"尚老板竖了个大拇指,嘿嘿笑得很是憨厚。

陈老五埋下头，余光瞥见董管事嘴角含笑，一副与有荣焉的样子，心头便暗道一声不好。

尚老板话锋一转，眉头紧蹙："只是……唉，只是现如今青城山院这个样子，泾县描红本子和印书的生意垮了一大半……人不可坐以待毙，我便预备扛着五台印刷机子、带上工人劳力，学您当初背水一战，索性来宣城府上闯一闯！碰碰看有无更好的机会！"

瞿老夫人抿唇听，听后点点头："您口中的大生意，与陈家又有何干系？"

尚老板手攥成拳，激动道："我年前便在宣城找了处不到一亩地的好地方，放得下我所有印刷机子，无奈他十年起租，一年租金便是八十两，十年便要八百两，若要搬迁，里里外外，我成本将有一千二百两左右，我手上如今现银只有不到三百两……"

瞿老夫人笑了笑："您是借支来了？"

尚老板连连摇头："不不不！不是借支！是清仓！如今我库中还有两万余本描红册，若青城山院不倒，这点数量压根不愁卖，如今青城山院前路不明，泾县销不了这么多，您若愿意，我以五百两的价钱出与您！"

陈老五，默默松了口气。五百两，好说好说，就算桑皮纸作坊的现银没有这么多，他自己也能把这窟窿填上。

瞿老夫人心里过了数，宣城府领六县，泾县人口不过一万余人，宣城府人口过十万余人，销路必定是不担心的；再算钱，她看过七月初贺显金寄过来的盈利台账，一本描红本售价五十文，两万余本，售价便超过一千两，尚老板卖价五百两，这是在给她们白送钱啊。

瞿老夫人笑了笑："这么好的生意，你怎么不出给显金？"

尚老板手挥了挥："那丫头吃不下——我着急要钱扩店，那丫头嘴巴太绕，等她给我画完饼，我一早饿死了！"

瞿老夫人失笑，尚老板三言两语倒将贺显金刻画得入木三分。

瞿老夫人看向陈老五。陈老五温笑道："一个着急用钱，一个乐善好施，您便当扶持老家罢！"

瞿老夫人点点头，随口告诉尚老板："那你明日领上老董，驾两驾牛车，去库里清点清点。"随手一指，"现过现，现银就从桑皮纸作坊账上划。"

陈老五与董管事一同应是。

瞿老夫人再转过眼和尚老板笑着算账："你需一千二百两，如今，算上还没到账的五百两，手上也不过八百两银子，还剩四百两，你预备从哪儿慢慢筹啊？"

尚老板心想还能从哪儿？从您口袋呗！

尚老板脸上浮现出一抹不好意思："实不相瞒，还有笔生意，想与您做。"

瞿老夫人笑道："您扩充店面，预备叫陈记出了全资？"

尚老板忙摆手："不不，对您是天大的好事！据我所知，陈记在泾县的两间铺子，都是租的衙门的，陈记名下没有实实在在属于您的铺子！咱们做生意的都知道，这铺子呀，顶好是要在自个儿名下——这万一人家不租了，店子咋办？开到家里去？还是在街边摆摊？如今租约签得爽快，可往后呢？往后的事，谁说得准？"

瞿老夫人面色逐渐凝重起来。是这个道理，泾县的铺子不是陈家的，一直是她的心病。铺子的名儿挂在县衙头上一日，他们就当一日的租户。租金虽不高，却始终受制于人！

可谁能做县衙的主？瞿老夫人眯眯眼："尚老板，是何意？"

尚老板胸有成竹地笑："我能将您目前租下的店子买到手，落您的名字也好，落您儿子的名字也好，您只要给钱，我就给您办妥帖。"

瞿老夫人身形向后一靠，有些不信："您？"

尚老板笑道："您去打听打听，十年以来，泾县的院试考卷都是谁印的？县衙的文书卷宗都是谁印的？泾县周边九镇，清河镇举人出身的秦夫子和我是什么关系？叶白镇的官学山长和我又是什么关系？我儿子凭什么只考了个秀才，就能在县衙当九品小吏？您在宣城待久了，不懂小地方的人情世故，有时候您有钱，没路子，也是竹篮打水一场空。"

尚老板炫了把关系网，从兜里掏了张文书推到瞿老夫人跟前："您若不信，且看看吧，我的铺子和作坊全在我名下，您若信我，这文书就放您这儿，我什么时候给您办下来，您什么时候还给我！"

瞿老夫人伸手拿过文书，翻了翻，再看眼前人进退有度、大气坦诚，抿抿唇，蹙眉道："您要多少银子？"

尚老板比了个"五"："五百两——不赚您多的，您那店子本身就值钱，卖价就是三百两，再有二百两您得给我点甜头和利钱不是？活动关系得花钱吧？请客吃酒得花钱吧？我收您二百两银子不多。"

如果能把店子买到名下，多给二百两算什么？那是陈家的根儿！瞿老夫人手里捏着文书，久久未说话。

陈老五一头冷汗快要将他溺死了！先是五百两，再是五百两，要他掏一千两啊！抢钱啊？啥意思啊？他吃进去的钱，全都得吐出来呗！

陈老五紧张地偷偷打量瞿老夫人，屏气凝神，眼珠子一转，终是开口："平白献殷勤，非奸即盗，嫂子，您、您莫被骗了啊！"

董管事立刻笑言："这位尚老板确与县衙关系匪浅——否则咱们家出的这么多描红本，也找不到那么多学堂买啊！"董管事再道，"听说朝廷要填充空职，泾县知县这位子若是要来新人坐，也不怪如今的县丞大人寻机敛财。等真来了人，咱们再想找机会把铺子买回来，那可就难了！"

陈老五脸上挂着深笑，看董管事的眼神笑中带了狠："老董，你素日唱着做不动了，要回家休养，如今脑子倒是转得很灵光啊！"

董管事恭谨抬眸："不敢不敢！一介老奴，跟随老夫人二十四年，就算真躺下了，若陈家需要，老奴这一身骨头还能榨出点油来。"

"好了——"瞿老夫人开口，手中文书上县衙的鲜章嫣红鲜明。她的下一句话将决定这个局还唱不唱得下去。

"老五。"瞿老夫人语调常年是向下降的，按中医的说法，最后一个字常年向下落的人，气血虚浮、心经亏损，需好生调养。

这向下落的两个字，终于砸到陈老五脑壳上，砸得他肝儿疼。

别、别说出来……陈老五艰难屏气。

"老五，你明日跟董管事回泾县看看，若是可行，再从桑皮纸作坊划五百两出来。"瞿老夫人思索着交代，语气怅然，"不管行不行，只要有三分希望，咱们就要付出十分努力，若你大哥泉下有知，也会欣慰陈家的根扎得越来越深。"

陈老五舔舔嘴唇："是……"一边答应，一边脑子转得飞快，躬身试探着问，"只是，这钱由桑皮纸作坊来出，怕是不合理——显金这一年钱赚得不少，自己出钱收自己的铺子，才是正道吧？"

董管事笑着在旁帮腔："正是这个道理！"

陈老五愣了，这老东西，一定在哪儿藏着等他呢！

董管事笑眯眯："咱们泾县店面上的现银加上三爷的私房，想必是够了。甚至不用劳烦五老爷走这一遭——直接把店子过到三爷名下，倒也便利。"

瞿老夫人眉头一皱。泾县的店子，落陈敷的名字？是想要气死谁？

"不可。"瞿老夫人沉声道，"还是从桑皮纸作坊走，店子……店子落到老二名下，叫老二跟着一道过去。"

陈老五一边笑，一边咬后槽牙。

尚老板看得有趣，刻意扬声再道："听说，陈家在水东大街也租了间铺子呀？要不然一块儿运作得了！一间二百两的跑腿费，两间我收你三百两！"

你你你！闭嘴吧你！陈老五恨不能拿根针把尚老板的嘴缝上，世上那么多银子，陈家的银子是香一点儿还是咋的？嘿，怎么就赚不够呢！

陈老五忙道："嫂子，等这单干完，咱们先看看情况吧！"可别再从他兜里掏银子了！

董管事似笑非笑地看过去。瞿老夫人点点头，一锤定音："先把老店买到手，再谈其他。"

尚老板嘿嘿笑，拱手向瞿老夫人致谢："您可真是个财神爷！等后辈在宣城落了脚，咱们泾县出来的，真得拧成一条心过活！"

陈老五一口烂牙快要咬碎，呵呵，他是待取的财，瞿氏是心软的神，你才是爷，是大爷！来一趟绕了他一千两啊！

瞿老夫人留尚老板用午饭，陈老五吃得食不知味，尚老板一走，陈老五与董管事一前一后出正堂。

陈老五双手垂在腰间，眯眼笑着叫住董管事："老董——"

董管事回头颔首："五老爷，您叫我？"

陈老五眼神斜睨，温和善意的笑常挂脸上："贺显金那丫头，给了你多少银子？"

董管事面色如常，态度恭敬："瞧您说得，贺掌柜和我是一样的人，我一个月二十两的月俸是陈家给的，她一个月二十五两的月俸也是陈家给的——"董管事眼皮微耷，再言，"甚至您的月俸、年底的分红、季末的匀利，都是陈家付的。咱们三个，从根儿上讲，都是一样的人。"

董管事目光深邃，意有所指地笑着。他情绪管理向来到位，一番话平淡得就像他的名字——无波。

陈老五深深剜了董管事一眼，嘴角抖了抖。一样的人？一个是依附陈家过活的孤女，一个是陈家的伙计，他跟他们怎么可能是一样的人！他姓陈，长房赚了一百两，便有三十两该是他的！凭什么他和他们是一样的人？他先为大哥兢兢业业，后为嫂子勤勤恳恳，如今他忍着架子、耐着性子为陈猜那个蠢货鞠躬尽瘁！

陈敷做什么了？养女人，吃喝玩乐，不顺心就发羊癫疯，偏偏这小子都能安心地享受陈家的供奉！这些人，都在吸他的血，吸他和他弟弟的血！

陈老五深吸一口气，稳住了脸上的笑，拂袖离去前，叹口气惋惜道："老董，你说你，这么大把岁数，还玩站队这一套。"

董管事笑了笑，未答话。

陈老五转身走，留下轻飘飘一句："想站就站吧，只是一旦站错了，可就全完了。"

董管事在宣城有个常年跟随的小厮，耐不住性子，开口："师傅，咱们，是不是把五老爷得罪了……"

董管事双手交叠腹间，站在廊间看陈老五走远，隔了许久方笑道："得罪就得罪吧，为人行事最忌随波逐流、两面三刀——这人，玩不赢显金。"

准确地说，他甚至觉得老夫人，都玩不赢贺显金。也不知为何，这小姑娘虽对赌博深恶痛绝，却暗藏赌性，无论做任何事都当做最后一件事在做，完全不给自己留后路。光脚的不怕穿鞋的，很多人怕疼，就算鞋烂到只剩一层皮，也舍不得脱。光是这点，贺显金就赢了。

一行人抵达泾县时，已是第二日傍晚，尚老板先带着人去库房清点了描红本，又往县衙去了一趟，待回老宅，陈敷设宴款待。二爷陈猜酒醉唱戏，三爷陈敷借酒装睡，企图躲过陈猜的联合出演邀约。

贺显金独自向内院走，哪知走到半路，便被一道黑影拦在了廊间。

"金姐儿。"黑影背着手，从游廊朱柱后出来，陈五老爷的脸笑得很深，"是我小看你了，陈敷在赌坊辛苦输钱，尚老板辛苦演戏，做这么个局，就为了把我绕进来？"

"你想要多少？借的那二千两？还是更多？三千两？四千两？"陈五老爷越走越近，声音压得越来越轻，"你说个数，我认栽，我拿得出来，就都给你。"

贺显金手往袖兜里一缩，握住芦管笔，尖利的笔锋朝外，随时预备叫陈老五血溅当场。

离贺显金三步之外，陈老五双手一摊，停住步子："凡事好商量，你我既无旧仇，又无新恨，都是为了银子，犯不着搞得头破血流、两败俱伤，最后被蠢人渔翁得利。"

陈五老爷确实是个聪明人，至少比他弟弟聪明，一下子就识破了局眼，找到了破题的关键，贺显金相信他有足够的积蓄，来填桑皮纸作坊账面上现银的坑。掏二千两出来，对他来说，不是难事。她给他绕的局，只能叫他出血，不能将他彻底拉下台。

贺显金抬起头来，目光清冷地看向陈五老爷，间隔片刻，方笑了笑："您是聪明人，跟聪明人说话不用绕弯子。宣城有陈记三间店子和作坊,我听说您帮助二爷统管陈记在宣城的产业,我只要其中一间店、一间作坊。青城山院倒了,泾县的生意已经做到头了,我总得试试赚大城镇的钱吧?"

陈五老爷没想到贺显金会提这个要求,他知道这丫头其实不喜欢钱,但他不知道这丫头到底喜欢啥,便只能开口让她自己提。他一早想好了,若这丫头漫天要价,他就是拼出所有积蓄,也不可要这丫头如愿。

再不然就是负荆请罪嘛!老六为啥非得死?是因为暗通福荣记!他不过是挪用公款,吃个利息,就又把钱还回去了,若真瞒不下了,就把霍氏她哥往台前一推,齐活儿!他那老嫂子还真能对他喊打喊杀啊?他陈五,可不是一个会被黄毛丫头要挟的人!

可是……等等?这丫头要什么?要宣城的一间铺子?

"那泾县的铺子呢?"陈老五眯了眯眼。

贺显金坦率地笑:"自然交给二爷。既然这落户名是二爷的,我作为三爷的闺女,也没必要为二伯卖命了吧?"

交给陈猜那个蠢货,不就相当于交给他?六丈宣——第一个闪在他脑海中的好东西!

陈老五惊喜忍笑:"你这个想法倒也对……姑娘家嘛,最终也是嫁人,泾县地方小,圈子就这么大点,难找合适的;宣城人多地广,选择更多,老三把你当亲闺女养,自然会给你在宣城找一个好人家。"

贺显金侧脸翻个白眼:"是吗?"

陈五老爷笑眯眯地请贺显金向里走,请她走到暗处。贺显金假装看不懂,脚下一动不动。

陈五老爷便故作怅然道:"说一千道一万,五爷爷懂你。无依无靠的孤女,不趁着孝期讨一讨老夫人欢心,赚点银子、捏点本钱,在陈家打出名堂,以后出嫁,陈家谁撑你?你那爹,自己的事都理不清楚,有心管你,也终究绕不开他老娘。"

贺显金再翻了个白眼:"您说得真对。"

陈五老爷笑了笑,没有注意到贺显金未跟随他的脚步往暗处走,只有他一人的脸被藏在了昏暗的黑夜中:"正如所说,我们俩,没有必须解决不可的矛盾。甚至在一定程度上,咱们还可以合作。"

贺显金笑道:"真的吗?您详细说说。"

好了,对付"老爹爹"的三板斧用完了——是吗?您真厉害!您详细说说。然后花季少女就能把耳朵关上,得片刻清静了。

陈五老爷低下头:"陈家如今精明的,只有老夫人,老二陈猜忠厚但驽钝,你爹陈敷不着调且万事不管,下一辈里二郎走的是仕途,三郎和四郎都顶不起来。咱们完全可以井水不犯河水,你经营你的,我经营我的,陈家这么大块饼,咱们就是一人咬一口也吃得饱了,没必要撕破脸,最后鹬蚌相争,渔翁得利呀。"

说得很是语重心长。要不是大家都是千年的狐狸,咱也好好听你说一说聊斋。

贺显金眨了眨眼,轻轻叹了口气:"是的呀。当初您特意绕路来找李师傅他们喝酒,还派出得力干将来泾县做账房先生，也是您的一片苦心。"

先开战的，可不是她，呵呵。陈五老爷默了默，将说教风收拾起来，话头一转，接回正题："宣城三间铺子，你想要哪间？"

贺显金未有丝毫犹豫："绩溪北巷的作坊。"

陈老五险些笑出声。陈家在宣城有三间铺子三间作坊不假，可铺子与铺子之间，也是有不同的，比如城东的桑皮纸作坊便是近年收益最好的，产的纸也最好，每个月的纯利几乎能突破一百两，伙计的做纸功夫几乎都师承陈家老太爷、陈老五他爹，手上技术都没得说。

反观绩溪北巷的作坊，也就是他们口中常说的"小三作坊"，伙计有三个，做的是陈家最低等的生意——龙须草浆纸，这些纸几乎都流向了北方学风不够昌盛的地方。利润也次，一个月有三四十两就不错了，只比先头的泾县作坊稍稍好一些。并且，"小三作坊"现如今的掌柜胆子不大，做甚求个稳，连带着下头的伙计懒且馋，终日得过且过，应付了事。

温水煮青蛙，那绩溪作坊就是温水，眼前的贺显金就是跳进去的青蛙。

他为啥放任绩溪作坊敷衍了事？不为啥，因为那掌柜的，是他嫂嫂瞿老夫人唯一的娘家人，人明说是混点薪俸过日子，不图权不图钱，他又何必把人逼得这么死？

贺显金如今尚且有得挑，却挑了一处最差的！陈五老爷掩饰住嘴边的笑意，故作为难："绩溪作坊……掌事人是老夫人的娘家外甥，你去，恐怕……"

贺显金从善如流地做出第二选择："那我选城东头的桑皮纸作坊吧。"

陈老五无语，那你还是去啃瞿氏的饼吧！

陈老五随即利索点头，话锋转得十分自然："你既已想好，那五爷爷我是非常有诚意的，必定给你办妥，绩溪作坊的事在年后落定，适时，你将泾县作坊的财、物、人都交过来。"

财、物、人？贺显金挑挑眉。她最宝贵的，不是财，也不是物，而是人，这群围绕在她身边的伙伴。

"人？"贺显金笑了笑，"泾县作坊的人，不是与店子签的契书，是与三爷签的契约，去年十二月签的，如今正好到期。您若有自信，可以找他们续签，但我劝您不用做无谓之事。我这群伙计，各有各的不好，最大的不好，就是实心眼。"

陈五老爷突然想起年前夜半，泾县那场一边呕吐一边狂奔的高歌。突然，好像也没这么迫切的欲望，需要这群伙计了……

陈五老爷闷了片刻，在犹豫要不要为了六丈宣而妥协，去争取那群明显看上去脑子就包的伙计。隔了一会儿，略抬眼，目光在昏暗的角落闪烁："那六丈宣……"

"做纸嘛，不就那么点活儿吗？还能比我们日夜操劳店子进项出项、银钱原料、各处打点困难吗？"贺显金笑了笑，说得意味深长，"您找十来个师傅，工钱开高点，把他们往作坊里一关，两三个月都不准出来，到了点了，六丈宣自然而然就做出来了。"

"您自己想想，李老章聪明吗？李三顺聪明吗？在我没来泾县之前，听说过李三顺能做六丈宣吗？"贺显金背着手，笑眯眯，"马车怎么跑，还得看车夫怎么带，您不比那些师傅聪明？"

陈五老爷深深地看了贺显金一眼。也是，六丈宣常有，满屋脑壳有包的伙计不常有，要他去伺候这么一屋子奇形怪状的东西，他属实也是上辈子缺了大德。

陈五老爷一锤定音："好！人你尽数带走，作坊和店子其余东西都留给我。"

贺显金双手一摊，陈五老爷不明所以。

贺显金笑道："咱们银货两讫了，那我们三爷的借条，是不是该尘归尘、土归土了啊？"

再提此事，就是气！陈五老爷咬了后槽牙，从袖兜里掏了陈敷打的借条丢到贺显金手中。

贺显金笑容明媚："既如此，那小女便期待与五爷爷合作愉快了哦！"

愉快？哪里愉快！为了你所谓的"合作"，老子白付了二千两给陈敷，还为泾县的铺子垫付了一千两，统共给出去三千两，甚至答应这丫头要把绩溪作坊盘给她！这笔账，算下来，不就相当于他花了三千两银子，外加得罪瞿老夫人的娘家，只换来了泾县的店子和作坊……他这辈子，都没这么亏过！

陈五老爷的后槽牙有点痛，挂着面具抬头，慈祥地笑问："金姐儿呀，你如此精于算计，究竟为何呀？"

贺显金态度恭谨又谦卑："瞧您说的，我这不都是为了嫁人嘛！"

你攒这么多钱，你是想嫁个二郎神吧！陈五老爷皮笑肉不笑地扯扯嘴角，转头向里走，待走入抄手游廊，长随陆儿低声发问："咱们就这么，和这死丫头和解了？"

陈五老爷朝地上啐了口水，冷笑一声："和解？和解个屁！"

他一个人吞得下来的饼，凭什么要分人一半？何况还是一群乌合之众！

这头的锁儿也问了同样的问题："那咱们不与五老爷针锋相对了？要一起发财啦？"

贺显金将灯笼罩子打开，把借条放在火苗上，烛火陡然蹿得老高。贺显金轻抚锁头，手把手教导小妹妹："生意场上没有永远的敌人，更没有永远的朋友。咱们想回宣城，回不去呀，咱得搭个梯子，陈五老爷下盘稳又脸皮厚，他当梯子最好了。"

锁儿似懂非懂："他不怕被咱们踩扁呐？"

贺显金笑眯眯地摸了把锁儿圆嘟嘟、黑黢黢的脸蛋："咱们一群女人、一个纨绔、几个没脑子的，他有啥好怕的呀？"

锁儿明白过来，眨了眨眼，跟着贺显金嘿嘿笑起来。孺子可教，贺显金欣慰地点点头，等董管事退休，先把锁儿扔到作坊摆一摆，再搞到店子里混一混，小曹村和尚老板那里也可以上下游打通打通，到时候这小煤炭子也是一把好手的噢。

有尚老板背书在前，陈笺方与崔衡打通关系在后，水东巷的店子正式落户在陈猜名下。贺显金路过小稻香，特意买了一只烧鹅、一只乳猪并两壶麦子酒拎回去慰问伤心人陈敷。

谁知陈敷倒是不甚在意，吃吃喝喝完毕，剔着牙同贺显金讲道："我纳你娘进门时，我那老娘就跟我讲好了，铺子店子是一个不给的，我老娘信守承诺，我也要挨打立正嘛。"

乳猪塞牙，陈敷剔完左边剔右边，反正艾娘不在了，他也没有顾忌形象的必要了。

"再者说，我跟着你，还能饿着？"陈敷觑个大脸，非常理所当然。

贺显金无语，一年前到底是谁告诉她，当爹的必定给她挣一个美好前程？

户头一落，也不知陈五老爷是如何说动瞿老夫人的，这一两个月以来，宣城陆续来人，也从周边聘了好几个有点东西的做纸师傅，零零星星地几乎将泾县店子和作坊的人手都淘换了一遍，库房里的东西也被陈五老爷派来的人手尽数接手。贺显金将从陈六手中诈出来的六丈宣尽数带走，将李三顺制的六丈宣都留在了库里。

她给陈五老爷诚意满满地留了一个满满当当的库房，反倒叫陈五老爷觉得此举有诈，这几日走在路上都害怕天上掉个花盆，督促他正负能量守恒。

所有的交接都非常顺利。甚至，连不清楚下一步具体走向的周二狗与郑家兄弟，也在贺显金的安排下，将钥匙不带迟疑地交了出来。

贺显金算到了所有人的反应，唯独漏了一个人。

"店子里近日怎多了两三张生面孔？"三月的仲春，竹枝婆娑摇曳，小巷中陈笺方拎着灯笼，领首蹙眉问显金。

贺显金看了眼陈笺方温润平和的侧脸，仰头清清嗓："陈五老爷接管泾县铺子，我们……预备去宣城了。"

陈笺方手一抖。灯笼的光在地面颤了两下。

"怎么……怎么突然要去宣城？"陈笺方口干舌燥，目光有轻微惶然，"我以为你已将陆八蛋解决了？"

贺显金洒脱地摊手："是解决了呀。可只有千年做贼的，没有千年防贼的。与其被动挨打，不如主动出击，他想要泾县就给他，等他接了手才知道，有价值的不是这个店子，而是我。"

小姑娘耀眼得像月亮。不像星辰，一片天空有许多星辰，但月亮只有一个。

陈笺方的眼睛像被灼烫，胸膛难耐地起伏，隔了一会儿，才轻声道："我以为，你很喜欢泾县的生活。"

他很喜欢。这是他人生中，最美好的一年，安安静静的生活，不带目的地读书，日出而起日落而归，地小人少，挚友在侧，粗茶淡饭，无忧无虑。没有让他喘不过气的压抑，更没有催促他不能停息向前走的推力。

贺显金愣了愣，下意识摇头："我没有不喜欢呀。"

泾县很好呀，但，其他地方也不一定会差呀。

贺显金补了一句："只是，其他地方，总要去试试，才知道喜不喜欢呀！"

她的目光和脚步，不止在陈家呀。陈家被墙与瓦片分割后的天地四四方方的，只有这么大，她好像迈开步子就走完了。陈笺方低低垂眸，眸子中的情绪完美地掩藏在了黑暗中。他无法解释陡然生出的悲伤，却很清楚，一旦他们去了宣城，他的生活，便不再只有贺显金与他两个人了。

会多许多，他惧怕的、顾忌的、一直以来以为不提及便不存在的人与事。

陈笺方轻轻动了动喉结，小心翼翼地调整情绪："噢……那你们先去，待我将手上的学生送进春闱，我再寻机回宣城。"

贺显金笑得很坦然："你不必随我们一起呀。你在哪里读书读得好便留在哪里，我们是去做生意的，没得耽误你。"

陈笺方没说话，两个人陡然沉默了下来。灯笼左晃荡右晃荡，光亮如捉迷藏。

"我，可以同你，同你们一道。"不知隔了多久，陈笺方轻声道，声音也随着灯笼的光亮一起捉迷藏。

这如同解剖心意的话语，突然来袭。贺显金停下步子，抬眸看向陈笺方，眨了眨眼睛，方觉眸光像染上了一层薄纱，张了张口，却终究没有将话说出口。

那些没说出口的话，如同碧水轻波，摇晃在三月仲春的夜色中。

她不是傻子，她当然明白陈笺方的心意。嗯，当然，她也不太确定这份心意走到了何处，当然不可能就这么抵达非卿不娶的终点。她只能说，这样青涩且含蓄的情感很美好，正如同春季漫山遍野含苞待放的美好。

贺显金敛眸笑了笑："你既想与我们一道，那可得抓紧了，照你五爷爷的办事效率，我们顶多下个月就得收拾包裹滚出泾县了哦。"

既此时此刻是美好的，那又何必追问这份美好的期限？当你看到春天的花儿开放，惊叹于花朵的美丽与多彩时，你会去思考花儿什么时候掉下第一片花瓣吗？

贺显金深吸一口气，轻轻抓住下摇晃的灯笼杆子。灯笼的光终于不再捉迷藏了。

陈笺方心跳如鼓声，一瞬间不敢抬头看贺显金。耳边响起贺显金轻言："且抓稳吧！摇摇晃晃的，路也看不清，还以为蚊子在挠你手背呢！"

第三十四章 熟人熟地 遭遇劫难

三月之后，即为立夏，张妈带领大家伙在早晨煮皂角叶迎夏，煮过的皂角叶拿来簪在姑娘、妇人的衣襟口。男人就没这么幸运了，在老宅排着队，接受张妈手持皂角叶的"毒打"。

照贺显金看来，以周二狗为首的肌肉男团还是不错的，头肩比非常优越，黝黑的脸端正粗放，穿着粗布裈子站在井边，裈子下是厚厚的胸膛和肩胛，几个汉子耸着肩，等待张妈拿皂角叶拍打露出的高耸的肱二头肌。

贺显金靠在朱漆柱子旁，笑眯眯地观看，一扭头却见锁儿鼻子下方两行红艳艳的鼻血。贺显金无语，有点息吧妹子，这才哪儿到哪儿呢！

泾县的交接在四月中，来自宣城的信笺在四月下旬抵达，瞿老夫人的亲笔信叫贺显金回宣城一趟，带好随身包袱，要协同二爷陈猜与五老爷做好泾县的最后交托云云。信里提了李三顺、提了董管事、提了张妈，连来接他们的骡车，车夫是滁州人，备餐时往往多偏向淮阳风味，都提到了。

唯独没提陈敷。好像陈敷在哪里，跟她关系都不大。这当娘的，心倒是真挺狠，有用的老大、听话的老二都是儿子，忤逆的老三，就可有可无了。

不同于店子落在陈猜名下，这件事带给陈敷的打击还蛮大的，好几天都没出房门，连日常吃喝都是张妈送进去的。

事实证明，心理影响生理，情绪影响身体。在临行前夕，陈敷不负众望地瘸了，病腿重发，且比头一次更痛苦，动一动都鬼哭狼嚎说胡话："必定是我老娘听说我要回宣城了，便请了苗疆的巫师给我下蛊！叫我求生不得、求死不能！"

贺显金十分冷静地看着他肿成红萝卜的脚指头，笃定地摇摇头："不可能。"

陈敷噤声，抽泣问："为啥？"

"下蛊，也挺贵的。"贺显金真诚开口，"老夫人不一定舍得这笔钱。"

陈敷怔愣片刻后，仰头土拨鼠尖叫："你走！你从我粉蓝色绸缎的罩子里出去！"

行程在即，纵然宣城不远，不过四个时辰的车程，可到底是要搬家出门，拖着个动一动就尖叫的陈敷出门，实在是对人挑战太大。

贺显金特意请过王医正来看，王医正扫了眼，笑道："没方儿，还是那法子，多喝水，当牛羊，自然就好。"

当牛羊，就是只能吃草……贺显金扫了眼可怜巴巴的陈敷，笑看向王医正："昨天便给断了荤腥蛋奶，只是我们近日要回宣城，事儿一件接着一件，三爷这么坐上四五个时辰的骡车，那可真是遭了罪了。"

王医正愣了愣："你们要回宣城了？是因为乔放之下狱？"

贺显金赶忙摇头："与山长关系不大，铺子缺人手，不过是循例流动。"

王医正方看起来放心地点点头，叹了声："如今不太平，福建倭寇未平，北疆鞑靼趁乱逼近九疆，朝中抑心盛理，一批官儿上，一批官儿下，京官尚且人心惶惶，更何况地方？这世道，能不动弹，最好还是原处待着。"特别是，别往北走。

贺显金略有讶异，这些消息，恐怕陈笺方都很难知道吧！王医正待贺显金向来有无限耐心，笑着翘起山羊胡："好歹也是在宫里待过的，人情往来总留有三分关窍。"

贺显金记下了，陈敷连声哼哼。王医正一转头，又是一张极不耐烦的棺材丧气脸："哼什么！待老夫给你扎上银针，先给你把痛止住！"

陈敷听说过四川有种剧目，叫变脸，今日万分有幸，终于见到实物表演。

贺显金知道真正好的中医可不是那些江湖术士，真正好的大夫几副银针下去，病症便可得到七八分缓解。陈敷抱着疼痛感减轻很多的脚喜极而泣，隔了一会儿才想起来，抬头悲愤问道："我上次脚痛，怎么不见您帮我施针缓解啊！"

他硬生生疼了七八天啊，疼得他以为脚上长了几根尖刺！

王医正理所应当地捻针揉穴:"上次是上次,这次显金不是着急赶路吗?"

陈敷很想土拨鼠尖叫,但是他不敢,他的脚上还扎着那么长的针。

贺显金送王医正出门,王医正看了看天:"至宣城若有恙,可来信,老夫如若不至,也必会遣徒。"

这么久以来,王医正一直待她都很好。贺显金感激地点头:"是,逢佳节年关,显金必定记得给您写信问好。"

王医正手捋胡子,摆摆手:"无须无须,好事莫来信,来信无好事……"王医正抬脚向水东走去,"好好的吧!"

你若好好的,也算对得起那位与之有两三分相似的故人啦!

贺显金站在门廊看王医正走远。

施针后第三日,陈敷虽仍旧一瘸一拐,但疼痛感减轻了许多,贺显金看天气正好,便终于驾骡车出行。宣城总共派出四驾骡车,贺显金自己掏钱在泾县又买了一驾,才将家当装完。贺显金、宝珠、张妈和锁儿乘一辆,周二狗、郑家兄弟乘一辆,陈敷、李三顺还有陆八蛋乘一辆。

"看吧"两位姐姐还在张文博家中茶庄做事,只待泾县铺子交接一事尘埃落定,贺显金在宣城扎下根来,再考虑将她们拖家带口接过来。还有手上工作没做完的希望之星,都稍后再来。

宝珠将头巴巴地贴在骡车车壁,听"哐哐哐"的声音,隔了一会儿轻扯贺显金衣角:"我们还会回来吗?"

泾县对贺显金而言是过客,对宝珠而言是家乡。

贺显金反手握住宝珠的手,笃定道:"会的,到时山长与宝元,也会一起回来。"

宝珠眼眶微红,深深抽了抽气,努力不叫眼泪珠子落下来,将头埋在张妈怀里。贺显金伸手抚了抚宝珠的后脑勺,轻轻叹口气。

车帘子被风吹动,城墙上乔山长所书"猷州"二字风骨犹存。听陈笺方说,县丞崔衡坚持不将这块牌匾取下,头上顶的压力不比当不上知县的少。

贺显金仰了仰头,再见了,我亲爱的过客。

贺显金于泾县往返宣城很多次。她直觉此次路更陡。

贺显金撩开车帘,看外面重峦叠嶂,五驾骡车在树林中穿行。贺显金蹙眉,问驾车的车夫:"这是哪条道?"

车夫抖了抖手里的麻绳,囫囵道:"走的老路,听守城墙的官兵说,昨夜大雨,官道被几棵栽倒的大树挡住了,绕不开,咱们走老路,多一个时辰,但今天肯定能到宣城。"

多一个时辰?贺显金眯了眯眼,想起瞿老夫人那封信,问车夫:"听口音,您是滁州人?"

车夫笑笑:"这都听得出来?滁州到宣城混口饭吃!刚进牙行,就被陈家租了。"

滁州,好熟。贺显金似乎在哪里听过这个地名,可始终想不起来。

贺显金沉着脸将车帘放下。张妈轻声问:"怎么了?"

贺显金摇摇头，蹙眉开口："没怎么，只是心跳得有点厉害……"

贺显金话还没落地，便感受到了一阵剧烈的摇晃。贺显金下意识地抱住宝珠，手死死撑在车厢内壁，半蹲着一把将车帘摇开，待看清车窗外的景象，不由瞳孔猛然放大！

宝禅多寺！土匪窝子！陈六老爷！

车夫将路绕到了宝禅多寺来了！外面的杂草中，如今密密麻麻地半蹲着藏了十来个光头！

张妈也看到了，目光中有藏不住的恐惧，哆哆嗦嗦地将宝珠和锁儿一左一右地揽在怀里，压低声音，强自镇定地同贺显金道："快、快到宝禅多寺了……李老章师傅就在这儿遇的匪……"

贺显金的袖中滑出笔尖锋利的芦管笔，紧紧捏在手中，便欲撩开车帘。谁知她的手刚搭上粗麻布，便听瓮声瓮气的声音从第一辆骡车传来。

"诸位好汉！我是宣城陈记三爷，陈敷！"

贺显金靠在车厢内壁，透过车帘缝隙向外看。一身粉蓝的陈敷一瘸一拐地从骡车里钻出来，双手举过头顶，手心向外，大声求饶："我家有钱！你留我们活口，比弄死我们赚得多！我们车上也有财物！你千万别伤人！"

瘸腿纨绔，扶着骡子求饶的样子太好笑。光头们哄然大笑，接二连三地从草丛里站出来。平地很宽，十二三个人里里外外分散站开，将五驾骡车团团围住！

为首的光头身后背着一把砍刀，双手叉腰，嘲讽大笑道："陈家三爷？你这小白脸，也能叫爷？"大光头上前两步，狞笑着伸手拍了拍陈敷的左脸，"你也配叫爷？老子最烦你们这种靠爹靠娘的！你说你叫爷，我说你像条狗！像条死狗！像条贱狗！"

陈敷瘸着左腿，左脸被拍得通红，大光头拍他一下，他就向后蜷缩一分，到最后已快要给大光头跪下了！

"十三哥十三哥！你看这小白脸，撒尿了撒尿了！哎呀我丢！一股尿臊味！"

旁边的七八个小光头兴奋地围了过去，陈敷如同一只被耍的猴子，被人团团围住，小光头嬉笑着拿手戳陈敷的衣裳缎子，嘻嘻闹闹地坐到陈敷背上，半逼半胁、半闹半嘲地让陈敷一边学狗叫，一边背着人在地上四肢爬行！

陈敷埋着头，满脸通红，双手撑在地上，浑身止不住地哆嗦。粉蓝色的衣角，瞬间被掩藏在了参差不齐的人群中。

贺显金紧抿唇，低垂眸，余光向外瞥，透过狭窄逼仄的车窗，隐约看见不远处的另一驾骡车上，周二狗手里捏着一支短短的匕首，正埋头向外摸去。

贺显金一下子就懂了。山匪、树林、驾着骡车的行队……哪有什么活口，全都是个"死"字！他们没有其他的路可以走！她明白，陈敷明白，周二狗带着的那三四个身强体壮的伙计也明白！

贺显金紧紧咬住后牙，身体贴着车厢内壁，透过车帘被风吹起的缝隙，变换角度向外探去。这是一块很大的平地，树林离得很远，目光丈量至少有将近五百米。目光所及之处，未见可藏人的木屋或大石块，更不见大名鼎鼎的宝禅多寺。

这意味着，只有眼前的这十来个光头拦截了他们，且在一定时间内，对方并没有援兵。只要他们干过这群人，不管付出什么代价，他们就能活！

贺显金深吸一口气，眯着眼往外看，周二狗已从骡车后板钻出，带着他弟弟和郑家兄弟，匍匐爬到平地的东北角，手起刀落，将外围的三个光头悄无声息地解决。

正当周二狗半蹲起来准备解决第四个时，这处正围着陈敷嬉闹的小光头似是察觉到了什么，转头看向不远处，高声道："十三哥，怎么不见小六子了！"

大光头神色一凛，正欲扭头向东北角看去，却被一道清亮的女声吸引了注意力。

"好汉！"贺显金一把撩开车帘，站到骡车车辕上，语声娇俏，"我们家朱管事那条命，也是诸位好汉取的吧！"

大光头抬头眯眼，见一个肤容白皙、眉目清浅的姑娘直身站着，身段高挑纤细，不由眼神大亮。雇他那人跟他说了，这一车队里有女的，但他没想到这女的这么好看！这女的要进了他们寨子，不得混到四哥五哥房里去，当个新宠？他若是懂事，搞不好也能分杯羹！

大光头歪着嘴笑："是我杀的！那头猪肥嚷嚷的，杀他，我刀都钝了几个口！"

大光头猥琐地拿手在裆下比画比画，一边说一边邪笑着说荤话："怎么？你跟那肥猪头关系不浅？"

光头们瞬间忘记"小六子没影儿"的事了，随着大光头的话又你一言我一语地大声哄笑起来。

贺显金故作羞涩，脸藏在衣襟口："大王……您怎么、怎么这样呀……您别乱猜……小女子清白得很，哪能与他人有首尾呀！"

小娘们声音又软又嫩，光头们哪见过这个，你撞撞我我撞撞你，将"猥琐"二字写在脸上。贺显金在心中缓缓吐出一口浊气，余光瞥见周二狗与郑家兄弟半蹲着绕圈，已向里圈逐渐逼近。

贺显金的脚向后退了退，半个身子退回到车厢里，抬首再看，周二狗已捡起"小六子"掉在地上的大刀，猛地朝背对着他、最近的那个光头砍去！

"啊——！！！"光头的背被刀砍穿，喷薄的鲜血瞬间洒向周二狗的脸颊。

余下的七八个光头终于发觉分散站开的同伴已经被尽数解决。周二狗这边，三四个精壮的男子拿起大刀，以十分强悍的姿态从背后攻击光头！甚至有两个精瘦老头从另一驾骡车跳下，一人拿着一支长长的木杖刷子，一人拿着一块路边搬起的大石头，尖叫着朝光头跑去！

"臭娘们！你玩我们！"离贺显金最近的大光头反应过来，迅速探身向贺显金的脚捞去！

贺显金的脚踝顿时被一股巨大的力量擒住！身后的张妈和锁儿一左一右紧抓住贺显金的腰往里拽，贺显金身形向后一仰，大光头那张狰狞又骏黑的脸瞬时出现在眼前！

贺显金未有丝毫犹豫，从袖中抽出芦管笔，使出全身的力气，未有丝毫迟疑，将笔的尖端扎进了大光头的左眼！

"你个狗娘养的！"大光头眼眶剧痛，朝天一声巨大咆哮，单手从后背抽出刀来！

贺显金松了手，趁势将脚踝从他手中抽了出来，迅速翻身滚下骡车，飞快向反方向跑去。把这大光头带得离宝珠越远越好！

贺显金跑得飞快，大光头一只眼血肉模糊地朝贺显金追去。

跑！跑！贺显金胸腔快要没气了！感恩一年的八段锦，给了她远超过一般闺阁女子的体魄。身后，大光头踩地的声音越来越响亮，周二狗他们挥刀的声音越来越模糊。要被捉到了！

"你个贱人……"大光头暴怒的声音近在咫尺！

怕是要交代在这里了，要死了，还被人骂！贺显金化愤怒为力量，跑得快要飞起来！有利器破空，呼啸而过，贺显金条件反射地捂头蹲下。谁知，下一刻便听"咚"一声巨响，刀锋的寒意消失了，大光头踩地的声音也消失了。

贺显金将头从臂弯中抬起，透过满地的血色，双眼迷蒙地看到不远处的树林里出现了五六匹高头大马。为首之人单手立弓，百步穿杨，一箭射爆了大光头的光头。贺显金好似氧气回膛，深深地倒抽了好几口气。

离那么远，她好像长了一双千里眼似的，清晰地看到为首之人淡垂眼眸，发髻高悬，唇红齿白……等等？唇红齿白？贺显金呆愣着目光下移。

这是个女人，身着素衫窄袖、驾马疾行的女人。

阳光在这个女人的周身描了一圈黄灿灿的金边。贺显金一度以为是自己老眼昏花，半蹲在地上，使劲搓了搓双眼。

女人清冷垂眸，看了蹲在地上的屎壳郎一眼，精巧的下颌一抬，身边两匹深棕色的高头大马便嘶鸣仰首，跃众而上，踏沙飞石之间，不过两三瞬便至贺显金身侧。其中一个络腮胡弯下腰，听不出哪里的口音："得罪了！"

三字砸地，贺显金两只胳膊被人反手捞起，老眼昏花变天旋地转，一只屎壳郎腾空而起，被高头骏马运送到远离刀光剑影的空地。

屎壳郎如梦初醒，高声叫道："骡车！骡车里还有三个姑娘！"

络腮胡往后胡乱摇摇手表示知晓，撩开骡车一看，里面是有三个女的，可其中一个，怎么样也不能叫作姑娘了吧？

络腮胡将骡车安顿好，翻身便投入战斗。准确地说，这不是一场战斗，是一场单方面的屠杀。四个人冲散了剩下的七八个光头，冲散之后，便是一场围猎！

马上之人，行事非常有章法，手段亦十分狠辣，手起刀落，瞄准咽喉，几乎尽是一刀毙命。一霎刀光寒凛，便收取一管喷射而出的血柱，一条早该见阎王的烂命。

马蹄在空地上来回踩踏，专注于寻找剩下的活口补刀。一抹粉蓝色的绸缎，匍匐在地上，藏于血污与马蹄中，瑟瑟发抖。马蹄快要踩到他了！

贺显金咬咬牙，几个箭步飞扑过去，将陈敷一把撞开。哪知她正好撞到陈敷身侧那满脸血污、尚有一丝气息的小光头手上。

小光头半瘫在地上，奄奄一息，条件反射似的端起手里的刀，劈头朝贺显金砍来，贺显金脑中白光一闪，来不及思考，凭着求生的本能，反手将旁边尸体身上插着的一把匕首抽出，眼睛睁得大大的，狠狠地插进那小光头的左胸膛！

"哐当！"小光头手中砍刀砸地。温热的血，喷了贺显金一脸！

贺显金呆滞地下意识舔了舔嘴唇的鲜血。腥臭的，还带有温度。

陈敷屁滚尿流地爬起来，一瘸一拐地将贺显金一把扯了起来，浑身发抖，将贺显金藏到身后，声音哑得像破锣似的："别、别看……闭眼……"

贺显金呆得如同一根木头。她、她刚刚捅了人一刀……把人捅死了……

贺显金艰难地咽了口唾沫，低头看向自己的双手，满手的血污，鲜血顺着掌心的生命线向下砸。

陈敷急得快哭了："别看别看！脏！金姐儿！"

贺显金脑子嗡嗡的，像有个罩子把脑袋、耳朵和嘴全都被罩得死死的，只留下满目赤红的眼睛。陈敷的声音密密麻麻的，像虫在耳洞边缘爬行，始终爬不进隔离的结界。

"干得好。"刹那间，如佛音灌耳，混沌褪去，世间万物都清晰明了。

贺显金艰难地抬起头，那个女人翻身下马，双手抱胸，昂着头站在她面前。

"干得好。"女人重复了一遍，口吻简短利落，"人的心脏在左胸膛，与其胡乱戳个十几二十刀，还不如一刀刺穿心脏，干净省事。"又反手拿刀，给贺显金比画，"或者割喉咙也成，不过力气要掌控好，力气浅了，头皮连着脖子，一颗头拖泥带水，半天不掉；力气大了，头就飞出去了，跟蹴鞠似的直奔络网，也不好看。"

贺显金眼眶发涩，姐姐，您让我安静地缓缓成吗？等一会儿再进行一对一教学，可以吗？

待女人走近，贺显金才看清这个女人的相貌。她非常贵气，天庭饱满，地阁方圆，略带小麦色的肤容显得精气神十足，眼眸微微上挑，眼睛大而长，鼻梁挺直，下颌小巧圆润，略有棱角的腮帮，显得她气势平地添五米。

年纪应当在二十五至三十五，原谅贺显金给出如此模糊的区间——属实因为看皮相，女人未见丝毫皱纹，但眼中的坚毅和淡漠，却绝非二十出头的姑娘少妇可有的。

"想来，也是你第一次杀人，技术不错。"女人看贺显金一脸惨白，额上大冒冷汗，便笑道，"也不算杀人，那死和尚被抹了脖子，终究会死，不算死在你手上。"

贺显金张了张嘴，一句话也没说出口，心头因杀人见血的极度恐惧与不适，却莫名其妙消散下去。

女人眼眸一扫，身边两个络腮胡转身清理战场。战功赫赫，十三个和尚山匪全都下黄泉。

周二狗腰上、腿上各被砍了一刀；郑家老大右臂被砍得见了白骨，郑家老二身形最窄，只是殿后，没有见血；陆八蛋见了血，脸上被划了长长一道疤，一张脸血肉模糊，看上去很瘆人；李三顺没受丁伤，只是跳下骡车时摔了几个跟头，顾不得看发肿的脑壳，转身便将两刀六丈宣抱在怀里。

陈敷受到的心理伤害大于生理伤害，一直在发抖，嘴唇抖得说不出话来。宝珠、锁儿和张妈满眼通红。

"最近的医堂在何处？"女人扫了眼李三顺抱着的六丈宣，声音低沉，"你家的伙计，需要立刻就医。"

陈敷几度张口，但发不出声音。

贺显金艰难地吞了口唾沫，连声道："在泾县！但山上有座寺庙，名唤宝禅多寺，说是寺庙，却是山匪扎营之地，这群和尚便是从寺里出来的。我听说山匪不会单独行动，一旦山中兄弟失联，便会出动人手外出找寻。"

也就是说，他们这几个人解决这十二三个和尚不在话下，但一旦大部队来袭，就算有身手非凡的一众络腮胡，也只是杯水车薪。

贺显金脑子渐渐清楚："咱们如今两条路，往回走，回泾县；或立刻启程，直奔宣城。无论选哪条路，路程都在两个时辰以上。我建议回泾县，我们是从泾县出来的，回城的路纵使生疏，但凭借刚刚的来程也可回忆一二，若往宣城去，便是条生路，在山林中迷路也未可知。"

女人转眸看向身后，络腮胡子微不可见地点头致意。

"你们是泾县做纸的商户？"女人低声问。

贺显金点头，自报家门："我们是宣城纸坊陈记的伙计，这是陈记三子，谢过姐……谢过女侠救命之恩！"

女人随手一抬，掌心下摁，看眼前的小姑娘满脸血点，明明心头发慌怕得要命，却仍口齿清晰、思路明确，便笑道："还有第三条路。"

贺显金抬眸。

"杀上匪营——匪营中必有伤药和大夫，那才是离咱们最近的医馆。"女人束发高扬，似是在讨论如何一脚碾死一个蚁窝。

贺显金听得心脏怦怦跳。这姐，咋这么敢想呢？就凭他们四个人？再加这四匹马？贺显金目光僵硬地移向不远处张大鼻孔、悠闲吃草的那四匹马。

贺显金的表情成功逗乐女人身边的络腮胡。宽脸络腮胡"嘿"了一声，似笑非笑地扭头看向女人："大小姐，这小姑娘居然质疑咱们没实力！"

贺显金嘴角抽了抽，除非您这四匹马立刻长出白绒绒的翅膀，再披上一身金灿灿的盔甲，否则，我很难相信您有四个人端了一个贼窝的战斗力。

贺显金扫了眼趴在骡车上只用草木灰撒了伤口止血、再用纱布捆紧的伙计们。郑家兄弟的情况尚算不错，周二狗的状况却很不好，裸露在空气中的腿伤和胳膊伤口触目惊心，人已从刚开始的亢奋与极度恐惧，逐渐变得沉默、呆滞，如今趴在骡车车辕上紧紧闭眼。锁儿和张妈一左一右用干净的绢帕擦身，却是事无补。

贺显金蹙眉抿唇。他们需要药物，需要大夫，需要安静的环境和干净的水，否则在这里感染，不死也要脱层皮。

"去！"贺显金一咬牙，破釜沉舟道，"古有诸葛亮唱空城计，今有四英雄狠撬山贼窝！咱们或许可四两拨千斤，如夜间突袭，一把火烧了那寨子？我们陈家有钱，我身上也带有银票，抑或是咱们买通几个耳目，里应外合，从内部攻破，打他个措手不及？"

这杀人放火属于贺显金业务能力之外的技能，目前暂时只能掏出这么两点不成熟的建议。

这回换做女人被逗乐，嘴角微微翘起，笑道："这都是从哪儿来的想法？"又笑着摇摇头，迎着金灿灿的日光，眯着眼探头看了眼山下，冲贺显金轻轻招招手。声音轻缓平坦，在贺显金耳边轻声道："好的将领，不打无准备的仗——同理，好的姐姐，不吹没把握的牛。"

贺显金随着她的目光望去，后背顿生起密密麻麻的鸡皮疙瘩，山下高耸的树林中，另藏有一支马队，有百来匹棕褐色的高头大马，百来名着短衣束腰的男子。哦不，并不是全为男子，贺显金明显看到了好几个将发髻高高束起的女子，正挺胸端坐马上！

这支马队，好像军队！肃杀的气质，让贺显金的汗毛都从密密麻麻的鸡皮疙瘩上立起来了。

这、这是什么人？是哪位手握实权的将军的女儿？还是……她就是将军？

贺显金瞠目结舌，看看山下等待的马队，再抬头看看眼前的美女姐姐，隔了半晌，方吞了口唾沫，敛眸压低声音道："大恩不言谢，我名唤贺显金，贺是恭贺的贺，显是彰显的显，金是黄金的金，如今寄居陈家，任作坊大掌事一职；那个穿粉蓝色褂子的中老年男子是我后父，名唤陈敷，宣城陈记第三子；剩下的便是店子的伙计，周二狗、郑大、郑二、张妈、锁儿……"

贺显金眼神从宝珠身上跳过，事无巨细地将人员构成、从何而来因何而去、家住哪条街哪间房哪片瓦尽数掏了干净。

女人有些趣味地看向贺显金："你与我交代得如此清楚作甚？"

贺显金再吞了口唾沫，目光郑重："还请您放心，待吾等回城，纵有千刀万剑架在我们脖子上，我们亦保证一字不说！"

女人的眼神在玩味中多了几分意外。这是请她放心的意思，坦诚地亮明身份，意味着一旦她携兵出行的风声泄露，她可以毫不费力地找到泄密之人。

是个很聪明的女孩子。女人看向贺显金沾着血污的手，凛然上挑的眉眼，也是个很勇敢的女孩子。

女人轻颔首，云淡风轻地拍拍贺显金的肩头："行了，事不宜迟，待众鸟分散，再想一网打尽，便不容易了。"女人回眸，神情一凛，厉声吩咐，"把这十二具尸体抬起来！老冰！"

宽脸络腮胡应声而出。

"传令！让猴子贴地打探，找出匪营所在之地！"

"乾队先行，打探匪营人手兵马！"

"艮队、兑队殿后，切断往来入口，严查穿行山林之人，警惕匪类伪装猎户，借机传递消息！"

"斯立、斯勤，找到山中猎户临时搭建的木屋，安顿好陈家的伤者和姑娘！"

"斯礼、斯圆，寻附近农家打探匪营消息！"

好长一段指令，女人下得从容不迫，属下接得井井有条，一条指令下达后便有相应人员驾马跃众而出，拱手领命而退，最多二十个呼吸，所有指令被接走。

贺显金屏气凝神。猴子是斥候，乾队是先锋兵，艮队、兑队是收军，立、勤是后勤，礼圆是探子。贺显金低眉顺目，敛眸不言。

百余精英皆着素服，绕小道，风尘仆仆，神色匆忙，一口十分标准的官话口音，自北而来，低调而去。他们要做什么？必定是很要紧，不足为外人道也的头等机密。朝廷、军队、机密……无论哪一个，平凡人牵扯进去，一个不好就是个死。

这不同于与熊知府打交道，与熊知府打交道，后果尚且可控。这个后果……她连前因都不知道，还想什么后果！

贺显金向后紧缩脖子，努力让自己不存在。她不能大刺刺、咋呼呼地攀关系，出风头当显眼包，她只是个努力在规则范围内让自己活得更好的屎壳郎。

女人吩咐完毕后，余光瞥到这穿着深棕色褂衣的小姑娘如同只鹌鹑，蜷缩在一旁，在心里又赞了一句，这真的是一名很有眼力见的小姑娘啊！

猴子一看就无愧于"猴子"这个称号，耳朵贴地，鼻子猛嗅，一把弹起来带着小队人马向东南去。礼圆组合也不是吃素的，不到半个时辰便带着五驾骡车来到了不远处猎户留下的木屋。几个壮汉正欲放下抬着的伤者，贺显金忙将包袱里的衣裳都扯了出来，铺在地上，小声叮嘱："放衣裳上吧，干净些。"

张妈和锁儿砍柴烧水，给伤者擦了汗、服侍喝水。

马队随行有医者，也是个健硕的壮汉，撒了白面药在伤口处，又拿了几颗药丸出来给伤者服下，看向贺显金时，下意识低头避开贺显金的直视："只是应急，许多药材仍旧需要现熬服下，也有许多当地的药材需当地的大夫识别。"

贺显金点头，看向美丽大姐姐。

美丽大姐姐正翻看信笺，沉声道："夜里就有了。"说罢头也不抬，随口道，"此地山贼窝点聚集，泾县、旌德、安阳都不管，就由他为非作歹？"

随口就说出来三地交界……贺显金低头道："泾县管事的是一名九品县丞，我们陈家做了几笔县衙的纸品生意，听说这位县丞倒是纠过几次民兵，但都无疾而终。"县丞手上可没兵。

美丽大姐姐微微颔首，没问其他地方了，想必知道陈家一个小小商户，也不可能清楚其他地方的情况。

"山匪素日可进城？"美丽大姐姐开口再问。

贺显金清楚，这是在问是否扰民，忙摇头："泾县城内，没有听说过此类事件发生。泾县在五六年前发生过一起宝禅多寺遇难事件，县衙承担了遇难人的殡葬费用，也在城中呼吁绕开宝禅多寺、尽量通行城道，更花了一两年的时间修缮了官道，将易坍塌的小山体尽数做了加固。"

这属于"打不过，咱们跑还跑不过吗？"的经典案例。

而泾县那唯一一起事故，就是李三顺老爹李老章遭遇的惨剧。至于去年猪刚鬣死在宝禅多寺，贺显金深以为，倒也并不能怪罪山匪。

美丽大姐姐"嗯"了一声，将信笺合上了，看了眼贺显金："那你为何走这条道？"

贺显金顿时语塞："车夫、车夫……"

车夫有问题。他们遇袭,车夫第一时间跑得无影踪。
美丽大姐姐了然颔首:"待成事了,审问的黑屋,单给你留一间。"
贺显金默,谢谢姐姐……
美丽大姐姐再看了眼贺显金身后一直蜷在角落哆哆嗦嗦的粉蓝褂子男人,扯起嘴角笑了笑。这位小姑娘的生存环境应当还不错吧?这后爹若不是个好人,也养不出这么大大方方、条理清晰的姑娘。嗯,蠢兮兮、厌包包、傻乎乎,但实实在在的好人。

不到一个时辰,天色渐渐暗下来。
派出的乾队收队来报:"匪营不到十里,东南方,占据了一处崖角,依山而建,地势较为险峻。匪营中约有两百号人,营寨扎着三米高的栅栏,四方有哨角。据来往农户说,这队匪类在此处驻扎了将近五年,进出安阳府的来往商户很有一批因此受难,所劫财物没有万两也有几千,甚至还有安阳府的官盐和官粮被劫。"
美丽大姐姐道:"这么说来,安阳倒是受灾最重的可怜虫?真是无能。"
来报之人低下头。贺显金也低下头,心里高喊"我不要听我不要听!",姐姐,您说这种秘密,您出去说啊!或者,把她赶出去也行啊!当着她说,一旦有人泄密,她很难收场啊!
美丽大姐姐再低头看信笺,手一抬:"攻,留三个知事的活口和大夫,其他人斩尽杀绝。"
烛火明灭交替。贺显金的目光藏在烛火之后,闪烁地观察着这位美丽大姐姐。这是她第一次感受到了来自上位者的压力,并不由自主产生胆怯。于她而言,熊知府已算上位者,但面对熊知府,她仍然能思考,甚至在思考之余,还能偶尔走个神。
面对这个姐姐,她的脑子几乎一刻不停地转动。这位姐姐好似从不说无用的话,每一句话或是对情况的总结,或是对下一步的安排,或是基于现状提出的猜想,每一句话背后都藏着很深的含义。
"在看什么?"美丽大姐姐轻声问。
贺显金下意识挺直脊背,连声道:"没看什么!"
美丽大姐姐未追问,低头翻开新的一页。
贺显金抿抿唇,耸着脖子道:"看您很……美。"
美的不是样貌,当然样貌也美,但比样貌更美的是气度。美丽大姐姐似是听到了很好笑的事情,将信笺随意放在膝上,仰了仰下颔,半怀念半怅然道:"很久,没有听到有人评价我……用'美'这个字了。"
贺显金非常想解释,刚张口,却见美丽大姐姐偏头,透过摇曳的熠熠烛光,眉目浅淡,对她说道:"你并非觉得我美,是我手中的权力,让你觉得很美。"
贺显金呆愣在原地。权力?贺显金似懂非懂地看向美丽大姐姐。
百余马队八成被调拨至匪营,又隔半个时辰,乾队领队带着一阵夜风与血腥气味来报:"已攻破!将营寨所谓的大当家、二当家、管账人、大夫留下了,冰……"领队看了眼贺显金,"已将人带到三里外。"

美丽大姐姐点头："让他先审着。"又问贺显金，"你什么时候去？"

贺显金站起身掸了掸裙摆："我现在就可以去。"

美丽大姐姐吩咐领队："派斯礼、斯圆跟着陈家小姐。"

贺显金刚想说不用，后来又一想，她诈生意人倒是有一套，对付这种刀尖上舔血的烂货，她还是个娃娃，便道："您能借我一把匕首吗？"

美丽大姐姐下颌一抬，身旁的领队正欲行动。

"算了。"美丽大姐姐制止了领队，从自己袖口摸出一把镶嵌着红蓝宝石、雕刻精致的弯刀匕首递给贺显金，"我教过你，喉咙要反手划，力度需适中——这荒郊野岭的，血溅一身，不好洗。"

礼圆组合，就是贺显金在马队上看到的为数不多的女子。两个高马尾姐姐身形薄得像张纸，贺显金已经够薄了，但在礼圆组合面前，有点像养雪夹宣和蝉翼薄宣的对比，就挺虐的。

贺显金走在最前方，礼圆组合低头垂首跟在贺显金身后，斯礼伸手推门，斯圆手背遮门框、贺显金歪头过门框，满脸肃穆。小木屋的偏房逼仄潮湿，贺显金双手打开撑于膝上，垂眸看向被五花大绑、捆得像只大闸蟹的阶下之人。

"你是二当家的？"贺显金表情轻松，歪头看他。

她清晰地知道，目前她身上是没有美丽大姐姐那股睥睨天下、一刀收一人的气质。这种肃杀之气是装不像的，与其装来露怯，不如不装，索性把傻白不甜的气质彻底暴露出来，搞不好，别人还要思考思考这人是不是扮猪吃老虎，看起来是清澈的愚蠢，实则深不可测？

大闸蟹猛地抬头，先惧怕地向后一缩，再看眼这个干干净净的小姑娘，着实无法将刚刚那场突如其来的灭顶之灾，与眼前这个穿着深棕色单衣的丫头片子联系起来。

这场灾难，比山火还突然！突然他们寨子的门就被撞开了，突然几十个蒙面黑衣人拿着砍刀就闯进来了，突然他肩膀就被狠狠地砍了一刀，突然他就被罩上黑布拖到了这破地方！

"别杀我！"大闸蟹努力活动钳子，但仍无济于事，"别杀我！我只是个做事的！真正坏的在旁边呢！"

他被拖进来时，听到隔壁房间有个熟悉的声音在骂娘！

"我们大当家的在隔壁呢！他心眼贼坏，啥主意都是他出的！我们啥也不知道、啥也不明白、啥也不清楚！"大闸蟹痛哭流涕，"您要替天行道，您找他！杀了他，积的阴德，可比杀我们这种喽啰多多了！"

我是在打怪吗？杀一个还算成就值？贺显金抿抿嘴，故作不耐烦地挥挥手："啥也不知道？既然啥也不知道，直接杀了便是。"

大闸蟹一愣，当即鬼哭狼嚎地转话风："您想知道的我都知道，您只管问，我必定老实交代！"

贺显金挑眉抬头看他："谁让你们杀的陈家人？"一边说，一边将袖兜里的红蓝宝弯刀匕首抽出来把玩，"从一开始的李老章、李二顺，到朱刚烈，再到今天的陈三爷，陈家人是刨了你们寨子的祖坟还是咋的？怎这般过不去？"

大闸蟹浑身发抖，看了眼贺显金继续抖。

"说！"贺显金将匕首往小方桌上一砸！

礼圆组合跨步上线，一个揪着大闸蟹的头皮向后仰，一个大嘴巴扇耳光，扇够七七四十九个，大闸蟹被扇得眼冒金星，迷糊地看贺显金。

"你说！我承诺我不杀你。"贺显金将匕首收回袖兜，站起身来转头抬脚就走，"你若不说，立刻剐了。"

"是！"礼圆组合高声应道。

大闸蟹浑身抖，抖到最后不抖了，咬牙满口血，再抬头，狭窄的面部都盛不下旺盛的求生欲："前者是安阳府知府黄大人下的令！后者……陈五还是陈六……我记不清了！我只知道年前就收到陈五的来信，叫我们做好准备，只待陈老三通行，便赶尽杀绝！"

安阳府知府是宝禅多寺的幕后之人？

再一想，贺显金便悟了。宝禅多寺虽地处三地交界，但旌德与泾县皆为县级，只有安阳为府级，若是朝廷出手，自然级别越高，越有把握，可安阳府却一直没有剿匪的动静，原以为是懒政，如今想来，怕是奸政了！

贺显金再开口："杀了陈老三也不过千来两银子的收益，我好奇的是，你们为何会听从陈老五的差遣？照理说，你们不应该缺生意做啊。"

大闸蟹一咬牙一跺脚，他不明白这阎王小姐为何对陈家这么感兴趣，但是一切为了活命："不不不！杀陈老三有条件的！我们做掉陈老三及其家眷、伙计，陈家承诺永不出产六丈宣和八丈宣，陈老五作出了这个承诺，安阳府才点了头！"

贺显金眯了眯眼。安阳府，听起来好熟悉……

安阳府……福荣记！与陈老六暗中勾结的福荣记！是贡品之争！

贺显金紧紧抿住唇角，这件事，比她想象中的复杂，甚至牵扯到了官衙。

"与陈家往来的信笺、账目，可有留存？"贺显金再问。

大闸蟹自豪地挺起胸膛："没有！我们寨子虽落了草，却是有信誉的！来往信笺、账目、清单皆是阅后即焚！若不是我们干得好、嘴巴严，我们事业又如何会在这几年蒸蒸日上呢？"

那你还怪上进的咧！贺显金撇撇嘴："真没有？"

大闸蟹忙摇头："真没有！"

贺显金再问："那素日，你们与陈老五如何联络？"

大闸蟹如今交代得渐入佳境，基本做到了有问必答："在宣城城郊外的驿站茶楼，如有需见面，我们派打更的更换说辞，需要第二天哪一个时辰见，就在哪一个时辰更换打更词……比如子时对应午时、寅时对应申时。"

贺显金看了大闸蟹一眼，跟这儿演潜伏呢?

"这么多年，我们都这么做生意，没失过手！"大闸蟹说得职业荣誉感都起来了。

贺显金双手撑在膝上，低头在脑子里再过了过，确定再无问题便站起身来，向外走去。

"小姑娘！大姑娘！好姑娘！"大闸蟹惊慌失措地尖叫，"我交代完了，您放了我呗！或是断我两条腿，砍我两只手，只要能放我条生路，您高兴都成！"

贺显金脚步一滞，歪着脑袋双手一摊，十分无辜道："我只是答应我不杀你，可别人要剿匪，我也是个小喽啰，这可不归我管。"

贺显金一边说，礼圆组合一边将两扇门轻轻锁死。透过门缝隙，可见这大闸蟹从惊慌失措，到痛哭流涕，再到仰天咒骂，然后尖声哀求，最后无声哭泣。

贺显金头也不回地往外走。礼圆组合微不可见地对了个眼神：民间的平民小姑娘有如此厉害的胆识，也是少见的了。

贺显金拐回木屋时，四方皆有两人把守，小门紧闭，宽脸络腮胡在木屋外单手将贺显金拦下，略带抱歉："大小姐现在不方便。"

贺显金一句不多问，转身立于确保听不见里屋说话的墙角，只听"砰砰砰"几声，一抬头，东南方滔天的火势如泼油蹿般"腾"的一声就起来了，火苗，不不，那不是火苗了，是火树！跟过年似的，噼里啪啦、火树银花的！

斯礼对这个聪明又克制的小姑娘十分有好感，在黑暗中低下头，露出亮晶晶的眼睛："贺姑娘，可会觉得我们手段残忍？"

贺显金想，那你可太不了解我了。

"这群山匪收钱杀人的时候，可从没仁慈过。"贺显金笑了笑，"以德报怨，非我准则。滴水之仇，涌泉相报，才是我处事的逻辑。"

斯礼笑起来，露出白灿灿的小虎牙，转头看向一旁的妹妹斯圆："我喜欢她。"

斯圆目不斜视地点点头，手始终握在腰间的刀柄上。

斯礼好像对贺显金有无限好奇："你爹姓陈，你怎么姓贺？"

贺显金觉得自己应该做个名片，把自己拖油瓶的前半生撰写成文，逢人便发，必定省去不少重复的口舌。贺显金看了眼斯圆，见她没阻止同伴的发问，方言简意赅道："三爷是我后爹，我娘是三爷姜室，我生父另有其人。"

斯礼："哇哦——这就是放在我们……我们那儿，也是一段佳话啊！"

贺显金未置一词，笑了笑，转头继续观赏由山贼脑髓组成的火树银花。斯圆却转过眼，略带诧异地打量了贺显金一番。

这火烧了大半个时辰，陆陆续续治疗了伤员，果如美丽大姐姐马队中的大夫所言，匪营中的大夫一看这金镞伤便一边瑟瑟发抖，一边翻了好几样当地山上的草药捣烂糊患处上。马队的大夫又煮了锅安神散给伤者服下，伤得重的周二狗、郑大喝了药，终于退热睡去。

受外伤的解决了，还有个受内伤的。陈敷入了夜就烧了起来，额头烫得能烧水，满面通红，马队专门让了一处避风的大帐篷给他。贺显金蹲在炉子旁熬药，隔会儿便听陈敷尖叫，要不是"我跪我跪"，要不便是"饶他们性命吧"！

贺显金抿着唇，摇扇的手便更使劲了几分。真希望这炉子里烧的是陈老五的脑髓呀。他脑子肥，经烧。

　　清晨一早，整齐有序的脚步声将贺显金惊醒，贺显金从靠着的木头桩子旁一把弹起，便见昨日的美丽大姐姐换了身玄色长衫，头发高束，面无表情地带着络腮胡朝她走来。

　　宽脸络腮胡笑起来，同贺显金拱手："贺掌柜的，我们预备启程，这四周的蛇虫鼠蚁都清理干净了，木屋也劈好了柴火，你们可以休整两日再启程。"

　　贺显金有样学样地拱手："谢过冰叔！"

　　络腮胡再笑："可想过回去如何交代？"

　　贺显金抿抿唇："有事说事，有话说话，有仇报仇，有恩报恩。"

　　络腮胡看这长条姑娘一本正经说狠话，非常愉悦地笑开："那便祝您如愿以偿！"

　　不过说话间的工夫，百人方阵已集合完毕，高头大马昂首挺胸地立于坡角坎下，美丽大姐姐看了眼贺显金，未开口，转身便走。

　　贺显金高声道："女侠，留步！"

　　美丽大姐姐转过头来。

　　贺显金从怀中掏出那把红蓝宝的弯刀匕首，双手奉上："您的匕首。"

　　美丽大姐姐唇角一勾："给你了，望你用不上。"说罢便也不过多纠缠，利落地撩袍翻身上马，马蹄踏尘起风，玄色衣衫渐渐在苍劲翠绿的树丛中只剩下了一个小点，直至不见。

　　贺显金将匕首攥紧，鼻头升起一股酸涩，莫名其妙有股"天涯人散尽，再见何问时"的酸楚，眨了眨眼，甚至感觉到眼眶有一丝湿润——天啦，她竟然哭了，为了才见了一面、但或许再也不见的女子……

　　乔大聪明破釜沉舟、生死不明，她都没哭，如今为了一个连姓名都不知的女子，哭出两行热泪。贺显金抹了把眼角，说不清心里的情绪，或许她是慕强吧，这令人着迷的力量感……

　　贺显金目光缠绕之时，远行的人马也说起了她。

　　斯圆驾马跟在老冰身后，声音低沉："咱们为何不顺手帮那小姑娘料理了家务？"

　　老冰嘿嘿笑："你很喜欢她？"

　　"斯礼很喜欢她。"斯圆立刻反驳，沉默片刻方道，"这个小姑娘从未开口打探过我们的来历，就算话都递到嘴边了，她也没有开过口，是个很有分寸且聪慧的女子——陈家人既敢串通山匪取她性命，下一步会做什么，谁也不知。"

　　老冰拎着马缰，不置可否地撇撇嘴角："聪慧的女子，又岂会被此等蝇营狗苟之辈绊住手脚？斯圆，牢记我们因何而出京，留给我们的时间不多了。"

　　斯圆低下头来，余光瞥见一马当先的大主公，背影瘦削，身姿挺拔，陡然觉得那位贺姑娘与他们主公的背影，晃眼看去，竟有三分相似。

　　果如络腮胡老冰所料，他们又在原地歇了两日，周二狗与郑大才陆续能动弹了，但陈敷一直在反反复复地发热，白天时而正常，时而低热，晚上重回体温巅峰。贺显金都怕他被烧傻了，这本来智力就在谷底，再降下去，这个地貌特点就很凹陷了呀。

张妈用三颗石子算了一卦，笃定道："启程吧，离开这儿，三爷就能退热。"

贺显金一言难尽地看了眼被随意抛在地上的石子儿。不是，您说您扔个龟壳、算个八字、抽个签子，我都承认您有理有据。您当着我的面，随手捡了把石子往天上一扔，再随便一看，就得出了这么随意的结论，这让我很怀疑呀！

怎么说呢，科学的尽头，确实是玄学。骡车驶出山坳，陈敷真的慢慢就不烧了，待驶到宣城府陈家宅子门口，陈敷的体温竟然长时间地恢复了正常，且有意识地睁眼要水喝。

张妈兴奋地拍了拍锁儿的手背："蒙对了蒙对了！"

贺显金想，中年妇女胆子真大，路子真野呀。

陈敷好了不少，贺显金自然也放下心来，低声叮嘱锁儿："你先去找小熊姑娘……"

锁儿应声，跳下车跑得飞快。

陈宅门口，二爷陈猜带着人站在门口等，等来等去，等到这一队伤兵残将，不由咋舌："这、这……你们干甚去了！说两日前回来，我在城门外等了一天，而后又派人去泾县问，说你们一早便出发了，怎么……"

躺着的一脸苍白，坐着的惊魂未定，陈猜不由惊慌地先将弟弟扶起："这是遭了贼呀！"

贺显金披头散发地号啕大哭："谁说不是呢！那几个车夫把骡车驶进了阴沟子，二狗哥、郑大哥被车子砸断了腿和手！三爷被砸了脑袋，现在还没醒！剩下我们几个老弱又要照顾病残，又要将车子往外捞……累都累死了！好容易将骡子牵上来，把东西搬上来，谁知道又迷了路，在山里绕呀绕……终于等到一个猎户问路！"

"翻车了？"陈猜身后的陈老五不可置信地眯眼开口。

贺显金透过朦胧的泪光看向他："是呀！哪里找的车夫呀！翻下去了就跑了，找也找不到！太不负责了，真该好好扣他们的工钱！"

陈老五嘴角的笑僵成一道弧度："只是翻车？"

贺显金擦了把眼睛，蹙眉看向他："那您……还想是什么？"

陈五老爷一时语塞。他想是什么？自然是想你们去死啊。被刀砍死、被火烧死、被推下山崖摔死、被撞到树上撞死……怎么死都可以，只要别活着出现在这里！

陈老五笑意真诚入眼："五爷爷能想什么？不过想你们一帆风顺罢了。车夫怎这般不中用！"陈老五反手斥道，"去查一查谁赁的这几个车夫，叫我们老三遭这么大罪！"

贺显金看了眼陈五老爷，面色如常，可强自镇定地抿着唇，手掩藏在袖中微微发抖，连带着她左侧的那小煤炭子球也一副气喘吁吁、一脸惨白的样子。

右侧的张妈是根老油条了，在陈家干了二十年，什么疯都敢发，当即嚷道："查！查有何用？叫我说，全都撵出去！告诉车行去！赔钱！赔十倍的银子！"

陈五老爷看这副样子，反而放下心来，多半是中间阴差阳错地出了岔子，才让这群菜兜死里逃生。若真遇见宝禅多寺那伙人，就他们老的老、小的小，还能活着回来？

"是是是！你说得是！"陈五老爷一展颜，上前笑着殷勤地扶过李三顺，"都是下人办事不力，受苦了、受苦了。晚上我自掏腰包上两壶梨花白，给大家伙接风。"又看了眼烧得腿软面红的陈敷，关切道，"阿敷不能喝，阿敷的酒，阿猜你帮忙喝光。"

陈猜憨厚拱背："喝喝喝！帮弟弟喝酒天经地义！"

陈五老爷"呵呵"笑起来，补了一句："也不可喝多了唱戏，再叫他扮红娘！他这身子骨又脆又弱，可得好好养几天。"

接风诸人皆哈哈笑。贺显金心中呵呵冷笑，仿佛在观看南直隶的演技大赏呢！

一行人你搀我、我扶你向里走，陈五老爷特意走在了最后，垂眸低首交代长随陆儿："去打听打听宝禅多寺的消息。"

以为自己即将被空投到土匪窝子的陆儿惊恐抬头："我？"

犹如突然接到刺杀唐僧任务的虾兵蟹将，陆儿悲愤中透露着愚钝："我都不知道那地方具体藏在哪儿呀！"

谁会知道山匪窝子在哪儿呀！哪个缺心眼的山匪会邀请你：我家大门常打开，开放怀抱等你？

"是让你去山下使银子问一问！山上有无动静？比如官府是否出兵剿了匪？好歹是两百多人的大寨子，若是有动静，必定会传到山下！"陈五老爷恨铁不成钢，斥道，飞快抬头，一眼便看到人群中那个挺得笔直的背影，"我们与宝禅多寺做过很多场生意了，均未失手，这一次我们都将人送到嘴边了，竟然给飞了？我怕有变故。"

这他能做。陆儿点点头，便飞快往出跑。

奈何一直到落钥下禁，陆儿都未回来，陈五老爷惴惴不安地躺床上眯眼，看廊间白灯笼晃呀晃、晃呀晃，翻了个身，又见细帐上映着白灯笼的光晃呀晃、晃呀晃。

身边老妻陆氏闭着眼，狠狠炝蹶子踹他屁股："不安分就滚到霍氏那去炖肉汤！"

陈五老爷半捂住屁股，有些无助又有些气愤："我也不知是为谁殚精竭虑！"

"为谁？"陆氏闭眼嗤笑，"为你和霍氏的种！我生的是闺女，早嫁了，你薅陈家的银子，不就是为了那小娘生的铺路吗？咱们多少岁了？五十多了！还能活多少年？你又是骗、又是谋的，往家里搬银子，全都得带到墓里去！"

陈五老爷的话术失败，一把将被子扯了出来，在老妻跟前，面具终于崩裂。

"我不是为了银子！"陈五老爷憋红一张脸咆哮，声嘶力竭后，做贼似的看了眼游廊，见游廊里没人，又赤红双眼、暴起青筋，"我是不忿！凭什么整个陈家都要供着长房呀？凭什么？！凭他是哥哥？他死了，我和老六还得继续装疯卖傻地供他儿子！"

"陈敷跟他大哥不对付，便可以为所欲为；我呢？我若说半句大哥的不是，就是逆子！孽障！反了天！我们当小的，是不是上辈子缺了大德才投胎成了弟弟呀？！"陈五老爷几番话压抑着怒吼——他不敢放开声音，这是在陈家，他没有家。

"我就是要看着陈家一步一步落到我手里！就是把陈家变成我的陈家！"

——这句话卡在喉咙，终究没敢说出口。

陆氏的背影一动不动，似乎是睡着了。陈五老爷气喘吁吁，深吸几口气终于平静下来，并未抱着被子去霍氏处，反而在床榻下的木板躺下，发泄之后最好睡。

陈五老爷闭上眼，不知过了多久，半梦半醒间听墙角根处有人打更："子时三更，平安长乐！"

打更声两慢一快。陈五老爷猛地睁开眼，床上老妻被惊醒，嘟囔道："平安无事便平安无事，长乐……咬文嚼字，哪个听得懂……"又翻身沉沉睡去。

次日午时，宣城府外，乐安酒肆鱼龙混杂，有喝醉酒的蒙子躺在楼梯上，不知是生是死，有被鞭子抽得浑身血淋淋的赌徒，也有娼妓和乐工趴在栏杆上揽客。

这里是城池之外的自由之地，没有户籍的流民、犯了事的逃犯、被子钱家追得有家无归的二流子……这里是可容纳他们有酒一日是一日的痛快地方。

这破烂腐臭的酒肆外，一个把自己裹得严严实实的商贾老爷行色匆匆地撩起衣摆，跟随店小二上了二楼包间，一推开门，不由一愣。

"你是谁？"陈五老爷将面罩摘下。眼前的男子，不对，应当叫孩子，精瘦矮小，眼珠子怯生生地望向他。

"十三当家的呢？"陈五老爷略有急切。

这小男孩指了指喉咙，摇摇头。

"你是哑巴？"陈五老爷问。

小男孩点点头，从怀中掏出一封信递给陈五老爷。陈五急迫地一把抓住，颤颤抖抖地打开，快速看下来："……山林焚烧，营寨迁徙，遗憾放过，特派哑儿来报。"

陈五如溺水之人终见天日，长长地呼出一口气，见背后还有字，果断翻转："迁徙重建花钱，你需支付三千两。"

陈五僵在原地。你遭了火灾，你找老子掏钱？化缘还是抢劫啊？你去抢啊！岂不是来得更快！

那小哑巴又从怀中掏出一封信递给陈五。陈五飞快打开，里面两张纸，一张纸是封皮，只有一行字，写着"宝禅多寺昭德九年腊月账目"，另一张写着"若不付，明日，这本账目将出现在陈府大门"。

好吧，是在抢，抢劫他！昭德九年腊月，就是李老章枉死的日子！陈五老爷后脑勺升起一股腾腾的火气，眯了眯眼，目光晦暗不明地看向桌子后面的哑儿。

敢来抢他，不如现在就杀了！

哑儿害怕地向后一缩，手指了指东南角掩得死死的木门，木门后适时响起茶盅"砰"的放于桌面之声。陈五老爷后脑勺的火气迅速褪去，山林中，当你看到一只幼兽时，切勿轻举妄动，它身后必定有强壮的兽群。

陈五老爷手里死死攥住那张纸，隔了一会儿，方假笑抬头："来得匆忙，没有带银子，若不然我派人给大王送到山上去？"

男孩眼睛盯了天花板，在怀里又拿了一张纸递给陈老五："写下欠条，明日同时同刻，送达此处。"

陈老五很想把这张条子揉成一团，塞进这个男孩嘴里！陈老五目光刮了眼身后的木板门，咬牙切齿地轻声道："这李老章的账，我弟弟已经还清了！"

用命还的！一笔账，怎么能还两次？！

陈老五声音略抬高，索性无赖："三千两，我是没有的！我如今收回了富顺宝斋的印子钱，又舍了一间铺子，手上没这么多钱了！"

男孩手往桌上一拍，从怀中又掏了一张纸："刺杀血亲，勾结山匪，这笔账可值三千两？"

陈老五向后一退，扭头看向木板门："你们没有证据！"

他这次做得非常隐秘，一开始与宝禅多寺的山匪搭上线，便是亲去安阳府，拜访了福荣记的当家，以陈家主动让出六丈宣为代价说通了福荣记少东家帮忙说项。他全程都没有直接出现，甚至未留下任何一页笔墨！他不是蠢材老六，凡是能定他罪的东西，他根本不可能让其留存于世！

男孩想了想。继续从怀中掏出一张五十两的银票递到陈老五手中，怯生生地指了指，银票下方的汉字秘印。

陈老五眯着眼看："日升昌私营票号昭甲字第陆仟伍佰叁伍号。"

陈老五不知他什么意思，但手心里攥出一抹汗。紧跟着，小男孩又从怀里摸了本册子翻到一页，指头敲了敲其中一行，上面分明写着：日升昌私营票号，昭甲字第陆仟伍佰叁伍号至甲字第陆仟伍佰肆伍号，陈记纸铺陈夹昌取出，昭德十四年腊月二十四日。

陈老五急促地喘了几口粗气，他懂了！为不惹人耳目，他兑银子都避开了官钞，也就是户部官票，而存在了私钞里，这样可以规避官衙对他拥有大额银子的怀疑，也可以降低现银兑银票的佣钱。

是，他曾听说，私钞银号会将大额银票的兑现一一记录下来，可他以为的大额支出是指一千两以上！故而，他特意将支付给山匪的定金，控制在了五百两！

待陈老五看过，男孩便以迅雷不及掩耳之势将那本账册与那张银票收到怀里，再从怀中掏出第五张纸放到陈老五面前。是张写好的欠条，借款人与出借人的名是空着的。

陈老五看向男孩。男孩递给他第六张纸："出借人，写富顺宝斋。"

富顺宝斋？他放印子钱的赌坊？他放印子钱的赌坊背后是山匪？！陈老五不可置信地抬头。

男孩将放在桌上的笔墨和印泥推到陈老五身侧，示意他快一些，陈老五久久未动。从里间传来锋利刀刃出鞘的声音，陈老五浑身一激灵——他忘了，他正在和谁撒野！那是山匪啊！杀人不见血的匪类啊！如今就算把他拖进里间，一刀抹了脖子，在这龙蛇混杂的地方，也没人给他出头、为他鸣冤！

陈老五刷刷写完后，再浑身哆嗦地将大拇指摁满印泥盖在纸上。待陈老五回过神来，他正站在安乐酒肆的大门口，素日看不起的下里巴人正三三两两、勾肩搭背地对他指指点点。

三千两啊，还有之前贺显金诈他的二千两、送给山匪的五百两……五千五百两，他、他全部的身家……陈老五颓然地扶住了脏兮兮的墙壁，不自觉地埋下头，头痛欲裂。

二楼包间，里间的门被一下推开。"哑儿"将怀里的本子和银票献宝似的递给案桌后的主子，一开口，分明是个小丫头的声音："姑娘姑娘！给您！"

小熊姑娘笑眯眯地接过本子，扇风似的将本子内页浏览一遍，又温婉轻笑着将本子丢到桌面："你是真的胆子大，造假只造三页纸，但凡他心思重，多翻两页，咱们这局就演不下去。"

小熊姑娘身侧伸出一只纤细但长了茧的手，将本子重新接过，手的主人贺显金不满地"啧"一声："时间有限，既要和你搭上线，又要找个面生的童子，又要写锦囊，又要造假账册，还要提前买通打更的人假装山匪……做成这样，已经很好了！我昨晚一晚上没睡啊！"

真以为她做局，都做成一条龙了？她一个人又是编剧，又是导演，必要时还是声音指导——贺显金将红蓝宝弯刀匕首珍重收起。这可是这场戏的重要角色，杀青时务必奖励一只鸡腿。

小熊姑娘抿唇笑起来，眉眼间非常愉悦："怎么把出借人写成富顺宝斋？不怕他直冲冲地找上门，三言两语间就把咱们这局给破了？"

贺显金轻笑一声。陈老六可能会冲上门做这个事，陈老五，呵呵，他不可能，就因为他不敢，他怕死！千年的狐狸，熬得不容易，最珍惜皮毛，如果他拿得出来这笔钱，他一定宁可破财消灾。

而根据贺显金对桑皮纸作坊的利润推算，这么十多年了，陈老五手里大概也就是五六千两的存货。她已经赚了他二千两了，那还不如让剩下的银子，在她这儿团聚得了——但愿钱长久，千两共婵娟嘛。

小熊姑娘再笑："如果他死撑着不给，怎么办？"

贺显金笑道："那就把条子递给富顺宝斋呀。"

术业有专攻，她不相信一家源远流长、素质过硬的赌坊会轻描淡写地放过到嘴的三千两。

小熊姑娘笑着摇摇头："三千两欸，你也舍得。"

贺显金端起茶盅喝了口茶，意味深长地摇摇头："我爱钱。但我更爱看陈五自食恶果、罪有应得。"

这个局，演到如今，无非两种结果：第一个结果，陈老五明天送银票来。那么他几乎被掏空了，一个兢兢业业半辈子敛财的人，临到五十岁快要功成名就了，嘿！存款全没了！你猜他会怎么做？必定是卷土重来，甚至得寸进尺地进一步敛财呀！不怕他动，就怕他不动，一旦他一动，就在宣城的贺显金抓着他把柄往外拽，还怕斗不过他？

第二个结果，他扛住了，坚决不送银票。那么打手富顺宝斋出场，富顺宝斋找上陈家，瞿老夫人或许会帮他善后，可善后容易，东山再起难，一旦陈老五失去瞿老夫人的信任，陈老五留下的位子，自然而然就是她的。

贺显金再低头喝了口茶。

小熊姑娘想了想，笑容温和："他想杀你，你就是拿刀捅他五十下，也并不为过。"

贺显金手轻捏茶盅，微微摇头："我不是山匪，更不是狗急跳墙的陈老五。"

她只想安安分分做生意，在搞事业的宏图伟业中，清晰地看到自己的想法与价值闪闪发光。她的思维，若被这种人同化，那岂不可悲？

陈老五头重脚轻地摸到家门，又不敢在陈家表现出什么，只能憋着一口气回二门。一进去就看到长随陆儿着急火燎地迎上来："被烧了！"

陈老五一巴掌拍上头："什么烧了！"

"宝禅多寺被烧得透透的了！"陆儿手舞足蹈，"山下的农户说，前几日，夜里山中突然起了山火，一直到子时才灭干净，他们隔了两日上去打探，才看到宝禅多寺连佛像都烧化了！"

"人呢？里面的人呢！里面的人哪里去了？"陈老五升起一丝希望，万一呢？万一那个哑儿是来诈他的呢！万一山上的匪类都死绝了，一个哑儿有何可惧！

陆儿赶忙摇头："寺里值钱的东西都没了，人也不见了！寺庙里黑黢黢的，到处都是黑灰！没看到一个人！"

陈老五肩头陡然一耷，值钱的东西没了，一个人也没了，那必定是人带着值钱的东西搬了呗……这说明啥？说明那个小哑巴所言非虚。

陈老五颓然地胡乱点头，挥挥手，一股浊气闷在胸口发不出来："收拾收拾咱们的现银，让霍氏她哥把这些年背着我压榨庄户、吃料偷钱的私房吐出来！再把城郊的庄子和田拿出去抵了……另找一个私钞兑票号！找……德昌升号！"

这票号传言是户部侍郎开的，后台十分硬，佣金也高，好处在于嘴也硬，绝不会重蹈覆辙！

陆儿目瞪口呆："那咱们……就没剩什么了！"

陈老五一巴掌拍响陆儿后脑勺："还能剩条命！"

老六是怎么死的，没人比他更清楚！开了祠堂，直接拿宣纸浸水，糊在脸上，憋气憋死的！他亲眼看着他弟弟像一条被捕捞上岸的鱼，轮廓五官被死死印在纸上，张大了嘴，嘴像两颊的腮一样，身下屎尿失禁糟蹋了一地。

家法，可比王法残酷多了。家法开了祠堂，耆老赞同、族长赞同，便可以割了你一条命。陈家给了你的命，陈家随时有权力收回。

陈老五紧紧眯眼，睁眼后向前快走两步，转身继续交代："那几个车夫的情况，给老夫人回一声。"

陆儿连忙点头："是是是！"

几个车夫都是滁州人，滁州孙顺在青城山院时便十分厌恶贺显金，他不过在暗中搭了条线，孙顺便自以为神不知鬼不觉地送了好几个听话的车夫过来——"只求叫那贺显金不要死得那么痛快！"

这是陈五摆在明面上的障眼法，一旦东窗事发，也有替罪羊顶缸。如今连消带打，顺势交出去，至少能保他赔了银子、不赔命吧！断尾求生，无异于此！

第二日，陈老五将银票交到哑儿手上后，三下两下将欠条撕碎，深看了眼紧闭的门板："如今，老夫也算散尽家财了！若山中大王还缺一少二，老夫也着实一颗银子都拿不出了！大家都是在刀尖上走的，你们抓住把柄黑吃黑，我陈老五认这一次，但凡还有第二次，那就索性拼个你死我活！老夫这条烂命不要了，也领熊知府上山剿匪！"

陈老五走时，一个趔趄，左脚绊右脚，险些摔到地上。

木板门后，熊呦呦端庄地用手掩口鼻，笑得眉眼弯弯，十分注重仪态，艰难地保持住了五品官堂小姐的水准："他还想带我伯父去剿匪？我伯父人在家中坐，匪从天上来！"

贺显金伸手将银票丢给锁儿，随意道："带回去锁好，以后还有大用处。"又转头同熊呦呦打听道，"还是没有乔山长的消息？"

熊呦呦叹了口气，安慰贺显金："未听伯父再说。没有消息就是好消息，至少还活着不是？"

贺显金低落地点点头。二人又叙叙旧，方蒙上面罩，各回各家，各找各的监护人。两个小丫头谈笑之间诈了老狐狸三千两，这故事若是把笔交由秦夫子来写，下一季宣城话本子的爆款，必定名唤《五少丢财之回家的诱惑》。

辞别熊呦呦，贺显金进城后未回陈家，反方向去了绩溪作坊，作坊挺远的，每天上班路途就得耗费一个时辰。典型的事多钱少离家远，非常不划算。

贺显金靠在街边的柳树旁，双手抱胸，安静地观察了一个时辰里绩溪店子及作坊的进出——没有进出。甚至连只迷了路的苍蝇都没有。

要不是门开着，门框上的幌子被风吹着，贺显金还以为这地儿趁早关门收摊了，赁给隔壁的煎饼摊子，可能生意更好点。

咕噜噜——身边的锁儿肚子打鼓，小丫头不好意思地指了指煎饼摊子："闻着贼香了。"

贺显金无语，看吧，煎饼摊子又收获了一颗煤球顾客，而绩溪作坊还是个零光蛋……

贺显金站直身来，抬步朝里走："走吧，出来给你买煎饼吃。"

锁儿如打通任督二脉，大跨步跟上。

一进店子，十分安详，贺显金很少用"安详"这个词来形容一个店铺。但柜台后的掌柜单支起手，撑在下巴颏儿，半眯眼，嘴巴微张，嘴角有一丝可疑的液体。而店小二，呵呵，哪有什么店小二！买卖都没有，还店小二呢！

贺显金探头向里看去。和泾县铺子差不多的格局，外店内作坊，里边的空地还挺大，不远处就是潺潺流过的龙川溪。晾纸的架子是空的，架子上搭着几匹遮阳的布，三四个师傅的脸藏在布下，睡得比前店的掌柜明目张胆多了。

这群人，甚至都不愿意把布铺宽一点！你铺宽一点，你整个身子也能藏进去，不至于漏半截儿晒太阳啊！你鸵鸟呀，脸晒不到，就圆满了！真的是懒婆娘坐轿，愿上不愿下啊！

贺显金立在原地。事到如今，她很想念一个人——卷王钟大娘。

贺显金抿抿唇，带着锁儿转身就走。

也不知是张妈搞封建迷信喂的符水起了效用，还是请的大夫搞科学实验，煎、熬的四十几种药材有了回报，不过三两日，陈敷的精神头就起来了。

贺显金从绩溪回陈宅，刚进正厅，便听到熟悉的男高音。

"你给我二百两，就是我的买命钱！你叫我回宣城，我就回宣城！你叫我滚去泾县，我就得滚去泾县！"陈敷中气十足，"我还告诉你了，二哥接我泾县那一摊子，他白拿！他不行！您就看着吧！不过一个夏天，他得把账上的钱给您亏完了滚回来！"

贺显金低着头，定住脚步，转身站到董管事身边。董管事双手交叠腹间，目不斜视地作前情提要："早上醒的，张妈掐着时间进去千叮咛万嘱咐，请三爷切记莫提山匪，三爷虽素来狂狷，脑子却灵光，一下便懂了……"

里面适时传来恋爱脑撕心裂肺的声音："您把铺子落在二哥名下！您居然把铺子写二哥的名字！您醒醒吧！那铺子是显金做起来的！描红本的生意、和书院的合作、手账、盲袋，都是跟着我们走的！您想让二哥捡个落地桃子，呸！不可能！老子把桃子啃得核都没了，也不给他留！"

瞿老夫人丝毫不为所动，冷笑一声："你也知道是显金做起来的，我看你这张狂的模样，还以为是咱们三爷夙兴夜寐、披星戴月做起来的呢。你也是坐享其成，有什么资格指责你二哥？"

"再者说，我一日不死，这铺子一日就还是我的，我想落在哪个儿子名下，还需与你商议？"瞿老夫人言语中轻描淡写的冷嘲热讽最伤人，"等我死了，你再和你哥哥争抢不迟。"

陈敷愣在原地，如鲠在喉，一声尖叫，难受得拿头撞木架子。

贺显金不是董管事，没那么强的定力，轻轻转过头往里看了看："那如今是在……？"

董管事面无表情地双手一摊："他逃她追他插翅难飞——这两母子……"董管事轻轻摇摇头，"这两母子都清楚得很，怎么说话让对方更痛。"

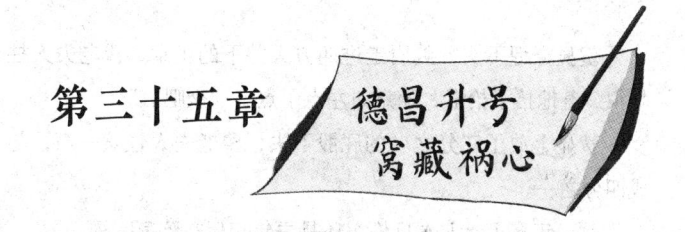

第三十五章　德昌升号　窝藏祸心

陈敷和他娘吵得天昏地暗，日月同辉。从陈敷三岁偷吃鸡翅膀，就看出"这小孩以后必定偷鸡摸狗，不干好事"；到陈敷六岁尿床被摁头一顿胖揍后，连续尿床半个月，便知"这小孩忤逆尊长，可谓十恶不赦"；最后到陈敷十二岁下场失败，连童生的资格都没拿到，便断言"明明素日文章做得不错，偏偏下场就忘词，便知其一生庸碌，必定无甚出息！"

嗯，准确地说他们不能叫吵架。毕竟吵架就像过招，你来我往，而如今的情形，更像是单方面的语言霸凌：陈敷他娘瞿老夫人冷笑着滔滔不绝，陈敷却一脸苍白地靠在朱漆柱子上，像被一只无形的手卡住脖子，眼中盛满惊惶与崩溃。

贺显金和董管事，本来如同两只被拔了舌头的鹌鹑，安静地蜷缩在空隙夹缝。贺显金转过头，透过门缝，正好撞进陈敷无助惶恐的眼神。

贺显金抿抿唇。董管事眼疾手快拉住贺显金衣角："慈母教子，天道轮回，你去，是僭越的大罪。"

贺显金深吸一口气，昂了昂头，却见陈老五正埋头往里走，当即向前大跨步，高声道："五老爷，您回来了！"

里间瞬时静默。陈老五脚下一顿，转头过来。

贺显金赶紧快步上前，走近后小声道："老夫人又同三爷闹起来了，您是唯一长辈了，您要不劝劝去——"

陈五老爷眉眼一动："闹？又在闹什么？"

贺显金忙温笑道："三爷性子拗，辛辛苦苦做起来的铺子结果是为人作嫁衣，三爷跟着就拧了几句……"

陈五老爷喉头无端一松：陈敷绝非藏得住事之人，如今大病初愈，第一反应却是闹这事儿……那三千两，总算是花在了刀刃上！陈五老爷长舒一口气。

"闹什么闹，这有何好闹？不都是陈家的吗？"对于如何扮演亲和长辈，陈五老爷可谓术业有专攻，陈五老爷宽袖拂弄身后，笑眯眯地从容跨进这趟浑水里。

不过三刻后，陈五老爷便搂着陈敷的肩膀笑盈盈往外走。贺显金抬脚欲离，却听里间传来瞿老夫人低沉的声音："金姐儿，你进来。"

金姐儿拒绝进去……特别是，拒绝在你单方面言语霸凌幼子未得到完全释放的时候……

"金姐儿！"瞿老夫人抬高声音。

贺显金看向董管事，董管事若无其事地转移视线。好的，董无波，记住你了，你就是这样一个大难临头各自飞的管事！

贺显金埋下头，敛眉走进四方天井下的正堂。瞿老夫人拄着拐杖，单手搭在椅背上，似是很疲惫地抬了抬眼，随意向左点了点："坐吧。"

贺显金放了三分之一的屁股下去，瞿老夫人轻咳一声，与木凳亲密接触的屁股，瞬间变成四分之一。

"一年多了，上次见你，还是去年年后在陈家宗祠。"

一年的时光，对于一个老人而言，印迹明显，尤其这一年，瞿老夫人尚未从长子离世的巨大悲恸中走出来。这老太太额上的"川"字纹明显加深了三分。

贺显金规规矩矩地答"是"。

"这一年，你干得不错，什么描红本、手账本子……还开了间茶室，利润也不比纸铺低，甚至还带着李三顺做出了六丈宣。"瞿老夫人声音浮在喉间，显得中气不足，"你每一季都写长笺来，账册与银票也尽数上交，我看在眼里也十分喜欢，索性便将泾县铺子与作坊放手交给你干。你去看看，这世上还有哪家商贾敢将铺子、人手与银钱全权交予一个流着外人血脉的小姑娘？"

贺显金微微抬头，轻声道："您雇用我做大管事，我便除了月俸银子，分毫不拿，只能尽心竭力，以报您知遇之恩。"

瞿老夫人叹了口气，点点头："雇用，这个词用得很精准。"顺势又道，"既是雇用，那铺子是在我名下，还是老二名下，于你而言，影响其实都不大。"

贺显金抬头看向瞿老夫人。这老太太以为陈敷闹这么一场，是她在从中撺掇？贺显金无语，这老太太看人忒低了！她是挑拨离间那种人吗？再者说了，你跟你儿子的关系，还需要人挑拨啊？你是对你俩关系有多大的误解？！

贺显金生母是艾娘，她无法理解瞿老夫人与陈敷的母子关系，为何如此窒息？瞿老夫人到底想要做什么？要她儿子上九天揽月，还是下五洋捉鳖？放过这个恋爱脑吧，他只是想平庸又坦然地过完这一生而已！谁又说庸庸碌碌不是快乐呢？

对便宜老爹的同情，战胜了对更年期老板的畏惧。贺显金把茶汤一口吞下，抿唇抬头，一字一句道："您叫我去泾县，我就去泾县；您叫我回宣城，我就回宣城，我做出成绩，您赏我小金条子，我坦率高兴，并不以为您拿钱砸我，是忽视我或敷衍我。只因如您所说，我是一个没有血缘的外人，我对您没有更多的期待。"

"但三爷不一样。三爷是您儿子，人天然孺慕，您对他的评价，哪怕一个字，也会影响他的一生。"贺显金笑了笑，"三岁偷鸡、六岁尿床、十二岁下场失败……您自己想想，在您记忆中，三爷可有做过一件使您全然欢心的事？"

瞿老夫人不可置信地看向贺显金，下意识反驳："如何没有？"

贺显金挺直脊背，笑着表示洗耳恭听。瞿老夫人几度话到嘴边，张了口，却无论如何吐不出来。

瞿二婶目瞪口呆地看向贺显金身后的张妈：你家金姐儿疯了！她为陈敷出头，顶撞老夫人呀？

张妈翻了个白眼：就出头咋了？！咱们做生意的，业绩说话！就凭泾县铺子那几本账册，就敢大声在陈家说话！啥叫底气？这才叫底气！

贺显金深吸一口气，声音温和轻柔："三爷在泾县干得不错的，日日去作坊点名，忙起来，还要帮着搬纸张、清库存、起锅烧水。您不知道吧？三爷还偷偷写了两册话本，赚了将近八十两，他将这钱全都塞进铺子的账目里了。"

瞿老夫人手捏在椅背上，目瞪口呆地看着贺显金。贺显金站起身来，朝瞿老夫人颔首行礼："三爷没有不劳而获、坐享其成，他是我爹，您这样说他，我心里也不好受。"

瞿老夫人面色低沉地拄着拐杖，僵硬地别过脸去，隔了一会儿，拿其他话题岔开了："乔山长的姑娘，给她安顿在漪院，照你的月俸给她，再配两个手脚麻利的丫头。"

怎么突然跳到这里了？贺显金不知何意，但到底是好事，忙点头应是。

瞿老夫人再道："乔姑娘的事，你好好斟酌一番，陈家帮忙可以，却不能把自己拖下水；乔姑娘年纪不大，咱们陈家还能养育几年，可要是及笄之后，乔姑娘花落谁家，这就不是咱们陈家该管的事儿了！"顿了顿，刻意软了口气，"往后做事要三思而行！切勿鲁莽自专！"

这个才是瞿老夫人叫她进来想说的正事吧？贺显金后知后觉地发现，好像，被她刚刚为陈敷出头给抹过去了……

贺显金点头道："一日过一日，一年过一年，乔家的事总得有个说头。"

瞿老夫人叹了口气："否则能怎么办？人都进家里了，只能当一天和尚撞一天钟了。"挥挥手，揉了揉天灵穴，只叫贺显金先走。

待贺显金一走，瞿二婶连忙上前帮着揉额头，试探问道："您一开始不是预备兴师问罪吗？质问金姐儿凭何擅作主张收留乔家姑娘？"

瞿老夫人眯了眯眼，没说话，隔了很长一会儿，方道："金姐儿……刚刚在大着胆子维护她爹……"

瞿二婶不懂其中因果关系。瞿老夫人胸腔中舒了一口气："老三固然是个混不吝的祸害，金姐儿却是一块璞玉……"睁开眼，想了想娘家瞿氏的子弟侄甥，"我记得芒儿比显金小个两岁，去年考中了宣城府的医官。"

瞿二婶目光闪烁："芒哥儿，可是咱们瞿家下一辈里最厉害的哥儿了！"

瞿老夫人愉悦地笑了笑："谁说不是呢？子承父业，但比他爹做得更好，往后便是进京师当太医也不是不行，显金配他不算冤枉，到时候就从咱们陈家出嫁，她这些年给陈家攒下的银子咱们分三成给她当嫁妆。"

瞿二婶便笑："您是真喜欢金姐儿了。"

瞿老夫人笑道："送你个来财童子，还仗义地维护你儿子，你喜欢不？"

瞿二婶赶忙推脱："我可没您这样大的福分！"

两姑侄闹了两句，瞿老夫人便意犹未尽地看向漪院。还有一番话，她没说出口：显金嫁到瞿家，还能名正言顺地做陈家的大管事吗？

瞿老夫人打的主意，贺显金当然不知，出了正堂，便从兜里单给了张妈两块碎银子，嘱咐她："我也不知道三爷在宣城爱吃什么，你看着给他上点好吃的吧。"

贺显金想了想："荤油、内脏、海鲜、河鲜不得吃。"

张妈迟疑着把其中一块碎银子还到贺显金手上。

贺显金再想："乳酪、酒酿、过甜的瓜果也不得吃。"

张妈无语，把另一块碎银子也还回去："我干脆去地里给三爷搞个白菜帮子，一菜三吃。"

贺显金想，养爹真难。

陈敷就像草履虫，单细胞生物，睡一觉就像获得新生似的，第二日一早便乐呵呵地跟着贺显金去绩溪作坊实地看店。宣城明显比泾县大很多，乌棚青瓦，四水归东，四周学堂较多，纷杂却有序的街道多是三两小儿一手拎书袋，一手抱纸鸢，多是等散学归来早，忙趁东风放纸鸢。

几条街巷里，贺显金也看到了好几家挂着书简幌子的店肆。贺显金一路看过去，李记、恒记、白记……都是造纸的，路过店铺门口，能闻到明显的草木灰气息。

陈记宅子在城西的秋柳巷，过秋柳巷，即为西盛大道，道路被店铺与住家分割成四四方方的载体，承载着大魏朝小小宣城府十二万户、二十五万人口的人生大事。

陈敷在前昂首挺胸走，街坊邻居都认识，有熟识的食肆掌柜特意伸出脑袋来："哟，老三！从老家回来了？"

陈敷如回主场，左右逢源："回来了回来了！"

掌柜再问："吃了没啊？"

陈敷使眼色叫贺显金快些，得意得屁股翘到天上去："你怎么知道我闺女带着我去绩溪作坊任职去！任什么职？大管事呀！"

人家只是问你吃了没，您到底在骄傲什么？自认还挺外向的贺显金，遇到了资深外向人陈敷，只想找个缝钻一钻先。不过一小段通勤路，整个西盛大道都知道"陈家老三管上铺子了，且一人得道鸡犬升天，还带了个小闺女——三房勇士，踏平绩溪！"

走一段路至人烟稀少处，官府方准允骡车上路。骡车又是近半个时辰的路程，贺显金一行方至绩溪作坊。

陈敷有些一言难尽："这么远？"

贺显金利索下了骡车："赶路的骡子都没叫屈，咱们便住口吧。"

陈敷摸了摸骡子的鬃毛：你辛苦了。又想想自己，赶路的骡子如今已可歇息，而他一天的工作才开始，骡子只是辛苦，他命苦。

店肆门口，董管事、李三顺，以及未受皮外伤的郑家老二、陆八蛋已着装就位，出于礼节站在第二行。

第一行，便是绩溪作坊的原班人马。瞿老夫人的远方侄子瞿大冒、现任账房白冬天，另有名唤石球、水球、木球的三球伙计，这五个人有气无力地耷拉着眼，肩膀紧贴着肩膀，挨个站着。对比很明显，第二行过于精英，第一行就像南下务工打一天工、晒三天网的撞钟和尚。

贺显金走在前，陈敷紧随其后。董管事越众而出，单手搭在制服三条杠的描边横线上，态度恭谨、声音清和："贺大掌柜！"

李三顺及陆八蛋上前跨步："贺大掌柜！"

郑老二声音最大，鼻孔朝天："贺——大——掌——柜！"

瞿大冒被吓得魂飞魄散，还以为山匪打进来了呢！贺显金脚步停在瞿大冒跟前。瞿大冒脖子瑟缩，抬眼拿余光看：好家伙，这姑娘相貌真利索，像把刀似的，上挑的眉眼就像随时要出鞘的刀刃。

瞿大冒抖了抖："三……贺……三……贺……三……贺……"

他拿不准到底该先叫谁，索性唱起了戏。

"贺显金，彰显的显，黄金的金。"贺显金抿唇笑笑，"您是瞿掌柜吧？"

瞿大冒连连点头，小山羊胡子瑟缩起来，就显得非常怯懦："我、我是瞿大冒……听五叔说，贺掌柜的近几月要在绩溪作坊作工。"

对于空降来人，他反应还好。他也不乐意管事，每月拿着十两月俸银子，浑水摸鱼，哪里不好了？有人来管事，只要别管他，他拍手欢迎。要是把店子做起来，再给他点分红分利，甭说叫"大掌柜"，就是叫她"大祖宗"，他也是可以的。

只是这店子，做起来真难。瞿大冒躬身让出一条道来，领着贺显金朝里走，一边走一边介绍："店子有十来年了，靠这龙川溪，每月混口饭吃——城东桑皮纸作坊和城西的灯宣作坊做不过来的活儿，就叫我们来做，那两家作坊生意好，指缝宽些漏点肉汤出来，我们就吃饱了。"

那日来得匆忙，未仔细看。如今青天白日，进了店子，看墙壁斑驳、木梁掉漆、竹筐斑驳。贺显金默不作声地向里去，一路过去，地板翘起，砖瓦脱落，再看造纸的作坊有很大一块空地，但只有三两个小小水池，且水池中水质浑浊，连捞纸絮的竹帘都裂了两三处。

李三顺气得跺脚："龙川溪冰凉沁骨，暗流极少，水质干涩，甚至比泾县的乌溪更适宜做纸！糟蹋糟蹋！"

瞿大冒皱着眉头看李三顺："老师傅，我劝你莫要乱张口呀！我们作坊做纸，大抵不过是做些最便宜的熟宣，我们就这么两三个伙计，能做出来便不错了。人家给钱买纸的尚且没说什么，你在这儿打什么诳语！"

再看贺显金，陈老五是给他透了底的，这位姑娘如今在老夫人那儿正得宠，开罪不得，但也只是个半路出家，不懂做纸，想来也是搞表面功夫厉害的，恭恭敬敬道："贺大掌柜，咱们真尽力了，要真拿出十成功力做一刀五十文的熟宣，累的也是咱们自个儿不是？"

贺显金低了低头，伸手捞了把泡纸絮的水，手心朝上翻，递到瞿大冒嘴边："吃下去。"

瞿大冒以为自己幻听了："啊？"

贺显金手心里，是一只不知死了多久的蝇子，四仰八叉地躺着，死得快要生蛆了。

"吃下去。"贺显金冷声道。

瞿大冒不知所措地看向董管事。董管事笑眯眯地做了个"请"的手势："您请用。"

贺显金转眸，周二狗和郑大两个最强肌肉男不在，第二梯队郑老二顶上，弓着身背怒目向前，一把掐住瞿大冒的脖子朝后仰，一手掐着瞿大冒的下颌。贺显金踮起脚，便将蝇子就着发臭的水攮进瞿大冒的嘴里。

瞿大冒满脸通红且眼冒泪光，卡住脖子咳。

贺显金从袖子里掏了绢帕，擦干净手，说："得罪了。"又道，"在泾县做纸，水池的水，要达到师傅们饮用的水准方可下纸絮。泾县作坊水池里的水，李师傅，您喝过吗？"

李三顺高声道："当然！不尝一尝，怎么知道水质是否合适！"

贺显金点点头："瞿掌柜，你可知，为何大地山川，九州牧野，只有宣城的纸，千年不腐，细润绵延？"

瞿大冒只觉喉咙口好像有蛾子要飞出来了！

"因为做宣纸的青檀树只在宣城生长，因为只有由乌溪分支的河水才能浸润出能够长久持色的稳定纸絮。"贺显金表情非常严肃，"玉版、连四、白鹿……这些名品宣纸，我不要求你们做出来，但是这一池水，你扪心自问，究竟放了多久了？素日有没有清理？有没有更换？都臭了啊！"

瞿大冒惊惶地看向三个伙计。他咋知道！这水可难换了，这么大一池子，得叫他们来回挑多少趟水，才能灌满呀？年前，还是去年夏天？还是……去年过年？怪不得许多买家都说他们的纸有股子"水臭味"，原来缘故在此呀！

瞿大冒满脸通红："实在是作坊人少，顾不过来……"一开口，喉咙黏腻，好像有三百只白胖肥蛆在喉头窜动，"我们马上换！马上换！"

贺显金一眼扫了过去，目光所及之处皆低下头。

"一刀纸，不便宜。"贺显金朗声道，"就算是中等的玉版，也需一个小吏半月的工钱才能买上一刀。更不要提家境贫寒的读书人，他们付了钱，就要收到对等的货！钱货两讫这个道理，不需要我来教你们吧！"

李三顺看着这一池子略有发臭的纸絮水池，气得老头儿想跳脚骂人："一群废物！"李三顺到底没憋住，蒲扇大的手拍在水池旁。

有伙计低头嘟囔："我一个月就一吊钱……我对得起我工钱了……"

贺显金耳朵灵光："谁说的！"

一个穿着灰色褂子的小伙计明显向后缩了缩。贺显金看了眼瞿大冒，指了指他："再给他一个月的工钱，明天可以不用来了。"

瞿大冒忙道："使不得使不得！水球是老伙计，在陈记干了八年！怎么就不要了？街坊邻居怎么看我们？他家中有老下有小，就指着这点钱过活。我们、我们岂不是成铁石心肠的恶人了！"

贺显金一脸一言难尽地看向瞿大冒。咋的？你是觉得自己很稳了？甚至还有闲心给别人求情？

贺显金默了默，脑子里过了许多条思绪。关于怎么当掌柜这件事，她还真是人生第一次面对。在泾县时，与其说谁领导谁，不如说术业有专攻，大家在各自擅长的领域发光发热，贺显金没操心过纸怎么做出来，李三顺没操心过纸怎么卖出去，董管事没操心过账怎么平。所有人各司其职，及时补位，营造了一种非常好的搬砖氛围。

如今，贺显金怎么看整个店铺都像个筛子，但说不上具体哪里漏，再一细看，才发现其实哪儿都在漏。补漏，则要拿硬货。

贺显金眉峰微扫，看向瞿大冒："他不走，你就走。老夫人处，自有三爷去说。"

贺显金毫不犹豫祭出陈敷大旗。在远房没出息侄子和亲生没出息儿子的关系户比拼中，不用权衡就能得到答案。

瞿大冒利索转头看向水球："你走时，记得将作坊的钥匙留下来。"

贺显金心道，您这属于阵发性圣母综合征，得佐以三两阴阳怪气、二钱直球打脸、五钱如若罔闻，方能治愈。

郑老二自觉接棒周二狗的武力大旗，一扭一磕，便将企图闹事的水球扼杀在摇篮中，将其一把夹在充满男子汉气味的胳膊窝中向外拖去。

三球兄弟战损减员一人，剩余两球在面面相觑之下，自觉挺了挺胸脯，作出一副出淤泥而不染的黑莲花姿态，甚至连精气神都像被临时补扎了两针。虽然穷途末路，但好歹能看出一分挣扎的痕迹。

贺显金抿抿唇，手背于身后，再扫了眼横梁下方，挂着的蜘蛛网比她的感情史还密。贺显金未置一词，甚至连店子的账簿都没翻，转身便带着陈敷回了宣城。

瞿大冒十分无措："好歹留下吃个饭啊！"

陈敷脚下顿了顿。

瞿大冒赶紧道："昨日特意叫人买的羊羔子，腿肉片成片来涮，肋肉焖在炉子里蒸烤，胸肉拿粉子蒸碗……还特意买了莼菜做三鲜……"

陈敷默默咽了口水，片刻后如壮士断腕般，驻足的双腿拔地而起：金姐儿的宏图大业，岂能被一只色香味俱全的小羊羔耽误！再者说了，若是金姐儿成了事，就是他想在南天门炸油条，也有天兵天将给他架油锅。

夜色初降，陈家正堂摆了四桌接风酒，陈家几代爷们儿坐一桌，太太姑娘坐一桌，几个铺子的管事、账房坐一桌，手上本事过硬的大师傅坐一桌，其余学徒、小伙计拿了银子在外面吃菜喝酒。

贺显金的位子被安排在陈家爷们那一桌。主位自然是瞿老夫人，右边是陈猜，左边是陈老五，陈老五的左边是陈敷，陈敷左手边依次下去便是亲生子四郎和几个在铺子里任职的隔房堂侄。也就是说，贺显金如今在陈家的地位，仅次于陈猜，甚至在这场接风宴上，比陈老五的地位都更高一些。

陈四郎蒙着脸和贺显金打招呼："金姐儿，哦不，贺掌柜的，来年好呀！"

贺显金朝他遥遥颔首。这才对嘛，这人能清清爽爽地说话嘛，哪里有必要喉咙里含着一口痰似的装深沉嘛！

隔壁桌的三太太孙氏面色如同撞了鬼，低头喝口茶，着急避开贺显金从容不迫的面容。二太太许氏笑得如同一根棒槌，十分贴心地恭维孙氏："弟妹，你们房头当真是人丁兴旺，主桌上除却四郎，连金姐儿也很是受宠。"

孙氏面部五官快要皱成一团了：二嫂欸，其实你不会说话，可以不说的。

谁理棒槌，谁是狗！孙氏秉承着这一原则，直接无视掉许氏发自内心的缺心眼恭喜，转头与寡嫂段氏笑道："也不知二郎何时回家？但凡二郎在，那位子也轮不到贺显金那小娘养的来坐！"

段氏低眉喝了口茶，眉目清浅，语声平缓："若论对陈家的贡献，贺姑娘坐在你头上都应当。"

孙氏喉头一滞。许氏却憨厚笑起来："那不行，弟妹出生时，约莫被夹了头，这脑顶门忒尖了，金姐儿坐上去戳屁股！"

孙氏气得将茶盅往桌上重重一砸，你才被夹了头，你全家都出生时被夹了头！

孙氏快要被气死了，两个妯娌，一个像鸡群里的鹤，日日踩着高跷，眼高于顶，看不起这个瞧不上那个，说话比鹤顶红还毒！一个像鸡群里的蚯蚓，压根没长脑子，嘴巴连接肠子呀！生命力又贼顽强，只要不是竖着被割，割成八十段也能重新长出八十张嘴，八十张嘴同时说蠢话！

孙氏被两个妯娌一夹击，只能埋头喝茶。在孙氏灌了差不多两壶茶，跑了三次净房后，瞿老夫人与陈老五姗姗来迟。

终于开宴，八冷八热，两个锅子，另四道蒸菜与两道白案，并一碟时令果子，说是给陈敷接风，诸人敬酒却总对着贺显金。养生之人不喝酒，贺显金喝的枸杞水，大家伙都眼明心亮，但谁也不敢逼贺显金换酒。

趁气氛尚好，瞿老夫人笑着拿公筷给贺显金夹了一块素鸡："今日去了绩溪作坊了？"

贺显金双手捧碗接过，笑盈盈地回了句"是"。

瞿老夫人笑道："大冒那孩子农家出身，没见过大世面，为人处事要学的很多，却胜在心地纯良，你是老管事了，去了多带带他。"

三十岁的孩子，十六岁的老管事。贺显金笑着应下，未置一词。

陈老五的话适时响起："今日去看了如何？绩溪作坊可是咱们陈家在宣城地方最大的一处产业，地方虽偏了些，却很有大展拳脚的机会。"

老破大，足以一言概括。贺显金仍旧未置一词。

陈老五笑眯眯地弯了眉眼，继续道："这不，咱们贺掌柜的一去，便开了为陈家辛辛苦苦做了八年工的老伙计——这拳脚展得，真是不错。"

贺显金低头咬了口素鸡，还不错，很筋道，酱香味很浓厚，像吸满汤汁的海绵在口腔的压力下迸发出未知的潜力。

待一口吞下后，贺显金方抬头点头："开人不算什么。三爷预备将整间铺子重新推翻装造，该拆的拆，该修的修，该补的补。"

陈敷嘴里的鸡腿都不香了：这……是我的主意吗？

贺显金继而道："我们前店预备用较好的梨木，后院要修一间控温干燥的库房，水池与引水渠也要重新拆了再建，还要打井，再修几排平房以做后用。基本上可算作'平地起波澜'了。"

拆铺子？重新装？瞿老夫征愣片刻后，先看向陈老五，再看向贺显金，斟酌之后方道："辞个伙计是小事，重新建铺子，会不会太过……小题大做？"

地主家，哪怕乡镇地主家，都企图用最少的钱办最大的事。推铺子重新修，本质上就是在消耗地主家的存粮。

· 117 ·

陈老五擦了擦嘴,一副运筹帷幄、指点江山的口吻:"小姑娘年轻,为人上进是好事。小姑娘呀,爷爷我教教你,做生意要算账的!这一来一往,一进一出,照你的预想,至少要花销三四百两。修缮房屋可是个无底洞呀。"

瞿老夫人心底里,其实不想批这个钱。好好的,动什么?树不能老动,轻易挪窝,树根子容易死。

还未待瞿老夫人说话,贺显金从袖兜里拿了张干净的丝帕轻拭嘴角,抬眸笑道:"不止如此,我们甚至考虑要重建水渠,直接将龙川溪的水引流至绩溪作坊,这个活儿更大,所以,我们预备拿出七百两来干这事。三爷手眼大,这笔银子不走公账,直接从三爷的私房里出。"

陈敷手上抖了抖。他那神秘莫测的私房,简直是洗钱的最佳温床⋯⋯

贺显金看向陈老五,笑得很感激:"您知道的,三爷最近得了笔意外之财,属于偏财,需要及时用掉。"

陈老五当然知道她说的哪一笔钱!通过霍氏兄长,诈那二千两赌资!他的钱!

陈老五心在滴血,脸色却没变,似是陷入回想般眯了眯眼,隔了一会儿方"噢"了一声:"老三向来偏财运不错。"

瞿老夫人面色微霁,看向幼子的目光含义复杂:"终究是有了些许长进!"

贺显金将筷子整齐放在身前,真诚地向瞿老夫人开口笑道:"不过,我才回宣城,三爷交友不广,也不知道咱们家有无相熟的营造能接下这活儿?"

营造就是包工头,干装修的。陈老五心头一动。

瞿老夫人眯眼想了想,没想出人选来,转头问起陈老五:"咱们陈家的几间铺子都是十几二十年前找人修的,这些年头属实没有生意往来⋯⋯你素来在外奔波,可有举荐?"

陈老五余光捎带了眼贺显金。一个小姑娘,有点手段,有点脑子,有点胆子,但营造这活儿,她能懂?别说她,就是他自己也分辨不出三十文一石的石灰与六十文一石的石灰,区别在哪里!营造这活儿,中间水分之大,非行内人可知也!恰好,他区区不才,正好有些门路。

陈老五笑道:"是有几个认识的,不算相熟,待哪日有空,我帮金姐儿引荐引荐、操持操持。"

一顿接风酒后,陈老五果然"言必信、行必果",次日一早便带了两个人来见贺显金。

滴院是陈家内宅,贺显金便将会晤地点约在了绩溪作坊。贺显金辰时正点到了店里,里外侦察了个通透,拿脚走了一圈,心里有了个大概。屋子里的面积大概在七十平,作坊的面积大概在一百五十平,另有一个后院估摸着在一百二十平米左右。

贺显金埋着头在心里算了个大概支出,算上做防水的瓦面涂敷瓷釉、重新搭木梁、铺青砖地板,还有"纯用砖瓷,不用木植"的存纸库房,一平的修缮费用大约可控制在一两银子至一两三钱,二百二十平的室内,基本上三百两银子拿得下来。这是硬装,还有造纸工坊的硬件,比如焙笼、晒纸坊、抄纸的陷房,也需营造。

贺显金叉腰站在前店,伸出食指,戳了戳半人高的柜台,这柜台,就如陈老五的人生一般,风雨飘摇、摇摇欲坠、惴惴不安。贺显金默默叹了口气，还有笔钱没算到——家具。

贺显金挠挠头问董管事："老夫人，素日不常来作坊检查？"

董管事手里拿着小本，正在记每个地方的用处，听贺显金这样问，便道："自去年仲秋，大爷过世后，老夫人就极少出宅子了，桑皮纸作坊和灯宣作坊离得近，倒去过几次，这里和泾县……"董管事摇摇头，"基本不去。"

贺显金抿唇：这地儿烂成这样，也非一年之功呀！

董管事读懂了贺显金的眼神，浅笑道："再之前，老夫人过来，瞿大冒便带着老夫人在前院溜达，溜达不到一刻，便带着老夫人去旁边的龙川溪上找家渔船吃清水鱼，再把自家幼孙抱来，一口一个'老祖宗'，把老夫人捧得十分高兴……"

直至辰时三刻，陈老五带人来了。来人自称海四哥，矮小精瘦，踱步看了一圈绩溪作坊后，神态担忧地"啧"了一声，手摸下巴转头看向陈老五："您这铺子不好办呀，地儿大又偏，单是运原料便好大一笔支出，更甭提贺掌柜口中的焙笼、晒纸坊、引水沟渠这些硬东西……"

陈五老爷笑眯眯地奉了盏茶上去："活多财就多呀，官衙的后排房都是请海四哥做的，这点活儿不算甚。"

海四哥耷拉个眼神，瞥向贺显金："也就是给你们陈家做营造，换户人，这种亏本买卖，我才不做呢！"

贺显金笑眯眯的，反正不主动搭话。

海四哥见贺显金不理他，转过身，索性面对面和贺显金谈："贺掌柜，你是姑娘家，伯伯不诓你，你这活儿，真是看在五老爷面子上，我才来看的——我手上现有三个店子、两个宅子要做……"

贺显金点点头，笑道："那您说个价吧。"

海四哥眼珠子滴溜转，瞥了眼陈老五："九百两银子。签订契书后付三百两，原料入场后付三百两，剩下三百两，交工时再给。"

贺显金笑着问陈老五："五爷爷，这价儿，您看太高了不？"

陈五老爷身形向后微微一靠，花白胡子下的笑意很慈祥："咱们都是做生意的人，做生意不能只看钱，还得看质。海四哥在宣城做了这么多年，没听说砸过招牌，这点你放心。"

贺显金笑了笑："行，那就签吧。"

做营造生意的，上门时多半带着契书。贺显金连契书内容都没看，拿着软毫笔"唰唰"签上自己大名，合上时想了想，笑盈盈地将契书推到陈五老爷跟前："既是您作的保，也烦您签个字吧！"

陈五老爷看了海四哥一眼，拿起软毫笔，撩袖噙笑着虚空点了贺显金三下："刚教完怎么做生意，这就要把老师一并套上了！"

听上去很是熟稔，至少是手把手带出来的好师徒呢！贺显金早上吃的菌菇三鲜烧卖，如今味道犹新——都呕到嗓子眼了，能不新吗？

待陈五老爷签完，贺显金笑着与海四哥叮嘱："劳烦您出几张用料的细单，比如石子所需十担、青瓦四千匹、十三米的杉木等等，咱们先说断、后不乱，总比之后扯烂账好。"

营造水深，无非深在两处，用料与人工。料子用起来可谓是千差万别，好的香杉木能有一米木头一两银，不仅牢实且散发木材香味，还可驱避蟊虫鼠蚁，直度不好的次等杉木，木结硕大且轻度弯曲，做房梁时不稳固，一根也不过一两银，这就是包工头吃钱的地方。还有，砖板下、屋顶上、泥土里……这些客户看不到的地方，也是攒钱的良地。

陈老五听闻贺显金此言，笑容明显一滞，随即正欲张口说话，刚启唇却被海四哥一个眼神打断。

"好！我明日就出！明日出单子给票子，贺掌柜，您看可好？"海四哥笑得坦率爽朗。

贺显金笑盈盈："自然是好的，越早开工越好，及早完工最好。"

海四哥紧跟着拿卷尺细量了一番，面色沉凝，看上去很是专业。贺显金的目光落在明显没拉直的卷尺上，笑了笑，没说话。

待陈老五送海四哥出门，陈老五压低声音："定了尺寸，岂不难有出入了？还能从中攒银子吗？"

海四哥胸有成竹："多的是地儿攒银子！二百五十两，一个铜板都不少你的。"

陈老五深感憋屈，他何曾为了二百两银子当个皮条客呀？如今手上没钱，被榨得干透了，昨儿清账册，如今账面上的现银不过才八十六两！

陈老五拍了拍海四哥的后背："好好干吧，面上得光鲜，用得上几年就行了。做得太好，这一用用几十年，你也没银子赚，我也没银子赚。"

海四哥嘿嘿笑起来。

待第二日，海四哥送了细料单子过来，贺显金翻开一看，果不其然，"十七米上好杉木"算的二十五两银钱。

上好？怎么定义"上好"？为何不直接写"香杉木"？

贺显金笑了笑，将细料单子合上，让锁儿拿三百两银票出来："给海四哥送去，请他明后日即可进场。"

董管事迟疑道："那咱们绩溪作坊明后日就关门了？"

贺显金点点头。

"伙计们怎么办？"董管事蹙眉。

本就拉胯，如今放个长假，他都怕这群懒得抠脚的惰汉死在家里。

贺显金面无表情："打包，全部打包，送回西城大道。给他们集训。"

杀鸡儆猴在前，水球兄弟被贺显金推回老家，当下就业形势如此，一般来说，伙计签了契书就得跟着东家干一辈子，东家不倒台，伙计始终在，东家不破产，伙计不会散。朝三暮四的伙计会被下一个东家高度质疑是否品行存疑。

故而，为了保工作，剩下两个球对于董管事提出的"集训"，虽然心里骂娘，嘴上只能点赞。

等一转身，两个球的脸瞬间耷拉下来了。

石球长了颗石头心，有点没头脑："鸡、寻？是啥？"

两球站在前面，贺显金与董管事走在身后，听石球发问。

木球不高兴："我咋知道，可能是捉鸡的吧？用捉鸡锻炼咱们手劲？"又非常不高兴地甩甩脑袋，"训就得了，再累还能有咱上工累？"

石球若有所思地点点头，亲昵地靠过去："你可真聪明，新东家来，我跟着你混。"

木球慌忙推开莫名其妙靠近的肩膀："别挨着我！"

贺显金和董管事对视一眼。这不就是没头脑和不高兴吗？想到要集训这俩玩意儿，贺显金头都大了，更何况手上事情忒多了！贺显金眼珠子一转，将钟大娘和杜婶子接到宣城，直接任命"集训班主任"及"生活老师"。

"训！训满一百天，训得能用，每个人多一道杠！"贺显金鼓舞士气。

钟大娘来不及礼貌寒暄，直接进入战斗状态："训人就加一道杠？"又抿嘴一笑，尽显读书人家的羞赧与文气，说出的话却缺了大德，"您看好吧，不把他训哭，我就不姓钟！"

杜婶子默默向后挪了挪：阿弥陀佛，观世音菩萨，她可算是苦尽甘来、柳暗花明了！啥叫人岗适配？把钟大娘放在训人的岗位上，是真的人岗适配，再合适没有了！

淮安府茶场是个好地方，那位和县丞退了亲的陈左娘嫁给了淮安府茶场的少东家张文博。左娘温婉大方又十分得少东家喜爱，杜婶子和钟大娘为了避祸，被送到淮安府暂避锋芒，作为陈家的伙计，也算是陈左娘的半个娘家人，得到了十足礼遇，在茶场里做的是记账或管事这些脑力活儿。

钟大娘，不，钟小卷！靠她一人之力，将大家上工的时间提前到了辰时一刻！毕竟她是鸡都还没打鸣，她就到茶场烧水分茶的卷儿啊！

人家张家老东家，对陈记的印象非常好，很赞赏："陈家伙计不错，昨天跟我说，一天四个时辰不够干，她预备早上多干半个时辰，晚上再多干半个时辰，我私以为这个作息值得推广、值得学习。"

学、学个鬼啊！杜婶子发誓，有一天她吃饭时，听到张家的伙计在暗地里骂她们是"自己给自己挂萝卜的骡子"。这就很过分了，能不能只骂钟大娘一个人？毕竟她也是只能干就干，不能干就躺着的傻骡子。

事实证明，钟大娘确实很适合集训教官这个岗位。第三天，不高兴木球找到贺显金，哭着道："能不能放我回去做工？我好好做纸，我再也不睡晌午觉了，我一个月做三十刀，不不，做五十刀！"

贺显金看晒得黝黑的木球，把嘴边的笑意艰难咽下："怎么了？集训很累吗？"

木球双眼含泪地控诉："卯时就让我们起床跑圈，在西城大道上跑十五个来回，少一步就没有早饭吃。早饭也是坑，我们四个人，连带瞿掌柜，就两碗清汤面，谁抢到就是谁的……上午就带我们站到城墙根下，贴着城墙站，我站得打摆子，瞿掌柜说他一边站，一边眼前都出现流星了……"

木球说起压垮他的最后那根稻草，眼泪顺着黑黢黢的脸颊无声地流下，像黑皮上擦了两行油："最过分的是，明天，那个钟氏要拉着我们去爬敬亭山，每个人背上两块做了记号的大石头，不给银子不给饼子，叫我们去深山打猎，五天后看谁还在，谁的石头还在……"

贺显金快要笑出声了。木球觉得命不久矣："您管管她吧！一个娘们，心太狠了！"

贺显金脸色一凛。木球反应过来，差点咬掉舌头："也不是所有娘们儿都心狠，您可以当个慈祥的娘们儿呀！"

贺显金慈祥地抬头看向他，慈祥地拍了拍他的肩膀，慈祥地说道："既然如此……那就加到十天吧。你若是被老虎吃了，我给你老爹老娘送一百两抚恤金去。"

木球瞬时哭得泣不成声。

集训的事，交给钟大娘算是瞌睡遇到枕头。但其他事，仍需贺显金亲力亲为。尚老板跟来宣城，在绩溪作坊旁边选了址，他负责殿后，贺显金当前锋，帮忙疏通关系；另外，周二狗伤势很重，一连烧了好几天，小腿的伤口严峻，红艳艳的，每日都需要大夫前来换药清理。

贺显金先调拨同为男子的郑老二贴身照顾，在看到郑老二企图用刚烧开的热水给周二狗擦伤口时，贺显金如天神降临，及时出手将周二狗挽救于危难之中，又预备将周二狗全权委托给张妈。奈何张妈手上有绩溪作坊十来个人的衣食要管，确实忙碌，便又二次承包给了整个团队里比较闲散的锁儿。

对此，贺显金有些犹豫："男女授受不亲……"

周二狗躺在床上，闭着眼一声嗤笑："她也叫女的？"

锁儿不甘示弱地回击："想打架，你站起来先！"

贺显金只好转身先交代周二狗："暂时别惹她，你瘸着腿，打也打不过的。"又叮咛锁儿，"他是文盲，咱可不是，咱要以理……"

贺显金期待地看向锁儿，等待她完形填空。

"以力服人！"锁儿双拳紧握，斩钉截铁。

贺显金的无奈，比刚刚多了一点。

既然双向制衡失效，贺显金只好把正躲着陈五老爷的陆八蛋揪过来搞三足鼎立："陆账房负责狗爷的衣食住行，锁儿你负责监督陆账房好好干事，狗爷负责好好养病——等三十天后，我要见到一个情绪稳定的锁儿，一个和狗爷好好相处的账房，还有……"贺显金提出了底线，同时也是最低要求，"还有一个手脚健在的狗爷！"

至少别缺胳膊少腿地活着吧！

陆八蛋很想逃，但他插翅难逃，毕竟周二狗是他进入这个传销，哦不，这个有爱的大家庭，率先以武力镇压他的一环。

贺显金对这个安排很满意，终于腾出手来干别的事，比如给大家找集体宿舍，她在西城大道以一年五十八两的价格租下了距离菜市口很近的三进小跨院；又东奔西跑好几个地方，看看宣城如今纸业的发展形势；又熬了几个大夜，写了二十几页的企划书，但在太阳升起的那一刻，又把企划书撕了个干净。

所有的路，都有人走，宣城的纸业发展得非常成熟。白记擅长做熟宣，南直隶乃至应天府的官家写小楷、画工笔都首推白记；恒记擅长做生宣，洇化效果好，在先帝逊帝时期，甚至上贡过一刀长十二米的生宣，逊帝痴迷行草，作了一幅在文人墨客中反响极好的《游山春词》，据说至今仍挂在当朝皇帝，也是逊帝庶出四弟的寝宫中。

这段历史，为啥贺显金这么熟悉？因为不要脸的恒记，把这个故事刻成牌匾，撒了金箔，高悬在店肆最显眼处，就差编首歌，要求员工每天在门口跳操了。就挺不要脸的。但是，在贺显金得知恒记因亲兄弟内斗，导致做出十二米长生宣的老师傅失明后，不禁十分欣慰地感慨：果然每家每户，都有属于自己的陈老五啊。

创业遭遇瓶颈，贺显金索性把"卡脖子"的禁锢变成项链，想不清楚就暂时不想，索性先将手上的事情做完。目前，最重要的事情，就是陈老五，陈老五不除，她想再多，也是为他人作嫁衣。

一眨眼，日子近中秋，仲夏的宣城潮热湿润，四方归水的宅院天井处飘浮着大朵大朵雪白的云朵，垒瓦吊桥的古徽州叫人忍不住夹着嗓子说话，以免惊扰静入城郊的烟雨。唯一的不好，大概就是出门要带把伞。晨间晴空万里，午时便大雨倾盆，晚上却又夕阳露余晖。

绩溪作坊的活儿干得差不多了，据说海四哥带了四五个人在那儿安营扎寨，夙兴夜寐的，真把这活儿当大活干。其间邀过贺显金去视察现场，贺显金皆以"术业有专攻，我去看也只能看到好处"为由搪塞了过去。同时，海四哥以"木料搬运费劲""水渠费料""伙计要增收除渣费用"等理由，前前后后又让贺显金加了五十两工钱。贺显金一一满足。

最后盖瓦的一天，董管事低头又来请："说要收工了，请您再去看看。"

贺显金埋头写东西，隔了一会儿方抬起头来："纸张放进库房里了？"

董管事点头应是。

"郑二哥也预备好了？"

董管事再次点头。

贺显金侧眸，越过用糊了油的净皮纸包好的窗棂，看东北方的敬亭山上飘过乌压压的连片黑云，便站起身来，活动了手腕，风轻云淡道："请瞿老夫人一起去吧。"

董管事为难道："老夫人……不一定愿意前往……"

贺显金眉目清淡："咱们在挖水渠时，不是挖到了一方'蟾宫折桂'的白玉镇纸吗？寓意这么好，老夫人不会不去的。"

董管事疑惑，啥蟾宫折桂？啥白玉镇纸？他不过是昨天回家搓了两盘麻将，今天怎么就跟不上领导的工作节奏了呀？

果然，如贺显金所料，瞿老夫人一听"蟾宫折桂"的白玉镇纸，当场应允出门，瞿二娘看了看东南方飘来的乌云，特意劝道："云绞云，雨淋淋，过会怕有大雨。"

瞿老夫人让贺显金帮忙服侍换衣裳。贺显金手足无措地盯着褙子下的缠腰，着实不知从哪里开始，她只是一只屎壳郎，平时套件对襟开口的棕色外衫，就已经很对得起观众了。这种复杂的衣饰，实在离她很远。

瞿老夫人双手大开，已然放弃贺显金，示意瞿二娘来换："换那件缠枝墨色镶边的褙子，看着吉利。香囊里放些铃兰干花，我来不及沐浴焚香，只好用便利办法。"

瞿二娘嗔道："天要下雨，娘要嫁人，白玉镇纸在那不会跑，您腿脚不方便，何必走这么远一遭？"

"这是吉兆！"瞿老夫人寡瘦的脸上凸起的颧骨都显露出几分生动，"明年二郎下场春闱，若有吉兆，咱们及时上报到官府处，便是明年复学也可多得几分重视呀！"

贺显金垂手在旁等待，她听得出来，瞿老夫人是真的高兴。饶是如瞿老夫人这般敢于独自闯荡、在男人堆里混出名堂来的妇人，也会因为预示宗族兴旺的兆头而盲目欢喜。

贺显金低下头，撇撇嘴，然而，宗族崛起都建在一批人的牺牲与奉献之上，比如瞿老夫人的腿，据说是在早年间一次赶路中摔下山崖断掉的；比如希望之星他爹，用功苦读坏了底子，最后英年早逝；再比如缺乏安全感和认同感的陈敷，一辈子都在寻求让他最为舒适的情感……活生生的人，被宗族的桎梏磨灭了欲望，打消了想法，钝化了棱角，变成了宗族所需要的角色。

所以，人是什么？为什么而活？人，究竟是人，还是棋子？贺显金无端想起希望之星在月夜之下谈论起宗族之事时，奋力握笔暴出的手背青筋。

好久不见他了。

至绩溪作坊时，天已然飘起淅淅沥沥的小雨，瞿二娘先下马车，撑起一把硕大的油纸伞，帮瞿老夫人拿住拐杖，与贺显金一左一右扶住瞿老夫人下骡车。

轰隆隆——东南方的敬亭山顶，划过一道白光。

海四哥带着木匠伙计等在门口，看瞿老夫人也来了，便赶忙上前殷勤撑伞："您来便提前说一声罢！小四去巷口接您。"

瞿老夫人拍拍海四哥的手腕，趁着光眯眼看看："我记得你，前几年你上门给老五拜过年是不？"

海四哥忙低头道："是是是！您记性真好，陈家大爷时任成都府知府，家中的院落要修缮，五老爷就是找的我——这次的活儿，也是五老爷帮忙荐的。"

瞿老夫人笑道："你辛劳，帮陈家做了不少工呀。"

"哪里哪里，五老爷肯提携罢了。"海四哥笑得面部褶子满天飞。

雨落得越发大了，豆大的雨滴砸在泥泞地上，晕成一洼一洼的。海四哥弓腰撑伞，带着瞿老夫人和贺显金一行自大门入内，先介绍高悬的乔木牌匾，牌匾厚实且生漆打得光滑平整。前店按照贺显金的需求，高矮依次打了二十三个斗柜，砖瓦重新铺陈，柜台、角柜与高脚架皆是新打的，目之所及处十分工整漂亮。

瞿老夫人满意地点点头，跟着向里走，院子里也按照贺显金的要求挖了水渠，从龙川溪接入，甚至还打了两口深井，在搭建了木棚的院子里分别筑着十二米、八米、四五米左右的三个水池，一切看上去都井井有条。

院子之后，便是库房。海四哥亲自拿两把钥匙对应打开两把硕大的铜锁，再恭恭敬敬地将铜锁交到瞿老夫人手中，语气自豪道："正如贺掌柜所想，存纸库房的瓦片铺了四层，屋檐下的飞角特意做了翘起，雨水不会积溅……"

贺显金单手摸上墙壁，很薄一层，转头开口截断海四哥的话："您库房的墙壁做了几层呀？"

海四哥话被打断，非常不爽："特意做了两层砖！"又冲瞿老夫人笑道，"单层砖面，墙体容易进水，便特意投工做的两层……"

贺显金开口道："藏纸库房应当做三层，外墙内壁，中间再糊一层碎石子和碎砖头，这样才能防止墙面沁水导致地面下沉，致使墙体开裂。"

海四哥克制住了挑眉的冲动："小姑娘休要不懂装懂！"再想说什么，却不知从何说起，只好道，"墙面哪那么容易渗水，咱们住的宅子也只是两层的砖呀！"

"住宅里并未放置如此多的宣纸！而宣纸小气，最忌潮湿，偏偏咱们宣城五月至十月多雨，存纸的库房需花大力气建造！"贺显金低头从袖子里将一早签订好的契书抽出来，指给海四哥看，"您看，契书上写好的——'一切修缮交付标准以适宜宣纸存放为准'。"

海四哥当然知道契书上写了什么。这句话是贺显金提议加上去的，他初听只觉模棱两可，又一想，这小丫头能知道什么叫适宜宣纸存放吗？墙面、地面这些藏起来看不见的地方，谁会掀开看里面？

海四哥稳住面部表情，嘿嘿笑："那这两层砖，我觉得就挺适合宣纸存放的！"

瞿老夫人略微挑眉。贺显金抿了抿唇，快步走向墙角，从怀中抽出一根干枯的稻草梗子，插进墙角砖瓦未贴紧的缝隙中，等待片刻后，递给瞿老夫人："您摸一摸尾部。"

瞿老夫人手摸稻草梗根部，转头看向海四哥："是潮润的。"

海四哥张口还想说什么，贺显金却高声截断："库房需做台基，存纸的库房应比地面高出三寸，库房的砖下不应用泥，应用纯白灰或干沙，铺成与砖面一样的高度。地面要做好防水，需铺上七层，最底层是开槽所用的黄泥，接着是干草垛子、白灰、碎石子、干灰、防油布，最后用的不是普通的方砖，而是用烧得厚度、硬度皆合适的青砖！"贺显金把稻草梗子递到海四哥面前，"但凡您做到了，这梗子尾巴也不会湿润。"

海四哥目瞪口呆地看着贺显金。不是，咱说好了这丫头不懂营造啊，现在这出是什么？即兴表演吗？

海四哥脑子乱糟糟："工钱就这么点……怎么可能做到七层……"

"工钱我付了您九百五十两！"贺显金冷笑一声，"我可以拿这个钱买两个修缮到位的宅子！"

瞿老夫人手拄在拐杖上，看向海四哥。海四哥正欲张口，却听隔壁的前店"砰"的一声，发出了巨响！

瞿老夫人立刻扭头向前店看去。海四哥征询的目光扫向木匠，木匠惊恐地摇头。

贺显金高声发问："这是怎么了？"

她一边问，一边撩起外衫飞快向前店跑去，来不及撑伞，任由大雨打湿头发，捋成好几条丝缕黏在两鬓间。她跑到前店门口，不由呆愣在原地。瞿老夫人腿脚不便，仍拄着拐杖紧随其后，待看清后，鼻翼翕动，很是震惊。

前店一片狼藉。横梁塌了，一根十来米长、拿火烧过以防腐防虫，又上了一层清漆的浑圆原木条，一头挂在横梁上，一头狠狠地砸在了方砖地上。地面被砸出一个大洞，黄沙漫天，飞尘弥漫在宽敞店子的空中！

瞿二婶被呛得猛咳几声，待看清情景后，只觉万幸，来来回回旋转身体拍胸脯："还好还好！刚刚这里没人！但凡有个人站在此处，恐怕都小命不保！"庆幸之余，方记得一声惊呼，"这才修好，怎就塌了！"

贺显金拿手将灰扬了扬，跨过横条，蹲下身，借天井的光仔细琢磨木条的两头，抬眸沉声道："横梁架构，多以卯榫为主，这根木头是凹进部分，又称榫眼，木匠功夫不到家，榫面凿得不够平衡，加之才上完清漆，还未完全沥干，木条本身光滑，刚刚被雷声闪电一震，自然不牢固！"

海四哥忙看向木匠。木匠心虚地低下头，这种搭梁构建的活也敢交给他个学徒来干？他一天才十文钱，这不是用实际行动向老板证明"一分钱一分货"嘛……

海四哥喘了几口粗气，强扯出一抹笑来："我们重新搭！重新搭！"

贺显金掌心向外，示意海四哥先别说话，揪了丝木屑递到瞿老夫人跟前："这是海爷报价二十七两银子一根的杉木。"

瞿二婶倒吸一口气："你怎么不去抢！比老娘棺材还贵！"

瞿老夫人面色上看不出端倪，伸手接过木屑，凑在鼻尖嗅了嗅，神色淡然："若是香杉木，一米一两银，当然值得起这个价……"

海四哥心里咯噔一下，下意识地埋头寻找陈老五的身影，却想起今天陈老五并未跟着一道来！

瞿老夫人将木屑丢在地上："这只是普普通通的杉木，这一根一两半钱银子顶破天了，你也敢要陈家付二十七两的天价？"

海四哥张嘴："不不不，老夫人您听我狡辩，哦不是，解释！"海四哥望了一圈，最后把这口锅的靶心锁定在了临时工木匠小李身上，"是他！我叫他去买香杉木，他却以次充好，赚取差价！"

临时工小李瞪大无辜的双眼，莫名其妙背个大锅，实习生整顿职场无所畏惧，大声吼道："我信你个鬼咧！我才入行十二天，我连木材在哪儿买都找不到欸！"

瞿老夫人手拄在拐杖上，神色已然沉了下去："工钱九百五十两、库房浸水、横梁坍塌、木材偷天换日、做工的伙计并非老手……海爷，你这么做生意，是不想在宣城干下去了？"

贺显金冷笑一声，蹲下身又抓了把大坑里的沙土和砖块："您这砖块也是买的最差的吧？这么薄，脆得像酥皮饼一样！还有沙土，三分白灰土、七分黑黏土，这是你们营造的三七定律吧？您自己看看，您这黄沙土算什么？没有掺黑黏土的土层，就像未曾门当户对的婚姻，风一吹就散了！"

贺显金义愤填膺地直视海四哥："原料造假！做工虚浮！克扣银钱！我也不算你横梁砸下这般不吉利的赔偿了，单论你这个工，我只认五十两银子！如今我已给你六百两，你将五百五十两吐出来，我就不去官衙告你，也不在街坊四邻宣扬你干的好事！"

什么？吐五百五十两出来？他给陈老五的好处银子就给了将近三百两！事成前又在翠玉楼叫了好几个歌女陪着喝酒唱曲儿，这又是三十两！事成之后，又请陈老五吃了酒以表感谢，前前后后他都丢出去了三百多两银子了，就为了这一个单！

他赚点钱不应该吗？是，这笔生意他心黑、脸皮厚，拿着六百两想赚三百两……他做得再差，也磨了二三百两的成本进去啊！现在要他吐五百五十两出来？咋的，他白干白给，还请陈家老五吃白食啊？天底下哪有这个道理！

等等，他们陈家的，不会是一伙骗他的本钱的吧？陈家忒欺负人了吧！仗着家大业大，跟这儿玩小蝥虫呢？他好欺负呗？

海四哥被贺显金不要命不要脸的"五百五十两"整蒙了圈，立时抬头道："那你先叫你们那五爷爷把我的孝敬银子吐出来，把吃下去的酒吐出来，把搂着彩云、追月唱小曲儿的手给剁了，我就还银子出来！"

海四哥气得发毛，一股脑全吐出来了。

沉默，沉默是今晚的大雨；尴尬，尴尬是海四哥嘴疾口快的后遗症。

海四哥愣神片刻后，如梦初醒般望向临时工小李。小李目光灼灼地看向他，夸张地、无声地，抡圆了嘴巴，一声"哇"。

海四哥顿感口干舌燥，低头喘了喘，刚想说话，却听瞿老夫人声音低沉地问道："所以，前两年，我家老大远行成都前修缮的院落，你也是这般糊弄？我记得陈家付了将近三百两……老五跟我说，你用的木头、砖瓦是与庙宇相近的品类，横梁的木头是送到万佛寺开过光的，可保老大一帆风顺、万事平安。"

贺显金看向海四哥。

瞿老夫人胸口好像有些憋闷："那一次的修缮，是老五每日亲自从早晨守到晚上，加班加点完工的……你说说吧，那个活计，老五吃了多少银子？"

海四哥不敢抬头。

贺显金低斥："你不咬人，狗就咬你！"

海四哥索性埋头："一百两……外加天香楼的姑娘。"

真反胃。贺显金闭上眼。

瞿老夫人眼眸深邃："所以，老大院落的那根横梁，并没有开过光？"

瞿老夫人声音很低，甚至出现了颤音。贺显金低着头向后退了一步。

海四哥飞快抬眼："开过开过！但不是万佛寺的高僧开的……"

瞿老夫人紧追不舍："那是哪里开的？"

"是我……是我半夜睡不着，对着那根木头念了两页经书……"海四哥无端窘迫，喃喃解释道，"您自己想想吧，那么重的一根木头，怎么可能运上敬亭山，请万佛寺高僧对着它念经啊？三百两银子说多不多，说少不少的，能干个甚？更何况你们家五老爷还从中吃了这么多银子……我自己给那根木头念点经，已是够对得起你们陈家了！"

瞿老夫人身形摇晃一下，脸上的表情没有变化，但贺显金感受到了满得溢出来的悲伤。本是给长子专门求个平安的，谁知被人耍得团团转。偏偏长子出行后猝死他乡，甚至尸身运回来时早已面目全非——那根横梁没开过光，自然保佑不了长子！

瞿老夫人深看了海四哥一眼："滚——"

海四哥还惦记着完工的那三百两银子，在原处磨磨蹭蹭。

"滚！滚！"瞿老夫人怒声高斥，长衫褙子拂袖而去。

在骡车上，二人无话，直至西城大道，瞿老夫人下了骡车便沉着一张脸："五老爷呢？"

门房缩了肩头："刚、刚回来……"

瞿老夫人厉声道："叫他，立刻，马上，到小厅见我！"

屋檐的飞角以同一角度排列翘起，有一种秩序井然、端庄肃穆的美。陈宅是非常标准的"四水归堂"徽州建筑，房间开间为奇数，每间面阔三四米，雨如珠帘般不间断地从檐角直溜溜砸下。贺显金坐在游廊的横栏上，仰头看淅淅沥沥的雨。

张妈小碎步跑来，一张大绒毯盖到贺显金脑袋上，一边帮贺显金揉干湿发，一边小声问："这是怎么了？门房说老夫人气得脸色铁青，跟咱们有关系没？"

贺显金挺喜欢"咱们"这个词，有种杀人放火都不孤单的松弛感。

贺显金摇头："没关系。"

张妈继续贼眉鼠眼，轻声打探："那是因为五爷？"

贺显金抿抿唇："也不全是。"

沉默片刻，贺显金仰头看不曾势弱的雨幕，继而低声道："我们老家有句话叫，找不到癞子擦痒处。意思是，得了癞疮的人找不到地方挠痒痒，通常用来形容在别处受了委屈或有怨气，但找不到地方发泄的人。"

瞿老夫人如今便是这样的状态，总有人要为陈笺方他爹的猝死负责任，瞿老夫人并不认为是她自己，哦不，或许有过猜想，但不肯承认，亦不敢承认。这个人，只能是别人。

贺显金瞅了眼小厅。陈家做纸的，自己糊窗户的纸，当然用得很好，厚实又雪白，只能透过里间温黄稳定的油灯光亮，看到几个黑影。

贺显金转过头，轻声问张妈："郑二哥，无事吧？"

张妈佝着身，小幅度摇头，同贺显金咬耳朵："没事……比你们早回来，只是从横梁上跳下来时险些扭了脚，我连陆八蛋都没说，只让李师傅借了周二狗房里的红花油帮忙扭了扭脚踝，如今已经不疼了。"

贺显金点点头。再作假的横梁，也不可能上梁第一天就被雷震下来。不过，雷震不下来，郑二哥震。

"让董管事这几天给陆八蛋放个假，把他支出陈宅。"

陆八蛋毕竟和陈老五有亲缘关系,她肯容纳他已属冒险,没必要在这个时候考验陆八蛋的忠诚。任何人都是经不起考验的,与人相处,不必故设迷局、故弄玄虚。

张妈赶紧点头,又道:"吃饭没?我去给你下碗素三鲜面条子吧?垫垫肚子。"

贺显金摇摇头:"不饿,你带着锁儿和郑二哥先吃,我再等等。"

等什么?张妈想问,转念一想,问来也没用,她还没金姐儿一根汗毛聪明。她只需把金姐儿羽翼下的那伙人照顾得白白胖胖、圆圆滚滚的,就属于功德无量、十分能干了。不过,仔细论起来,这伙人里好像只有三爷够得上这个标准——就这,还不是她的功劳,是人家自己努力。

张妈吾日三省吾身:为人饭而不多乎?与同事交而不吃乎?吃不胖乎?省过之后,张妈知耻而后勇,转身向厨房快步而去,像有什么在追她。是的,业绩在追她。

张妈一走,游廊恢复静谧,整个宅子没人敢在此时放肆。小厅里的陈五老爷也不敢,他臊眉耷眼地跪在方砖上,余光看了眼瞿二婶,却被一个毫不留情的白眼怼了回来。

他回来得急,一回来就被门房催促着到了小厅,一进小厅,就看到瞿氏震怒,直呵他"跪下!",紧跟着就请了他大哥的牌位出来。他这么大把年纪了,哪里经得起这样折腾,不过两刻,他这膝盖便又痛又涩。

"嫂子,乱刀不砍冤枉魂,是杀是剐,您总要我死个明白吧?"陈老五愁眉苦脸地苦笑,"您这一来,就是雷霆之怒,我做您弟弟这么多年,都摸不准您这雷打哪朵云劈下来的啊。"

瞿老夫人今去,行动不便的左脚略微受凉,她能感受到这凉气正沿着腿骨朝上走,便侧眸叫瞿二婶端一壶热茶来,又转过头,不咸不淡道:"你做我弟这么多年,向来是陈家乐乐和和、兢兢业业的中流砥柱,陈家有如今这份家业,你功不可没。"

陈老五仍旧维持着那份苦笑,腰背佝得越发蜷缩,像只可怜的虾:"弟弟不敢居功,若不是嫂子带陈家走出泾县,或许咱们这一支,要被当时的族人欺负死!"

"你不必同我回忆甘苦,只看你现在!数典忘祖,背弃先辈!你可还有一丝陈家人的不屈?若我说,你一早随你六弟去了算了!除了你陈家的姓,自己回村里农耕砍柴罢!"瞿老夫人言语中的戾气很重,话里话外皆是要开祠堂斩姓的意思。

陈老五忙膝行至瞿老夫人脚边,"哐哐哐"三个响头磕下去,带着哭腔:"要下黄泉,也得当明白鬼!嫂子,你总得给我条明白死路啊!"

瞿老夫人冷峻地看着陈老五,终于开口:"二郎他爹的院子、今天的绩溪作坊……你从中吃的银子,你自己心里可有数?"

陈老五心下咯噔,虽然他不知道瞿氏是怎么发现的,但当机立断,便对着桌子上哥哥的牌位"咚咚咚"三个响头,再抬头时,额头上可见隐约的血迹。

陈老五忍住昏昏沉沉的脑袋,一张口,便是两行血泪:"我糊涂!嫂子,是我糊涂!这些年陈家发迹,日子越过越好,便总有些小商小贾凑到跟前来奉承,我、我一开始只是和他们吃吃喝喝,后来他们就塞银子塞票子,我收了一些,也狠狠地拒了不少!"

陈老五说完一番话,又是跪着"咚咚咚"三声,额角处流下一缕殷红的血迹。

"我错了,嫂子我错了!"十来个响头一磕,陈老五脑子嗡嗡的,像进了几百只苍蝇,他狠狠心,咬了口舌尖,让心神清明一些。单是吃钱,瞿氏不会如此震怒,是因为什么?绩溪作坊的做工烂得很离谱吗?倒是有可能。

还有什么?他总感觉自己漏掉了什么。刚刚瞿氏重提老大的院落修缮,难道和这个关系更大?难道是觉得自己带着海四修缮的时候,破坏了风水,才导致老大暴毙的?

陈老五飞快抬头看了眼瞿氏的脸色,晕晕沉沉中立刻扑倒在地,痛哭流涕道:"绩溪作坊,我没去守着做,但海四是给我承诺过的,要好好做,若是不好好做,就算是送了点银子到我这处来,我一样不饶他,最后的钱也不能给他结清!"

"至于大侄子的院子……"陈老五清晰地看到瞿氏表情一凛,随即便知自己猜测对了,立刻再"哐哐哐"磕头,"大侄子的院子是我守着干的呀!我是收钱了,我收了一百两,但大侄子的院子交工时,我给他贺新房、暖新屋,送的字画和笔砚都是一百二十两!海四说什么料子好,我铁定就用什么料子啊!我是一点活儿没少,一点要求没降的!"

瞿氏脸色铁青,眸光如寒雪冰凉,一巴掌拍在桌上:"横梁!你说老大院子的横梁是请高僧开过光的!"

症结找到了。看病不怕吃药,怕只怕找不到病症在哪里。

陈老五在心里松了口气,脑子嗡嗡发疼,但仍强撑着哭道:"海四是说的请高僧开过光啊!他运过来,弟弟我也没法子求证这事啊!"陈老五浑身一抖,"那根横梁没开过光?!"

瞿氏寡瘦的脸终于露出彻骨的伤心。

陈老五腾的一声站起身来,抹了把额角的血迹,转身就要向外冲:"老子、老子跟海四拼了!"

"把他拽住!"瞿老夫人叫瞿二婶拉住陈老五。

陈老五挣脱不开,只能颓唐地耷肩,泪如雨落下:"我侄儿要出远门,千请万请,想请一根镇宅的横梁守着,谁曾料得被人这样哄骗……"陈老五如梦初醒,抬头双眼赤红,"嫂子,我给大侄子赔命!"

说着便三步助跑,一头向小厅的漆柱撞去,瞿二婶眼疾手快立刻将陈老五拉住。陈老五的额头和漆柱擦肩而过,只能看到额角处瞬时便起了个通红的大包。

"五老爷,你这是干甚!"瞿二婶气急败坏吼道。要想死,出去死啊!不然叫老夫人还落下逼死弟弟的骂名!

额头痛得火辣辣的,陈老五脑子如被灌了三两糨糊。他狠狠掐手心,强迫自己清醒。

瞿老夫人轻轻闭眼,两行泪从沟壑纵横的面颊缓缓落下:"可还吃过银子?"

陈老五哭道:"不曾了!和我们打交道的,要么是老实巴交的庄户,要么是矜持自律的读书人,哪里再找个如海四一般走旁门左道的呀!我也是心眼子被钱迷了窍,这几百两富也不起,穷也不着,我只是、只是爱听海四恭恭敬敬叫我五爷!"

瞿老夫人死死捏住椅背,扬起头长长舒出口气:"你弟弟是贴加官死的……跟我一起出来的，如今只剩下你一个了。"

陈老五并未刻意压低自己的哭声。

"当真没有再吃过银子？没有做过不利于陈家的事了？"瞿老夫人声音消沉，"吃银子罪不至死，你放心，看在你弟弟的分上，我保你一条命，不闹上宗族祠堂。"

陈老五后槽牙一咬。这种混乱账，谁认谁傻子！

"没有了！若有其他，叫我天打五雷轰！"陈老五举手，向天起誓。

约莫一个时辰，约莫一个半时辰，贺显金没数，也没看更漏。直至天全然黑透，小厅的门才"嘎吱"一声被打开。先走出来的自然是满头包、摇摇欲坠的陈老五，继而是拄着拐杖、脸色苍白的瞿老夫人。

贺显金迎上去，伸手扶住陈老五，并未给他开口的机会，带着呜咽哭腔道："您没事吧？今儿那海四胡乱攀咬您……我听得都心惊胆战的……"

贺显金的手轻飘飘地搭在陈老五的胳膊衣服上，像没有重量。陈老五脑子晕得有些想吐，如今更是失了与贺显金虚与委蛇的力气，单手一挥，将贺显金赶走。

贺显金不屈不挠地追上去，哭腔更加明显，大声道："您不知道，那海四当真过分！横梁都被砸下来了！亏我还以为他是个好人，身上带着余款的银票过去，还想着若是做得好，我就再打赏他点银子……"贺显金从袖兜子里掏出一沓崭新的银票，如要论证自己所言一般，递到陈老五跟前，"喏！您看！我是真准备好了的！"

陈老五那股干呕的欲望越发上头，不耐烦地将贺显金的手打开，余光却瞥见了银票上清晰硕大的字样——德昌升号。

德、德昌升号？陈老五目眦欲裂，一把拽住贺显金的手腕："这是什么！"

贺显金瑟瑟发抖："银、银票呀……"

陈老五浑身抖如筛子。贺显金的声音仍旧在颤抖，嘴角却勾起一抹笑意："这样的银票……德昌升号的银票，我们还有三千两……"

陈老五一股血冲上脑顶门，方才淤积在脑中的积血在狭窄又黏稠的空间里横冲直撞，陈老五满脸涨红、双目赤红，撕心裂肺道："是你！是你们诈的我！不是宝禅多寺的山匪！"陈老五两只手，一把死死掐住贺显金的脖子，"你这个贱人！你算计我！"

贺显金闷哼一声，头向后一仰，手中的银票抖落了一地。瞿二婶一声尖叫，贺显金在艰难的窒息感中，余光瞥见瞿老夫人顺着门框向下滑落。瞿二婶一时不知道是该上前来救脖子被掐住的贺显金，还是扶起手脚瘫软的老夫人！

"我掐死你！我掐死你！"陈老五血冲上脑，已然失去理智。

贺显金从袖中摸索着掏出红蓝宝弯刀匕首，艰难地抬起胳膊，用刀鞘狠狠地给陈老五后脑勺砸了一下子！陈老五瞬时如紧绷的弦被猛然拽断一般，在空中凝了半晌后，仰头朝后倒去。

贺显金将匕首塞回袖兜，深吸一口新鲜的气息，将耳鬓边散乱的头发捋顺后，转过身，见瞿老夫人虽手脚无力，但未曾昏迷，便扬起精巧的下颌，语声清淡却不急不缓地吩咐瞿二婶："五老爷疯了，你先把老夫人扶进去，再让张妈去请大夫。"

十七岁的小姑娘穿着一身短打，独立于抄手游廊之间，侧眸回首尽是笃定淡然，语气平淡，却坚定地交代着终于敢到游廊来的下人们："拿麻绳来把五老爷的手腕、脚踝绑住，塞了嘴，请到花厅。水房烧两桶艾草水，放点生姜。厨房下点臊子面，汤烧得烫烫的，面要现擀。"

下人哆哆嗦嗦地排成一行进来，来不及细想是谁在指挥，只听见一连串平稳的命令。有事可做后，下人们心头的恐惧终于消散了八分。

贺显金眼看陈五被绑得死死的丢进花间后，伸手将小厅的侧门推开，向瞿二婶做了个"请"的手势。瞿二婶双唇哆嗦，蹲下来将瞿老夫人的胳膊撑在肩膀上，好几次试图站起来，却因双腿发软而失败。

贺显金伸手扶了一把，见大夫风尘仆仆地赶来，告了声罪："我先去看看五爷爷。"

瞿二婶上牙磕下牙，止不住地害怕：你是去看呀，还是去送呀……

半个时辰后，贺显金推门进小厅，瞿二婶正蹲着给瞿老夫人泡脚，艾草与生姜的味道辛辣刺鼻，又叫人清醒。瞿老夫人脚底有了暖意，热血也在体内流淌，目光深邃地看了眼贺显金。

贺显金就站在瞿二婶身侧，帮她递上擦脚的方巾。瞿二婶翘着兰花指，艰难地捻起方巾的边缘，尽力避免与贺显金有任何肢体或目光的接触。

"大夫看过了，说五爷爷气血倒流入脑，五窍淤堵，就算醒了，或许说不出话，或许直不起身，叫我们有心理准备。"贺显金声音淡淡的。

瞿老夫人脚撑在木桶边缘，一把蹬开瞿二婶，声音喑哑："劳烦金姐儿帮我擦一擦吧。"

贺显金没有迟疑地蹲下身，接过瞿二婶手里的方巾，轻柔地帮瞿老夫人擦脚。老人的脚青筋凸起，苍老如鸡皮。左脚脚踝，骨头畸形地错开，凸起一个拳头大的包。

"二十三年前，我押车送货，送的是丁庄收的稻草，车翻进沟里，车辕压到我腿上，这脚就这样了。"瞿老夫人声音破得像被风吹烂的纸，"后来我才知道，车辕另一头压在老五身上，若非他一直用双手把木头死死抱了两个时辰，我这条腿是一定保不住的。"

贺显金低头弯腰，帮瞿老夫人把软底足衣套上。

瞿老夫人声音紧绷："根本没有什么蟾宫折桂的白玉镇纸是吗？"

贺显金低着头，隔了一会，方轻轻点头。

"你只是想将我诓去，真正看看海四把绩溪作坊糟蹋成什么样子了，是吗？"瞿老夫人再问。

贺显金继续点头。

"今天一连串的事，都在你的掌控之中，是吗？"瞿老夫人一连三问。

贺显金紧抿唇，扬起脸来，坦荡地看向瞿老夫人："是。"

瞿老夫人仔细看了看贺显金的脸，眼睛长而大，眼皮是含蓄而缠绵的小开扇形状，眼角上挑，成功中和了眼皮温柔的形状，挺且直的鼻梁配上略微上翘的嘴。她和她娘一样很美，但她娘像岸边任人采撷的小白花，而她，却浑身透露出一股"勿来犯我来者必诛"的气质，这股气质在她从泾县回来后尤甚。

瞿老夫人看着她，莫名有些心惊，双脚套上足衣后，将腿放在脚踏上，避开了贺显金的目光，轻声道："说一说吧，究竟为何一定要老五死。"

贺显金站起身来，拿了张绢帕擦手，声音稳沉："他想让我死，想要三爷、李师傅和狗哥、郑家弟兄……所有从泾县回来的人，都死在宝禅多寺里。"

瞿老夫人蹙眉："你是说，周二狗和郑大的腿伤，不是意外？"

贺显金笑了笑："什么意外，能让血肉翻裂、白骨清晰可见？"

瞿老夫人眼睛不眨地看向贺显金。

贺显金毫无畏惧地直视过去："七八个人，七八张嘴，您尽可以查清我所言真伪。您可以不相信我或是三爷，但李师傅、狗哥和郑家兄弟没有理由，也没有能力去编撰故事。"

瞿老夫人目光移开。真伪？若是假的，陈老五刚刚癫狂时的那一声惊呼，岂不是空穴来风？贺显金平静地将她如何带着陈敷骗取陈老五的印子钱和盘托出，再将山匪的覆灭归功于从天而降的一队游侠，把骑马大姐姐带领的那一支铁骑从故事中完美隐去，最后，交代了自己装作山匪敲诈陈老五三千两银子的始终。

贺显金将三千两银票齐齐整整地放到瞿老夫人跟前："五爷爷行事缜密、滴水不漏，要想揭开他的面罩，必定要使连环招，一环套一环逼他失言自爆。"她声音浅淡，"勾结山匪、赌场放高利贷、谋害血亲……五爷爷行事桩桩件件都如同悬崖走独木桥，一旦放任，遗祸无穷。"

瞿老夫人面部表情僵硬地听着，喘了几口粗气后方道："他诚然对不起陈家。但，你决意要他的命，最重要的原因，不过是他想叫你死。"

贺显金疑惑蹙眉："是啊，这个理由还不足够吗？"

若不是有这个前情提要，她也不可能下定决心给陈老五设个非死即残的狠局。职场上的争斗，不过是权力和金钱，玩一玩就行了。可现在是陈老五先要他们的命欸！生命太可贵啊，对于企图伤害她的人，她绝地反击，有什么不对？！

贺显金蹙起的眉头，话语像拉满的弓，"砰"的一声射向瞿老夫人的心脏："他……不只想杀我，还想杀您的儿子呀！"

瞿二婶余光偷偷瞥向瞿老夫人。在三爷陈敷和五老爷间，她不认为瞿老夫人会坚定地舍弃五老爷而保全三爷……

瞿老夫人浑身一颤，随后扯起嘴角笑，笑到最后变为放声大笑，手死死捏住椅子把手，笑着笑着，眼角略有湿润地长吸了几口气："好！好！好！我们陈家不错！不仅出了一个窝藏祸心的混世魔王，还出了个城府极深的少女巾帼！"

贺显金未曾争辩，你杠就你对，细枝末节的口舌之争，不值得她内耗。

隔了良久，瞿老夫人的声音再次响起："二娘，让人去抄了老五的院子，再分开审老五妻室和他那个钟爱的小妾……叫……"

瞿二婶弯下腰低声道:"是霍小娘。"

瞿老夫人点点头:"是她。都带到柴房去审!审问老五这些年做了什么、说了什么!翻一翻他院子里藏了些什么东西!不许人泄露消息,特别是不许告知老五的儿子!"瞿老夫人再转向贺显金,"你先去歇了吧,凡事有祖母给你做主。"

贺显金站起身来,抬起头,意有所指道:"是。您如遇力有未逮之地,显金愿效其劳。"

待贺显金的身影没过花间的铜壶,瞿老夫人艰难地吞了一口唾沫:"古人云,青出于蓝而胜于蓝,她娘是白的,她却是红的,凡事都是白刀子进红刀子出,不见血不撒手……"

瞿二婶没懂。瞿老夫人手撑在椅背上,压低声音道:"最后那句话的意思不就是,若我不公正,企图包庇老五,那么她也有能力自行处理老五啊!"

瞿二婶恍然大悟,这个家,大概只有瞿老夫人能听懂这种暗语……她听了那句话,只会大大赞叹金姐儿贴心又好用……

瞿老夫人赶忙抬头,急声盼咐:"赶紧把芒儿叫到家里来!"

瞿二婶不解其意。

瞿老夫人低声道:"这样的人,如若不能拴在陈家……那就只能往死里打压了……"

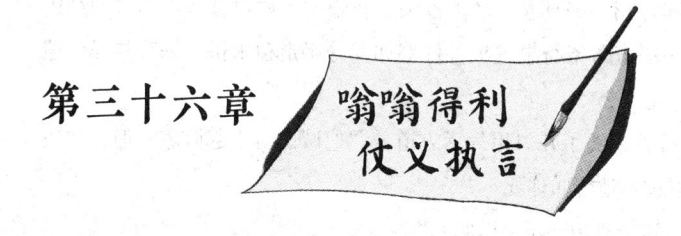

第三十六章 嗡嗡得利 仗义执言

次日清晨,贺显金带着宝珠花花在漪院打八段锦。打了一段,贺显金转身看,胖花宝珠上身棕色小衫,下身深咖色褶裙,看上去就像一个胖乎乎的小号屎壳郎。

贺显金背手蹙眉:"怎么穿这个色儿的衣裳?灰扑扑的,不太好看呀。"

宝珠看看棕色的贺显金,再看看棕色的自己,嘟嘟嘴:"你不也穿这个色儿?"

"我十六了,棕色显老,你如今几岁了?"贺显金道。

宝珠撇嘴。贺显金扭扭手腕,运动后要小口小口喝温水。她随口问张妈:"城里哪家布坊和裁缝更好?"

张妈笑眯眯道:"城北的衣香坊料子最全,东角的胡裁缝没了男人后,手艺越发精进。"

贺显金颔首:"那今天都请来。"

贺显金转身再看宝珠,啧,这小姑娘手上、头上怎么啥也没有,看起来太秃了,又问:"珠宝铺子呢?"

张妈冥思苦想,照她的消费水平,她只能推荐夜市的樊银匠,估计达不到自家金姐儿天花乱坠、珠光宝气的标准。

贺显金摆摆手："让衣坊自己去找搭配，和他们带的衣服料子配上一整套首饰过来——你同他们说，他们能领会。"

张妈点头，又问："预算……"

贺显金手一挥，"没有预算。小孩子长得快，四季衣裳都做三四套，合身地做，不要为了多穿两年特意做大，看上去懒懒散散的，难看死了。"

张妈心想，您到底有什么资格说人家穿得难看？你天天穿得像个大泥巴团子似的，看起来很是肥沃。

"要不给你也做两套？"张妈问。

贺显金手一挥："我做来干啥！没地方用啊！"

宝珠嘟囔："我也没地方用……"

贺显金伸手弹了宝珠个脑袋崩："等我忙完，慢慢找到门路，你就自己滚去女学！"

乔山长还没定罪呢！光风霁月乔放之，学富五车探花郎，总不能有个文盲姑娘吧！

贺显金再伸手揉揉宝珠的脑袋："乖，等姐姐回来，穿着新衣服给姐姐表演奇迹花花。"

看小姑娘打扮得漂漂亮亮的，也是一件很有成就感的事呢！宝珠低下头，将毛茸茸的脑袋顶乖巧地递到贺显金手上，眯了眯眼，感知贺显金掌心的温度，心中十分安稳。

昨晚出了这么大事，早间，陈家诸人不约而同齐聚小厅，贺显金到时，除了瞿老夫人，众人都已在场，甚至陈猜也连夜从泾县赶了回来。

"昨夜怎么回事？怎么听说五叔一病不起了？"陈猜问了一圈都没问出名堂，只好问到贺显金头上，焦急道，"我走时，五叔尚且好好的……"

三太太孙氏也贼眉鼠目地抬头看贺显金，很是关注此事。

陈敷一蹙眉："那应该就是因为你走了。五老爷想你想得发慌，这才生了病。"

贺显金一时间竟分不清楚，这是便宜爹放松坦率的愚蠢，还是阴阳怪气的快乐。

陈猜认真思索起陈敷的话，身边的妻子许氏，赶忙伸了胳膊撞了撞陈猜，眼睛瞪得老大：别搅浑水，会引火烧身！

陈猜没看懂，正想开口，却听里间的珠帘窸窸窣窣响声，瞿老夫人沉着脸从里间出来。

孙氏笑盈盈地凑上去扶住瞿老夫人，神容夸张："瞧您脸色怎么这般不好？我娘家送了点鱼胶来，过会子叫人给您拿来吧！是昨儿没睡好吗？昨天傍晚打了好几声惊雷，晚上又听说大夫来了咱陈家……"孙氏探出半个身子朝后看，"怎么没见到五爷爷？"

演技太烂了……瞿老夫人的手从孙氏胳膊上移开，伸到贺显金跟前来，示意贺显金坐到她身边。贺显金便躬身扶着瞿老夫人落座——领导让你伺候她，这是给你脸呢。

瞿老夫人转身告诉瞿二婶："上饭，单给金姐儿做一碗菌菇鸡蛋面吧，这日头正好吃野菌，昨日厨房只采了一筐，煮面鲜得很。"

贺显金态度恭顺地接道："换成咸豆浆面吧，我有些挑食，不太爱吃野外的东西。"——

有时候，你也可以选择不要领导给的脸。

瞿二婶颇为为难。

瞿老夫人半眯眼睛片刻后，微不可见地颔首——当然，前提是你得牛，且牛到无可替代，领导才能捧着你、顺着你。

瞿老夫人落了座，众人自觉落座，陈敷落到上菜口，和稳坐瞿老夫人左手边的贺显金形成了鲜明的对比。

瞿老夫人不开口，诸人沉默得像被割了声带的鹅。待瞿老夫人慢条斯理地舀了勺皮蛋肉末粥，配着徽子吃，嚼碎吞咽后，才开了口："昨日，五老爷患了卒中，夜半倒地不醒，灌了汤药、扎了银针亦无效用。"

陈猜眼眸含泪："嗄？"

瞿老夫人看了二子一眼，又低头喝了口肉末粥："既无效用，我便预备将药石给他停了。"

陈猜瞪大眼睛："嗄！"

陈敷不耐烦地揪了块油饼子，瞥了眼二哥，装回声带的鹅，真是讨厌。

瞿老夫人抿抿唇，陶瓷勺子刮在碗沿边："没上贴加官，已是我最大的仁慈了。"

陈猜放下筷子，急切道："究竟是怎么了？怎的又要上贴加官！五爷爷为我陈家尽心竭力大半辈子，素日待我、待三弟如亲子，他就算是干了十恶不赦的大罪，也有申辩的权利吧！怎么的就昏迷着，就、就不准用药了呢！"陈猜狠狠撞了陈敷，"三弟，你说是吧！"

陈敷正吃油饼，被狠一撞，不禁翻了个白眼：是，是亲子！恨不得亲手杀了侄子的老叔子！

瞿老夫人放下陶瓷勺子，环视四周，语声严肃："勾结赌坊私放印子，此为一罪；勾结山匪里通外敌，此为二罪；勾结外人吃钱吞银，此为三罪——昨日搜了五老爷的院子，光是房契便有四处，地契便有二百一十八亩，皆落在其妾室名下。"

陈猜目瞪口呆。

"知人知面不知心，此等渣子若放任不管，或重拿轻放，于我陈家百害而无一益，陈家家事不宜报官张扬，耆老祠堂又在泾县，一来一往太过费力。"瞿老夫人面色端凝，看不出喜怒，"药石既无效，便尽人事听天命也，我们也算仁至义尽了。"

"哐当"一声，陈猜手里的筷子掉了，他无措地看向妻子许氏，不知为何素来亲密的叔父揭开面具，竟是这样罪大恶极的坏人！

三太太孙氏猛地抬起头，飞快看了眼坐在瞿老夫人身边的贺显金，再看看还没回过神的二伯陈猜，弯下脑壳，试探轻声问："五爷爷既不中用了……城东的桑皮纸作坊和城西的灯宣作坊，总不能自己管自己吧？"

这是个问题。瞿老夫人久久未答话。陈猜如今捡个落地桃子接手泾县，自然无法轻易调回宣城，陈老五不顶事了，谁来管？瞿老夫人眼神在贺显金和陈敷之间来回转动，之后颓唐地耷了下去，就算把店子给陈敷，最后也只会落到贺显金手里！

三太太孙氏激动地挺起腰来："要不让三郎回来吧！"

陈三郎是陈敷长子，骚扰贺显金的是陈四郎。这位从未露面的陈三郎，据说小时候算命，算命的说需在二十岁以前都跟着舅舅过活，否则就难过二十大关，之后便送到了孙家。如今有二十了吗？

陈笺方都没有二十，他堂弟怎么可能有。贺显金风轻云淡地低头吃了口咸豆浆汤面，这手艺可不如张妈，明显咸了。

"他还没到二十……吧？"瞿老夫人眯眼问道。

陈敷将孙氏攘了回去："一天净瞎说！你不想要三郎活了？"转头回瞿老夫人，"还没到呢！差两岁呢！"

孙氏岂是半途而废之辈，一挺胸又重上争权舞台："就让他先不回来啊！先回老家，让他表舅舅跟着去，等二哥腾出手回来管理桑皮纸作坊和灯宣作坊啊！"

此时不见缝插针，什么时候还有机会？给四郎安排的路是读书，就算读个秀才出来，也算是读成功了！那她长子咋办？等满了二十岁回来，家里四间铺子都分完了，他去吃屎啊！不趁着现在多淘淘，她就不姓孙！

瞿老夫人也陷入了沉思。桌上诸人皆放下了碗筷，唯有贺显金尚在埋头吃面。

陈敷有些心疼，开口便道："这不公平。泾县本就是金姐儿做起来的，二哥去管，已是委屈了她，如今三郎多大个脸啊？他凭什么？"

孙氏不可思议地看向陈敷："我虽不得你喜，三郎总是你儿子吧？"

瞿老夫人眉头蹙得越紧。

正当这卧龙凤雏两口子预备开吵时，贺显金慢条斯理地放了筷子，就着绢帕擦了嘴，站起身来，与诸人颔首示意："我吃完了，你们慢用。"便将椅子推到身后，从容不迫地自后而出，走了两步，忽而想起什么，转头将目光对准瞿二婶，"所以，昨晚究竟是五奶奶招了，还是霍小娘招了？"

瞿二婶被打了个措手不及，张口便答："霍小娘一跪下就招了，直说祸不及子女，她儿子是无辜的……"

贺显金点了点头，如与瞿二婶谈笑风生一般道："那五奶奶说了些啥呀？"

瞿二婶回过神来，转头看瞿老夫人的脸色，见其未出言阻止，便支支吾吾道："五奶奶只哭，哭为啥五老爷本命年不老老实实穿红亵衣，这不，祸事来了吗……"

贺显金哈哈笑起来，低眉抿了抿鬓发，道了声有趣，便向外走。

最后的结果是，对封建迷信的恐惧，战胜了对贺显金的恐惧。陈猜照旧接管泾县，桑皮纸作坊和灯宣作坊的主管人选十分匪夷所思，皆在众人意料之外。

"你说什么？"孙氏一杯热茶险些洒到手背上，"你说什么？"

孙氏身边的绿衣服丫鬟翠翠义愤填膺地大声重复一遍："桑皮纸作坊和灯宣作坊，由老夫人亲自主管，二太太协管！"

受到第二波冲击后，孙氏将茶盏狠狠砸向地面。茶盏顿时四分五裂，热茶飞溅到翠翠脚背上，灼热的疼痛感让翠翠更加厌恶这个决定。

"我们家三郎跟在舅爷身边走南闯北的，不说是'鸡毛麟角'，也是十中挑一！怎么就看不上了！"

翠翠说着快哭了：素未谋面的三爷今年十八，还年轻，她今年可都十九了，她还能等三爷几年呀！

翠翠情深意切再道："这说是蓖麻堂那老太婆主管，可老太婆腿瘸眼瞎，最后说话算话的，还不是二房家的——太太您想想看啊，二爷管老家，二太太管宣城，这里应外合的，咱们陈家最后还得是二房的！"

孙氏如看傻子一般看向心腹爱将：谁都知道这陈家铁定是二房的啊……难道翠翠一直奢望她能成为当家夫人吗……

对她这么有信心吗？对不起，她自己都没信心。

孙氏忽略掉心腹爱将对长子"鸡毛麟角"这种有点冒犯的形容词，难得脑窍被打通，任督二脉被注入了不属于她的机敏，冷笑一声："你生气，一定有人比你更生气，到时候鹬蚌相争，咱们嗡嗡得利。"

翠翠疑惑："什么叫嗡嗡得利？"

孙氏开启小葵花胡说课堂："就是咱们阴悄悄地闷声发大财，闷声嘛，就只有嗡嗡的声音呀。"

翠翠大为震惊，且受益匪浅，表示在读书人出身的孙氏身边，自己颇受熏陶，明年甚至可以考虑下场考秀才。

傍晚时分，孙氏特意置下一桌席面与两壶好酒，诚邀陈敷前往。

陈敷很警觉，同时很紧张："她请我去干啥？"

翠翠忙道："与您商量三郎君、四郎君的前程。"看陈敷很防备，又道，"您放心，待吃过饭后，三太太要夜行前往万佛寺打麻……哦不是，去问经、问经！"

听说不用和孙氏履行夫妻义务，陈敷松了口气。

看到陈敷松了口气，翠翠也松了口气：三太太也贼怕陈敷临时起意。孙氏不止一次说过，这一年多是她过得最好的日子，倒丑不丑的相公不在家，烦了十年的小妾驾鹤西去了，月例银子按时送达，公婆只注意不太喜欢但不能不尊重的老大媳妇，以及憨厚老实且皮厚耐操的老二媳妇。这日子，若是她儿子再有点出息，贺显金再倒点大霉，陈敷再死得早点，那可真是天上人间了。

话虽如此，陈敷还是不太想去。

翠翠压低声音："听说，三太太晚上准备了刚从淮安府运过来的花螺，如今正是肥嫩的时候。"

陈敷亦压低声音："还有呢？"

"还有两条龙头鱼，一条给您做成椒盐的，一条给您熬成豆腐汤。"

陈敷点点头:"三郎的前程倒也不用她操心,四郎读书却从来没上进过,是要好好讨论讨论。"

席面上,孙氏给陈敷敬了一杯酒,算是前尘往事都在酒里,率先一饮而尽,拿着空酒杯同陈敷闷声道:"我们夫妻二人,成亲二十余载,我掐尖好胜,你破罐子破摔,都不是啥好鸟,吵吵闹闹、恩恩怨怨数十载,今天我要说句实话——你娘作践你,是骨子里带出来的习惯,你干得再好都变不了,宁愿把店子都给了老二两口子,也不给你半毛钱……"

陈敷陪了口酒,默不作声。

孙氏再道:"你娘百年后,我们俩靠二哥施舍过活倒没啥,只可怜贺小娘拼死拼活、连逃难都没丢弃的小闺女,如今看上去烈火烹油,可一旦老夫人走了,你二哥虽憨实,但不可能像老夫人那样捧着她吧?到时候,她要吃的苦头,可比逃难时还多!"

陈敷再陪了口酒。

孙氏见状,再道:"拿这次的事来说,就算三郎不合适,显金总合适吧?她能干,这么一年多,大家都看在眼里。老夫人愣是一个字不提她,宁肯压在自己肩上,也绝不让显金过多染指,这防范之心咧,啧啧啧……"

孙氏口水都要说干了,却见陈敷屁都不打半个,气从心头来:"你个窝囊废!你被你娘嫌恶半辈子,你儿子、你姑娘还要步你后尘,被人防着挡着!实话告诉你吧,你那宝贝闺女在老夫人眼里就是个伙计!想用就用,用完就扔,到时候随便配个人,就像给房里的丫鬟拉郎配似的,那可由不得你不同意!"

陈敷将杯中酒一饮而尽,随即拂袖而去。

孙氏站起身,企图掀桌,奈何桌子太重,纹丝不动,便只能用指头戳着陈敷的脊梁骨骂:"孬种!屎包!吃屎吧你!"

翠翠抹了把额头,有时候,两个人处处得来真的是缘分,明明是来结盟的,结果,三太太说着说着又跟干仗似的,反倒还情真意切吵起架来,真是让人头秃。她和三郎,以后过上日子,肯定不一样。

蓖麻堂这则人事调动下来后,贺显金前三秒略惊讶,瞿老夫人为了防她,竟然拖着病体挂帅出征;后三秒立刻想通,但凡瞿老夫人再将桑皮纸和灯宣作坊交给她,陈家彻底变成她的陈记指日可待。当陈家的牌慢慢被洗干净,还能叫陈记吗?

贺显金个人无所谓,依据陈猜的本事能力,她猜测,她猛起来,能把这些零碎的防备撞个粉碎。职场上,你做不做这件事不重要,你有没有完成这件事情的能力更重要。

贺显金无所谓,却听闻陈敷非常有所谓,甚至气到连续五日,守在瞿老夫人的蓖麻堂前不分白天黑夜地高唱"窦娥冤"。陈家宅子不大,贺显金也有幸在凌晨四点领略过陈敷的歌喉。说实话,不太好听,且让人并不觉得"窦娥"冤,甚至到了需要街坊四邻众筹取其狗命的程度。

今年生员的考试定在七月,正是本月,院试一结束,各县府又要招生录人,紧随而来的是描红本和纸张生意的旺季。

瞿老夫人手里拿着来自泾县的长信，眉间紧蹙，很想发火，但生生倒吸一口气，将这顿火忍住了。瞿老夫人将信笺往身边一砸，气到胃中翻滚，一张口便是一口浊气，以打嗝的形式排出。

瞿老夫人翻手将长信放于身侧，隔了一会儿，余光扫到那封信笺就十分厌烦，便将香炉打开，把那封信一把攘到火星上去。

废物！废物！贺显金打下来的前路如此光明的江山，竟然在陈猜手中变得寸步难行。秋闱将至，描红本是大卖的时节，他却找不到印刷作坊接活儿！更重要的是，之前和贺显金签订契书的九镇二十四村的乡学、蒙馆、私塾，契约到期后，全都拒绝与泾县陈记再次签订契书！

甚至，就算契约保住了，陈猜也没有能力一下子拿出这么多纸张来制作描红本——据说，贺显金与一个隐居的小村签订了长期垄断的合作协议，用于购买中下品的宣纸，而这个名为小曹村的村落完全不理会陈猜下的订单，只拽着那张契约单子，叫嚷"违约金一万两，你帮付了，我就给你造纸"！

去他的一万两！把陈猜头砍下来，看看值不值一万两啊！材料、渠道、加工……所有的路都断了。而这笔买卖若做不成，泾县作坊的盈利根本不可能达到贺显金管事时期的数目。做生意不是靠花架子，生意做得好不好，就只有一个评判标准——谁赚钱！

陈猜此去，是露怯之行，是惨败之行！也就是说，在泾县，一切与贺显金相关的人和事，都不买陈猜的账。这些商户是想借机讹钱吧？贺显金才去多久？怎么可能一堆人对她死心塌地地卖命！做生意，谁的银子不是银子？赚谁的钱不是钱啊？

瞿老夫人拄起拐杖，双手撑在拐杖头子上，沉声吩咐瞿二婶："把大老爷送我的那串绿松石翡翠珠链拿出来。"

瞿二婶取了出来，预备帮瞿老夫人挂脖子上。

谁知被瞿老夫人一把止住："送出去的，拿个镶金的盒子来。"

瞿二婶有些心疼："这可是大老爷去云南看料时，特意给您买的，那时候翡翠价钱还没飞涨，如今这串珠子在整个宣城府也是少有的……"

瞿老夫人接过拿红丝绒布包好的镶金楠木匣，半个时辰后，出现在了距离绩溪作坊不到三里地的龙川溪码头。码头西岸有一大片空地，空地上左右连绵建了十几间排屋，中间的瓦房盖得顺当平整。瓦房里依次摆放了五六台印刷机，几个汉子肩头扛着半人高的纸摞子往棚屋走。

瞿老夫人和瞿二婶下了骡车，瞿老夫人叫住其中一人："你们尚老板在哪儿啊？"

汉子打量了瞿老夫人一番，笑道："跟我来。"

拐过排屋和瓦房，瞿老夫人在门框单手敲了敲，里间响起了一个中气十足的男声："进！"

瞿老夫人撩开草编的帘子进去，目光所及之处，地面是未贴砖的沙土，屋梁是未打磨、未上清漆的木头，连放东西的斗柜都像是从哪里捡来的，摇摇晃晃活似断腿的瓢虫。

尚老板一见瞿老夫人便迎了上去，宽宽的脸上浮现真诚的笑："什么风把您吹来了！您坐您坐！"看了内屋半天，搬了只没有靠背的独凳来，请瞿老夫人落座，搓搓手讪笑道，"钱都用来盘地、付工钱、买印刷机了……修缮营造都是后一步的事了……"

瞿老夫人不知自己的目光里带了几分羡慕："你们尚家，在你手上，也算是翻了身了。"

从小县城迁徙到宣城府，踏踏实实地攒下这么大块地，雇了这么多伙计，看上去生意也很好，尚老板他娘究竟是何德何能，生养了个能干的儿子？她生了三个，一个也没中标。到底是概率问题，还是质量问题？

尚老板笑盈盈地上了盏茶，身形像头熊似的，动作却很细腻："瞧您说的，若没您帮衬，帮着我清了仓，我哪来的银子搬到这大地方来啊！"

瞿老夫人一抬眼，瞿二婶便将红丝绒匣子递了过去。

尚老板跟踩到刀刃似的，往后一弹："您这是干吗！"

瞿老夫人笑道，颧骨耸得老高："贺您乔迁，小小心意，您且收着吧。"见尚老板坚决不要，瞿老夫人似笑非笑地怪道，"老身知道你和我们家金姐儿交情不浅，你收了老身的贺礼，金姐儿只有喜欢，没有怪你的。"

尚老板"嘿嘿"笑，单手接了红丝绒匣子，飞快放回瞿二婶的手上，打了瞿二婶个措手不及。

"您千万甭这样说！"尚老板向后退了一步，"无功不受禄，平白受您的礼，我怕小辈完不成您交办的事。"

瞿老夫人笑意淡了淡，听尚老板主动挑破窗户纸，不疾不徐地顺着接口："你我同为商贾，做生意嘛，赚钱最重要，显金去了绩溪作坊，吾儿陈猜接了泾县作坊，照理来说，您帮谁印刷，都是给陈家做生意，差别不大，您又何必严词拒绝吾儿呢？"

尚老板低着头听，脸上神色没变，笑着给瞿老夫人掺了热水："差别那可大了。"

瞿老夫人的笑意彻底消失了。

尚老板笑眯眯地把茶盏端到瞿老夫人身侧："我们呀，认的可不是陈家，认的是显金这块招牌。"

尚老板见瞿老夫人不接茶盅，也不恼，给自己端了个矮小的机凳，像大大的熊蹲在低矮的树桩子上，看起来憨厚又暗藏攻击性："咱们都是泾县出来的，这么些年了也没想过合作赚钱吧？金姐儿愣是把泾县的一溜子商家给串起来，把肉放在一个锅里炖汤，谁有本事谁就吃肉，谁没本事也能跟着喝口汤。以往呀，可不这样。以往是吃肉的吃吐了，也不会给别人闻一口肉香味的。"

瞿老夫人目光冷厉地看向尚老板："泾县只有你一家印刷作坊，宣城却不是！"

尚老板便做了个"请"的手势："那您自便。饶是您花大价钱印出来了描红本子，泾县的九镇二十四村八十一官学也不可能绕过显金，和陈猜签契书。"

瞿老夫人深吸几口气，气得声音夹在嗓子眼里："金姐儿，哪里来的这样大的脸面！"

尚老板笑道："其一，这八十一家官学可是金姐儿一家一家跑出来的！其二，青城山院的乔小姑娘，可是金姐儿主动捞出来的。是，仗义皆是屠狗辈，负心寡情是书生，可咱们这二十四村的读书人真仗义起来，也不是空吹的牛皮。"

瞿老夫人目光如炬地紧紧盯住尚成春，尚老板似笑非笑地回望过去。尚老板走南闯北，在东边打过狼，西边放过枪，最要紧是偷偷摸摸出了很多话本。他雄赳赳气昂昂，八尺男子汉，这辈子怕过谁？除了官衙来查抄的小吏，他啥也不怕！

噢，还怕秦夫子断更、烂尾、水文充字数。噢，还怕自家傻婆娘拿筷子敲他头，还怕耗子、蟑螂、七星瓢虫、蚱蜢、蜈蚣、长虫……想起长虫，尚老板浑身不由自主地抖了抖，但是他坚持没让瞿老夫人看出来，他不能输人，更不能输阵，输哪个都是给贺显金丢脸。

瞿老夫人率先移开眼神，略垂眸，隔了半晌笑了笑："是吗？听起来倒像是咱们陈记，家中藏有金镶玉，诸人反倒皆不知。"

瞿老夫人站起来，理了理衣摆，将那只装着绿松石翡翠珠链的红丝绒木匣子放在桌上，单手推了过去："买卖不成，情谊在。"

瞿老夫人神色淡淡的，叫上瞿二婶，走了两步，回过眼眸："收着吧，显金的朋友，我们陈家也该好好礼待。"瞿老夫人话音落地，便带着瞿二婶头也不回地走了。

刚回府，便见一个身着长衫、留八字胡、读书人打扮的中年男子在门房处比比画画地登记："吾乃清水镇，秦……欸欸，对对，秦始皇的'秦'。是是，秦广生。行千里致广大的'广'，'生'者，山山而川、生生不息是也。"

门房像看智障般看向这读书人，食指反手指向自己的鼻子："小相公，你看，我像是听得懂你转文的人吗？"

今朝至宣，瞿老夫人下了骡车，上前一步："秦……"

秦夫子转过头，八字胡十分应景地抬了抬："鄙人清河镇云岭蒙馆夫子，昭德四年的廪生，今至宣城府参加秋闱乡试，特来拜会贺掌柜。"

说着拿了今年秋闱的名帖给瞿老夫人过眼。廪生，是前几名的秀才，这是来考举人的。

瞿老夫人不敢怠慢，转头看向门房，面带薄愠："秀才公也敢拦！素日是怎么教你们的？"

秦夫子垂手站到瞿老夫人身后，等她给自己出头。

瞿老夫人顿了顿，又问："金姐儿呢？怎不叫她出来接？"

门房支支吾吾："贺姑娘，一早就去了绩溪作坊，不到傍晚是不回来的。"

瞿老夫人便看向秦夫子，慈蔼地笑道："要不，您进去等？"

秦夫子连连摆手，动作笨拙，无形中透露出常年看书写文章，不与人打交道的恐慌和躲避："不了不了——金姐儿不在，我进去干甚？您是？"

瞿老夫人心平气和："我是陈三爷的母亲。"

秦夫子好似想了想陈三爷是谁，想了半天才恍然大悟地结结巴巴道："噢噢噢——是这样，我还要回去温书，便也不等了。就托您给金姐儿带个话吧——"

瞿老夫人做出洗耳恭听的姿态。

"今年描红本子的契约好似到期了，清河镇并周边四五个乡镇都等着她再签，她若是有空，就挨个再去一趟,孩子们和老秀才快没纸用了。"

秦夫子如连珠炮。瞿老夫人默了默,嘴角紧抿,轻轻颔首。

秦夫子高兴起来,又转身从角落里掏出拿麻布装好的两兜子递给瞿老夫人:"自家种的瓜、山货、野菌……内人给金姐儿和乔大姑娘一人做了两双鞋袜,也劳烦您拿给她们。"

瞿老夫人迟疑着接了过来。瞿二婶连忙去接,却被瞿老夫人避开。

秦夫子又鲁直地交代了两句,不顾瞿老夫人的挽留,直冲冲地向外去,拐过墙角,便听妻子文娘忐忑道:"你这也能给显金长脸?"

秦夫子又钝又鲁的神色早就不见——能写出爆款狗血《那书生真俊》的大手,怎么可能是个不通人情的憨二傻!

"我不这样,反倒叫陈家怀疑,是显金特意将我们一个一个搜罗起来的。"秦夫子揉揉鼻头,再挽住妻子的胳膊,娇憨道,"走啦走啦,去吃酱肘子啦!大后天就要进小号考试了,又要脱层皮。"

这头夫妻感情甚妙,那头主仆正在私语。瞿二婶看着秦夫子风一般的背影,不愉地嘟囔:"什么人啊,一点规矩都不懂!"

瞿老夫人不赞同地轻斥道:"被点了廪生的秀才,多半能上举人!他不过三十来岁,考上了举人,若再有寸进,便是大造化!别说不懂规矩,人家就是不搭理咱们,也是应当!"

瞿二婶缩了脖子,自家老夫人对读书人的尊重,比城墙都厚,比龙川溪水都湍急,比她对隔壁戏班当红名角儿周远安的执念都要深。

待天色将晚,门房来报,贺显金回来了。瞿老夫人坐在摆好盘的圆桌前,抬了抬眸子,瞿二婶便应声去请。贺显金来不及洗脸洗手,一进门便见瞿老夫人稳如泰山地坐在圆桌上方,桌上摆了一个小锅子,旁边花团锦簇地摆了十来个小碟。

瞿老夫人请贺显金落座:"厨房说你娘喜欢打锅子,她爱吃涮羊肉,你如今尚在孝中,我便叫张妈做了辣豆豉锅,又叫厨房买了新鲜的竹荪、笋、蘑菇和水菜。"瞿老夫人记起那碗咸豆浆面,又问道,"还有什么想吃的,现在叫厨房准备,应也来得及。"

贺显金乖顺地坐到瞿老夫人身侧,就着桌上的热碗碟先浣手,再笑,露出尖尖的犬牙,这是中和她身上清冷气质的法宝。贺显金笑眯眯地说:"这样丰盛,便是再请大太太和二太太来,也尽吃得了。"

瞿老夫人摆摆手:"老大媳妇最近在作画,说是画什么百鸟图,还特意请董管事拿了几张三丈三的品宣。"

老二媳妇,则是个危险话题。

瞿老夫人嘴角有清淡的笑意:"老二媳妇这几日算账、理货、调教伙计,十分焦头烂额。"瞿老夫人不由摇头,"她也是没这个心思好好吃顿饭的。"

贺显金挑挑眉,不置可否。

瞿二婶上茶。瞿老夫人介绍:"听说你爱喝凉茶,也不太爱喝苦茶,这是拿桑葚和着冰糖熬成酱,再将石岩龙井煮三遍后窖在井里,冰透了,才拿出来的。"

瞿老夫人接过瞿二婶手里的茶盅,亲自给贺显金倒了一盏:"你尝尝吧。"

贺显金立刻站起来,双手将茶盅举过头顶,态度异常恭敬。开玩笑!领导设宴,要么要开你,要么要升你。无论哪种,都如履薄冰、战战兢兢呀!

瞿老夫人倒完一杯冰茶,贺显金恭恭敬敬地一饮而尽。别说,还真挺好喝。瞿老夫人看人的眼光不怎么样,做饮品的眼光倒很好嘛,完全可以开个"霸王茶娘"。卖点可以是,每一杯茶汤都与宣纸的颜色一致,比如"官绿"就是石岩青茶加一点薄荷,"长春"就是红茶加一点桑葚汁或藏红花汁,"汉白玉"不就是随便什么茶再加一点点牛乳兑成的颜色嘛……

等等,如果宣纸有颜色……贺显金眯了眯眼,正预备细想下去,却被瞿老夫人一句"坐吧"打断。

贺显金甩甩脑壳,先把发财的念头藏起来,再眼观鼻鼻观心地坐如一只烤焦的鹌鹑。

"泾县铺子……"瞿老夫人先提筷,将半碟竹荪下进汤去,随口一句打开场面,"本来是该给老三的。"

贺显金抿抿嘴,绝不接话。老板家里的产业想给谁给谁,她一个还没爬上去的掌柜,完全没必要接这种敏感话题。

竹荪本就泡过,烫几秒就熟了,瞿老夫人第一筷子夹给贺显金。贺显金受宠若惊地连连点头,等瞿老夫人先吃,再自行动筷。

"只是老三不会想。"瞿老夫人说话间很是随意,看上去决计不是斟酌后的交谈,"老二没有儿子,就算我把家业给他,他能传给谁?不还是三郎和四郎吗?"

竹荪入口,带着辣豆豉汤底的香和辛,顺滑地溜进喉咙。

贺显金点了点头:"是是是,给三郎给三郎。"

瞿老夫人看了眼小姑娘,再煮了半碟炸豆腐皮,等水烧开的时间,再道:"我知道,他怨我,怨我眼里只有老二和老大,可他不想一想,老大做官、老二发财,他做弟弟的,岂不是能躺着当少爷了?"

贺显金再点头:"是是是,当少爷当少爷。"

贺显金始终不接茬,让瞿老夫人闷了闷,单手再煮了半碟干米粉下汤,隔了一会儿又下了两块九孔藕,最后,情绪在煮芋头和笋片的间隙终于外泄:"你二伯在泾县举步维艰,你二婶在桑皮纸作坊进退两难,咱们做生意,最怕的就是内讧。"

瞿老夫人面色凝了凝,又想起家中的乔宝珠与南直隶那些视青城山长乔放之为师为父的读书人,强迫自己面色缓和:"陈家好了,老三才会好,你才会好,咱们都是在一根绳上的蚂蚱,一船沉则全员覆。金姐儿,你很聪明,你甚至比陈家的后人,不不,你甚至比很多男人聪明!你应当明白一荣俱荣、一损俱损的道理。"

瞿老夫人语重心长:"你想要什么?钱财?我可以让你分红,陈老五拿多少,你就拿多少。姻缘?你自放心,祖母不会亏待你,纵然不是进士举人,也一定是能给你安稳康乐的。嫁妆?前几日,我还在同二娘说,你这些年为陈家赚了多少钱,你出阁时,我便为你添上三分之一的银子……"

贺显金夹了一筷子的豆腐皮。瞿二婶以为贺显金爱吃，赶忙又为贺显金布了小半碗的豆腐皮。看着眼前的豆山皮海，贺显金真切地感受到了瞿老夫人的示好和示弱。

"我什么都不要。"贺显金神色很淡。

瞿老夫人后话被拦腰斩断。贺显金摇摇头："我只希望陈家更好，做的纸更好，卖得更远，走得更稳，走到应天府、走到北直隶，甚至走到京师去——正如您所说，陈家好，我才更好，我所图不过是一安乐处。"

瞿老夫人脱口而出："那在泾县铺子上，又何必给老二使绊子？"

贺显金笑道："老夫人，我如何给二伯使了绊子？"

瞿老夫人哑口无言，人家都是自发的好吗！尚老板宁肯不和陈家做生意了，也要给这小姑娘撑腰；秀才前几名的廪生，进城赶考，还特意上门送农货。这些既非利可驱，亦非名可图，落脚皆在一个"情"字。

瞿老夫人张了张口，她想说，既如此，便叫印刷作坊与书院，继续和老二合作呀！话含在喉咙，说不出口。这话确实太不要脸了。就算是她，也甚感不要脸。

贺显金看瞿老夫人的脸色，再笑了笑，选择自己戳破窗户纸："老夫人呀，您扪心自问，是我在给陈家使绊子，还是陈家在防备我？"

瞿老夫人面色阴晴不定。瞿二婶深吸一口气，企图让自己变薄，最好与墙壁融为一体。贺显金自顾自地夹起一块豆腐皮，细嚼慢咽。

瞿老夫人压低声音道："陈家给了你一间绩溪作坊！"

贺显金吃完豆腐皮，喝了口桑葚冰茶，爽哉："我为陈家铺了一条康庄大道。"

无论是与私塾、蒙馆长期合作的描红生意，还是与小曹村、尚老板结成的友好关系，更重要的是李三顺一直在精进的六丈宣。她为陈家打开了市场、保定了原料和再加工上下游、铺陈了一条进京赶考路。

而瞿老夫人还给了她什么？一个摘桃的二伯，和一间死气沉沉的铺子。她无所谓，是金子在哪里都可以发光。就算不给她铺子，她也能将手里的烂牌凑成东风顺子。

可陈敷呢？她那后爹，凭什么被这样对待？在宝禅多寺，如陈敷般敏感自尊又自卑的人，为了身后这一群人，挺身而出，被山匪踩在脚下。山匪的刀开了刃，随时能向他脖子砍去。

还有她身后的一群伙计。在血肉间为诸人拼出一条生路的周二狗和郑大，把宣纸埋在安全之地自己抱着石头冲出来的李三顺，挡在她身前的张妈和锁儿……她一旦失势，憨厚老实但一根筋的二伯，还会用他们吗？还会支持他们吗？还会带领他们走向更好吗？他们凭什么被如此对待？

贺显金仰头将桑葚冰茶一饮而尽："您若防备我，尽可以不用我，毕竟我不姓陈，终究是外人。您也可以相信血缘，偷鸡摸狗、中饱私囊的陈老六，心狠手辣、缓慢蚕食的陈老五，这都是陈家人，他们为陈家带来了什么？平庸，温饱，还是灾难？我感恩您给我机会，敢于起用一个妾室带来的小姑娘，您的心胸已比许多家主更大了。"

贺显金笑了笑，笑容有些苦涩："但您知道什么时候最失落吗？就是你给了人希望，却将这个希望紧紧捂住，只留一个小口，人的脑壳钻出去了，脖子却被死死卡在那里，最终只有力竭窒息而亡。"

贺显金站起身来，恭敬地跪下。这一跪，跪出了破釜沉舟的气势。

"谢谢您的锅子，很好吃。"说完，贺显金便站起身来，转身便走。

"等等！"瞿老夫人手紧紧攥着，"等等！"

"如果让你帮老二呢？"瞿老夫人目光炯炯，"都是陈家人，帮助老三和帮助老二，对你来说，是没有区别！"

贺显金一抬眸，目光幽暗且深邃："都是儿子。起用三爷，或起用二伯，对您来说，也没有区别。"

瞿老夫人的后话戛然而止，眼神紧紧盯住桌上的嵌襕边的宝蓝绵绸桌布，似是下定决心："泾县的铺子，我转为老三的名字，家中稍松散的活，也可交予他试水。"

贺显金侧耳聆听。

"宣城的三间铺子，你皆做大掌柜，但账务需由老二监管。"瞿老夫人缓缓抬起头，"你的薪酬，月俸维持在十两，年底按盈余分红，你拿一成。"

三间铺子，大掌柜。贺显金在心里大笑，但面容上分毫不显，语气干脆："我需要董管事一家、张妈一家的身契。"

身契给不给她，又有何区别？本来都已经是她的人了。

瞿老夫人轻轻点头："可。"

贺显金再道："对于陈记铺子的所有运作，我需要完全的主动，就如在泾县时，每逢一季，我与您上报，日常的支出与布局，我将提前形成文书，报予您批复。"

瞿老夫人一愣，她没想到贺显金会主动返权。

贺显金笑道："我便是再聪明，又如何能抵过您在宣城深耕数十载？您已得道，我刚修习，我纵狂妄，也不至于看不清这个道理。"

瞿老夫人看贺显金的目光颇为复杂，相隔片刻方语声喑哑："可。"

贺显金再道："我还需要铺子里所有伙计的裁量权，是去是留，是升是贬，都由我参考提议。"

财权给出去了，人事权必须抓住，否则，她就真混成高级搬砖人了。

瞿老夫人思索片刻，果断点头："可。"

贺显金继续道："百足之虫，自内而腐，腐则需刮骨疗毒，方可去陈除疴。许多陈家子弟，或与陈家有千丝万缕联系的姻亲、远房，必然首当其冲，希冀老夫人您听到此情形时，不必怀疑我铲除异己便好。"

瞿老夫人看贺显金的眼神从一开始的防备，到贺显金主动戳破窗户纸的惊愕，再到贺显金求权的思虑，最后划归为如今的认命。

"老二的差事都被你撸了，远房子侄还敢张狂什么？"瞿老夫人似笑非笑。

贺显金姑且当作赞赏，抿唇笑了笑："二伯自是陈家永远的根儿。"

瞿老夫人扶额，揉了揉鼻梁："还有吗？"

贺显金摇头："没有了。"

瞿老夫人看了眼锅子。锅中汤水如关山层叠，百转千回，沸腾浪尖之上红汤白底，诸菜并雄。

"那去吧。"瞿老夫人轻轻扬了扬肩颈，似是疲惫不堪，"希望你始终记得你今日的话——一切为了陈家，一切带着陈家。"

贺显金走在廊间，脚尖点地，心情雀跃，奈何刚回漪院，便见锁儿双眼通红、抽抽搭搭地坐在花间。张妈焦急得团团转，一见贺显金便立刻迎了上去："是二狗！"

贺显金浑身寒毛都要竖起来了："狗爷怎么了？！"

锁儿哭着："前几日都挺好的，陆叔近身照料，我熬药奔走，今天一早便有些起热，陆叔刚跟我说，二狗睡着睡着就浑身直抽抽，我闯进去手背一摸，额头烫得能煎熟鸡蛋！"

高热痉挛！贺显金急道："大夫呢！"

"城郊有娘子难产，大夫去了！"锁儿大哭，一张脸惨白，"几间药堂的大夫也都有病人……他会不会死啊！他才二十岁啊！还没娶媳妇呢！掌柜的，呜呜呜呜——"

贺显金脑子乱哄哄的："我去知州府求熊大人！或派个大夫来，或借两匹马给我们，连夜赶回泾县，请王医正出关！"

贺显金说了就要干，转身往外走。张妈一个跺脚，赶紧牵住贺显金："回泾县，一来一往，人都凉了！"

张妈单线思维般的脑子，终于突破了厨房的楚河汉界，在被一堆红枣、薏米、猪大排、酸菜丝尘封的大脑记忆中，终于翻找出模糊的一缕消息——"我听三太太房里翠翠老娘的二姑妈的小舅娘说，老夫人的侄孙子是府衙的医官，这两日正在外院做客，要不咱们请他来？"

贺显金被这一把砸晕："啊？"

"医官啊！"张妈大声道，"专给五品官看病的！你去府衙，搞不好也是他来。还不如留着熊大人的人情，咱们直接去外院请！"

贺显金转身就往外院跑，锁儿跟在后面追。一路问过去，贺显金气喘吁吁地敲开一间独立小院的柴门，双手撑在膝上，还没来得及说话，便听"噗通"一声，锁儿利索地跪在石子地上："是瞿大夫吗？求您救命！求您救命！"

贺显金来不及细想，一抬眸，见内室走出一个身着浅云色长衫的年轻男子。

贺显金高声道："可是瞿大夫？"

男子抬头，目光清浅安静，快步走过，沉声道："我是。"

锁儿喜极而泣。贺显金匆忙行礼，快声道："我是漪院贺显金，陈家三爷陈敷是家父……铺子上的伙计受了伤，伤情如今有些严峻，可否请您上门查看一二？"想来太过唐突，贺显金再加一句，"素日看的大夫手上有急诊，我们也只能求助于您了。"

男子应了一句"稍等我片刻"，转身埋头取了药箱背在左肩："走吧！"

言罢，便快步向外去。贺显金急忙跟上。

行至拱门，又逢细雨。男子让出一条靠里的道，一边快走，一边不着痕迹地温声道："仲夏之雨，燥热伤肝，贺姑娘最好用袖摆挡一挡。"

对于大夫的建议，无论大小，贺显金向来奉为圭臬。年轻男子话音刚落，贺显金便异常迅速地将袖摆一捞，全方位无死角地把头包住。

年轻男子急匆匆赶路之时，转过头看了一眼，当即被猛然一惊。倒也不至于包裹得这么严实吧？

一路过去，贺显金步履匆匆，两只脚蹬得飞起，急切中带了几分不管他人死活的速度，刚过二门，就将年轻男子甩在了身后。年轻男子目瞪口呆，愣神片刻，这姑娘真是身强体壮。

年轻男子埋头追上。

贺显金为泾县来的员工赁下的院子就在城西，贺显金在屏风外等，年轻男子在里间诊脉。

约有半炷香的工夫，年轻男子一边擦手，一边绕过屏风："伤口发红发烫，风邪毒气侵入，方现高热证候。我先施针给他退了热，再用艾给患处作了熏灸，许是舒服些了，病患已经睡下。"

贺显金大为不解："怎会如此？之前伤口都结痂了，怎么会突然外感风邪？"

年轻男子发问："何时受的伤？"

贺显金立刻答："约六十日至七十日前。"

年轻男子蹙眉："怎会？可曾及时医治？"

贺显金点头如捣蒜："请过大夫用银针封了穴位，也一直喝着药，前几日都可下床走路了，今日不知为何……"

陆八蛋道："就在几天前，大夫给他换了方子！"

年轻男子当机立断："可还有药渣？"

陆八蛋一转身，跑得飞快，没一会儿就不见人影。年轻男子啧了啧，物以类聚，人以群分，这院子里的人，都跑得真快。

药渣黑乎乎的，年轻男子手捻起一把，凑到鼻尖嗅了嗅，略蹙眉，捻进嘴里再尝了尝，敛眸低目，长翘的睫毛投在眼下，把药渣放回窑锅，轻声吩咐陆八蛋："拿去倒了吧。"

说完，便转身从药箱里拿了纸笔，一边写方子，一边敛眉随口问道："这大夫可是城头百药堂的年大夫？"

贺显金点头，歪头问道："可是有不妥？"

年轻男子默了默，似乎意外于贺显金的追问，轻轻摇了摇头："年大夫手上紧，用药较温，有时便压不住。"

贺显金看向他，隔了一会儿才笑道："那劳烦您开个合适的方子，先把猛症压下来，人需无恙，方能慢慢调理。"

年轻男子再看了贺显金一眼，轻轻点点头："是这个道理。"

方子拿给锁儿，贺显金叫住锁儿，让她换个药堂抓药。年轻男子不急不缓地收拾药箱，余光里，看了贺显金第三眼。

贺显金将年轻男子送出宅门，拱手再三道谢："辛苦瞿大夫，过会我差人将谢仪与您送来。"

"叫我秋实吧。"年轻男子仪态很好，站立于地，背脊自然挺拔，"都是一家人，谢仪不过是左手转右手，既麻烦又无必要。"

"您是老夫人的侄孙，我属相是子鼠，您……？"

瞿秋实笑了笑："我属相大，年头的虎。"

当得知主治医生是弟弟后，贺显金松了口气，继续抬脚，请瞿秋实往外走："这样啊，那论序齿，我算是姐姐，你唤我作显金姐姐即可，也可各喊各，我叫您一声瞿大夫，您叫我一句贺掌柜。"

瞿秋实笑了笑，不置一词。如今雨停，廊下湿滑，贺显金出来得着急，脚上是里屋穿的翘头红底鞋，底子很硬，且不防滑。贺显金脚下一拐，却在电光石火间被人抵住肩头，堪堪扶正。

"雨天路滑，小心些。"瞿秋实的脸停在砖瓦与雨滴落下的光影交界处，一双眼睛像是经过雨水洗刷的青叶与花蕊。瞿秋实的嘴角轻轻勾起，唇齿相依，吐出两个字："——姐姐。"

一语言罢，瞿秋实背起药箱便向外走。锁儿跟在贺显金身后，透过缝隙，看到少年的笑与眸，不觉心头一跳。

怎么说呢？若论挺拔俊朗且光风霁月，是乔家大公子；若论沉稳平静且温润内敛，是陈家二郎君；而这位瞿老夫人的内侄孙，气质风和日丽，让人如沐春风。尤其是低眉莞尔一笑时，甚美。

锁儿喉头动了动，余光又瞥自家掌柜，见其正右手扶着墙壁，左手拎着裙摆，脚翘在门槛上，正一下一下、认认真真地借门槛刮着脚底板的泥……锁儿别过脸去，很好，她家掌柜的，六窍玲珑，唯有一窍未开。

贺显金刮完脚底板的泥，看墙角的苔藓，蹙眉"啧"一声："真滑！"

又转头低声交代锁儿几句。锁儿听完后，不觉一惊，连连点头："好，好，好，我立刻请郑二哥跑一趟泾县！"

周二狗的情况不算太好，每日皆需瞿大夫上门施针，一连三四日下来，连宅子外的鸟看到瞿秋实，都双脚蹦跶跳过来讨米吃。

瞿秋实时不时地给照料周二狗的锁儿和张妈带些小玩意，递给张妈一只美人图风筝："等天儿凉快，大家约上敬亭山时，美人放美人图，岂不乐哉？"又给锁儿一盒镜面米粉，说是加了黄芪粉与藕丝干烧制作的粉末，以之敷面很是养肤。

张妈手里拿着五文钱的纸风筝，被他哄得笑得合不拢嘴。锁儿却颇有原则，将米粉推回到瞿秋实跟前，大义凛然道："我天生丽质，很是不惯用这些修饰物。"

瞿秋实也不恼，笑如春晓圆月，很是宽和。

饶是见多识广的张妈，背地里对瞿秋实也赞不绝口："年纪轻轻，平和稳定，很是不错！"

瞿秋实却从不拿小玩意儿哄贺显金，偶尔在西进跨院一见，也是恭恭敬敬地佝腰称一句"显金姐姐"，便针灸诊疗周二狗去了。十日一个疗程下来，周二狗高热退尽，患处也不红不肿了，直言必定要当场做二十个俯地卧撑，以谢救命恩人！

贺显金也不知道人家看你做俯卧撑，能得到什么好处……

瞿秋实让出场地，做了个"请"。贺显金怕周二狗大病初愈后逞能，意图让锁儿去拦。却听瞿秋实语声清和，却暗藏力量："我若诊断痊愈，即为患者痊愈——显金姐姐请相信我的医术。"

瞿秋实低眸垂眉，目光如清泉，直白且清澈："若是您不信我的医术，可以自己试一试。"

贺显金一愣。咋试？自己给自己腿上也招呼着砍一刀？

贺显金假笑推托："不了不了，我信我信——有些打工的苦是不得不受，这种莫名其妙的皮肉之苦，还是能躲就躲、能躲就躲吧……"

瞿秋实听懂贺显金的意思，不由笑起来："您误会了。"一笑便如春雨滴滴没入春泥，声线清丽平缓，"是我见姐姐眼下乌青，唇色略微发白，唇珠上翘却不光润，便猜姐姐或是这十来天，入睡皆在子时左右？"

那可不，一天十二个时辰，根本不够用啊！瞿老夫人终于点头，将宣城的三间铺子甩给了她，三爷陈敷五日前启程回泾县，接泾县的作坊和"看吧"生意，贺显金派出超强管事董无波，兼第一文书、第一财务、第一人事、第一后勤，随行出发。

即将退休的董无波很想骂娘，秉着死道友不死贫道的基本原则，向贺显金大力推销了一枚猛将：卷王钟大娘。

贺显金连忙表示：虽然陈敷很难杀，但阁下派出钟大娘，就真的心肠很歹毒——有个后爹不容易，她怕钟大娘把陈敷卷死了。

且钟大娘还有大用。

为了安抚董管事，贺显金把董管事两子皆放在泾县一行的队伍中，很明显是放任董管事好好培养自己的接班人，并承诺若将陈敷好好带出来，她就出面将董家一家七口的身契尽数还了。

董管事很感动。而陈敷不敢动。

出行当日早晨，陈敷在骡子车辕边，一步三回头，看贺显金一脸慈祥地跟他挥手，忍到最后也没敢问出"为啥我又要回泾县！"的灵魂发问。

虽然不想离开宣城，但此次回泾县，心态还是不一样。上次是被发配，这次是临危受命，救人于水火的！最最重要的一点，泾县的铺子，换成了他的名字！

陈敷虽然不知道自家闺女都干了些什么，但他能肯定，显金指定干了点他老娘不太喜欢的事，才扭转的局面。为了闺女不丢脸，他也得好好干啊！而好好干，就从绝对不哭开始做起！

陈敷一边在心里流泪一边远行，留下贺显金一个人收拾被陈老五一年多来祸害得千疮百孔的铺子。有句话咋说？好的生意总是相似的，不好的生意都各有各的漏洞。

桑皮纸作坊最大的问题，就是财务，耗子精年账房抓牢三太太孙氏的裙带，盘踞桑皮纸作坊好几年，拿着二十支木棍四处作法，鬼打死不少，账一页未清。一团烂账，比周二狗的桃花运还烂。

灯宣作坊的地理位置是最好的，对面就是宣城府学政的办公地点，来往书生众多，最大的问题就是纸品质量不高，没有熟手的师傅和拿得出手的技术，只有一群很努力但能力有限的老伙计。

如果说绩溪作坊的定位是中低端市场，面向的就是暂时存在经济危机的小部分顾客，那么灯宣作坊完全没有形成差异化竞争，整个作坊都平平无奇，如同鸡肋。别家有的，他有，可能质量和人家差不多；别家没有的，他也没有，主打的就是一个姐俩好。

不过，话又说回来，这样的陈家还能在宣城占有一定话语权，实在离不开同行的衬托——白记和恒记，这几年也出了几个适合自己体质的搅屎棍。

三个铺子在手，就不能像在泾县那样，一家吃饱全家不饿了。现如今，绩溪作坊另请了人来做营造，地方大、地势平坦、院子里外边界分明。贺显金在一开始做规划时，便对绩溪作坊有自己的安排，同陈老五荐来的海四哥也是按照计划沟通的。而灯宣作坊和桑皮纸作坊，不晓得要熬几个大夜，才能捋清楚呢！

贺显金抬头看瞿秋实，指着自己略有乌青的眼袋笑道："望闻问切之望，瞿大夫是学到的。"

眼袋子那么大！谁看不懂她熬了夜呀！

贺显金这头方说话，那头周二狗经此激励，备受鼓舞，当即生龙活虎地下地表演了二十个空中击掌俯卧撑——属实是个体弱多病的秀儿。

瞿秋实又交代了几句，便做了个手势，请贺显金去隔壁的花间。贺显金以为是说周二狗的病情，便亦步亦趋紧跟其后。

花间无人，瞿秋实从药箱中取出一方小丝绒软枕，放于桌上："世人误解医道，常以年纪大小、胡须黑白、皱纹多寡来评判医者医术，殊不知，此道若精，十五六岁也该出头了；此道若不精，五六十岁也只得皮毛。"

这个道理，贺显金认同。学医、天赋、家传、运道缺一不可。但此人……贺显金打量的目光成功逗乐瞿秋实。

瞿秋实做了个手势，示意贺显金放上来，三指悬脉搭在贺显金手腕寸关处。隔了一会儿，瞿秋实放了手，笑着点点头，露出唇边浅浅的纹路："您脉搏有力，搏动平稳规律，身体很是康健——只是千万记得熬夜伤身，需早睡早起，活动适宜，吃喝平衡有度，才能更康健。"

瞿秋实又道："您手上事忙，更切记勿要生气焦躁——您本就患有夜视不足之症，熬夜、生气皆伤肝，肝生血气乃生生之本，切记切记。"

真的能单凭摸脉就摸出她夜盲吗？贺显金看瞿秋实笑起来："原以为你这样小的年纪便

当上医官，是老夫人帮衬着使劲的，没想到，您是真有功夫的！"

贺显金收起手。贺显金的脸是好看的，但她的手比脸更好看，纤长玉白，指节小而精致，指甲未染豆蔻，但因身体康健，泛着健康晶莹的光。

瞿秋实的眼神从贺显金的手上一闪而过，目光收敛却隐藏炙热，赶忙低头收药箱，随口道："听说，您如今接手了陈家宣城的所有铺子？若有需我帮忙的，您尽可以说。"

贺显金未深思，笑道："您是大夫，陈家是造纸的，谢您一番好心！"

意思是，专业不对口，没啥好帮的。

瞿秋实笑了笑："我听说铺子里老伙计挺多，姐姐正是用人之际，您可以叫我为伙计们都摸一摸脉——毕竟，大家伙的，这些年头都辛苦了。"

贺显金一时间没明白什么意思，愣了愣神，相隔片刻，方如梦初醒、恍然大悟，再看瞿秋实，如看一只薄皮大馅的黑芝麻包子，外部白嫩细软，内里黑黢麻孔。

贺显金斜勾嘴角，伸手拍拍瞿秋实的肩膀："小伙子脑子很灵，很有前途嘛！"

瞿秋实侧眸垂眉，很是一副娇怯羞赧的样子："不敢贪姐姐盛赞，不过在宣城府的医坊里，我虽初来乍到，但两次月试皆拿了第一，素日里，别的医官束手无策的病人转到我手中，倒也能祛病痛。"

瞿秋实痕迹非常重地吹了一波业务技能，再抓紧吹一吹群众黏合度："如今，除却手上宣城府同知与宣判的请脉差事，我素日在广济堂坐诊时，等待的病人也是非常多的。"

贺显金抬头认真看了看瞿秋实笔挺的鼻梁和白皙的皮肤，问道："等待的病人，多是云英未嫁或出嫁人妇的姑娘、奶奶们吧？"

瞿秋实笑了笑："姐姐说话不实不尽。"隔了一会儿，又加了一句，"还很有些两鬓苍白的婶娘或婶婆。"

贺显金想，您的医术好不好，咱先不论，能肯定的是，咱这张脸一定是好的。贺显金笑眯眯地点点头，抬脚向外走去。

瞿秋实看了眼日头，七月底的天，阳光还非常烈，瞿秋实从药箱里取出一把油纸伞，轻巧打开。贺显金只觉眼前一灰再一亮，油纸伞上一闪而过的丁香花蕊栩栩如生，没一会儿，油纸伞便撑在了贺显金的头顶。

瞿秋实偏过眸子望着贺显金笑。明明是比贺显金还小一岁多，他个头却已然比贺显金高一些了。十六岁的少年郎身形颀长，仪态端正，面白如春晓，眸黑如星夜，一笑间精巧尖润的下颔如与这仲夏十足匹配的七巧板。

"姐姐去哪里？"少年郎刚过换声期，声音脆得像窨在井里的桃。

当别人在看你的时候，最尊重的方式，就是看过去。贺显金认真地与瞿秋实对视，严肃道："去桑皮纸作坊看料。"

瞿秋实认真回望贺显金的目光，隔了一会儿，轻轻移开，嘴角含笑："今日为给狗爷扎最后一天针，我特请了休沐，择日不如撞日，若您需我给伙计们请个脉，索性姐姐便带我一起去吧？我自小跟随隔房的叔伯习医，虽耳闻宣城府造纸登峰造极，却一次也没看过……"

瞿秋实声音一软，声音丧气，像路边乞食的小狗，"听说，大师傅们捞纸时，很震撼呢！"

锁儿听得心尖尖都软了。就答应了吧，这要是不答应，都是半夜起来扇自己的程度呀！

贺显金站原地思索：桑皮纸作坊的账需慢慢捋，年账房本身还有把柄捏在她手里——好赌的人，满头都是虱子；反而灯宣作坊那群又爱加班又没效率的老伙计，却不好处置，总不能和绩溪作坊那两球一起练吧？那她凶悍的名声可就传遍宣城了。

做人事最难的，就是管理老伙计。而瞿大夫提的这法子，虽然有点损，但很好用。

贺显金抬头，果断道："好，那就有劳您了。"

瞿秋实笑颜的弧度拉大："我记得桑皮纸作坊旁边有家黄鱼面很不错……"

贺显金头也没抬："我孝期。"

瞿秋实笑容滞了滞："黄鱼面铺子里，也有苏式红汤面，咱们加个鸡蛋皮儿，也很好吃。"

贺显金随意摆摆手，转身同锁儿交代："把绩溪作坊的瞿大冒也一并带过去，另通知李三顺师傅、郑二哥，再问问张妈去不去，还有，厨房里和张妈处得好的那个伯伯叫啥来着？"

"周四伯。"

"嗯，问问周四伯去不去？租辆骡车，把桑皮纸作坊的伙计们一并带到灯宣作坊——灯宣作坊对面就是学政，来往人更多。"

这、这么多人？瞿秋实愣在原地，那他们的黄鱼面，傍晚迎着夕阳共进晚膳，吃完晚饭再去龙川溪边游水、放灯笼、吃冰糖葫芦的计划呢？

瞿秋实轻声提醒："姐姐，这么多人……咱们晚上便没有时间吃饭了……"

贺显金莫名其妙："有啊！桑皮纸作坊就有妈妈做饭，到时候咱们一人发一个新盆，张妈帮咱们去厨房打俩菜，就着白饭两口就吃完了！"

贺显金看了眼天，这刚过响午，还能干很久呢！便捏紧拳头，积极鼓励瞿秋实："咱们吃完饭接着干啊！都在城里，也不存在宵禁，天黑了还能干好一会儿呢！"

贺显金又想起什么，连珠炮似的向外交代："噢噢噢！还有小曹村的伙计，他们过来时间长，就是赶骡车也得两个时辰，叫郑二哥跑一趟，让他们今天做准备，明日来看诊！"

锁儿立刻往外跑，跑到一半，又被贺显金叫住："还有！请城东头的黄秀才写个大大的横幅！"

锁儿没懂，啥叫横幅？

贺显金立刻换了个说法："横条横条！内容是——入职陈记纸业，安享健康生活！"事都做了，不搞宣传？那这钱花的，这人情欠的，岂不是白瞎了？

锁儿应了一声，再往外跑，刚跑到门槛处，又被贺显金叫住："还有！再麻烦做营造的工头立刻做两个半人高的支架，请黄秀才再写几个大字——广济堂通判内医专科坐诊，诊费药费，陈记全包！"

锁儿听完，站在原地点头。

贺显金"啧"一声："愣着干甚，快去呀！"

锁儿再次确定："还有吗？"

贺显金摇头："没了没了，快去吧！"

锁儿拔腿就跑，跑到一半，再次听到贺显金的声音："百药堂！直接把百药堂的药师请来，带一些常用的药材，咱们直接现场抓药包药！"

锁儿狠狠跺脚："有啥，您能一股脑说完不！"

贺显金嘿嘿笑，哪有领导做事，是一次性交代的呀？不都是跟便秘似的，今天拉一坨，明天拉一坨吗？

锁儿一顺风跑了，暧昧拉扯的气氛，也被毁得差不多了。

贺显金满意地回过头来，笑着同瞿秋实道："谢谢您了。咱们店里的伙计，薪资虽不低，可谁不是养着一大家子人，再多的银子划到每月的米油盐上，也不多了。请您坐一趟诊不容易，左不如一起都看了，有病治病，早治早好——不叫您白看，咱们前前后后四五十个人，我按照您素日在广济堂的诊费来给，您看行吗？"

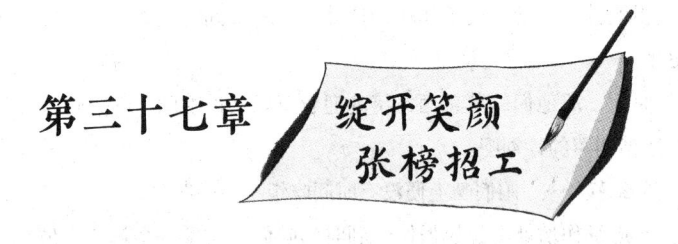

第三十七章 绽开笑颜 张榜招工

瞿秋实张了张嘴，不知从何说起。

叔祖母一月前，特来家中看了他，同母亲提起他的婚事，说陈家有个非常能干又漂亮的小姑娘，年纪长一些，但样貌、身段、气度皆是顶尖的。最难得的是，她很聪明，将陈家的生意打理得井井有条。母亲有些心动，细问了好些，在听说这位姑娘只是三爷的继女，是后纳的小娘带来的姑娘时，便有些不愿意了。

叔祖母斥道："眼界只有针芒大小！瞿家有什么？！老祖宗学医，我爹与芒他爹跟着学，可连白水镇都没走出去，一辈子当个赤脚医！芒儿不一样，芒儿走出去了，走到了宣城！"

母亲向来对这个嫁到陈府的姑母很敬畏，瑟瑟缩缩着应付。

叔祖母见状，便缓和了语气："来，你同姑母说说，你想要什么样的儿媳？"

母亲看了一眼他，期待道："芒儿如今考进宣城府的医官，一月有三两银，医坊还会分一间小室给他……这都不要紧，最要紧的是，以芒儿的医术，便是知府、同知也看得！往后做什么也便利！"

叔祖母点头，示意她说下去。

"既如此，我想要能干、端庄、读过书、能识字、会算账，内能相夫教子，外能出得厅堂的儿媳，也不为过吧？"母亲看着叔祖母的脸色说话，"再好一些，姑娘需得容貌秀丽，身量不能太矮，娘矮矮一窝，我儿在白水镇……"

母亲眼里有隐含的骄傲："您看看芒儿，在整个白水镇，便也找不出一个与他相似的郎君了。"

叔祖母颔首："我自是清楚芒儿的优劣，若非芒儿是我瞿家最优秀的儿郎，这门亲事我也不敢开口。"

母亲的肩头又瑟缩回去："陈家的姑娘当然是好的，便是看在陈二郎的分儿上，也是我们高攀，只是、只是……"母亲一辈子与人为善，实在说不出"小娘养的"四个字。

叔祖母了然地拍拍母亲的手背："来，我们来顺一顺你的要求——要读过书的，要相貌好的，要脾性佳的。单这三点，你在白水镇，可有瞧得上眼的姑娘？"

母亲为难看过来："若有，芒儿也不至于十六还未议亲了。"

叔祖母寡瘦的脸上浮起一丝笑："那便是了。你想要的姑娘，宣城是有的。熊知府家的侄女、恒记纸铺的长女、盛昌升银号的幼女，还有通判膝下的姑娘今年也十五了，刚行了及笄，陈家还送了两担珊瑚去……这些姑娘我都见过，你见了一定喜欢。"

母亲眼睛一亮，随即立刻被叔祖母的话浇熄："可你想想，这些姑娘，咱们攀得上吗？在宣城，芒儿有屋业吗？有田地吗？有家丁吗？有品阶吗？拿得出多少聘礼？家底有多厚？在白水镇议亲，看家里实力，但更多看郎君的人品吧？在宣城，大地方，看家底多过看人品。"

叔祖母伸出手来给母亲算盘："你要会读书，就要有家世，寻常温饱怎可供得起女子读书？你要相貌好，就要姑娘不挑不抬，才能养出杨柳腰、白玉盘；你要脾性好，就要姑娘家庭顺遂、无灾无难。你自己想想，人家为什么要选择芒儿？"

他如坐针毡，截断母亲含在喉咙的后话，径直问道："您说，这位贺姑娘很能干？"

叔祖母十分自信地点头："家里家外，读书识字，算账营收，我从未见过比她更能干的姑娘。"

"样貌呢？"瞿秋实知道现在不是玩虚的时候，直截了当地发问。

叔祖母浮起一丝笑意："你若有心，便来见上一面，不好的人，叔祖母是不会说给自家人的。"

他来了，他很满意。贺姑娘样貌秀雅，身量高挑，四肢纤长，最难得的是，素面朝天亦有粉腮红唇、亮齿乌发，双眸清亮，皮肤光洁白润，是个很健康也很漂亮的姑娘，特别是那双手，十指纤纤，连指甲盖都透着月莹般的光亮，骨节极小，如青葱，如芦秆。

一个漂亮的能干人，比只知风花雪月的深闺小姐，更能戳中他的心扉——那些姑娘说话柔顺，眼波流转，若与之调笑一二，便十分含羞带臊，但若论起经纶算数，便如无脑之蚯蚓，无趣无趣。

他确实很满意。更何况，娶贺姑娘，还有附加的价值，她在统管陈家。就做客的这几日，陈二爷有心无力，陈三爷有力无心，陈家长房二郎君很明显走的仕途，陈家三房的三郎君、四郎君暂且没有冒头。若是他们成亲，贺姑娘保不齐还能做陈家的掌舵人，这可比直接娶陈家的姑娘，划算多了。

· 155 ·

瞿秋实抬眼再看贺显金忙忙碌碌的样子，嘴角不觉含起一丝笑。漂亮、能干、有价值，他确实很喜欢她，他也会努力让她也满意这桩亲事的。

"姐姐，您别忙活了。"瞿秋实温笑着，为贺显金撑起那把丁香油纸伞遮阳，"我明后两日，把后两月的休沐一并请了，专为陈记坐堂三日，不只店子作坊里的伙计，甚至宅子里的婆子妈妈、姐姐妹妹都来看看。"

贺显金自然称好。

第一日看诊，贺显金全程陪同，顺道对着册子将人认了个遍。灯宣作坊熙熙攘攘的，惹得旁边好几家店子都探头来打听，听说陈家请了给府衙通判瞧病的大夫来坐诊时，无不羡慕道："什么叫好东家！陈家真是个好东家啊！"

小曹村伙计着急回去，便排在第一日看诊。结束时，天已半黑。贺显金与瞿秋实一左一右走在灰墙下，说说笑笑，谈论起南瓜花裹面糊糊又好吃又清热。刚踏进陈家宅门，便见陈笺方单手捞宽袖，立于影壁之后，略弯腰，聆听瞿老夫人教诲。

"二表哥。"瞿秋实笑着拱手招呼。

陈笺方抬头，一眼便落在贺显金脸上，再落到贺显金肩头，顺眼移到瞿秋实的肩头，最后移到瞿秋实的脸上。

待看清瞿秋实的样貌后，陈笺方嘴角不着痕迹地轻抿："这位是？"

瞿老夫人笑得亲昵，拉着陈笺方的手摇摇："这是你瞿家表舅的芒儿，小时候你们见过，你听他乳名，便说他是牧童弟弟。"

"芒儿？"陈笺方笑着摇摇头，并没有顺竿爬，"记不清了。"

瞿秋实也不恼，恭恭敬敬地作揖拜首："二表哥贵人事忙，都怪弟弟未曾好好拜会。"一语言罢，瞿秋实转头便给贺显金笑着解释，"我大名秋实，小名芒儿，都是丰收接种的意思，芒儿，也是乡下人对芒神的简称，许多赶牛的牧童便被称为芒儿。"

少年郎笑得温雅含羞，羞赧地用眸光一下一下扫着身侧的贺显金："乡里人怕养不活孩子，尽取些糙名，侮姐姐的耳朵了。"

希望之星的右手一下攥紧。这是什么路数？这含羞带臊的目光是几个意思？还有，姐姐？比金姐儿高这么一大头，也有脸叫姐姐！

陈笺方发誓，他习圣人言十数载，几乎没有出言不逊的时刻，但现在，他非常、极其、十分想骂娘。不仅想骂娘，甚至还有点想骂爹。

陈笺方的右手背到身后，余光瞥见瞿老夫人寡瘦的脸上浮现一抹了然的笑意。瞿老夫人薄削的嘴唇紧抿，目光移向贺显金，这抹浮在半空中的笑意似乎还在等待降落的归处。

诸人的眼神官司，贺显金未有察觉，即刻笑回："这我知道！唐代诗圣杜甫的乳名，也叫芒儿，取乳名往低贱处走，害怕阎罗王看谁名字好听先勾谁，这是江南的习俗！"有种盲考被抽中考点的莫名兴奋。

又不甘示弱地围绕这个知识点继续发问："还有更绝的！你知道欧阳修的长子，欧阳发的乳名叫什么吗？还有还有，陆游的叔叔陆宷的乳名也很绝！"

瞿秋实被争强好胜的贺显金莫名其妙地卷到了，没人告诉他，这还有快问快答的附加题啊！

陈笺方敛眸低头，唇角勾起一抹笑。

"这……"瞿秋实看向瞿老夫人。

瞿老夫人笑着打圆场，一手牵过瞿秋实，一手牵过贺显金，牵着两人向里走，对这双"鸳鸯"的期许甚至在这一瞬间超过了对自家金鳞郎的偏爱——陈笺方都只被允许走在第二行。

"管他欧阳休、欧阳不休，咱们今天好好给二郎接风，好好吃一顿！"瞿老夫人难得喜气洋洋，带着几个小辈往里走。

陪客自然仍是那些人，除却远去泾县的陈敷和为了铺子焦头烂额的陈猜，以及眼歪鼻斜躺在郊外草棚屋里的陈老五，其余人员基本没变。

斗战胜佛般八张嘴七张在怼人的陈笺方他妈，嘴角十分难得地一直高高翘着，神情愉悦地轻声细语给陈笺方布菜。整个饭桌，焦点就在陈笺方，听陈笺方说这大半年在泾县的作为。

"老师走了后，有作鸟兽散的，也有留下来等着的，有十来个童生今年考秀才，也有七八个秀才今年考秋闱。"陈笺方喝了口茶水，娓娓道来，"考秀才的，尚有几位夫子留下来教课，另几个秀才便无人看顾，我只好自赁了一间房，我读书时便带着他们一起读，上月底终于考完，明日张榜，我这才敢从泾县回来。"

瞿老夫人侧耳倾听，开口问道："几位秀才公可跟着你一块儿来的宣城？"

陈笺方点头："就住在城西的客栈里，等明日开榜。"

瞿老夫人责怪他："怎不带回来一起吃饭？单把别人放在客栈，太失礼了！"随即侧眸交代瞿二婶，"趁天早，叫百珍阁送一桌席面去，四冷四热，锅子拼盘、水陆禽鱼都要有。去打听之前上门那位秦夫子住在哪儿，一并送一桌席面去，就当提前庆贺。"

贺显金低头吃豆腐，抬头学世故。啧，这投资，小切口撼动大格局。

瞿老夫人虽有诸多毛病，但做人做事能屈能伸，且目标明确——她就是要跟读书人打好关系，她和一百个读书人打好关系，总有一个中靶，贴着中靶的那一个，陈家也吃不完了。所以，她能带着陈家走出来，也不奇怪。

瞿二婶应声而去。陈笺方只笑："明日揭榜，他们本就紧张，今晚吃点好的，再喝点酒，估计能睡好。"

瞿老夫人也点点头，转头又问起心目中的那对野鸳鸯："芒儿和显金呢？这几日看到你们一直在一块儿。"同二儿媳接上了眼神，又笑道，"到底是年纪相仿，一个十七，一个十六，听说金姐儿还说动了芒儿给咱们家的伙计都把脉看诊，有些素来讳疾忌医的老伙计听说芒儿是给通判大人瞧病的，也排着队等着呢。"

陈笺方低头夹了一块豆腐。年纪相仿？咋的？就他年纪大呗？这豆腐真难吃，是酸的，是臭的。

贺显金两耳不闻窗外事，一心只吃老豆腐，只要没点到她，就请当她不存在。

怕啥来啥。瞿老夫人眼神与二太太接上轨后，立刻转向贺显金，颧骨上的笑意快要飞上天了："金姐儿，芒儿的医术可还不错？"

贺显金将豆腐咽下去，笑得很真诚："是不错的，好几个妈妈、老师傅都赞他把得准。只是——"

贺显金一顿，迟疑着看了瞿秋实一眼。瞿秋实面上适时红了红，精巧尖润的下巴被面上的笑容蒙上了一层羞赧又亲昵的意味："姐姐，有甚说甚，我年纪小，本就需要意见，才可长足进步。"

陈笺方深吸一口气，筷子重重一夹，豆腐烂了个粉碎。贺显金安抚似的对瞿秋实绽开笑颜，瞿秋实回之一笑。

"只是，瞿大夫素日里都同贵人瞧病，开的方子难免有些贵。"贺显金笑得人畜无害，"有几个老伙计明明都准备抓药了，一听每服药的价格，当场就不要了，我就在琢磨，咱们好人做到底，给咱们陈家签了契书的伙计，每个人每年都留三两银子的药补？伙计们每次瞧病，咱们都分期报批六分之一，伙计看完病、抓完药就拿着方子和缴费收条，来账房报销。"

瞿秋实的笑颜一凛，这后面的话听着，跟他是不是没太大关系呀？陈笺方低着头，把碎掉的豆腐重新一小块儿一小块儿拼凑好。

多少为老东家辛勤半辈子的伙计，得了病就被抛弃了，躺在床上，叫天天不应，叫地地不灵。自己的李三顺得自己来宠，这个点子，盘桓在贺显金脑海里很久了。

如今，恰逢其时说出来，应当不会被拒绝。瞿老夫人希望她和这位牧童弟弟修成正果，贺显金就算是个别人风花雪月，她跷着脚抠脚底板的主儿，也不难看出来！当老板对你有要求时，是最好提要求的时候。

贺显金放下筷子，见瞿老夫人正在沉思，笑了笑："我算过了，咱们宣城加上泾县的伙计，总共五十三人，一人一年三两银子，也就是一百五十九两，三爷愿意拿三百两出来试行两年，两年后您看成效，若行咱们就接着做，若不行，您也有随时叫停的权力。"

远在泾县的陈敷猛打喷嚏，阿嚏阿嚏，我那源源不断的私房呀……

瞿老夫人看了贺显金一眼，笑了笑。新官上任三把火，一把火烧傲气，二把火烧腐气，三把火烧人气。这种事说出去，别人只会赞新上任的金姐儿有魄力，真正为伙计们好……

拿陈家的钱，立自己的威。瞿老夫人笑了笑，看向面白唇红、神色坦然淡定的内侄孙，轻轻点头："你想做什么就做吧，给你二伯提前知会一声，老三的私房自己藏好吧，钱就从账面上走，不过一年多了一百余两的支出，都是小钱。"

瞿秋实眼波流转，笑望向贺显金。她在陈家的地位，比他预料中的更高啊。

瞿老夫人挥挥手："家宴不谈公事。"看了眼桌面，抬头向贺显金道，"怎么姜蓉酥还未上？金姐儿，你带芒儿认一认小厨房的路，顺道催催点心。"

贺显金想，小厨房是张妈的战场，让张妈带比较好。心里这样想，行动上还是要投桃报李。毕竟刚刚的提案，领导没有为难就批了。

· 158 ·

贺显金一路带着瞿秋实向小厨房去。刚出游廊，瞿秋实停在四水归堂的空地上，偏头抬眼朝天望去。

贺显金回头："走啊——"

瞿秋实的目光投向浩瀚无垠的星空，声音清朗，配合着划过柱子的风，显得孤寂寥然："姐姐，你看天上是什么？"

是一轮圆月，一轮如玉似盘的美好月亮。

贺显金眯着眼看："是乌云，乌云从东边来，明天要下雨。"

瞿秋实脚下有些摇晃，沉声笑了笑："姐姐，您想想，今天是什么日子？"

是十五。每个月月亮最圆的日子，人与人团圆合欢的日子。

贺显金想了想，厉声道："七月十五！鬼门开！"

瞿秋实如今岂止双腿摇晃，甚至下盘都不稳了，在黑夜中，险些坐到地上。鬼门开就开吧，他一个习医的，手上过的就是人命和血肉，鬼门开不开的，他不害怕。

不过，这位姐姐以如此掷地有声的语气说出"鬼门开"三个字，就显得很诡异了，活像这鬼门，是她一声令下打开的……

瞿秋实脸上的笑挂得很勉强："是十五月圆，我本想邀姐姐一起看看圆月，我常感人生无常，如月圆月缺，亦如潮涨潮落……"

贺显金不可思议地望过去："赏月？赏什么月？姜蓉酥都凉了——"

贺显金抬脚就往前走，一边走，一边好心教导弟弟做人的道理："老夫人既叫咱们来催姜蓉酥，就需照着她老人家的吩咐，一字不落地办完，咱们这一边赏月，一边办事，和出四个时辰的工上两个时辰的茅房，有啥区别？"

贺显金义愤填膺："这就是骗钱！传出去了，以后还有哪个东家愿意要我们？"

瞿秋实很无助，无助得像一个在暴雨中没有伞的孩子。他不知道该怎么用平和又温柔的语气咆哮着告诉贺显金：老夫人是故意的，就是为了让我们夜半独处！在如水的夜色中迅速升温感情！最好明天定情，后天拜堂，大后天早生贵子！

他不明白。究竟是宣城的姑娘和白水镇的不一样，还是只是这个漂亮能干的姐姐，脑子的长势和寻常姑娘不一样？

在白水镇，一般来说，最多三日，再冷若冰霜的姑娘也会对他笑逐颜开。这位姐姐是个奇人，她并非冷若冰霜，有时候还会对着他绽出明媚的笑颜，但是，一张漂亮红润的嘴，怎么能这么说出如此残忍的话！

他就像一个身经百战的花魁遇到了盲人大爷，浑身技艺无处施展，像有千万只跳蚤挠他痒痒。

再瞎的大爷也有雄姿英发的那一天。瞿秋实在心里为自己打气，一抬头，贺显金早已不见踪迹。瞿秋实面容有些扭曲，他大概可以合理地猜想，这位姐姐跑这么快，只是为了早点拿到姜蓉酥，比他早一步到老夫人面前显功吧？

一顿接风宴以贺显金端来的姜蓉酥收尾，随即开始了陈家第二次核心会议。瞿老夫人将陈笺方叫到蓖麻堂来细细问了许多，直至打更才放陈笺方去见他亲娘。

长房如今还住在陈家最中心的院子里，堂屋明灯高悬，陈笺方推门而入，便见自家亲娘在灯下作画，拿着细如发丝的银毫笔，正在勾虎皮鹦鹉的背毛。陈笺方轻手轻脚地站在原地，怕自己的气息惊扰了母亲作画的手。

待描完一只胖鹦鹉，段氏长呼出一口气，抬眼见到儿子，眼眸深处终于有了些许明朗的笑意："终是回来了？"

陈笺方为母亲递过一张擦手的绢帕，恭敬道："回来了。"

段氏笑着张罗给儿子倒茶上点心："说是给你接风，看你一晚上，就盯着块豆腐戳戳戳。倒是最后吃了不少姜蓉酥，以前也没觉得你爱吃姜味的点心呀？"

陈笺方低头咬了口绿豆糕，酥酥麻麻的，油酥皮在嘴里化开，没有姜蓉酥的味道好。

"现在也爱吃了。"陈笺方轻声道，"儿子不孝，未随三叔一并回宣城，也未同母亲提前知会一声，擅自做决定。"

段氏不明白这"不孝"二字从何而来。独子和丈夫很像，也有不像之处。相像之处在于，他父子二人都像是在河中背着棉花前行，越往前，棉花吸的水越多，他们就越累；不像之处在于，丈夫很累，他想甩掉棉花，但棉花如同长了手脚，死死缠住他的躯壳，而儿子却自觉自愿地背着棉花。当棉花越来越重时，他不追究棉花的重量，反而自省自己的力气不够大。丈夫被棉花拖进了深河，溺毙而亡。她不确定，儿子是会因此生出更多的力气，还是重蹈覆辙？

段氏沉默半响，方道："何来不孝？你尽可以去做你想做的事，只需上对得起天，下对得起地，回首对得起你自己即可。若你高兴，你甚至可以不去考进士，一辈子做个田舍翁举子，你也是母亲最勇敢的儿子。"

陈笺方笑道："不去考进士，那我做什么呢？"

母亲向来直率，许多事，未加思索便随心所欲为之，父亲在时，尚有后盾，如今若他再不奋进，母亲这样随心的日子又能持续多久呢？

陈笺方不知应与母亲说什么，只能有一搭没一搭地说着，说到段氏正在画的百鸟图，陈笺方恭顺笑道："笔力精细，颜色雅致，您手上功夫还在呢。"

段氏笑起来："上个月中旬，丝绸家的张太太看到我年轻时候画的扇面，说是很喜欢我的花鸟图，愿意出一百两银子劳动我画画，我想着左不过也是画，银子收不收都不打紧，主要是自己喜欢，便琢磨着画张百鸟图。"

陈笺方闻言，不禁蹙眉。卖画？母亲岂可卖画？

"可是祖母克扣了您的月银？"陈笺方蹙眉问。

段氏忙笑着摆手："她若克扣，我不知自己去库里取吗？"

陈笺方眉头蹙得更紧："可是张太太死缠烂打、威逼利诱，您迫于情面，不得不做？"

段氏不理解儿子的想法，又连忙摆手："不不不，张太太很好，性子也和顺，只是提过一句，我却记在了心里。前朝的清安居士不就是以画扬名的吗？我虽与她老人家有云泥之别，却也实在喜欢花鸟工笔,若有人愿意付钱买下,我自是受宠若惊的!"

陈笺方沉默半晌,方勉力笑道:"儿子并不理解……"

段氏脸上的笑也敛了敛,隔了片刻方道:"那你是否支持?"

陈笺方双手撑在膝上,似是在思考。他是真的不太理解,母亲虽不是闺阁少女,却亦是女流,他并不惧母亲的手笔流落市井,但亦不认为若此事引发较大风波,是一桩划算之举。君子不立于危墙之下,母亲何必以身试险?

陈笺方默了默,道:"您的百鸟图,工已过半,此时收手,十分可惜。"

百鸟图是否能按时竣工,贺显金并不太关心。虽耳闻希望之星他妈是个神挡杀神、老夫人挡杀老夫人、二太太犯蠢就杀二太太的狠人斗士,但一直没有这个荣幸近距离观战,故而尚未在陈家见识到此等人才。

现下,贺显金比较关心的是怎么把灯宣作坊那群老伙计清一清。

经贺显金旁敲侧击,明面上调研、暗地里派张妈套话,终于查清了灯宣作坊的现状。这群老伙计有四五个人,都是与李三顺老爹李老章师傅同批的学徒,跟着陈家二十来年,一直兢兢业业,但确实天赋有限、努力也没努力到点儿上。做纸师傅的三铁律,看料、捞纸、焙纸,他们愣是一项都没专精。四五个师傅,其中三个都快六十了,另两个也都五十有四五了,还霸着灯宣作坊大师傅的名头不放松。

如果让贺显金来评价,能说出口的话是"为陈家鞠躬尽瘁、死而后已",说不出口的话是"咱就是要占着茅坑,拉不成形的屎"。他们够努力,资历也够深,但、但确实没为铺子做出什么贡献啊!

对作坊的老伙计,应当尊重、理解并包容,毕竟谁都会老。但是,当不思进取的老龄化断层员工,占据了大部分的优良岗位时,这个店铺的发展必将受到巨大的影响。首当其冲就是店里会充满腐朽的技术和思维,其次便是中青年人才的流失。人家埋头干三四年,一抬头结果掌勺的还是你几个老家伙,且丝毫看不到你几个老家伙退居二线的可能,那年轻人咋办?只有走呗!

怎么劝退老员工?这大概是令所有管事最头痛的问题之一。

第二日,贺显金一早便接上了瞿秋实。瞿秋实带着一脸笑,这笑意中透露出三分凉薄、三分邪魅狂狷、三分无可奈何再加一分永不言弃,坐在看诊台后,他看贺显金冲自己笑着眨眼,便又在心里给自己打气:乾坤未定,你我皆是黑马!

瞿秋实回之一笑,十分尽责地做贺显金为老伙计们精心搭建的"台阶"。

灯宣作坊的老伙计们皱着眉,挨个排队,为首的嘟囔道:"浪费时间!我池子里还有半缸纸絮没绷呢!"

嘴上一面说,脚尖却诚实踮起,急切地张望打探看诊的情况。

贺显金无语,明明就很期待啊!

其实压根不需要瞿秋实作假,这几个老伙计是各有各的不舒畅。其中一个老师傅,面红舌白，眉毛炸开，主打的就是一个爆炸。

瞿秋实摸完脉，笑道："老师傅，素日气性很大吧？"

老师傅当即昂着头，大声道："没有啊！哪有啊！谁说的！我脾气好得很，老好人一个呀！从来不红脸啊！"

贺显金无语。瞿秋实大笔一挥，连开了三张方子递到老师傅手里："大伯您需降火气呀，您肝上有郁结，脑子里也有淤积，若不定期服药、静养安养、纾解心绪，陈五老爷如今瘫在床上的样子，就是您之后的日子。"

老师傅呆在现场，手把方子往桌上一拍："胡说八道！我好得很！"

"您素日可会头痛、头晕？"瞿秋实截断老师傅后话。

老师傅愣了愣："偶尔没睡好时……"

瞿秋实点点头："可是常有睡不好的状况？入眠难？睡中多梦？梦中可时有惊惧？"

老师傅呆呆地看向瞿秋实。

瞿秋实的手还搭在他的关窍："还有，与娘子……"

"是是是！"老汉赶忙大声打断瞿秋实后话。

老汉回望了后面一群老熟人一眼："可有什么法子治吗？"

瞿秋实笑了笑："刚说了，无他耳，唯吃药静养，切勿再劳神劳力了。"

陈老五的样子……老汉浑身打了个哆嗦："五老爷也是这病？"

瞿秋实笃定地点头："其实摸他老人家的脉，甚至比您的病症还轻一些，若非受了刺激，五老爷不至于一病如此。"

老汉"哎呀"一声，手里拿着方子，瞧着神色愣愣的，便知道这是把话听进去了。贺显金看了眼瞿秋实，笑了笑，你甭说，这人还挺上道的，一点就通，甚至还能不点就通，要当不成鸳鸯，至少还能当个并肩作战的战友。

四五个老伙计都被诊断出各有各的病症，要么高血压，要么高血脂，要么肝肾有问题，要么陈敷似的痛风加上高血压。贺显金听着，发觉高血压还是大家伙的必选基础套餐了呀！只要有病的老头，基本上都有这毛病。大家伙伙食这么好的吗？贺显金思忖。

几个老家伙听说贺显金给大家伙争取了三两银子药钱，都在笑眯眯、乐呵呵地奉承贺显金是干实在事的人。

贺显金低头打着算盘，不以为然道："我算什么实在人？三爷才真是实在人，您知道董管事跟着三爷又去泾县了吧？"

为首的老头看了眼旁边人的眼色，不由得点了点头："是听说了。"

贺显金"啧"了一声，一手誊抄算盘上的数，一手飞快地把算盘抹平："董管事待从泾县回来，便辞工了，他说自己年岁大了，很没有力气再好好干下去了。"

为首的老头瑟缩一把，这浑水可不能掺和，随便掺和容易失业。

贺显金再道："三爷就答应他，若是他明年不干了，就一次性给够养老金。"

"什么叫养老金？"

"啥叫一次性？"

"什么叫不干了？"

老伙计们异口同声问道。

贺显金在心里默默翻了个白眼，前两个问题不知道很正常，可后一个问题，究竟有什么好问的？"不干了"，还需要什么详细的解释？

贺显金深觉，火车头跑得再快，后面的车厢跟不上，也是白搭，搞不好还出事故！

"意思就是，若是董管事明年不跟着铺子跑了，三爷一口气拿出遣散银子来，董管事自小上工多少年，就按照多少个年头计算，一年二两银子，董管事若上工十年，就有二十两银子了。"

老伙计听得耳朵尖都在抖动。贺显金笑了笑，抬头看向灯宣作坊这几位老伙计："您别说，三爷这法子还挺不错，人味儿真足，我也预备这样做。"

翌日，贺显金收到了"气性很大"那位老师傅的请愿书。这请愿书，比贺显金想象中来得更早。

与其叫请愿书，不如叫自传，通篇写了他为陈家付出青春的一生，在最后着重提到他从十四岁就在陈家做制纸学徒，一辈子没有功劳也有苦劳，到如今五十四岁了，过去四十年间如白驹过隙，与陈记是福不是祸，是祸躲不过。本文中心思想还是很鲜明，主要突出"四十年"中的"四十"这个关键数字。

四十的两倍，是八十。贺显金提了八十两银子，当着众人隆重颁发，还特意腾出灯宣作坊的大厅出来，让目前唯一一名肢体健全、不会随地做俯卧撑的郑二同学给"气性极大"老师傅献了一束花儿。"气性极大"老师傅当场老泪纵横，也不知是为这八十两银子，还是为那束墙角摘的小黄花。

贺显金顺势表示："在陈家干满三十年的伙计，离职后，也能享用每年三两银子的药补。"

众位老伙计随即哗然。"气性极大"老师傅在家里躺着，喝了四五天药后，直说："如今精神头好了许多，声如洪钟，年纪大了，有毛病还是得喝药休整！"

活像贺显金请来的托儿。不过，这种事哪里需要请托儿，只要不上班，谁的精神不会好起来？

第二日，送到贺显金手中的请愿书更多了，一眨眼，灯宣作坊便空出五个作坊师傅的位子。

贺显金特开了库房，取出一张洒金玉版，特请陈笺方洋洋洒洒写了数十行，最后盖上陈记的大红印章。

陈笺方放下笔，双手抱胸，看纸上愈发苛刻的条件，不觉笑道："也不知是招伙计，还是凤台招婿……"

凤台招婿，不太吉利。陈笺方顿了顿，企图用静默的时间刷新刚才的口误，再掩饰般低下头，对着刚刚写好的告示，一条一条念道："身长需达五尺五寸，年龄不过二十岁，要腿长腰窄……"

陈笺方意味深长地看贺显金一眼。贺显金理直气壮:"腿长腰窄好发力,捞纸既是体力活,又是技术活,你看咱们狗哥、郑大哥和郑二哥,谁不是这样的?"

陈笺方笑着挑挑眉,算是认可了这一条,再继续向下读:"识字过百者为优,可识读默写《三字经》者,直接录用。"

会读书,至少能证明人脑子没问题。这一条也算合理。

陈笺方继续念下去:"招录者需有两年以上造纸经验,身体康健、吃苦耐劳、能干肯学,招录人员为十人,有意向者请于八月初四前,前往灯宣作坊递交报名信息,陈记将于八月初十在灯宣作坊组织考试,考核名次前八位者被招录,考核名次前十六位者进入补录名单,将统一参加陈记为期三个月的集训,集训表现优异者实现补录。"

陈笺方点点头,很有些科举考试的意味。但是别人凭什么要来?不过是一个造纸作坊,为什么他们要花大力气来争这十个名额?

陈笺方继续向下念:"经此招录成功者,将获袖口一道杠职级,月俸底薪三两,一年十三薪,年享三两药补,有机会参与制作六丈宣、八丈宣等'贡品'纸张,一切待遇从优,晋升道路宽阔,万望宣城诸多有志之才赏脸前往。"

陈笺方手挠了挠额角,道:"我先说在前头啊,我着实不懂做生意。"

贺显金想,你要懂了,还要我干啥?

陈笺方手指向纸张那个"十"字,不解道:"但我们如今只缺五个人,为何要招十个人?"手指再移向"十六"这个数字,"甚至,还要囊括到前十六名?咱们需要这么多人?"

贺显金摇摇头:"自是不需要的。"

陈笺方侧耳倾听,愿闻其详,平直的侧颜迎着光,光束恰好打在挺直的鼻梁上。

贺显金眨了眨眼:"我打听过了,恒记与白记,二十岁以下,跟在各自大师傅身边的小伙计,恰好十六人。"

陈笺方挑眉,再看贺显金。好吧,这姑娘从始至终,就没掩饰过她像只小狐狸般的狡黠。

陈笺方笑道:"那咱们家岂不是白出银子了?"

贺显金笑道:"工欲善其事必先利其器,人就是做纸最大的器,一旦这群人走了,恒记和白记立刻唱空城计——单单留下三四个大师傅,能做成什么事?他们只有手忙脚乱地另寻学徒,他们慌乱的时间,正好给了陈家提前开跑的机会。"

陈笺方转念一想,轻轻点头,笑着泼冷水:"关键是,你如何保证,人家会来?"

贺显金胸有成竹:"这十六个人如今每月只有四百文,有的已跟着大师傅学四五年了,完全可以独当一面,恒记和白记压着不出师,无非是想省银子。而这两家,只与几个大师傅签了死契,其余的伙计几乎都没有签订契书,所以这两家对伙计其实是没有任何有效约束的。"贺显金娓娓道来,"咱们一出手就是三两月例银子,且这几日,陈记请大夫看诊、给老伙计发钱、给所有伙计发药补……你以为都是白干的?有心之人,什么打听不出来?"

一个压死你、当半辈子学徒的东家,和一个工资开贼高、管你吃管你喝、还管你年老看病吃药的东家,你选谁?只要脑子没残,都会选后者吧!

贺显金给陈笺方算了一笔账："此次，咱们五个大师傅退隐，这就省出了一个月四十两银子的支出；咱们招十个伙计，一个伙计三两，另有六个试工集训的伙计三个月的月例要发，也就是说前三个月，咱们的支出是四十八两，三个月集训后，支出便稳定在了三十两。咱们家前后的支出是基本持平的。"

用基本持平、略有亏损的支出，换竞品对家起码半年的空窗期。这场商战，是可以记入史册的好吗！

贺显金挑眉问陈笺方："你懂了没？"

陈笺方思索半晌后，老实摇摇头："没懂。"

贺显金"啧"了一声，这是她带过最差的一届举人！这么简单的商业道理，都听不懂？贺显金张口，准备再解释一次。

陈笺方笑着摆摆手，将写好的洒金箔玉版递到贺显金手上："左右你叫我作甚，我便作甚，我懂与不懂，又有何大碍？"

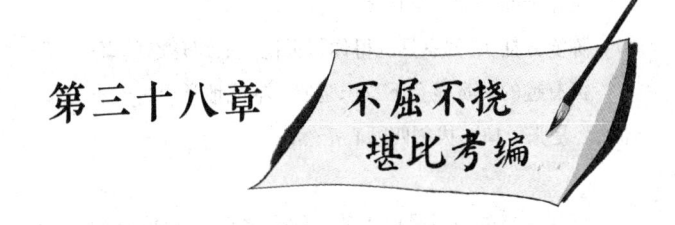

第三十八章　不屈不挠 堪比考编

告示贴在三处，一处是宣城府的城墙，一处是灯宣作坊所在学政路的墙壁，还有一处就很歹毒了，直接张贴在了与恒记、白记都相隔不远的白墙上。

第一天，贴在竞争对手墙上的那张告示就立刻被撕掉了，被恒记的大管事亲手撕的，谁知天还没亮，一张崭新的告示又贴上了墙。当时恒记大管事就很害怕，还以为是撞鬼了。恒记大管事趁着夜色，一手拿着佛公像，一手哆哆嗦嗦地又把告示给撕了，心满意足离开后，第二日上工，另一张崭新的告示继续死死地贴在墙上。

恒记大管事想，不是，这告示是野草变的吗，春风吹又生？恒记大管事鼓起腮帮子，踮起脚把告示摘了，且阴暗地守在角落里观察了半个时辰，发现没有人也没有鬼，更没有春风再吹后，终于放心大胆地走了。

临到晌午休息吃饭，恒记大管事路过白墙，拳头都捏紧了。告示不仅重新贴了回去，并且在最后一行，还多加了一行字：撕者，吃油条没有豆浆，以后夹到的肉片都是生姜。

恶毒，太恶毒。恒记大管事一把扯下，一下午都蹲守在墙根下，临到下班，心满意足地走了，谁知刚刚拐过墙角，就在店子的另一面白墙上，又发现了贴得好好的另一张告示。被风吹起的纸角，仿佛在嘲笑他的不自量力。

"啊啊啊——！"恒记大管事面目扭曲，快要被气疯。

在恒记对面那棵大树上，蹲了一天一夜的郑二哥腿也快断了。连写五张告示的希望之星陈笺方叹为观止，"啪啪"地拍巴掌。

"原以为的商战是高深莫测，没想到，实际上的商战是……"陈笺方看了看贺显金的脸色，如履薄冰地继续道，"是蹲在树上等待时机，兜里揣糨糊，瞅准没人就往墙上贴告示……"

贺显金姑且把这当成对她不屈不挠、运筹帷幄的夸奖。

陈笺方仍旧好奇："难道，许多造纸师傅都识字？"

贺显金摇头："就算是陈记，他们也只认识你教的那两百多个字，其他纸业是不会教伙计识字的。"

"那为何贴告示？"陈笺方不解。

贺显金笑道："一百个伙计里只需要有一个识字就行了。伙计与老师傅不同，多半是住在东家屋舍的通铺，大家脚挨脚、肩并肩，一天十二个时辰都在一块儿。咱们告示里要求报名需要户籍与名帖，想要报名的伙计要准备这些东西是瞒不住人的，一个人知道了，那么全部皆知。"

通铺？连大家的居住环境，都在算计中吗？陈笺方低头，勾唇笑了笑。

贺显金问："你笑什么？"

陈笺方摇头："只是觉得你每天挖空心思琢磨的事……"陈笺方斟酌了用语，"挺有趣的。"

挺有趣的？贺显金下意识蹙眉，本能地觉出一丝不舒服，可若叫她细说究竟是哪里不适，却始终是张了口，拔剑四顾心茫然。

不屈不挠的力量是巨大的。约定之日，有将近一百三十多名腰窄腿长的男孩子，乌压压地如黑云压城，拎着布袋排队报名。卷王钟大娘右手执笔，左手翻阅户籍、名帖核对，神情十分严肃，且当场取消了两名在队列中嬉笑打闹人员的报名资格。

其中一人不服，直冲冲地冲到内屋，扫视一圈，跨步立于看上去年纪最大的李三顺面前："管事，门口那娘们，不叫我递户籍了……我从清河镇来，乘了一晚的骡车……"

李三顺让出半步，示意他右手边的贺显金才是真正管事的人。

那人扫了一眼贺显金，没当回事，继续对着李三顺输出："我来一趟不容易，怎么能连报名都不让报？门口的娘们是你们请来记事的吧？认几个字就了不得了？谁允许她随意取消别人资格的！"

贺显金双手背于身后，低头看名册，眉毛都没抬："我允许的，怎么了？"

"你谁呀？"来人莫名其妙，一个小姑娘在这充什么大尾巴狼！

贺显金将名册一合，抬眸眉目浅淡："我是陈记纸业话事人，行不更名坐不改姓，姓贺，名显金，承蒙大家看得起，称我一声贺掌柜，你有什么问题吗？"

来人被贺显金的眼神盯得略有发怵，余光再看这小姑娘身后，三四个大汉和那个一看手上功夫就很硬的老师傅低着头，一副很是恭敬的样子，便不自觉地往后退了半步。

贺显金的目光略过他，看向门口陡然噤声、异常沉默的队列，再将目光转回，声音中气十足:"报名就好好报,造纸的圈子就这么小,诸位师傅齐聚一堂,不免抬头是师兄,低头是师弟,处处是熟人。等考进来了,拿着陈记发的银饷,三三两两约去百珍阁好好喝一顿,不香吗?何必在此时此地寒暄吵闹!"

众人笑起来。有会来事的大声应和:"百珍阁的肘子不香,鸿宾楼好吃点!"

贺显金手一指:"你若考得进来,我贺显金自己掏钱给你买三个月的酱肘子!"

那会来事的哈哈笑起来,站到石墩子上拱手作了个大揖:"那就等着贺掌柜的肘子了!"

队列安静下来,大半的人见到贺显金后,想进陈记的心愈发坚定。一个外姓的小姑娘尚且能干成陈记的话事人,他们这群真有本事的人,又岂会在陈记被埋没?

也有一小半的人嘟嘟囔囔地撤了:"女的管事,陈记的生意长不了……长不了……"

更有零星从泾县而来、听说过贺显金名头的,不觉大惊:"贺掌柜如今掌了整个陈家了?!"

有人听见,便小声追问道:"可有甚内幕?"

泾县来的便一五一十地将泾县铺子是如何起死回生、如何越做越大、如何将宋记纸业挤兑出泾县第一梯队的事迹说了个干净,嘴巴一努,指向登记核对的钟大娘:"看见没?那原是宋记纸业的少奶奶,宋白喜不知去向后,这位贺掌柜便雇用了这位……遗孀——你们别看贺掌柜是个姑娘,心胸之宽广非尔等可及!"

诸人啧啧称奇,真正到自己登记核查时,无论是对贺显金,还是对核问记录的钟大娘都多了几分尊敬。

历经三天,报名人数最后定在了二百四十七人。最远的,是从淮安府来的,张文博两口子荐来的,还拿了陈左娘的推荐信。这属于内推,直接过筛简历的第一关。

最离谱的是,一个十九岁的农家小伙告诉钟大娘,他有十六年的造纸经验。钟大娘一惊,童子功?再一问,呵!原来是三岁起就跟着老爹上山砍竹子。

这小伙儿振振有词:"竹子砍后,坐在院塘里削绿皮,再扎成捆地丢进水塘里泡,泡完后蒸,蒸后要沤……若没我砍竹子,后面工序上哪儿来?"

贺显金觉得他说得很有道理,大手一挥,把他简历过了。

筛筛减减,二百四十七人余下一百八十人。

钟大娘勾画一圈,给贺显金报:"恒记和白记的伙计中,来了九人。"

不错了。贺显金点头,低声与钟大娘交代,"若不是特别废,直接保到集训。"

钟大娘大声应下,顺道撸了把最近刚上两条杠的袖子,一副干劲很足的样子,正转身要走,却被贺显金一把叫住。

"前几日,你去请瞿大夫摸脉了吗?"贺显金问。

钟大娘笑着点头:"去了!杜婶儿押我去的!"

"身子骨还好吧?"贺显金关切问。

钟大娘不知其意:"没事儿啊,壮得很!一顿能干两碗饭!"

贺显金细看钟大娘一身短打,头发高高束起,眉毛修得又细又长,很有职场精英的御姐风范，再仔细看钟大娘眼下一片清明，倒也不见黑眼圈。

"听杜妯儿说，你每天子时才睡，鸡鸣就起……"贺显金笑起来，"不用这么拼，咱们一步一步走上道了，以后只会越来越好。老董要退了，你是我最看好的接替人选，切忌出师未捷身先死，有身子骨才拼得起、拼得赢。"

"您甭担心我，我上半辈子心苦命也苦，您给了我机会改命，我若是不牢牢抓紧，临到白头，我自己躺床上都要扇自己两耳光。"钟大娘手里夹着名册，低眉紧抿唇，似是在挣扎，隔了一会儿方抬头道，"六月份的时候，宋白喜从京师回来了，泾县水西大街素日与我交好的邻居给我来了信，据说他蓬头垢面、疯疯癫癫，穿着破烂裈子，在'看吧'外面敲门，被陈家的人丢出去后，又在整个泾县铺天盖地地找我。"

贺显金手上的动作放慢，神色严肃地听钟大娘说。

钟大娘扯出一丝苦笑："先是到我娘家的镇上，发现没人后，就四处打听，甚至告到了崔县丞处，崔大人与您家二郎君交好，只将我一早就放在县衙的和离书拿出来，逼着他签了字。"

贺显金神色缓了缓。抛开左娘那门官司，崔衡在某些方面，是个非常有目的性和主见的男人。

"后来他想不过味，不知从哪里晓得我在淮安府张家，又去张家找我。"钟大娘目光里透出一丝狠绝，"我好容易从泥坑里爬出来，怎么可能又跌回去！博二奶奶，就是咱们家左娘，差人把他揍了一通，扔到了林子里，后来听说他在林子里吃土、吃生菌子和草叶，是死是活就不知道了。"

贺显金低头理名册，大概明白钟大娘的意思了。她好容易从泥坑里爬了出来，手脚并用、血肉模糊，后背还背了个嗷嗷待哺的幼子，她为了未来和儿子，绝不会放慢脚步。

贺显金的劝说戛然而止，接替劝慰的是另一番话。

"是死是活，与你、与元郎都没关系了。"贺显金抬头起身，神色温和地为钟大娘放下卷起的袖子，露出明晃晃的两条杠，"你是我的人，元郎是我从褓褓里看着会爬、会走、会跑的，我贺显金能干到什么份儿上，你钟大娘就能干到什么份儿上，有我一口肉，就有你们一口肉。"

钟大娘目光灼灼地看向贺显金，直截了当问："咱们会在陈家一直干下去吗？"

贺显金为钟大娘整理袖口的手顿了顿，抬眸笑道："咱们也没在泾县一直干下去呀。"

钟大娘若有所思地看向贺显金。贺显金冲她笑眯眯地眨了眨眼睛。

而后几天，为方便远来报名的伙计免于来回奔波，初试、复试的考核内容被压缩在三天内完成，待考完捞纸的科目，一百八十人还剩下六十一人。

最后一门就是文化课，一人发一张纸下去，能写多少字就写多少字，什么字皆可。

贺显金带着钟大娘和李三顺出现在了考场。坐在前排的十几个人奋笔疾书，贺显金看过去，不说字写得多好，至少常用字是能写的。后排有的抓耳挠腮，十分焦躁，有的虽也写不了几个字，却也在蹙眉冥思苦想。有些人埋着头，嘴上却骂骂咧咧，见贺显金停在了身前，象征性地住了口，等贺显金走远，骂娘的话又重出江湖。

站在门槛上说"百珍阁的肘子没鸿宾楼的好吃"的那位哥们儿埋着头，一直在写，有一副成竹在胸、今朝且看我搅动江湖的霸气感。贺显金点点头，暗自思忖，人不可貌相，这"酱肘子"文化水平挺高呀……

谁知拿到卷子后，贺显金便愣在了原地。

钟大娘偏头来看，笑起来："一、二、三、四、五……百、千、万；一十、二十、三十、四十、五十……两百、八百；大、小、上、下，不、不大、不小、不上、不下……"愣是凑满了一张卷。

贺显金去看"酱肘子"的名姓——漆七齐，拿红笔圈了他的名字，又另将几个虽字写得不太多，但在考场上始终情绪稳定，从未焦头烂额、四处张望的，一并圈了名字。

周二狗的腿已然痊愈，但仍有些一瘸一拐。这厮听说贺显金在考校文化课，愣是身残志坚地自己走了过来，探头看拿红笔圈过的卷子，张狂地取笑："就写十个字，还有八个错别字！比我还烂啊！"

你也知道你烂啊……贺显金想怼，但看了看周二狗身后一脸担忧、挂记着这厮瘸腿的王三锁同学，忍了忍："考的不是大家真正能认、能写多少字，而是面对危机和困难时的情绪状态。"

贺显金把"酱肘子"的考卷递出去："这位展现的是聪明。"又把其中一份只写了二十几个字，但笔画笔锋不疾不徐，努力将每一个字写好的卷子递出去："这位展现的是平和。"

又将一份写了十来个字，卷面一般，笔锋也一般的卷子递过去。周二狗看半天，憋了个屁："这位展现的，主打一个随和真实？"

贺显金用指节敲了敲卷子最上方的名字：张文强。周二狗没懂。

贺显金云淡风轻道："这位是博儿在淮安府隔了五服的堂弟，塞过来学门手艺的，展现的是走后门的技术。"

最终进入集训的人选有二十人，从恒记和白记跳过来的九人全都来了，贺显金租了三驾骡车，将这二十个大小伙子全部拉到绩溪作坊。绩溪作坊已于一月前营造修缮到位，院子里建了两行排屋，棚内八个大小不一的水池，另有五堵培墙。

钟大娘看了眼贺显金，她终于知道绩溪作坊是干什么用的了。

之前，在绩溪作坊，贺显金要建一排排屋，众人不解；要建七八个水池，众人也不解；要建两个厨房和四个茅房，众人都觉得贺显金疯掉了。如今来看，只觉贺显金棋在明处，也在前着。绩溪作坊，就是集训营，陈家专用的集训营。

二十个大胖小子就在绩溪作坊住下，钟大娘是当仁不让的集训组组长，郑二是技术型力量副组长，周二狗是无差别攻击型骂人副组长，郑大是唱白脸型精神攻击副组长，李三顺是客座教授，张妈是生活指导，主要指导临时聘的两位婆子如何又快又好地喂饱这二十个崽子。从上一届集训毕业的两个球，一个是班长，一个是副班长，主要负责带训。

169

一个熊孩子就够闹挺，二十个十来几岁的小伙子凑一块，是真的折寿。开集训营当天，贺显金去看了一趟，平平静静去的，气出乳腺增生回来的。二十个小伙儿偷懒不想洗澡，那股味真是叫人永生难忘。

贺显金本以为人难管且人数又众，钟大娘或许压不下来，可等了几天，却始终没听到钟大娘抱怨或告状。

其间，贺显金又去了一趟，早晨去的，天刚蒙蒙亮。贺显金藏在墙角，看乌压压两排人在一阵响亮哨声下从排屋里七扭八斜地蹿出来，钟大娘早已一身短打，双手抱胸站在台阶上。

钟大娘回头看了眼更漏，张口便骂道："十一号和二十号磨磨蹭蹭，咋的？是还要选衣裳穿还是梳个发髻选簪子戴呀！动作最慢！多加两圈！"

贺显金回过头同周二狗小声道："加两圈，也还好吧？"

周二狗不可置信地看向贺显金："是绕着龙川溪跑两圈，快要跑到东郊了！不是绕着咱们作坊跑两圈！"

贺显金把腰弓得更低了，极其害怕被钟大娘发现。

又是一声哨音，二十个小子齐刷刷从作坊门口出发，朝东边迎着朝阳跑去。跑在最前面的，赫然是穿着短打和棉鞋短靴的钟大娘。两个回合过去，钟大娘从奔跑队伍的第一，落到了第三，但仍旧死死咬在第一梯队。

三个回合过去，钟大娘还在第一梯队。四个回合过去，钟大娘被反超，落到第五，但也与第二梯队拉开了断层差距。十个来回跑完，天已大亮，钟大娘满头大汗且满脸通红，跟随第一梯队回到绩溪作坊门口，左手从郑二手中拿过干净的帕子擦干汗，右手接过郑大手里的鞭子，一鞭子"啪"地挥在地上，没有片刻迟疑便转头开始大骂落在后面拖拖拉拉的小伙子。

"孬种！女人都跑不过！谁最后一名！谁不准吃早饭！跑快点儿！再拖拉，老娘狠狠抽你的大腿根子！"

贺显金被吓得惊恐地回头看向周二狗。

周二狗面无表情地将表情移开，吞了口口水，面无表情道："你知道，这群小子叫钟大姐什么吗？"

贺显金摇头如拨浪鼓。

"钟馗。"周二狗扯出一丝奇怪的笑，"漆七齐还画了钟大姐的画像贴在床头，说是能驱邪。"

你别说，钟大娘和钟馗，搞不好五百年前还真是一家。贺显金想笑，但害怕被钟大娘发现，变成惨死在那根鞭子下的窝囊亡魂。钟大娘靠自身强悍的实力，强势压下了这群精力爆棚的小伙子。

集训营告一段落，贺显金手里仍有许多事要干。首先便是给秦夫子的贺礼——秋闱张榜，秦夫子榜上有名，成功进阶为举人；陈笺方带的那几个秀才，其中有两名也上了榜，拎着大包小包来同陈笺方道谢，来时提了三大包，走时提了五大包，都是瞿老夫人吩咐人送的。

其次，便是桑皮纸作坊的账。但每当贺显金预备着手去干，便总有瞿秋实跳出来，今日约贺显金去爬敬亭山，明日约贺显金去拜万国寺，甚至有时中午，也会来邀贺显金出去吃个饭。医坊没生意，其实挺好的，但贺显金也不理解为啥瞿秋实能闲到这个地步。

基本上，瞿秋实约三次，贺显金应一次，这一次还得迟到早退，中间有事没事拿个软管笔和本子随手记点东西，营造出"显金很忙"的气氛。

中秋将至，宣城上下气氛很好，灯楼鳞次栉比，挂着泛黄的灯笼。瞿秋实约贺显金八月十五家宴结束后，在溪边放灯笼。

贺显金本不想应，埋头思索片刻后，便笑了笑："趁这机会出去一趟也好，中秋过了就是春节了。"

瞿秋实没太听明白，但听贺显金愿意出门，便兴奋地提早三四日，着手准备起来。

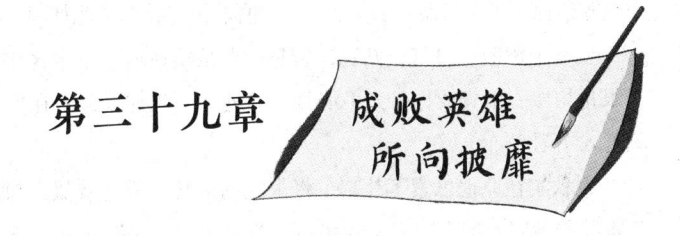

第三十九章　成败英雄所向披靡

中秋家宴，也正好是陈笺方从泾县回来满一个月，贺显金镇守绩溪作坊批卷子，合理缺席，被二十个说话像豌豆射手的崽子气得脑壳嗡嗡直叫。本也有三四个属于内敛寡言、埋头苦干的类型，这十来天被几朵奇葩一带，突然之间也有了脑干缺失的美。

酱肘子最气人，旬考前一天晚上"偷渡"了四五壶青梅酒，自己不喝，劝着人喝，别人不喝，还说别人"不是男人"。最后旬考，就属他一个人写得最多，其他好几个没醒酒的，跟个鬼画符似的，成功倒数。

贺显金一审就审出来了。倒不是因为贺显金的刑侦技巧有多高明，纯粹是因为，这群崽子一张嘴，就有一股发酵的青梅味。

贺显金从绩溪作坊走出来时，站在门槛深深吸了口气。她终于理解秦夫子的精神状态了，她被这群崽子折磨得发起疯来，也能写出诸如《这书生真俊》等系列文学著作。

贺显金怀着一腔无处散发的怒气，拐过墙角，只听一记清脆甜腻的声音："姐姐——"

贺显金被吓得一激灵，下意识一记老拳挥过去。瞿秋实一声"唔"，右手捂住鼻子从昏暗的墙角走出来，左手拎着羊角灯笼，暖黄的油灯正好照在他灿烂如春晓的脸上："姐姐，是我。"

贺显金抬头先看鼻子，还好没见血，随即先发制人，倒打一耙："瞿大夫怎么藏在角落里！可吓了我一大跳！"

瞿秋实右手松开，确认手上没鼻血，自身形象还非常完美，便将灯笼提起，昏黄的灯光恰好打在眉弓骨上——这是光线照射在他脸上时，最好的角度，能够凸显出他高挑的眉骨和明亮的眼眸。

瞿秋实笑着从袖兜里摸出一只油布纸包,递给她。贺显金打开一看,里面装了两只小巧精致的糯米烧卖。

"还没吃东西吧?"瞿秋实笑道。

贺显金吞了口唾沫,把糯米烧卖重新装回油纸袋子,言简意赅:"我体寒,晚上吃糯米不易消化,一晚上都要放气。"

放气,就是文雅点的"放屁"。

瞿秋实笑了笑,似乎是料想到一般,又从袖兜里掏了一只小粗瓷瓶来:"山楂九物汤,素日见姐姐进食较快,特意给你配的,怕你嫌苦,又加了冰糖和黄糖,喝两口就当饮子了。"

贺显金想,今儿晚上是来者不善,做足准备了的呀!

贺显金接过瓷瓶,看了瞿秋实一眼后,埋头朝外走。瞿秋实紧随其后,声音放得很缓,似是害怕惊扰了龙川溪里的月光:"二伯伯拉着我喝了几杯酒,过来就晚了些,没等着急吧?"

贺显金深吸一口气,站定,转身。瞿秋实最后一个字含在口中,看贺显金面色发紧,眉梢眼角均像一条直线,目光平淡且安静地向外延伸,似乎在平静地等待他结束弯弯绕绕,立刻直入主题。

瞿秋实在原地思索了片刻,将未完的话转化成若有似无却恰到好处的无奈:"姐姐,也觉得我很烦吧?缠人、看不懂眼色、不自量力……"瞿秋实声音淡淡的,脸上的笑也被不着痕迹地尽数收敛,方才明亮的眼和高挑精致的眉弓,没有昏黄油灯的渲染,只让人觉得低落与丧气。

"我是不是做得太明显了?"瞿秋实低着头,嘴角扯出一抹浅淡的笑意,"老夫人希望我们结对,我未娶,姐姐未嫁,我本不喜这样的婚姻,却抵不过老夫人盛情相邀,本想走个过场,却在那个雨天,见到姐姐的第一面时便全然沦陷……"

贺显金双手抱胸,给了瞿秋实继续说下去的机会。

"后来我想,这门亲事着实是不错的,姐姐漂亮能干,我也始终上进努力,我们虽然家底都不厚,但胜在人肯吃苦也愿意出力,齐心协力总能过好。"

瞿秋实的声音像从中间剪开的豆荚,荚里生长着几颗豆子,豆子是未成熟的黄色还是饱满的青色,皆一目了然:"我以为这是一门很好的亲事,于我,自是娶了一位心悦爱慕的妻子,于姐姐,是可以长久地做自己喜欢的生意,于陈家,也顺理成章地将姐姐留了下来,于瞿家,与陈家的关系越来越近,自然也越来越稳固。"

瞿秋实的手紧紧攥住牛角油灯:"成亲后,我不纳妾、不要通房,好好习医,期待在而立之年前进京参考,成为太医;同样,我不会阻止姐姐在婚后继续做事,你想做什么皆可,若以后有幸与姐姐结下珠胎,我母亲……我母亲可以全力教养,瞿家从耆老到子侄,都不会对姐姐有任何言语、指摘。"

瞿秋实一抬眼,见贺显金的眉眼与目光依旧是一条平淡的直线,语速不自觉地加快:"我今日所说,皆可写在婚书上,若有一点冒犯,瞿家给姐姐的聘礼不退不换,我自己还给姐姐三千两银子的'歉费'……"

　　中秋的月光倾洒而下，如水似诗。贺显金静静地听，不得不说，瞿秋实这步棋，走得还行，直接摊牌，把王炸亮出来。婆家管不了你、丈夫不会管你、事业不会受限、院子里不存在贺显金不想面对的妾室……甚至连孩子都不用管，她只负责生就行了。再看瞿秋实，样貌漂亮，也有养家糊口的技术，大夫本身就是一种自带光芒的职业……

　　贺显金垂眸沉吟。瞿秋实好像看到了希望的大门在朝他缓缓打开，便乘胜追击，加重了筹码："关于生子，我是大夫，自知女子生产绝非易事，是在鬼门关前走了一遭，我素日见多生死，自也看清人生轮回，若是姐姐不愿生子，我、我也是可以的，大不了便在族中兄弟膝下过继一个姐姐喜欢的童子即可。"

　　三千两的"违约金"，大概是瞿秋实一辈子的薪俸了，还有可以不生子的约定。贺显金依旧抱胸沉吟，不予置评，瞿秋实的牌出完了，但对家却连缺哪门都没公开。瞿秋实死死咬住后槽牙，这个妻子，他势在必得。

　　隔了片刻，贺显金的声音才在这静默的月夜中清澈响起。

　　"确实是一桩很诱人的婚事。"贺显金抬头笑了笑，手里的糯米烧卖和山楂九物消食汤已经凉透，"我真的很想答应。"

　　但……？

　　后面，会跟一个"但"字吗？瞿秋实目光灼灼地看向贺显金。

　　贺显金随意地拨了拨鬓发，神色平静："但，以我粗浅薄弱的认知，无论是怎样的合作，似乎都应当建立在公正的基础上。从谎言和欺骗开始的合作，通常都会走向灭亡。"

　　瞿秋实神色一凛。贺显金也从袖兜里取出一只油纸布包，递到瞿秋实眼前："若你不明白我的意思，便打开看看吧。"

　　不需要打开，这样浓重的辣蓼和白花丹味道，根本不需要打开看。油纸布包里是当日周二狗喝剩下的药渣。瞿秋实轻轻仰头。

　　贺显金目光平淡："狗爷突然换了年大夫看诊，喝了五服药后，原本快要完全愈合的腿伤突然反复，伤口溃烂高热。瞿大夫叫我尽快将药渣处理掉，我便请隐居泾县的王医正鉴了鉴，说是残留药渣里的几味药用量过重且相克，恰好可以使伤口久治不愈，甚至勾起体内湿热，伤口突起脓毒。"

　　瞿秋实久久不接贺显金手里的油纸包布，贺显金也不恼，缓缓收回后再道："后来，我就去查，那位年大夫便是桑皮纸作坊年账房的伯父，也是为咱们老夫人常年请脉的大夫，与陈家关系匪浅。"

　　瞿秋实张口欲解释。

　　贺显金连连摆手："别说什么老夫人设局叫我们都入彀的话。就劳烦瞿大夫回答我一句，当日你在探查药渣时，究竟是否发现年大夫开药的异常？"

　　瞿秋实张了张口，顿觉就算自己长了八百根舌头也无从辩驳。若是没发现异常，那就是他技艺不精,一个医者技艺不精,那便当真是草菅人命!若是发现了异常,那他当时为何不说?还叫贺显金尽快清理药渣……

瞿秋实的喉头升起一丝腥甜。这么一两个月的投入,白费了!他兢兢业业、勤勤恳恳地了解贺显金,见缝插针、愈挫愈勇地靠近贺显金,一退再退、退无可退地引诱贺显金,结果,人家告诉他,他下第一步棋的时候,就已经被将了军。瞿秋实面色一红一白,一白再转红,竟不知从何说起!

贺显金坦然地将油布包往怀里一揣,抬脚向内城走去,声音明朗坦率:"瞿大夫,你懂我的意思了吧?狗爷,是我们店子很忠心得用的伙计,也是我这一年多斩不断的左右手,更是我相处很好的友人,你们拿他作饵,拿他的性命作饵,将这桩锦绣良缘编织在谎言和欺骗之上。"贺显金轻笑了笑,低眉摇头,"我胆子小,说实话,你们这些手段,我着实不敢接。"

"最后,周二狗不也好好的吗?"瞿秋实低声开口,声音终于不似那刚摘的甜瓜了,露出几分真容,听起来倒像多籽的八月瓜,黏腻寡淡,"做生意,不都讲求只以成败论英雄吗?"

贺显金听完,表情异常平静。甜瓜突变八月瓜,丝毫没让她情绪起伏,说实话,油腔滑调的漂亮弟弟一直都不是她的菜。诸多心动皆因一个真字,真情、真心、真切、真实、真理。特别是有钱以后,漂亮的皮囊随处可见,真切而强大的情感却弥足珍贵。

贺显金轻轻抬起下颌,目光清冷平静,笑了笑,语声缓和:"若以成败论英雄,瞿大夫,您也绝非最好的选择。"

瞿秋实眼神一黯,几欲再言。贺显金缓缓摇头,示意瞿秋实切莫再言,给彼此留够体面吧。

贺显金情绪非常稳定,言语如碧波无漾,纵然有风也吹不起半分涟漪,她语声诚挚:"瞿大夫,我理解您的思量,但恕我无能为力,若真是做生意,我提要求,您提待遇,咱们银货两讫,自然互利互惠;然而,这是婚姻,您说的那些,我自然想要,但前提是你我二人心意相契、情感相通。如果没有这个前提,您的算计、我的防备,便只会愈发面目可憎、身心俱疲。"

活着已然不易,血脉亲人,她无法挑选,但要与之共度一生的人,她却有几分选择的余地。或者,选择自己一个人,也绝非不行。

贺显金再笑:"你要与陈家拴紧,倒也不一定非要同我成亲。我与你签一份契书,请你为陈家的伙计每年定期把脉过诊。你信不信,假以时日,宣城府乃至南直隶的东家都会竞相模仿,到时你们做医官的,必然炙手可热。"

瞿秋实眉梢动了动。

贺显金继而笑道:"若你愿意,我也可以为你写一封举荐信给隐居泾县的王医正,初一、十五你去给他老人家扫院奉茶,说出去,你也有个更好的来处。"

瞿家不过是乡野医家,医坊是个讲究来历的地方,若出身太医院的王医正愿给瞿秋实做脸面,不到二十岁的少年自然是前途无量。只是……

"狗爷的药有蹊跷,我自然会一五一十地与狗爷说清,他若是谅解,那当然好,他若是不谅解,那这封举荐信,我自然也不会同你写。你是一开始知情也好,还是之后审时度势、顺水推舟也罢,终究给狗爷造成了伤害。"

贺显金说得很坦荡,有种事无不可对人言的光风霁月之态。瞿秋实终于缓缓抬起头,眸光晦暗不明地看向贺显金,有那么一瞬间,他仿佛在这个姑娘面前自惭形秽。更有那么一瞬间,他真切地想要以最真实的姿态去靠近和触碰眼前之人。

他有些后悔,在初相识时走了捷径。他太年轻,还没意识到捷径有时往往就是弯路。白水镇的姑娘大多年轻羞怯,一生最大的心愿是嫁一个俊朗和气又家底略丰的郎君,他在白水镇向来所向披靡、从未吃瘪。而贺显金……

瞿秋实只觉造化弄人,在他终于生出几分真意时,他们二人却因为一开始的"虚假"而再无回圜余地。

瞿秋实笑了笑,不同于往日刻意展现精巧,神容间很有几分颓靡:"二狗哥方子的变化,我确实预先不知,但我嗅出来药不对劲,却……"瞿秋实没再继续说下去,"老夫人处,我自会说明,是因我而未结成这门亲事,姐姐无需担心。也会寻机会告知二狗哥他药中的蹊跷,并以致歉。"

贺显金微微颔首。八月十五的月,确实很圆,月光洒在青石板路上,将青砖映照得像是荧光的玉石。

贺显金朗然笑道:"那咱们还去看灯笼吗?"

瞿秋实如斗败的公鸡,垂着头,扯出一抹笑:"不、不必了吧?"

贺显金再点点头,坦率道:"也好,我不太喜欢无谓的燃烧。"

灯就是灯,灯烛烧尽,应当只为照明前路。旖旎多姿的灯笼会,总会叫贺显金有种光明随风易逝之感。摆摊供姑娘们做手工灯笼不算,这属于业务,并且还能大赚特赚。

贺显金与瞿秋实并排往城西去,沉默着走到一半,便有医坊的小厮前来请瞿秋实瞧病,说是通判在家喝多了,一直吐,想请大夫去看一看。瞿秋实撩起袖子便向外冲,心中无比感谢,通判大人就是通判大人,连呕吐的时机都这么运筹帷幄,无形中帮助他结束了这尴尬又惋惜的一晚。通判大人吐得好,通判大人吐得妙,通判大人吐得呱呱叫!

瞿秋实刚走不久,一阵风从左手边的排屋刮过,好似一个黑影掠过。

锁儿马步一扎,一个跨步挡在贺显金身前,怒发冲冠排屋前:"谁!"

排屋后没了声响,贺显金身后的影子却温和平缓地拉长。

"显金——"

贺显金转过头。是陈笺方。

排屋后的风静止了。陈笺方快走几步,回头望了一眼,面容透着几分轻松:"我刚见芒儿急匆匆地往西边赶……他怎么了?"

陈笺方放心大胆地问出这句话。那牧童怎么了?还用说吗?反正没能如愿呗。但凡贺显金给了他一张好脸色，他能面色如死灰地跟追大尾巴狼似的往外跑吗？

"通判大人喝多了吐，他去看病。"贺显金自然道。

呵呵，吐得真好。陈笺方笑了笑，第一次在心里与瞿秋实默契地达成了共识。

贺显金抬脚往前走，深感要是她再不朝前走，今晚上是走不回家，睡不了觉了。

陈笺方跨步跟上，目光直视前方，随口道："祖母叫他提前辞了家宴过来接你，说夜里一个小姑娘不方便，剩下的人却被留下又好喝了两盏。"

贺显金轻轻点头，算是买账他后一步来的解释。

陈笺方再道："二叔喝多便跪在地上同祖母哭，说有愧陈家先祖，没将陈家打理好，反倒叫你一个小姑娘劳心劳力……"

贺显金不置可否地撇撇嘴："真正劳心劳力的点，倒不在做生意。"

在内斗，斗完老六，斗老五。好好一大摊生意没做，她偏偏还要顾及陈猜的脸面，许多事都不方便立刻施展拳脚。

陈笺方默了默，低声道："祖母叫二叔听你的，像三叔那样都听你的。"言语中有三分劝慰安抚之意，似乎有意修补她与陈家的关系。

贺显金听出来了，看了陈笺方一眼，转头看向龙川溪上随水流缓缓而行的一叶轻舟，轻声道："顺水行舟事半功倍，逆水行舟事倍功半，做事最忌一天八个主意、蠢人六个心眼、两面三刀、朝三暮四。"

陈笺方脸上闪过一丝苦笑。嗯，怎么说呢？就像被人迎头骂了十八代祖宗，从你爷朝令夕改，骂到你奶朝三暮四，感觉连祠堂的木头牌位，都要被骂"纹路不正"。

陈笺方觑了眼贺显金的神色，甚觉此时就算是条狗从脚边路过，都要被她踹上一脚。他实在不敢说话，但他不能不说话。贺显金对陈家的好恶，直接决定了他们的路怎么走。

陈笺方低声道："祖母古板，二叔怯懦，个性虽皆有不足，但都不是大奸大恶之人。"他安抚似的，低头从手中拎着的包袱里拿出十来颗水灵灵的、紫彤彤的葡萄。

葡萄应当是被人精心处理过，白霜被洗净，露出小巧的梗，却又恰好遮住晶莹的肉。陈笺方捧在手里递到贺显金跟前，目光闪烁，耳朵尖红成透光的玉石："你别生陈家的气了吧？刁钻可恶的六爷和五爷，不都全被解决了吗？祖母把那芒哥儿推出来，如今不也灰溜溜地走了？陈家虽不是甚福地洞天，但也是个讲理的地方。"

贺显金低头看了看他白净掌心里的紫葡萄，像一串被时光与心意串起来的紫色矿石，在他的手掌心里晃晃荡荡，比月色下的涟漪还旖旎。

贺显金双手紧握拳，拳头就这样贴在裤缝身侧，隔了好一会儿，手掌才轻缓地打开。少女一翻手，索性将掌心的指痕藏进袖中。

陈笺方敏锐感知到贺显金情绪的变化，趁热打铁，将葡萄珍惜地向贺显金面前推了推："过了中秋就没有葡萄了，中午送了两串过来，我全摘下来洗干净了。"

这世道，樱桃、葡萄都是稀罕物。准确来说，一切甜蜜蜜的东西，都是稀罕物。贺显金翘着指头从他手掌心里拿起一颗，张起血盆大口，和着葡萄皮一口吞下。

"你怎么吃葡萄不吐葡萄皮儿呀!"少年郎笑起来,尖尖的犬牙终于随着笑颜幅度的变化而得见天日。

贺显金双手背在后脑勺,笑眯眯地品尝口中葡萄皮的涩意和葡萄汁水的甜盈,狡辩,哦不,解释道:"咱在路中间,一无井水净手,二无绢帕擦手,剥皮就要弄脏手,手指头黏腻腻的,我不乐意呀。"

陈笺方愣了愣,低头将葡萄小心翼翼地揣进兜里,手上留下一颗葡萄,借墙角高悬的微弱油灯光和天际处圆月的清光,如写文章般仔细地将葡萄拿在手里,一块皮一块皮地往外撕。在彻彻底底将这颗葡萄变成缠绕着紫色脉络的水晶后,陈笺方认真地拿起葡萄的小柄递到贺显金跟前。

"吃吃看吧。这样,你就不会弄脏手了。"少年郎催促贺显金快接住,"我还有好多葡萄要剥呢。"

贺显金如梦初醒地接过剥好皮的葡萄,放在嘴里,葡萄皮的涩意已然全部消失,只留下果肉甜腻的口感与汁水浸润的轻盈。贺显金张了张嘴,刚想说什么,却被一个接一个的甜蜜炮弹攻击。

锁儿跟在后面走,有些无助,有些悲愤:她就不该在这里,她应该在树上,她应该在葡萄藤上,她在上面四脚朝天地摘,丰神俊朗的陈家二郎在下面剥,她家掌柜的牙口很好地一直吃……只有这样,她参与的这一环才完整呀!

十几颗葡萄组成了这一条漫漫长路,希望之星低着头给贺显金剥葡萄,手指头已被染成了淡淡的紫色,面上却始终挂着一抹很轻的笑意,偶尔抬头看,旁边这个姑娘或手舞足蹈地高谈阔论,或低头去踢街边的小碎石子,石子被踢到街边房屋的墙角,扬起一阵薄薄的烟沙。

少女被烟尘呛到,捂着嘴咳两声,又眉飞色舞地说上几句。反正就是闲不住,嘴、手、脚,总有一个在路上。生命力与精气神旺盛得像吸露水便可过活的壮仙女。

陈笺方的眸光带着缠绵拉丝的笑意,一边轻轻擦手,一边在胸腔中缓缓地舒出一丝满足的喟叹。如果这条路,能够再长一点,就好了。

但,就算是西天取经,该到还是得到。回宣城府时,时辰已然很晚了。二人从西边的偏门钻进去,陈笺方将贺显金送到内院的二门。门头闩着,贺显金轻手轻脚地贴着墙,从兜里掏出红蓝宝薄弯刀匕首,轻车熟路地插进去。

陈笺方收起目瞪口呆的眼光,由衷地叹了一句:"你若不做生意了,还可以去当飞天大盗。"都是些什么奇怪的技能!

隔着厚厚的木板,贺显金小心翼翼地拿匕首移开门闩子,很是谦逊:"雕虫小技,雕虫小技,俗话说技多不压身,都是皮毛、皮毛!"

陈笺方心想,你在谦虚什么啊!没有人在表扬你啊!

贺显金把门闩撬开,屏气凝神,推开门后,抓准时机反身一把将木栓子抓在手里,避免这木板砸在地上发出声音。

贺显金很满意这一招完美的炫技，转身同陈笺方挥手致意："回去吧。"想了想，又道，"虽颠三倒四、朝三暮四、不三不四，但人无完人、金无赤金，如今对我而言，陈家十全九美，我又岂可吹毛求疵。"

算是对陈笺方那十几颗葡萄的回应。说完，贺显金便利索地俯身朝里去。

"显金——"陈笺方突然开口。

贺显金疑惑地回过头。陈笺方眸色流光溢彩，像红树林中的萤火，也像海底迷幻的微光。

陈笺方喉头微动，艰难地吞咽下两三口唾沫，仿佛要将怯懦与犹豫尽数排解："没、没事！好好睡吧，中秋之后，天气将转凉，你去年的袄子或是已穿不了了，要尽早去做。"

贺显金愣了愣，单手挠头，不明其意地应了声"好"，老老实实地问啥答啥："张妈前两天给我扯了好几块布，也买了几斤棉花，就等天凉来穿呢。"

陈笺方嘴角勉强勾起一笑，示意贺显金快进去吧，看着少女挺拔瘦削的背影，陈笺方在心里默默叹了口气。

还是没有排解掉呢⋯⋯话，都到嘴边了。

"若是有你在我身旁，陈家也并非无可救药。我心悦于你，贺显金。请你相信我。"

简简单单的三句话，怎么就说不出口？或许是因太过惊世骇俗，他怎么能避开父母之命、媒妁之言，便与女子定下终身呢；或许是因他太过惧怕，害怕被显金拒绝，更害怕给显金带来困扰；或许是因他顾虑太多：祖母处如何善了？族中如何解决？显金虽不姓陈，但始终是三叔的继女，始终算陈家的人，这个事关伦理道德，他该怎么处置？

他为什么说不出口？陈笺方双手背于身后，在漆黑的窄巷中，轻轻仰起头，叹了口长气。不过万幸，显金一直都在这里，什么瞿芒儿、张芒儿、李赶牛，都不足为惧。这些人，连给显金提鞋都不配，又谈何婚配？

还好，他还有时间，还有漫长的时间去磨，去泡，去顺，而他的显金，就在那里。

瞿秋实说到做到，第二日便以随通判大人前去东北五县出公差的理由，收拾东西从陈家走了，再过三日，他老娘就从镇上上来，进了瞿老夫人的蓖麻堂，过了两个多时辰，他老娘红着眼睛、紧抿着嘴走出来，像是受了极大的委屈。

贺显金一早听说这消息，特意没去上班，在漪院坐在摇摇椅上，等待陈瞿氏老太后召见。果不其然，贺显金午饭吃了碗素脆哨面，躺摇摇椅上吃桃子，刚啃一口，瞿二婶便来请。

蓖麻堂中，瞿老夫人给贺显金上了盅莲子百合汤，说是清热解毒，把降火的药上在前面，这才开始发作。

"你聪明，自是看得懂我把芒儿叫来所为何事。"瞿老夫人明显压抑着怒气，转头灌了好几口茶汤泻火，这才稳住脾气，"他逃也似的跑了，他娘今早一把鼻涕一把泪地说不想要你这样利索能干的媳妇，我一把年岁还受她蒙骗？为甚不想要？还不是因为你娘是妾室！你也没个正经娘家，她才不想要的！"

贺显金低头喝口莲子百合汤，暗自思索自己是趁机哭两声，坐实受害者的身份，还是故作坚强，让老夫人看到自己的百折不挠？贺显金挤了挤眼睛，眼皮子都要抽筋了，眼泪珠子还没落下来。算了，换条戏路吧，她注定只能当偶像派。

贺显金开口："是吗，瞿大夫的娘亲怎么这样呀！"

声音很尖，最后一个字在破音的边缘来回试探，呈现出一种痕迹很重的演绎，完全没有演员的信念感。好吧，她闭上嘴，只能当一个沉默的偶像派。

瞿老夫人正在气头上，暂时没发现贺显金拙劣的演技，冷笑一声："她急匆匆地来给我送姑娘的八字，说宣城府的万国寺灵验，希冀我出面帮她找住持大师放一放、算一算，不就是想趁机把芒儿的婚事敲定吗？她当真以为离了我，芒儿能找到更好的亲事？"

"你虽是小娘养的，却是从陈家出阁，我也会给你添一份嫁妆，更何况老三？再加之我应了他们，就算你嫁人，也可做陈家的大管事，一个月的月例银子比芒儿在医馆的薪俸还高！就算你是个身份低贱的人，但诸多优势，他们还有什么不知足！"

人在气头上吧，就容易说真话。贺显金把一整盅莲子百合汤往瞿老夫人身侧推了推。她认为瞿老夫人可能更需要降火。

瞿二婶默默撞了撞瞿老夫人的后背：怎么一不小心，把心里话都说出来了。

瞿老夫人轻咳一声，一通发泄后，心气顺了不少，再看乖乖巧巧埋头喝甜汤的贺显金，只觉这姑娘障眼法使得好，素来装乖，逼起人来又是另一副面孔，恨不得将人现场砍杀。

如今，老五在郊外的庄子上，半边身动不了，身边的人早跑完了，就剩一个老妻还在，早已远嫁的闺女每个月给他寄三百文钱。听大夫说，就算是好好将养，他都有可能活不到两年了，更何况如今屋陋食稀，只怕是要活不过明年的除夕。现在死了也好，几重孝，二郎君一起守了，免得一直耽误他进京科考。

瞿老夫人清了清嗓子，安抚贺显金道："也无事，离了这个，还有那个，宣城府的好儿郎多了去了，便是我们瞿家远房里，也有两位做了童生有前程的少年郎，等哪日万国寺的住持大人开斋，我们便约到那处相看相看。你娘死时是少了七期的，你守够二十七个月便可脱服，人常年不沾油荤也不行，脑子要晕呆。"

瞿家、远房、少年郎。干脆这样，她找个时间，去一趟白水镇，把姓瞿的都叫到一处，也别费事了，数个三二一，大家一起入洞房，这多有效率呀！

真的有点想发疯。贺显金满脑门子的汗八颗八颗地向下砸，咋的，是给她算了命吗？她这辈子不嫁给姓瞿的，就要暴毙而亡还是怎么的？

贺显金抬起头，神色坦然："老夫人，女子纵是不嫁人，也是可的。三爷已给我开了女户，在官府里也是立了户的，若是老夫人准允，我不嫁人，也能死心塌地地给陈家干活儿。"

若是不准允，她也立时能走。如今可不是一年前了，谁都能做她的主，真要逼急了，包袱都不用收拾，立时出了这四水归堂的徽宅，尘归尘、土归土，她姓贺，你姓陈，谁也不挨谁，谁也不管谁，就算是天王老子来了，你也不能牛不喝水强摁头，逼她非得嫁个人！有时候，也可以不是人，但凡有个鬼姓瞿，瞿老夫人都能把她捞去配个冥婚。

贺显金语气很淡定，但威胁的意味很浓。周二狗可不是损耗品，哪里经得住他们这样磋磨？

介绍个瞿秋实，去掉周二狗半条命，再介绍几个小哥，周二狗还能活呀？可能狗哥至死也想不通，她相亲，为啥吃苦的是自己，这个因果关系真的太歹毒了。

贺显金又加了一句："我听说，女户随时可自己置宅置业，若答应官府，死后将家产都给朝廷，年老时还能住进广济堂。我如今是一人吃饱全家不饿，孤家寡人一个，倒也不在乎身后的香火。"

瞿老夫人愣了愣，老三给这丫头开了女户？

"几时开的？"瞿老夫人探身迫切追问。

"在泾县时。"贺显金道。

"你户头呢？你户头落在哪儿了？"瞿老夫人只觉眼前的烤鸭子，立马要长出飞羽来旋到她脸上！

贺显金抿抿唇，没答话。陈敷置下的那处宅子原为贺艾娘置的，自贺显金开了女户，便成了贺显金的落脚点。

瞿老夫人如何猜不到！她只觉天旋地转。人家儿子生出来是补台子的，她儿子别出心裁，甚是出其不意，总在犄角旮旯处敲她一闷棍！这丫头本就恃才傲物，陈家能拿捏她的地方少之又少，有一说一，户头算一个，婚事算一个！等把这丫头嫁到自家人手里，她还能飞得起来吗？

是，这丫头是聪明，能干事能赚钱能顶家！但若这份聪明，被她拿来对付陈家、蚕食陈家，有一个算一个，是憨厚得八个板子都打不出一个屁的陈猜顶得住？还是那精通吃喝玩乐、正经事一窍不通的陈敷顶得住呀？这两大傻儿子在这丫头面前，动作都是慢动作！就跟猫看耗子似的，这俩大男人的眼珠子一转，这丫头就知道是要打鬼还是要拉稀！

老三怎么敢的！瞿老夫人胸口陡生起一股冲天的愤懑——她为这个家牺牲大半辈子，殚精竭虑，无不以陈家为先，无不以陈家的利益为先！如今陈家天降财神爷，老三不想着怎么把这财神爷的腿拴住，反而帮这财神爷插了对随时飞走的翅膀！非我族类，其心必异啊，这个道理，陈敷是半点不懂！

瞿老夫人手撑在把手上，狠狠喘了几口短气。几个喘息之间，瞿老夫人思考良多：宣城的几间作坊皆被打乱，这丫头大刀阔斧地做了许多打算，也投了一笔数额不菲的本钱，如今一旦中断，吃亏的是陈家。

更何况，这丫头手段了得，一张告示就把恒、白两家的一大半学徒都搞到陈家来了。听说，恒记这几日，开始清理仓房，拿存货顶卖货了。

瞿老夫人起伏的心绪在几个来回间得到平复："你爹疼你，自是处处为你着想，女户的身份庇佑你，陈家也保护你，只希望你能时时刻刻牢记着。"

贺显金看向瞿老夫人，点了点头。

瞿老夫人再道："你的婚事，暂且搁置吧，祖母自不会逼着你相看嫁人，但一辈子不嫁也是个浑话，这传出去，我们陈家成什么人了？克扣姑娘的败德人家？等缘分到了再说吧。"

贺显金仍旧点头，深知她和瞿老夫人之间摇摇欲坠的杠杆，又一次平衡住了。

瞿老夫人抿了抿花白的鬓发："听说你大刀阔斧地整治绩溪作坊和灯宣作坊，绩溪作坊作风懒散，本该大改；灯宣作坊几个老伙计近来也无甚建树，能够体面地交接清楚，也是你的本事；唯独把桑皮纸作坊晾在一旁……桑皮纸作坊的赵管事惶惶不可终日，就怕你何时突然来袭，打他个措手不及。"

贺显金倒是想打个突袭战，只是如今没大炮啊！桑皮纸作坊除了财务上略有瑕疵，其他的，无论是伙计的手艺、产出，还是店里的条例都被打理得非常有章程。对比其他几间铺子，有种奇异的鹤立鸡群之感。

后来贺显金一打听才知道，希望之星他爹没正式入仕前，很长一段时间亲自管过桑皮纸作坊的铺子，至少有两年半，其间的伙计人选、店子的规划、原料及产出的把控规则，都是希望之星他老爹定下来的。

学霸还真是学霸，干啥，都展示出极高的素质。唯一不足的年账房，还是之后孙氏使了八辈子吃奶的劲儿塞进去的。

对于这种高素质的店铺，轻举妄动不是最佳的选择。其实也没必要轻易去动，贺显金需要找到一个平衡点。一个就像她和瞿老夫人长期相爱相杀，每次见面都在相互试探、阴阳怪气、冷嘲热讽、敌进我退、敌退我打的愉快氛围中过，但始终关系没崩的平衡点。

贺显金笑了笑："那我择日去找赵管事吃个饭吧，好好请教请教。"

瞿老夫人无语，倒不是叫你立刻杀上门去。

"赵管事是个做事的人，他管事和造纸的本领都不错，是二郎他爹在世时亲自选出来的人。"瞿老夫人本想点到为止，但怕贺显金杀红了眼，只好深入浅出地说清楚，"他素日也没什么错处，你请教倒可，请君入瓮就免了吧？"

贺显金笑起来。她真是爱死她和瞿老夫人的平衡点了，有种互相退让的默契，就是不知道瞿老夫人是不是跟她英雄所见略同。

瞿老夫人却面如死灰地扭过头去。她上辈子是不是专司刨祖坟的？但凡少做一桩恶，她这辈子也轮不上这把年纪了，还要与外室女斗智斗勇。

晨曦，宣城府最东边的平记油坊，檐角上的瓦片放大了暖阳的光晕。

城东头的桑皮纸作坊，就在平记油坊的隔壁。一个面中蓄须的中年男子，半梦半醒地靠在骡厩的竹竿子上，面前立着一个巨大的朝天窑，窑口上盖着个像斗笠一样的竹编尖头盖子，烧窑的柴火很旺，迷蒙的蒸汽直冲上竹棚，被棚子挡住，蒸汽便如大难来时的同林鸟，焦灼地四下逃窜而去。

中年男子面部发须过盛，竟将鼻头与下颔尽数淹没，仲秋早来的日光终于赶上竹棚追逐的步伐，理直气壮地投射到男子耷拉又松垮的眼皮子上。男子揉揉眼，愣了半刻，立即四脚着地探头观察炉火，紧张的神色在旺盛灶火的映射下终于缓和下来。

"管事！管事！"一个小厮揉着眼睛跌跌撞撞跑进去，"有人来了！"

男子因一夜靠坐，腿很僵，刚想站起来，却被僵直的脚板一绊，险些摔了个狗吃屎。

"人来就开张！嚷什么嚷！"男子只好扶着柱子站起来。

小厮越着急越说不清,一边跺脚一边嚷:"不是不是!不是买纸的……陈家……贺……女的……哎呀哎呀!赵管事,你快去门前接一接吧!"

小厮口中的赵管事一听,反倒不急了,笑了一声,低头理了理衣摆:"新出炉的贺掌柜嘛,来就来呗,人家掌着宣城三店,绩溪作坊的老瞿被逼得天天绕城跑,灯宣作坊的老林头更惨,被逼到直接打道回府,如今,倒是想起来动我们了?"

小厮使劲摇头,眼皮子东南西北乱飞。

赵管事一巴掌打在小厮后脑勺:"中邪了?!"

小厮结结巴巴:"别、别说……"

"别说?别说什么?我赵得基,行得端坐得正,既不似绩溪老瞿懒馋,又不似泾县作坊陈老六人蠢胆大!我赵某人走到这一步,是一步台阶一个脚印,一口唾沫一颗钉!我有什么不能说!"赵德正,乳名得基,可能是因为守了一晚上蒸笼,睡眠不足的人都带点暴躁,双手举高,如作诗朗诵,"便是陈老三家那个妖女怼到我跟前,我也要说!我不仅要说!我还要大声说!一五一十全都说!"

小厮的笑,含苦量很高。小厮偏过头,朝走得越来越近的少女,扯嘴笑,大声道:"您是贺掌柜的吧!"

倒不是因为认识贺掌柜,是因为贺掌柜身后跟着的李三顺。李三顺师傅的名头在整个陈家还是很响亮的,毕竟是陈家最强老师傅的儿子。李三顺身后,还跟了个面生的国字脸老师傅。

小厮嘴巴快要咧到脑袋后面,继续大声道:"贺掌柜的,您可来了,我们念你好久了!我是守门子的夜班伙计南小瓜,我上个月才来陈家,也是第一次跟赵管事一起守夜!"

贺显金身后的锁儿面无表情:你划清界限的手段,真是简单又粗暴啊。

"你好呀,南小瓜。"贺显金深觉这个名字说出口,自己都变得萌了一点呢。

清润温和的女声一出,赵德正像在空中被掐住脖子的大鹅。赵大鹅脑子空了三个呼吸,他耿直是不假,说话得罪人也不假,但是背后说人坏话,还被人听见了,他就是再梗,也仍有一丝尴尬。与素质无关,纯粹是被打了个措手不及。

贺显金笑着绕过柱子,探了个头先向赵管事郑重颔首,行了个晚辈的礼,算是正式打了招呼,再看了眼正蒸着檀皮的甑锅,转头向赵管事随口道:"秋末落叶前第一茬的青檀树,您这蒸了一天一夜了吧?看枝条快收缩小半寸了。熄了火,把檀树枝起出来吧,再蒸就老了,泡的时辰就得拉长。"

赵德正回过神来,像大鹅梗着脖子:"你在教我做事?!"

贺显金耸耸肩,无所谓道:"那您就蒸着呗。工期拉得越长,出货就比别人慢,卖场就比别人小,您亏钱都无所谓,我更无所谓,左右还有另两间铺子给我赚钱呢。"

赵德正憋了口气,鼻翼翕动四五下,大鼻孔进了足够多的气,才一口气泄出,转头咆哮道:"还不让人熄火!起树枝!"

小厮朝贺显金谄媚一笑,随即飞快往外院跑去。没一会儿,来了两个牛高马大的师傅,一左一右把圆木桶抬起,再将各类成捆的枝条一捆接一捆捞出。赵德正拿出样杆看了眼,不得不说,这狗丫头判断得非常正确——样杆枝条的刀口处收缩了小一半,檀皮离骨,露出了枝条的木杆,确实到了熄火的时候。

赵德正撇撇嘴角,瞎猫还能撞上几个死耗子,这把不算。

赵德正观察枝条的同一时刻,贺显金也拿起了一根水蒸后热热乎乎的枝条,似是在自言自语地嘟囔赞道:"是三年条的青檀木,用了'元宝口'的砍斫之法,这法子虽费工费时,却能保证第二年继续抽芽,生长旺盛,如今这世道,便也只有真正的纸匠会这样做……"

赵德正一愣,含了下颔扭头偷瞄过去。这十七八岁的小姑娘确实是在认认真真地观察枝条切口,也确实是真真切切地喟叹。是,他知道不应该,但此时此刻,他确实生出了一丝天之涯、海之角,知己难寻友难我的惺惺相惜之感。

小姑娘一抬头,露出一双略微上扬的漂亮眼角,如沉静星辰般透出点滴光亮的双眸,整个人被罩在深棕色的单袄与未着锦绣的麻布琮裙里,安静得似是要沉进了土壤里。赵德正再一怔,好像是跟那些十七八岁的小姑娘有点不一样。

此番心路历程若叫贺显金知道,必定要道:"我就知道天天穿屎壳郎色是有回报的!"

"你还晓得元宝口?"赵德正鬼使神差般开腔。

小姑娘笑了笑:"砍伐青檀木时,要三刀定口,各砍各的,形成两个极度倾斜的斜面,这样的斜面不盛水,泾县雨水充足,若砍得不好,青檀木砍伐接口处就易积水,非常影响来年木条的抽芽生长。"

赵德正愣愣地看向贺显金。

"你怎么知道?"

赵德正脱口而出,眼神却不自觉地移向这狗丫头身后的李三顺。现教现卖?

李三顺在心里"呸"一声,不动声色地移开了步子:你自己乱猜归乱猜,请不要拉无辜的人下水!

贺显金抽出一条水蒸后的檀木条,放进不远处的水盆里。水盆里是打的井水,冰凉沁骨。说话间的工夫,贺显金便将檀木条放了进去,待皮杆冷却后,一边将檀木条从清水里捞起,手上三下五除二利索地将枝丫皮剥了个干净,顺手还剔除了枝丫骨柴,一边笑着同赵德正随口道:"我做宣纸生意,我知道,难道不应该吗?"

说着便将檀树皮丢进了竹筐里,将干干净净的枝干递到赵德正手上。赵德正看了眼手里被剥得干净笔直的木条子,心里大为震撼,若是理论,尚能现学现背,可做宣纸是手上功夫,细微处见真章。虽说剥皮不难,但能随手把檀木条子剥得这样漂亮,本身也是有点功底在的!

贺显金扬了扬下颔,示意赵德正往里走:"赵管事守了一夜的蒸笼辛苦了,若无需休息,还请赵管事为我带个路,咱们好好看一看大名鼎鼎的桑皮纸作坊。"

赵德正如梦初醒,跟随贺显金的脚步朝里小碎步跑去。

贺显金一路过水池、纸焙、窖房、库房,非常有主人翁意识地带着赵德正往里走,时不时提点小建议:"有几张制帘的竹材不好,还是要用苦竹,短者尺余,长者达二尺,适合制作无节无巴的长竹丝。"

"纸焙的清焙刷要换新，总用枯木枝显得咱们陈家寒酸，我听说恒记特制了松毛帚，蓬松有力，很是不错，咱们也去制点。"

再时不时问两句赵管事："咱们如今验纸怎么验？验数又怎么验？裁剪怎么裁？"

赵德正想，你不仅在教我做事，还要挑我错处？！你算老几呀，你算根葡萄藤！赵德正向来吃软不吃硬，贺显金问得又直接，小老头儿脑壳一偏，装作听不见。

贺显金如若未闻，不恼也不催，路过选纸房时，两个打着哈欠的中年女子正好就位，熟练地套起麻布袖套，从案板上估摸着掐起厚厚两沓纸。

然后开始用最原始的方式开始数纸——人工计数。

两个小阿姨非常尽职尽责，每数一张，就大声报数。一个唱"七十八！"，一个唱"六十七！"，然后另一个张口就接上"六十八！"。片刻之间，两个小阿姨相互配合，让十一张纸樯橹灰飞烟灭。

贺显金笑着看向赵德正："那位姐姐的七十九哪儿去了？"

赵德正一张脸涨得通红，嘟嘟嘴，半晌说不出话，隔了好一会儿才结结巴巴道："数数不好不能算短处！做纸人的事儿能算短处吗！"紧跟着便是难懂的话，什么"猕猴桃藤汁"，什么"墨分五色"之类的。李三顺默默别过头去，内心充满了欢快之情，这一旦露了怯，下一步他们家金姐儿可就乘胜追击了。

贺显金一声笑，很温和平顺。

"数数不好，倒也无事。"贺显金道，口吻平和，听不出指点的意味，像晚辈向长辈的交流和请教，"不过咱们能便利，也可行事便利一些。之前我在泾县作坊，便买了三个秤，伙计先数一百张纸，把重量称出来，计算可粗略得出每一张纸的重量；再数十张纸，也把重量计算出来，相比对，取中间值，咱们就能确定每一张纸的重量。确定了一张纸的重量，自然可得一百张的重量。咱们只管用秤来称量，添添减减，便是有出入，也不过三两张纸。"

赵管事只是脾气不好，不是蠢。贺显金一说，他便听懂了。

赵管事开口道："若是多了纸张都好交代，可若是少了……一次两次，大家能谅解，三次四次，人家便要骂你做生意不地道了。"

贺显金自然考虑过这个问题，自然地点点头："是这个道理，所以我们一般会多放重量。"又笑道，"当然，伙计在查验选看时，不仅要剔除纸上的凸斑、骨柴，填补细小的斑损，将滥竽充数者剔除重做，也要粗略查验纸张多寡，做到'两步校'。"

赵管事若有所思地点头。贺显金便径直向前走，走入花间，没备茶。

意料之中。贺显金自己拿起桌上的茶盅，先给李三顺倒了一盏，再给李三顺身后的高师傅倒了一盏，最后自己喝了一大口后，才向赵管事介绍高师傅："之前泾县宋记纸业的当家师傅，高师傅。"

泾县做纸的圈子就这么大点，但凡有名有姓的，赵德正当然知道。高师傅嘛，跟着宋记干了几十年，宋记垮台了，没想到是来了陈记。赵德正友好地给高师傅作了个揖。

高师傅忙跨步躲开:"当不起当不起!您可是桑皮纸作坊的扛把子!"又笑着和贺显金道,"之前我在泾县时,听说过桑皮纸作坊,还想呢,怎么一家用檀树皮做宣纸的作坊,要叫桑皮纸作坊?这不是挂羊头卖狗肉吗!"

贺显金见高师傅喝完了茶汤,十分有主人样地给添上,熟稔道:"那是因为咱们赵管事不是宣城人,往前是做桑皮纸的,如今娶了位宣城府出身的令正,这才改弦更张开始做宣纸。您别说,顶尖的匠人就是这个!"

贺显金高高竖起大拇指。赵德正偏过头去,看似很平静,但红到耳朵尖的一张脸事无巨细地出卖了他。

"不过三两年的工夫,就把宣纸技艺吃透了,被我们家大爷一眼相中,成了这间作坊的管事和大师傅,陈家向来是敬重手艺人的,便延承了这店子原先的名号。"贺显金娓娓道来。

赵德正轻咳一声,通红着脸转过来。初心是要坚守的,就算敌人再狡猾,也要负隅顽抗,丝毫不为所动!

"你、你别以为说几句好听的话,这店子就要听你的了!"赵德正"你你你"了好几声,终于把舌头捋直,"你自己想想你在泾县干了啥!净不干好事!什么描红本、什么纸灯笼、什么手账本子……最离谱的是,把纸放进袋子里卖,买到啥是啥。你压根就不敬畏这门生意、这门手艺!"

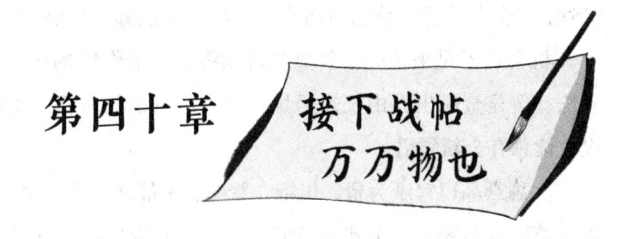

第四十章 接下战帖 万万物也

贺显金静静地低头喝了口冷掉的茶水。桑皮纸作坊在整个宣城府的纸业生意中排名前列,靠很漂亮的色宣在整个宣城府打出了名堂,在恒记熟宣和李记生宣中杀出了一条血路,如今销量很好的贡余、麦光、白滑、冰翼、凝霜、五色、十色、硬黄等纸品,实际上就是出自赵管事之手。

如今时兴色宣用极淡的颜色,主打一个氛围感,淡得几乎看不出来,再冠以好听漂亮的名号,在南直隶的文人中传诵甚广。将净白如米的宣纸,染上淡淡的颜色,形成色宣,这本身也是一种革新。

当日瞿老夫人的桑葚茶给了贺显金灵感,贺显金之后找到李三顺好好研讨了一番,谁知李三顺一听便哈哈笑道:"你晚了!不就是色宣吗?咱们家的桑皮纸作坊出过!卖相很不错,在整个宣城也引发了一番追逐!"李三顺再加了一句,"就是咱们桑皮纸作坊赵管事的手笔。"

贺显金不以为然:"赵管事?管着陈家最大作坊的管事姓赵?"意有所指地笑嘻嘻道,

"咋不姓陈或姓瞿了呀?"

李三顺老头儿虽对瞿老夫人的观感很不错,但也知道瞿老夫人在人员配备上对血脉亲缘的偏爱,老头儿蹲在地上抽口水烟,吐出几圈白雾后,把水烟摁灭,随口道:"可想而知这赵管事的分量了呗!"能在充满关系户的家族事业里杀出一条血路的,都有几分真本事。

后一句李三顺老头儿紧跟,食指向内弯,指了指自己:"我倔不?"

贺显金点头:"我们店里没养驴,但胜似有驴。"

李三顺一个巴掌拍到贺显金的后脑勺:"嘿,小丫头片子!变着法子埋汰你李师傅!"

贺显金嘿嘿笑。李三顺又重重地抽了口水烟,眼睛眯了眯看向远方,似在认真思索。老头儿,蹲地,抽水烟,本身就是一幅极有故事感的画面,贺显金等待他的教诲,呼吸都不由得放平了。谁知隔了良久,李三顺才说了一句话:"这水烟抽起来确实没有旱烟有劲。"

贺显金无语,品评这种害人的玩意儿,就不要露出这么高深的表情吧!

李三顺重重吸一口,过了肺后,惬意地拍拍贺显金狗头:"赵管事比我还倔,脾气也坏,性格古板,非常难说话。"

"但是——"李三顺一个转折,叹了口气,"赵德正是真的爱做纸。先头拜了师傅,学的是桑皮纸,后来娶个媳妇,他是孤儿,自然跟着媳妇回了岳丈家头,也就是咱们宣城。一方水土养一方人,在宣城桑皮纸做不了也卖不动,他便从头学起做宣纸的技艺。"

"这人做纸不错,脑子也活,陈家从泾县到宣城时,已有恒记、白记两方夹击,他愣是靠色宣打出了名头,帮陈记在宣城扎了根。不倔的人做不了纸,得过且过做出来的纸就又散又软,纸品如人品,你若有机会去宣城,倒也可会会他。"

机会这不是来了吗?贺显金特意将桑皮纸作坊搁在最后会面,一是显重视,二是她不能露怯。贺显金翻出乔山长送给她的好几本制纸的古籍,重新翻阅。书则一读新,再读新,每次重读总有全新领悟。

大魏纸品以宣纸为贵,川纸、晋纸、东都纸并立,生宣熟宣,有贡笺、棉料,又有白笺、洒金笺、五色粉笺、金花五色笺等,宣纸的发展一直在路上。既然在路上,又何谈她不尊重这门手艺?

贺显金低垂了眼眸,对赵德正道:"在您出道做纸之前,似乎也并无色宣出世?您是革新,我出描红本、手账本子、做纸灯笼也是革新,咱们的目标一致,近是为卖纸,远则是让更多人知道咱们宣城的宣纸,您这样的评语,未免太过——"贺显金顿了顿,"偏见。"

赵德正被贺显金哽住。贺显金抬头:"您对我有意见,究竟是因为我在做纸、卖纸上耍花招,还是只因为我是个姑娘?"

赵德正没想到贺显金问得这么明白。说实话,今天初见,赵德正对这个突然来代替陈老五的年轻新掌柜印象挺好的。咳咳,倒不是因为这姑娘没事就夸他两下,只是因为这姑娘说话做事自有章法,不为他者轻易改弦更张。作为陈家名列前茅的倔驴,同类秉性相投,他和这样的人相处起来挺舒服的,更何况,老李头都点了头、盖了章的人,他其实也相信。

但是她是个姑娘啊！是女的，还是个年轻的女的。不是他有偏见，只是洒扫除垢，女的可以做，这做纸卖纸……

赵德正当即反驳道："偏见？！什么偏见？你一个纸业铺子的掌柜，你会认原料、会摸纸品、会算账……可你会上手做纸吗？会捞纸吗？论你说得个头头是道、天花乱坠，你这一点立不住，就是个零！"

我真服了。贺显金挠挠脸，有些无奈地反问："陈五老爷可会捞纸？"

赵德正一滞，面红脖子粗地大声嚷："你总不要和差的比！五老爷再次，也是能捞出还不错的素白笺的！"

虽说一刀里，至少一半不合格。鉴别宣纸"不合格"的方式十分亮堂，照在阳光下，看每一寸纸透过的光是否一致，摸起来是否坚韧绵延即可。

但是人家至少会啊！陈五老爷自小就在洗皮、蒸皮、舂皮的棚户里长大，就算不精通，但也是会的啊！

贺显金点点头："意思是，只要我会捞纸，能捞出不错的白笺出来，我在这儿就能一口唾沫一个钉，我说什么就是什么，您赵管事对照着做，是这样吗？"

赵管事迟疑地看了眼贺显金身后的李三顺，李三顺默默地将目光移开。赵管事病急乱投医地看向他并不是很熟悉、但有所耳闻的高师傅。

高师傅正握着陈记特制的竹帘杆子，一边嘿嘿傻笑作掩护，一边脑子转得飞快地偷师学艺。你陈家的斗争，关他供应链下游的小曹村什么事呀！开玩笑，这每家每户的造纸技艺都是机密，他好不容易被带着进了陈记的作坊，怎么可能脑子空空而归嘛！

赵管事撇撇嘴，没有接收到任何有效信息，只能顺着贺显金的话往上爬："是！你要做我赵德正的主，你就得有本事！否则我赵德正换一个东家，也不是甚难事！"又想起什么，急匆匆道，"不过，得尽快！你若去学个三五年再来跟我说道，我也没时间等你。"

贺显金了然颔首："不要三五年，十日后，绩溪作坊，您来，我去，我掌帘做四尺宣，可行？"

李三顺低着头没说话。一旁的高师傅倒是偷偷拿眼觑了眼贺显金，正好看到衣袖口露出来的那双精瘦纤长的手。这小丫头算账做生意是把好手，可捞纸做纸，可不能是靠临阵磨枪就能成的。

捞纸，是制宣纸一百零八道工序里最辛苦也最难的一道，一帘水深、二帘水浅、一帘水没身、二帘水破心，且还是掌帘，如若跟着李三顺，当个副手，还能有四五分成功的机会，但一旦自己掌帘，如何卡槽、上帘床、夹帘尺，绝非纸上谈兵啊。十天，能行吗？

赵德正看这小姑娘面色平静但神容昂然的模样，内心竟生出一丝不知从何而来的悔意。这万一不行，这小姑娘岂不是要被狠狠打脸了？嗯，说实话，这小丫头也算不错的了。至少，单从感观上讲，就比那时时刻刻笑嘻嘻，但"有功是他的有祸大家担"的陈老五，可坦荡了不少……

贺显金真答应下来，赵德正尬在原地，伸手挠挠后脑勺。赵德正想开口说点啥，却见贺显金已带着人走出了桑皮纸作坊。

贺显金人一走，刚刚不见踪影的南小瓜朋友伸了个脑袋出来："哎呀，怎么走了呀！我刚去巷子口买了两只南瓜饼！"

转头看自家赵管事还在原地，南小瓜立刻把两只南瓜饼塞进嘴里，囫囵吞下，瞪圆眼睛："哎呀，您还在这儿呀！我刚吃完！"

赵管事无语，他知道，他亲眼看见了这出惨剧。

南小瓜当下低头就要跑，在原地踟蹰片刻，对未来女掌柜的好感突破了对赵管事有名无实的惧怕，张嘴就整顿职场："您着实不该因她是姑娘看轻人家！人家戏文里叱咤风云的百安大长公主也是姑娘，怎的就打得了鞑靼、驱得了倭贼！"

赵管事背手低头，走了两步，往地上啐了一口："小兔崽子！你懂个屁！"

姑娘，意味着什么？意味着没见过大世面！就算进过学堂，就算看得懂那些金贵书，就算会提笔写两句酸文，也不代表她懂纸。不懂纸的东家，就是个外行，外行带内行，注定完蛋！

上面人嘴巴一张，底下人干死干活，最后全都打倒重来，这种事也不是没有过。那陈老五好歹是造纸世家出身的，他懂制宣纸不易，懂得这一百零八道工序孰轻孰重、孰急孰缓。这丫头不过是在李三顺的调教下，背过两页常识。干一年两年可以，大家伙只见烈火烹油，不见火下虚空，若是这丫头行事太过天马行空，吃苦受累的就是下面人。赚不到钱，受穷挨饿的就是伙计们！

为何桑皮纸作坊，十八个伙计，二十年，一个也没换、一个也没走？不就是因为，一则他手上功夫厉害，镇得住场子；二则他是从底层爬上来的，他知道伙计有多苦。桑皮纸作坊在隆冬腊月会花一笔银子给伙计们买炭火、买生姜、买猪油，因为捞纸时，师傅整只小臂胳膊要浸入池子里，一天捞上三两池子，没几天手上就会长满冻疮；在三伏暑天，也会给伙计们窖上瓜果，备上绿豆汤、温盐水和糖当作饮子，因为在焙房不能开窗，烘纸时不可见风，且焙板比高热的人体温还烫……

这些都是小事，但当管事和掌柜的，必须要做。人，匠人，才是宣纸的命！一个小姑娘，没做过纸，没吃过苦头，没把一百零八道工序走完，她真的能懂吗？

赵管事抿了抿嘴角，双手背在腰后，因常年靠在砖混水槽旁以腰部作支点使大劲，如今，他的腰杆每逢阴雨天都隐痛得厉害。赵管事一夜未得好眠，眼圈发青，伸手再打一把南小瓜的前额："我不是看轻姑娘！只是姑娘大多都没定性又娇气……"

南小瓜嘟囔一声："论起没定性和娇气，陈五老爷，也不遑多让……偏见就是偏见，说再多也是偏见……"

赵管事一巴掌打到南小瓜肩上："不许再去学堂躲墙角听课了！学到点词儿就乱用。什么黄什么壤，咱做纸的，关种庄稼什么事儿！"

南小瓜默默翻了个白眼，顶头上司没文化怎么办？在线等，挺急的。

贺显金接下战书，自然要花功夫准备。正巧卷王钟大娘的集训营进展到实操环节，贺显金便跟着一块集训。

贺显金一上手，高师傅的面色就变了，凑拢李三顺轻声问："贺掌柜练过？"

李三顺目不转睛地看贺显金的手上动作："快了！力气要重！整个胳膊没下去！你是怕水里有蛇，还是怕这水吃人呀？"一边分出神来随意回答高师傅的问题，"知道我们家三爷吧？"

高师傅连连点头："知道知道，那个不着调的二世祖！"

对这个评价，李三顺表示高度认可，点点头："就那二世祖都被这丫头逼得每一旬至少来作坊上七天工。对自家老爹尚且如此，我们家金姐儿向来不是只许州官放火，不许百姓点灯的，除却月终算账、清仓，这丫头都在作坊里，每一道工序都是亲自上手做过的。"

高师傅哑然，愣了愣："她、她能做来？"

李三顺奇怪地看了眼高师傅，莫名其妙发问："你聪明还是我们家金姐儿聪明？"

高师傅悲愤，这是一个等级吗！

李三顺转过头去，拿目光继续细抠贺显金动作："你都做得来，金姐儿肯学，她凭啥做不来？"

高师傅想了想是这个道理，于是愉快地接受了李三顺这个回答。李三顺看了看贺显金的手上动作，仅仅抿了嘴角，没说后一句话：但是，匠人能用时间在一定程度上弥补脑子的灵光，而给贺显金的时间太短，这让比试充满了不确定。

集训过程中，贺显金在绩溪作坊建的那七八个砖砌大水槽起了作用。二十人四人一组，分作五组，二人一队，一组内分两队进行积分制捞纸比赛。这是钟大娘设置的第一个淘汰环节。

这个赛制设置为二十天，将每一队捞出的纸张积分累计。李三顺、周二狗并绩溪作坊的瞿大冒管事当评委，以一刀为单位进行打分，从宣纸的均、色、绵、韧，落笔后的分色、笔触和层次的表达，放置长时后的色与形作为评审点。此赛制为十分累积制，谁愿意加班加点地多做挣分也可，但只一条，低于平均值，即五分，评为低分宣纸，一旦出现多于五刀的低分宣纸，即为淘汰。

五分以上，每得一分都是不易，八分以上为高分段，一天有两刀宣纸高于八分者，自动加五分。从制度上杜绝了那些粗糙刷分的玩家。

一群崽子，立刻分出好几个阵营。有平稳拿分的，把每一刀的分都控制在六分左右，每一刀投入的心血都不多，但刚刚够用，重在数量；有精挑细选的，只做精品，每一刀的分都在八分左右，虽然手脚动作稍慢，但能多拿规则之内的五分。

"酱肘子"漆七齐选手确实聪明，吃透了规则，甚至隐约用上了二元一次方程，进行组合刷分，每天保证两刀及以上的高分宣纸，甚至有时能超水准做出九分的宣纸。但这个指标一旦完成，他就带着队友把宣纸的评分控制在了七分左右，依靠组合刷分，"酱肘子"一队已蝉联了将近八天的积分榜榜一。

且其他平稳刷分的组队累瘫时，"酱肘子"甚至能空出时间打听打听卷王钟大娘。例如，和离书是怎么签的？孩儿在哪里养？那天杀的前夫死没等系列一听就心怀鬼胎的问题。

这人聪明到了点子上，他谁也不问，问贺显金。夜深人静，集训的崽子们都走光了，"酱肘子"在耳朵边絮絮叨叨地聒噪，贺显金面无表情地对着周二狗搭帘子。是，经过精挑细选，她的捞纸搭子是大病初愈的二狗哥。

狗哥人在江湖，放出话来："他的掌柜他来罩，宣纸必须做得好。比试就试轻飘飘，敢问谁敢来挡道！"

难道说单押也算押？但狗哥对这首绝句非常自信，甚至贴在了贺显金一侧的水槽上。贺显金补课本来就烦，低头一看狗哥的鬼画符，心里更烦，再听"酱肘子"绕着弯套话，贺显金深吸一口气："你再多问一句，你今天的积分扣完。"

"酱肘子"大惊失色："大家都是来集训！贺掌柜为何公器私用、以公报私！"

是啊，大家都是来集训，你是来泡班主任！这"酱肘子"真是个聪明又讨厌的男生，平时看着不太努力，但成绩贼好，还爱缠着美女老师问东问西。

贺显金撩起袖子，双手紧握竹帘，屏住呼吸，头帘水没身，将小臂和手肘尽数沉进装满纸浆的水槽中。

刚一使劲，贺显金便心道不对，她慢了，她和狗哥的节奏不在一个频道！她慢狗哥快，帘子受力不均，就凹凸不平，竹帘上挂起的纸浆就厚薄不匀，自然成不了一张好纸。

贺显金挫败地将竹帘拆下来，拿到纸浆水槽里洗净，再看"酱肘子"，便叉着腰骂："你缠我有何用？你喜欢钟大娘你就努努力进陈记呀！再努努力早日升作二道杠和钟大娘平起平坐呀！你个实习生，现在问什么问！"

"酱肘子"哭，很难不认为贺掌柜是在借题发挥。

贺显金一通输出，把做不成纸的怒气全都宣泄出来，一扭头便见陈笺方目瞪口呆地站在原地。贺显金缩了下脖子，低头拿胳膊抹了把额头的汗。"酱肘子"漆七齐同学跟随贺显金的目光看了眼门外身姿挺拔、面容浅淡的青年人。

"酱肘子"非常八卦，如同狗见了猫、猫见了耗子、耗子见了油，轻轻踢了踢周二狗，跟他吹耳朵："这谁呀？我听说咱们贺掌柜的没有婚约呀！如今又在守孝，没听说有正在相看的……"

"酱肘子"等了半天，没有等来充满激情的回复，目不转睛地看着门外温润俊朗的青年，脚下又动了："狗哥狗哥，你说话呀——"

周二狗咬牙切齿："你再踢我，明天的积分也没有了！"他如今就一条腿是完好无损的，这厮还可着一条好腿踢！是不是想把他踢残了，自己上位当首席啊？

"酱肘子"学贺显金的样子，脖子一缩，一副乖巧鹌鹑状。

还未和周二狗互通有无，贺显金略有丧气地开了口："这么晚了，二郎你来作甚？"

陈笺方扬了扬手里的布袋："龙川溪上游有位致仕的侍郎，我前来请他指点文章，老先生学富五车、谈兴正浓，如此一来便晚了些，正好见绩溪作坊亮着光，便过来看看。"

再看贺显金一身短打，虽是深秋的天气，却满头大汗，低头见满池的纸浆与好几个四尺的竹帘，恍然大悟般忆及与赵管事的赌约，笑道："原是真的。祖母说你与赵管事立下赌约，若能捞出四尺宣，桑皮纸作坊便唯你马首是瞻……"

贺显金一边点头，一边拿干抹布擦手。

陈笺方从怀里掏出一方蚕丝巾："抹布磨手，用这个吧。"

"酱肘子"兴奋地疯狂撞击周二狗的肋骨。肋骨倒没事，肋骨下方的腰子无辜受到波及，作为男人，周二狗很想立刻把这死肘子溺死在纸浆槽里。

贺显金接过蚕丝巾，是挺柔的，像在小猫身上擦手，心情却更觉焦躁："倒也不是唯我马首是瞻，只是姑娘在男人堆做事，又是初来乍到，总要露两手镇场子，行事才便利。"

"酱肘子"想起每天把头发潦草地盘成一个粗髻，英姿飒爽地跑在集训队伍最前方的钟大娘，不由自主地猛点头，像只啄米的傻鸡。

陈笺方目光被移动傻鸡吸引："是集训的新人？"

"酱肘子"拱手大声道："在下漆七齐，清水镇人，老父曾为陈家做活，因爷爷过世，老父就回乡里给爷爷制棺修坟去了！"

陈笺方脾性温和，亦拱手道："在下陈笺方，陈家长房二郎。"

"您就是陈二郎！""酱肘子"仿若被闪到，五官被读书人自带的光芒闪耀得皱成一团，双手在衣摆处狠狠擦了几下，恭恭敬敬躬身作揖，生疏地咬文嚼字，"久仰久仰！"

周二狗默默翻了个白眼，小声嘟囔："说得你真知道似的……"明明文化水平和他不分伯仲。

"酱肘子"一拍巴掌，五官活起来，大声道："此言差矣！我们镇上读书的崽儿，大考小考前，你知道要干吗不？"

"干吗？"单纯快乐的肌肉男周二狗到底被勾起了兴趣。

"拜神呐！""酱肘子""啪"地一下拍了大腿，"先拜孔夫子，再拜青城山院的乔山长，最后拜咱们宣城府独有特产陈家二郎和乔家大郎！一个十八岁中举，一个十三岁中举，求学神吹口仙气，保他们小考小过，大考大过，不考也过！"

贺显金一边低头搅和纸浆，一边终于勾唇笑起来。这活宝，是真会来事，就看是他的嘴硬，还是钟大娘的心硬了。

陈笺方听见熟悉的名字，余光下意识瞥向贺显金，见贺显金神色自然，便长舒一口气，再拱手作揖算是让过："过奖过奖！宣城府藏龙卧虎，小儿怎敢与孔孟、乔师比肩。"

害怕这位活泼的"漆七齐"再说出让他难堪的奉承，陈笺方眸光赶忙移向纸浆水槽，又见水槽旁没有成形的重叠湿絮，敛眸轻道："一张都还未得？"

贺显金闷闷地点了头。

李老头儿说，做纸既考技术也考心性，之前她心性非常平和时，跟老李头当搭子，秉承着做得出来就做，做不出来也没人扣她工资的松弛感，倒是做出过几张还不错的四尺宣；如今，她一方面担忧时间的匆忙，另一方面又顶着陈记三间店子和一堆人隔岸观火看她究竟行与不行的压力……

如今……贺显金轻轻抿唇，如今她若是失败了，便没有退路了。与在泾县不同，宣城众目睽睽之下，善意的、恶意的、看笑话的人里三层外三层地用赤裸热烈的目光催促地看着她，看她处心积虑地拿到了陈家三间铺子的管事权后，能不能顺利承接，能不能将不同的声音弹压下来。

她没有第二次机会。赵德正一旦心服低头，就算是瞿老夫人想动她时，也必须掂量掂量手上的筹码了。这样的局势下，她很难稳住心性。

还有八天，只有八天，偏偏这个时刻，李三顺被派到泾县帮陈敷解决一批宣纸存放发潮的问题。本可以让高师傅去，但瞿老夫人一句"高师傅并非与陈家签契的伙计"，亲自指派了李三顺前往。瞿老夫人或许也想看看，如若没了李三顺，她硬碰硬的手艺到底有几分吧？

贺显金轻轻颔首，几瞬之间，将怯懦与不安尽数收敛，看起来与往日并无异常："是，一张都还没做出来。"但小姑娘轻轻展颜笑了笑，"但我相信，蔡伦大神终究是站在信徒这边。"

蔡伦大神与信徒。陈笺方不自觉地笑起来，贺显金无论何时何地，总能说出叫人听了耳目一新的调子。

看陈二郎笑得明媚又真挚，"酱肘子"拼命拿下唇包上唇，企图掩饰灿烂的姨母笑，手肘往外一拐，欲与周二狗实现肢体的深度交流，谁承想一肘子过去扑了个空。"酱肘子"扭头看，周二狗一脸警惕地早已移步十米之外。周二狗只觉得很无助，金姐儿的婚姻要拿他祭旗就算了，他不想再让脆弱的腰子受伤了。

"酱肘子"眼珠子滴溜溜转，笑眯眯开口："说起蔡伦祖师呀，让我不由想起'露皇'纸，听说在泾县最早做出八丈宣时，槽中突然出现了一位须发银白的老人，手拄古木拐杖，一双眼睛瞪得老圆，没一会儿就消散了，伙计们以为是蔡伦祖师出现，每次做'露皇'纸时，都要以沉香、供品和鞭炮去祭奠他老人家……"

这说法贺显金还是第一次听。

周二狗点点头，向贺显金道："之前在小曹村捞六丈宣前，三顺师傅特意烧香叩拜过祖师。"

这……贺显金低头又搅了搅纸浆，抬头郑重吩咐周二狗："狗爷，麻烦您明日去市集帮我请两张祖师的画像，再买点石榴、桃子什么的……"

祖师爷可能不太喜欢水果吧？跟吃戒断餐似的，得再来点碳水："酥饼、麻饼、城东头老童家的鸡油炸饼，各样五十个。"

碳水、纤维、蛋白质也很重要："卤腱子肉切两坨！卤香排骨、猪脸肉和羊腿也买点。"

贺显金给祖师爷安排了一顿放纵欺骗餐。

周二狗急了，撞贺显金："酒——酒！哪有老头儿不爱喝酒的！"

健康餐一下子被哄抬成为应酬餐。不过周二狗说得很有道理，贺显金大气道："那再来两壶青梅酿，希望祖师爷吃好喝好，保佑我顺利开纸。"

陈笺方低眉侧目，笑意浸入眼窝，直达心上。他并不是一个容易感到轻松的人，父亲历经二十载，在母亲的不断温润下终于性情豁达，却倒在了好日子真正来临的前夕。他骨子里跟父亲很像，敏感、多思、感性却稍有懦弱，当情绪繁杂，他就像一座未搭建堤坝的水库，涝灾来临，洪水涌出，他若能及时挖渠、引沟、润土，便可全身而退，但一旦失败，他几乎被郁结的情绪溺亡。

显金，却很容易能让他轻松起来，随便几句话，随便几个笑脸，好像凡事到她手里都举重若轻，能够得到妥善而完整的解决。

父亲曾带他在成都府的边界看过一种花，是从西番传过来的，唤作丈菊，硕大的花盘迎阳而生。贺显金就像这种花，而他就像在这种花下庇荫的杂草，贪婪地汲取着贺显金强大的生命力，不可脱离，她一点一点地补足他的心绪。

陈笺方将一直拎着的布袋子放在水槽旁的斗柜上，默默地移开一盏燃得很旺的油灯，从布袋里将书册与笔墨都拿了出来，温声与贺显金道："你还要练多久？"

贺显金看向周二狗，周二狗也不知道自己为什么下意识看向"酱肘子"。

"酱肘子"挠挠头："我们集训，我不走。"

周二狗挠挠头："我可以挨着漆七齐睡。"

意思是通宵也可？贺显金想，这什么老师呀，怎么连个专属课程表都没有！而且，通宵会不会太狠了？万一，祖师爷要在梦里练练她酒量咋办？

"再有一个时辰吧。"贺显金看了眼更漏，看希望之星已经端了小矮凳坐下看书，迟疑道，"院子里还有一辆骡车，你可以先赶回去，再请陆账房帮忙赶过来接我。"

陈笺方眼神未从书上离开："那岂不是太过麻烦骡子？"

给你颁发一个爱护四蹄动物和平奖好不好？贺显金闷了闷，昏暗的捞纸棚户只在木梁上零星挂了三四盏油灯，为了方便往水槽里加料、搅拌"划夜槽"，还备下了好几盏灯油旺盛的照明灯。饶是如此，因整个棚户空间太大，且仲秋初冬的夜风又疾又劲，吹得油灯东倒西歪，光线如同喝醉的老叟在大道上努力走直线。

"仔细把眼睛看坏了。"贺显金扬了扬下颔，"要不就去前店看吧，光好一些。"

陈笺方温声笑着摆摆手："何必再点灯烧油？这里就很好了。"

贺显金还想说什么，陈笺方索性将双手撑在小矮桌桌面上，抬起头，笑容平和安静，声音润得像绵滑清澈的春雨："显金，你在耽误你自己的时间。"

贺显金便止住了纠缠，转身回到水槽边，索性不再管一旁的陈笺方，只将竹帘擦拭干净后抱到灯下自行研究。周二狗是自身很强、但教学能力为零的自我修仙型学霸，做不到李老头儿那样一针见血地抠问题，问狗哥的意见，大概只能得到"我觉得你不对"这样的评语。

问他"怎么不对了？"，周二狗便会像个大傻子似的，憨笑说"感觉不对"。

这跟买家要求"我要五彩斑斓的黑和抑郁深情的白"又有什么区别？与其指望周二狗，还不如指望自己的智商。贺显金单方面剥夺了周二狗参与教学的权利，无奈选择自学。

陈笺方轻轻抬头，目光落在贺显金靠着柱子的瘦削后背上，再落到贺显金身侧冒着热气的茶盅上。热茶，陈笺方不由自主地勾起唇角。他一早便说，小姑娘喝凉茶伤脾伤肝，如今天气渐凉，终究肯听一些话了。

在一旁的漆七齐"酱肘子"，牙花子都快包不住了，眼珠子转了转，决定换个思路问周二狗："既然咱们贺掌柜没婚约，那咱们二郎君都快十九的年纪了，也没定亲吗？"

周二狗认真思索片刻后，诚实回答："我不知道啊。"

漆七齐无语凝噎。周二狗挠挠头："我又不喜欢二郎君，他定不定亲，与我有何关系？"

周二狗后知后觉，漆七齐会不会太过关注二郎？难道是——

周二狗"啧"了一声，小声提醒："你要是喜欢二郎，你仔细藏起来，要是被老夫人抓到了，打断你一双腿呀！"

漆七齐沉默地看向周二狗，既没在沉默中灭亡，也没在沉默中爆发，反而情绪稳定地提出了另一种思路："咱就是说，你问我是不是喜欢贺掌柜，会不会更合理一些？"

周二狗恍然大悟，隔了片刻才摆摆手："你和金姐儿？更不可能。"

漆七齐想，这人是在侮辱他，还是在侮辱贺掌柜？

"你说，金姐儿养三五个身娇体软的小相公，我信。你要说金姐儿嫁人，给个男的缝缝补补、洗洗涮涮，再围着孩子哭哭啼啼、家长里短……"周二狗声音压低，似乎想到那个画面，他不自觉地抖了抖，"我倒宁愿她这辈子别成亲，一个人孤零零地过，也比那日子舒坦。"

棚户大，但通风，话从口出，随风而行。贺显金琢磨得极认真，两耳不闻窗外事。一心只读圣贤书的陈笺方，却不由自主地将目光凝在了《植品》序言上，半响未动。

成亲，难道不是好事吗？两个人相互扶持，携手度过。怎么在这个壮实的伙计口中，却成了天怒人怨、人神共愤的坏事了？若、若他有幸得娶显金，他必当勤恳上进，不说位极人臣，却也要官至六部，势必叫显金扬眉吐气、有所依仗。他必将中馈、良田、店铺、财物毫无保留地交予显金，将育子教子的权利尽数交给他们的母亲，他将忠诚、坚韧、坚强，带给她最大的保护和……爱。

难道，这样也不幸福吗？陈笺方轻轻歪头，似乎被那晦涩难懂的序言扰乱了心绪、打乱了思考。

贺显金预计自学一个时辰，实际自学两个半时辰，已近子时。"酱肘子"和周二狗一左一右大声打呼噜，贺显金走时预备叫醒这俩，谁知这俩统一动作，一个翻身继续在窄木板上睡如老狗。好吧，那就让他们达成在公司地板上睡觉的成就吧。

贺显金和陈笺方一前一后上了骡车。陈笺方的手紧紧捏住膝盖处的衣料，思忖良久刚想说话，一转头却见贺显金歪头靠在立柱上，张着嘴睡得不省人事。陈笺方紧紧攥住衣料的手慢慢松开，不由失笑。

好像每次他下定决心要说些什么时，总是不行。凉茶事件后，他提着致歉的糕点，走了半夜的路，希望与显金当面说清楚，却看见大门紧闭的店铺和空空荡荡的内院；就在上次，他的话已到了嘴边，却像是被糨糊封住、被钩子钩住，无法畅快开口；这次，他想问问贺显金怎样看待婚姻，贺显金却回之以平稳的呼吸和从嘴角下落的口水。

陈笺方认命似的，从怀中掏出另一条蚕丝巾帕轻轻擦拭干净，目光落在了贺显金张开的唇上。少女的唇，粉红、弹润、水灵。陈笺方入神般看了许久，终是艰难地移开眼神，贺显金的话尚且在耳边："你若真喜欢就努力进陈记，努力拿到两条杠跟她平起平坐……"

现在的他，根本不堪一击，祖母任何轻飘飘的决定，都有可能将这份美好的喜爱变成恐惧的牢笼。

陈笺方闭眸仰头，将后背轻轻靠在内壁。等等吧，再等等吧。

一连两日，贺显金捞无好纸的战绩，尚且无人能破。事实证明，搞封建迷信是没用的，拜再多蔡伦祖师爷，供上一桌满汉全席，都打动不了他老人家。

贺显金情绪非常焦灼，与其说焦灼，不如说烦躁加低落。陈笺方每日晚上都来陪，贺显金下训的时间却越来越晚，说的话却越来越少，陈笺方在棚户里的陪伴和骡车上的同行，大多都在沉默与思考中度过。

贺显金整个人像被一块大石头压住，有种孙悟空难逃五指山的无力感。不是她不够努力，是她真的不知道怎么解决了。心态无法调和，就算她的副手是经验丰富又技艺超群的周二狗也没有帮助。捞纸，只有两下，两下下水，能成则成，不能成则洗去重来。每一分力，每一个角度都决定了这一次的捞纸是否有效。

贺显金情绪越来越焦灼，集训的新人不敢靠近，只有钟大娘顶着压力来安慰她，给她带了一大杯桃子茶和四色糕点，贺显金反手抱住钟大娘，将头埋在小姐姐的肩窝里，隔了许久才抬起来："没事……没事……"

钟大娘有些心疼，怎么可能没事？她的肩膀湿了好大一片啊！

"就算不行，难道就不能做掌柜了？"钟大娘愤愤不平，"每一个制笔的，难道就都写一手好字？每一个做刺绣的，难道就都能制一身衣裳了？你懂纸，懂算账，懂做生意，难道还不够！"

贺显金摇摇头，不够。

怪她，将李三顺当作拐杖，以为自己拄着拐杖跑得够快，就能比别人先到终点。如今，拐杖被人抽走了，她一瘸一拐地在赛道上，就算姿势再标准、装备再齐全，她也不可能完赛，更不能拿奖！

第五日，夜。贺显金与周二狗搭配越发慌乱，竹帘翘起老高，中间的帘子快要拱出一座桥了。贺显金垂头站在水槽前，深吸一口气，闭上眼，额间的碎发挡住了双眼。

没人看到她眼眸里包了好大一包眼泪。如果流泪有用，她愿意每天在蔡伦祖师的画像前哭上四个时辰，打卡上下班。可是哭压根没用啊，不仅没用，甚至有可能破坏水槽的酸碱性。

陈笺方合上书页，轻手轻脚走到贺显金身侧："先回去吧，休息一晚。"

贺显金轻轻点头。

自小门进漓院，贺显金垂着头，推开东厢的门，一垂头却看见不远处的窗棂上隐蔽地放了一块石头，石头下压着一个大大的牛皮纸袋。贺显金四下看了看，将纸袋拿进内厢，快速拆开，却见一张薄薄的信笺，龙飞凤舞地写了一行字：

"换人做配。周二狗体形健硕，肘手高度比你高三寸，发力点不同；那位油腔滑调的年轻人身形略矮，体格略弱，肩膀和手肘高度与你类似，可换成他试上一试。"

贺显金眯着眼，又把这张单子飞快看了一遍，东厢房传来婆子和小丫头凑在一块说笑的低声，像蒙在鼓里嗡嗡的。这让贺显金猛地一惊，随即飞快地将牛皮袋子与单子往床单下一攥一藏，警惕地回过头看！

没人！贺显金呼出一口长气，大声唤："锁儿！锁儿！"

王三锁大朋友立刻从花间探出黑胖的脑袋，捧了个大纸盒子装起来的白糖玉米花，嘴里塞得鼓鼓囊囊的："啥！"

"刚刚可有人来过？"贺显金急问。

锁儿想了想摇头："没，张妈过来问您晚上加餐吃豆腐果子夹鱼腥草不，我嫌那股味太大了，没要。"

贺显金来不及追究为啥张妈要给她安排如此重口味的夜宵，只紧紧抿住唇角，胡乱点头。待锁儿走远，贺显金关好门窗，甚至将纸糊的窗棂用花盆挡住，才将牛皮袋子与那张单子拿出来，想了想，又将一个半人高的樟木箱子从床底拖出来。

把好几个小匣子拿出来后，露出最后一个长长的窄木匣子。这木匣子还上着一只小铜锁，贺显金从抽屉里拿了一串钥匙出来，把木匣子打开，取出卷得好好的一份长轴，屏气凝神地一点一点展开。

是那份落款为宝元的《商道浩荡行者至论》，乔师第一次甩给她看的那篇文章。贺显金跪在床前，将单子与这份卷轴并排放在一起，紧张地对比笔锋、行笔及行文。隔了良久，贺显金才鼻头酸涩，却止不住笑意地抬起头来。

是乔徽的字迹！笔锋尖锐，起笔拉长，行笔随意，收笔利落。宝元，乔徽，乔大聪明，乔解元，他还活着，甚至现在就在宣城府！

贺显金泪眼婆娑，猛地想起什么，将两份卷轴放在木匣子里好好收起，转身向漪院西厢跑去。西厢已灭掉了三四盏烛火，整个屋子水蒙蒙的，小胖花花宝珠湿着头发坐在铜镜前闷闷地打着呵欠，身后一左一右的侍女小燕和大雁拿蓬松柔软的纱巾正在给她擦头发。

小胖花花一见贺显金，两眼放光，大喊一声"姐姐"。话音一落，跟着脑袋就拱上来了，湿答答的头发蹭在贺显金的袖子上，有股清淡的栀子花香。

贺显金笑着接过小燕手中的纱巾，示意她们可以去休息了，拉了只凳子坐在宝珠身后，认认真真地帮小姑娘擦头发："怎么不起盆炭？这么晚了，烘在炭火旁，头发干得快，你也好睡觉。"

宝珠舒服地扬起脸，眯着眼睛："大家伙都还没用炭呢。"

炭火，其实不算稀罕物。十月底、十一月初，宣城府才渐渐转凉，陈家去年就是十一月中下旬才开的炭火账目。在乔家，谁还在乎家里什么时候开始用炭呀？还不是一句话，想用就用了。

贺显金胸口闷了闷，只道："陈家是陈家，你是你，你的炭火钱、头油钱、香皂，甚至竹盐、衣料、裁缝、刺绣等都不是从陈家走，想用便用，姐姐穷得只剩钱了。"

小胖花花抱着大纱巾捂脸，"嗤嗤"乱笑。贺显金手脚不轻不重地继续给小姑娘擦头发，脑子里百转千回：既然乔徽选择飞檐走壁地进陈家内院看妹妹，想来是身上还背着事，不愿意公之于众，宝珠心里是藏不了事的，多半乔徽在宝珠这儿，是没显过形。

贺显金非常想大声告诉小姑娘：你哥哥还活着！好好地活着！但是……

贺显金深吸一口气，看着小姑娘如瀑布般一泻而下的青丝，轻柔又怜爱地摸了摸宝珠的脑门："在陈家开心吗？"

宝珠抱住大纱巾，仰头看油灯，答非所问："老夫人对我挺好的，时不时叫我过去吃点好的，问问我爹，问问我哥，问问我姨父，问问我早逝的娘亲——"

意思是，就是没问过宝珠究竟咋样。贺显金无语凝噎，瞿老夫人，这是在透过小胖丫头偷觑她一直向往但仍未享受过的生活和阶层。

贺显金顿了顿，拿梳子从头到尾，一下一下给小姑娘梳头发，发尖还在滴水。贺显金转头告诉锁儿："还是得去灶房，生盆炭来，加两朵栀子干花，烘得干干的才好睡觉。"

锁儿很快回来，满屋子都充盈着一股萦绕在鼻尖抓不住但不可忽视的清香味。

贺显金的心绪慢慢随着香味、暖意和机械性的重复梳头平复下来："素日呀，有欢喜的就去做，有让你不舒服的咱们也别忍着。你在陈家，对陈家利大于弊，咱们虽别端架子，但切记勿有寄人篱下之感。等你哥哥回来，等乔师平反，自有大大的好处要给陈家的。"

小胖花花木愣愣了半晌，踌躇低声道："他们真的还能回来吗？"

贺显金语气笃定："能！为何不能？你父兄是何等的人物，你切莫忘了！"

小胖花花的胖爪子紧紧揪住贺显金的衣角，头向后一仰，正好亲昵地倒在了贺显金大腿上，眯着眼睛揪贺显金的衣摆，就像雏鸟归巢，语气依恋："姐姐与我父兄，是一样漂亮卓绝的人物。"

朦胧的温光在屋子里荡漾。贺显金有一搭没一搭地为宝珠理头发，时不时说起前些日子中秋的花灯与月饼，龙川溪进了十月，两岸的石头上遍布晾晒的湿树皮，还有张妈最近手艺回潮，所有菜都要加点鱼腥草云云……

宝珠困意来袭，贺显金轻手轻脚地回了房间。这一觉，睡得极好，连身都没翻。

翌日，贺显金指名道姓叫"酱肘子"："漆七齐——"

漆七齐小跑步前进。

"你当我副手。"贺显金直接道。

漆七齐："啊？"

周二狗也"啊？"一声，随即异常悲愤地撑起上半身："你果然是嫌我左腿有伤！"

贺显金眉头乱皱："与你左腿无关。"

单纯快乐肌肉男开始咆哮："那你是不是嫌我翻你白眼！"

你还翻了我白眼？这笔账，以后再算。贺显金耐心摇头："倒也不是……"

"那必定是嫌我文盲！"周二狗痛心疾首，"我为了鼓励你，还挖空心思作了一首绝句！"

贺显金低头看了眼还贴在水槽前的那四句打油诗。不说这个还好，说起这个，那她想换人的欲望更强烈了呢！

"真不是……"贺显金摆手，"我只是想换一个人，试试看若身量……"

周二狗仰天咆哮，像一只杀红了眼的哈士奇："你是你是你是！你从一开始就嫌我不认字，还不会写字！你怎么这样？我辛辛苦苦陪你陪到大半夜，不眠不休，气喘吁吁！你一眨眼就用上了比我年轻、比我白、比我有新鲜感的新人！你说你说，你到底嫌弃我什么！"

"我嫌你太高、太壮、力气太大、动作幅度太宽！"对付哈士奇，首先自己要变身哈士奇，用魔法打败魔法，贺显金也大声咆哮道，"这些理由够了吗！"

周二狗一滞，再一愣。这些理由，好像他能够非常愉悦地接受呢……周二狗止不住的笑意涌上心头。

一旁的漆七齐却悲愤地指向自己："那您就是看上我又矮又细，力气又小，动作幅度又窄呗！"

贺显金默默，你这样理解，倒也不是不可以……

周二狗满意离去，漆七齐一脸委曲求全地陪老板温习。两个来回下来，贺显金惊讶地发现，漆七齐本身的力气略次于周二狗，略强于她，搭配起来比较不易失衡，且此人擅使巧劲，观察力非常强，在头帘水下槽后，漆七齐会根据竹帘上挂着的纸浆情况，非常敏锐地配合贺显金的角度和力道，确保纸浆上挂，尽力均匀。

贺显金大喜过望，转头给自己倒了一杯冷茶，咕噜咕噜下肚后，狠狠地拍了拍自己脸颊，逐渐筑建信心，重回砖混水槽前时，整个人莫名地心定。

连续四日，贺显金都宿在绩溪作坊，与钟大娘住一屋，几乎每日都过了子时才回房，将捞纸棚户留给伙计"划夜槽"，早晨与集训新人一起起床，跟着钟大娘沿着龙川溪跑步。贺显金以为自己会吊车尾，结果稳稳地挂在了第二梯队的最后几名，正数排名至少能挤进前十五吧？

漆七齐就真的嘴很欠："我们钟教学，人家不仅晨跑，还夜跑，您这细长胳膊细长腿的，啧啧啧，可跑不赢钟教学。"

不是，你这个踩一捧一，很容易爆雷好吗！

贺显金拖着漆七齐，保持着每天捞纸六个时辰以上的练习时长。其间，希望之星来过两次，沉默又温和地陪在贺显金身侧，有时带了烧卖，有时提着三碗色香味俱全、在巷口爆火的红汤面，因贺显金索性不回陈宅，陈笺方便等到宵禁的时候独自返回。

漆七齐终于耐不住，看着不远处油纸灯下鼻梁高挺、身姿挺拔的陈二郎君，埋头低声问贺显金："您这是要当我们老板娘呀？"

贺显金面无表情地看了漆七齐一眼："老娘当的是你老板。"

第九天，贺显金和漆七齐的配合已然能达到二十帘出八张好纸的成绩，请了周二狗围观现场，周二狗双手抱胸，肱二头肌突出，沉吟半晌后一拍脑门道："我知道是哪里感觉不对了。头帘入水时，我动作大、金姐儿动作小，我手肘高，浸入水时自带三寸，金姐儿就算浸入到和我一样的深度，也要短三寸！这样怎么可能同步嘛！"

贺显金想，谢谢你哦，你这属于屎临头开了肛啊。

再一回想乔徽纸上那段话，他是完全站在习武之人的角度，从动作出发，看二人同频共振的节奏感，她与周二狗体形差别太大，若无长期的持续磨合，是不可能入水出水在一条线上的。乔徽完全不懂做纸，却直击要害。贺显金不禁暗叹一声，大聪明，不愧是大聪明呀。

不过……贺显金眯着眼看向周二狗，她是当局者迷，压力之下难思其他，这人怎么回事？怎么当的特级教师的替补？怎么做的私教？这么浅显的道理都看不到吗！

贺显金质问周二狗，周二狗理直气壮："我们入道时，师傅就说过，捞纸要找身形相似的！你主动选择我了，难道我还拒绝你啊？这让你面子往哪儿搁？"

贺显金气得想继续变身哈士奇，这时候，你又非常精通人情世故了哦！

第九日晚，是夜，贺显金仍宿在绩溪作坊。为了方便贺显金明日迎战睡个好觉，钟大娘主动回家，给贺显金留了个空房间。

龙川溪潺潺流水的声音，与初冬仅存的几只知了微弱又倔强的叫声交织在一起，让这夜显得格外静谧。贺显金仰躺于床上，迷迷糊糊之间听见"咚"的一声，是石头砸窗户的声音。

贺显金猛然眨眼，鞋子都来不及套，即刻一把推开了对窗。窗外空无一人，贺显金一低头，却见窗沿处，有一卷窄窄的卷轴，用一捆枯草卷着打了个死结。贺显金探身取回，找不到剪子，面目狰狞地双手使劲，硬生生地把枯草拽断了。

贺显金一点一点地展开卷轴，却当即愣在原地。卷轴从左至右，写着："论学，学之道者，大家之长，众生云云集日月山川之本，方开其智、通其灵、敏于行……"

是她最开始写的《论学》一文，洋洋洒洒三千字有余。贺显金展卷到最后，可见五六行墨绿色的批示："行文者晓大道，虽不通古今，却秉赤诚温善之心、承道家无为之风，思想先于诸人远矣，通篇文章辞藻平实、行文平顺，措可见效、议可达地……"

最后的批示落款是："宝元昭德十四年秋。"去年的秋天。

贺显金不知为何，陡然生出一股涌上天灵盖的酸涩感。乔师喜欢让她批示乔徽的卷子，那么自然，乔徽也会批示她的卷子，这是她第一次看到乔徽对她的评语。贺显金轻轻眨眼，强自压抑于心头的酸涩，抬头张望，自然依旧四下无人。

贺显金将卷轴翻了个身，只见一张短短的窄纸条附于其后："只要你想，你就可以办到，文也，纸也，万万物也。"

笔墨崭新，落笔张狂。

第四十一章 名正言顺 十拿九稳

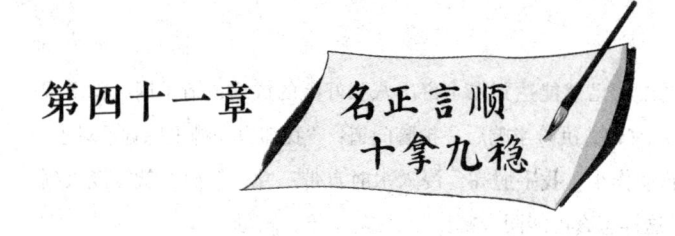

十月的宣城，雨雾蒙蒙，马头墙高于两山墙屋面的墙垣，此起彼伏、绵延不绝，高低错落，是徽州独有的景色。站在绩溪作坊的水槽棚户下，贺显金轻轻闭眼。

瞿老夫人拄着拐杖站在上首，看了眼下方里三层外三层围观的人，跟着贺显金从泾县出来的那几个全都站在最前方，连素来唯唯诺诺的陆八蛋都伸着个脑袋往里探；外围则是今年贺显金花大手笔招进来"集训"的新人，如今淘汰了两位，还剩下十八人，全都如周二狗般高个体壮，像十八座大山似的直耸耸地立在那。

瞿老夫人眨眼，不过近两年，整个陈家竟尽数淘换上了她贺显金的人，要么是一直跟着她的心腹，要么是她招进来的新人，陈家的老人或退、或死、或残，到如今，竟只有一个老实巴交的瞿大冒还猫在角落看热闹。真是好手段、好心机、好城府呀。

瞿老夫人眼神再移向上下翻涌、漂浮着纸浆的水槽。一时间，她竟不知道该是喜是悲，乐观地想，至少贺显金还把她侄儿给她留着的？

瞿老夫人轻咳一声，诸人噤声，场面瞬时安静下来："陈家自造出第一张宣纸至今，已五十七载有余，历来以能者居上为宗，绝不囿于资辈、亲疏、远近，贺掌柜虽为我三子继女，却自老宅泾县作坊账房做起，一步一步走回宣城。"瞿老夫人用拐杖指向贺显金，声音很稳，"看到她，你们就该知道，只要有能力，什么人都能在陈家出人头地。"

贺显金仍旧闭着眼。她身后的锁儿却紧紧抿住嘴角：什么"什么人"？说得跟他们家掌柜是什么不堪的人似的，是什么低贱下贱的人似的！

瞿老夫人将拐杖放回来，眼神也顺势收了回来："今日，贺掌柜主动提出，要在半个更漏的时间里捞三十帘，捞出至少十五张合格的四尺宣，好好给你们看看我们陈家当上大掌柜的女人，手上的捞纸功夫也不会含糊！"

新人崽子一声"哇"！三十帘，要做十五张好纸，只有一半的容错率，新人崽子的目光不约而同看向瘦长得像根好看豆芽菜似的，令人闻风丧胆的贺掌柜。就她？

闻风丧胆贺掌柜身边站着的，是所到之处寸草不生钟组长。钟组长眼光一横，新人崽子极为默契地低下头。桑皮纸作坊的赵德正背着手，面色沉吟。

瞿老夫人下颌一抬："老二、老赵。"

赵德正和陈二爷陈猜相继出列。

"你们先演示一遍，一帘水入身，二帘水破心，合格的四尺宣究竟是什么样子。"瞿老夫人神色淡淡的。

锁儿默默翻了个白眼：老夫人这点小心思，谁还看不出来呀？这不是踩在他们家贺掌柜的头上，给二爷陈猜做脸吗？这陈二爷练了多少年？他们家贺掌柜练了多久？陈二爷这手一露，贺掌柜拍马难追，这不是高低立现吗？

赵德正与陈猜应声，一左一右分列在水槽前后，齐声吆喝，陈猜先将纸药放进水槽，拿起棍耙划单槽搅匀，划好后探身清槽沿，清后打藻，一套准备工序做得行云流水，引得新人崽子连连"哇哦"，反倒叫陈猜面红耳赤。

到捞纸，陈猜自然是掌帘人，拿起纸榨边，二人闷哼一声，动作极快，竹帘内高外低地插入槽中，晃荡一番，又变为外高内低，将帘子插入槽水中，瞬时捞出。

两个人四只手，如在两个平行面上，整齐划一、干净利落，陈猜把帘子从帘床上提起，以落帆式倒覆于旁边的纸榨板上，肉眼可见四角平整，不叠浆、不滴水，纸帖整齐。新人崽子里有个从恒记出来的，带头拍掌，紧跟着便掌声雷动。

陈猜满脸通红地退到瞿老夫人身后，双手合十连声惭愧道："雕虫小技、雕虫小技。"

瞿老夫人很满意地点点头，垂眸看了眼陈猜制下的落帖，再道："当然，我们贺掌柜半路出家，自是做不成这个水准，咱们也不为难贺掌柜，贺掌柜的湿纸落帖只需平整、均匀、整齐即可！"

锁儿深恨自己为啥这么聪明，读书有天赋，要是听不懂老夫人每段话的隐喻该有多好！踩一捧一，这老夫人玩得很好嘛！明明是他们贺掌柜的挑战赛，最后成了陈二爷陈猜的个人才艺展示赛！

瞿老夫人一声令下，更漏翻转。贺显金猛地睁开眼，马步扎好，气沉丹田，备料、下纸药，动作虽不如陈猜流畅，却也一步不错地完成了。到老大难的捞纸环节，贺显金与"酱肘子"同学，共同将放在水槽背后的另一张纸帘插入槽水中，抄起一部分纸浆液，随即抬起纸帘，非常有节奏地轻轻晃荡，纸帘呈内高外低，使多余的纸浆自帘尾流出，谓之为"头帘水"的工序完成。

然后，在一帘水的基础上，二人换了方向，以内低外高的姿势补齐缺漏，至此，一张湿纸已然完成。头帘水是使纸基本定型，二帘水是补浆，使宣纸完全成型。

贺显金未有懈怠，深知一鼓作气、再而衰、三而竭的道理，屏着一口气将三十帘捞完、落帖、掀帘。纸张好不好，需用纸榨将湿纸的水分榨干后，上烘房见真章。

李三顺又被调回，亲自完成贺显金这三十张纸的烘帖。纸帖置于焙龙壁，李三顺拿松毛帚向上刷两下，再以"人"字形左右动作，湿纸贴在焙龙壁上，即刻干燥。速干之时，诸位新人崽子齐刷刷地"哇""唔""啊"声一片，也不知从何掺杂了两只蛙"呱呱"的声音。

恒记出来的那个小学徒指着焙龙壁上的纸："有、有、有画！"小学徒眯着眼看，企图看得更清楚，"是竹子！纸里有竹子！"

瞿老夫人拨开众人，拄着拐杖，在焙龙壁前站定，眼睛凑近，异常认真地分辨。是真的！纸张平顺，但其中夹层好似藏有两株栩栩如生又整装待发的新竹。是捞纸造成的巧合吗？

瞿老夫人迅速命令："李师傅，您继续烘！"

李三顺拿起松毛帚，"人"字画得飞快。一张、两张、三张……三十张，所有纸帘均成型，且每一张纸都可见若隐若现的竹子。那两株一模一样的竹子，竹叶伸展的方向、角度，甚至脉络都一模一样。这不是捞纸的巧合，其中有大大的技巧。

瞿老夫人目光如炬地看向贺显金："所有人，除了显金和……"

"漆七齐——""酱肘子"谄媚地弯腰报名号。

"除了显金和漆……这个七，其他人全都离开棚户！"瞿老夫人厉声道。

贺显金胳膊一抬："且慢！"

瞿老夫人看向她。贺显金抿唇笑问："我赢了吗？"

瞿老夫人双手杵在拐杖上，唇角笑："本就不是赛事，何来输赢？祖母既将宣城府的三间铺子都交给你打理，你就是陈家名正言顺的贺掌柜啊。"

贺显金平静地看向瞿老夫人。怎么评价这位老夫人呢？有一些小聪明，也敢于做一些旁人未做过的新事，但一切以血缘优先，所有的小聪明都局限在她的认知范围内，对于未触碰到她思维底线的人、事、物，她宽容，甚至支持——比如，贺显金作为账房去泾县，瞿老夫人赞同且支持，甚至陈老六死后，贺显金接替成为泾县的掌柜，这都在老夫人的掌控范围之内。恭喜她，已经打败了全国绝大部分的小老太太了。

但是，一旦她感到即将对你失去控制，她一定会打压你，甚至以两败俱伤的方式阻碍你。贺显金有点搞不懂，这小老太太到底在防什么？

人群四散，偌大的棚户里只有目光灼灼的瞿老夫人和不明其意的陈猜，并一众评委和贺显金、漆七齐。瞿老夫人特意等人走得更远些，才颤颤巍巍地抬起手掌，并不拿手指指向刻竹宣纸，而是异常恭敬地掌心朝上，五指并拢，像介绍亲人一样："这纸里为何会有竹子？是如何做到的？竹帘，捞纸的手法，还是纸浆与纸药的比例？"

锁儿注意到瞿老夫人的手，不由得暗暗翻了个白眼，刚刚指她家贺掌柜时，可是用拐杖指过来的……

瞿老夫人话音刚落，便思索着摇头，自己否定自己："不不不，不会是捞纸的手法，不可能这么精准……纸浆和纸药的比例也不可能，只会影响薄厚和软韧，怎会让纸中暗藏其他图案？"

贺显金和漆七齐相视一眼，默契地决定不答话，把舞台让给老板独自表演。老夫人口中呢喃，眼神四下找寻，突然看到了贺显金和漆七齐放在水槽旁的那只竹帘，拄着拐杖大跨步一把拿起。

瞿老夫人瞬时大喜过望，果不其然，竹帘上编织了两枚制作精良、栩栩如生的竹纹。纸浆过帘，揉碎、锤烂、泡发后，就如同砧板上的鱼肉、模具里的豆沙、机锥中的面团，外力将它塑造成什么样，它便尽心竭力地长出什么样的纹路。

在这之前，宣纸的纹路无外乎两种，竖形的帘纹和精心编织的罗纹。瞿老夫人恍然大悟，不可思议地看向贺显金，目光却又暗含探究。

宣纸的历史已百年有余，花样玩起来，无非是净皮、特皮、生宣、熟宣、洒金、色宣，几乎都已被玩遍了，只是不断调整原料、水质、大小、形状、制作工艺，唯独没有人尝试运用纸帘的纹路改变宣纸的图样。

"是……"瞿老夫人思索片刻后，说出"酱肘子"的名字，"是漆师傅想出来的主意吗？"

是贺显金。在这场比试中，贺显金找准窍门后，其实有把握三十帘全过。但，你不能因为卷面只有一百分，所以你只考一百分啊。贺显金在钟卷王的鼓励下，奋发图强，开动聪明的小脑袋，想了又想，到底应该从哪里拿到附加分。

宣纸历经百年，已做无可做，前辈们只是生得早，不是脑子不好，你能想到的玩法，几乎都已有成品。可能是因为白天被胖花花拽去拜了土地庙，贺显金看着庙里的土地公，继而一拍脑门，想起透光宣纸！

如果，宣纸里能藏画儿……

贺显金血都热了，额头都烫了，屁股都坐不住了。漆七齐连觉也没得睡了，熬了三个大夜，始终不得门法，还是尚老板听说贺显金在准备大战，拎着两袋大脸猪头肉来看，问了两句后，蹙着眉头道："你们做纸的，我不熟，但是我们搞印刷的，要想有图样，咱拿模具摁上去不就得了？"

湿纸摁模具？周二狗率先摇头，头摇得像拨浪鼓："不行不行！宣纸两下定型，摁东西上去，纸浆会乱跑，烘出来用不了、用不了！"

贺显金眯了眯眼，僵直地看向尚老板。尚老板感受到一丝压迫感，任谁被一根白豆芽眯着眼若有所思地盯着，感受估计都不能很好。

"如果摁上去不行，那在下面塑形呢？"贺显金脑子转得飞快，目光瞅见水槽旁放置的一排纸帘，若有所思地点头，呢喃自语，"竹帘可以编织成不同的纹路，纸浆是液体，风干后变成固体，就像做糕点，模具是什么样子，糕点就是什么样子……"

此时此刻，棚户下，漆七齐喜气洋洋大声一语，终于打破了难耐的沉寂："这等好主意，自然是我们贺掌柜想出来的呀！"被点到名的贺显金宠辱不惊，正满脑子都是糕点，说起来，是真的好想吃糕点了啊。

瞿老夫人看了眼漆七齐："倒也不用奉承着掌柜的，一便是一，二便是二，是你想的就是，这功劳很大，你们贺掌柜已奖无可奖，你却初出茅庐，很需要些主家的肯定。"

漆七齐眼珠子滴溜溜乱转，笑容将谄媚与真挚有机结合起来："自然是这个道理，一便是一，二便是二，黑不成白，白也变不了黑，是贺掌柜的主意，旁人说再多也没用。"

瞿老夫人终于将目光投在了贺显金身上，神色复杂。瞿老夫人干了一辈子宣纸生意，她清晰地知道，这个尝试意味着什么，意味着他们有太多的事可做。

她已经六十二岁了，已经浑浑噩噩地过了一个甲子，陈家的生意虽称不上很差，却从未登顶过，如果有机会运作成宣城府头名，便是对二郎的科举路也大有裨益啊！

可具体该怎么做：瞿老夫人将目光移向贺显金，十余年前，陈记也有过一次惊世骇俗的革新，赵德正为陈记带来了色宣，粉笺、橙笺、墨笺、玄笺……一时间风靡宣城府，甚至传到了南直隶，曾有言"一张桃红粉腮笺，一面红墙一锭金"，红火到如此地步，却很少有人知道色宣是陈家做出来的。

陈家的赵德正率先做出色宣，赚了大约二个月的钱，整个宣城府便涌现出好几家做色宣的，颜色更多、价格更低、篇幅更大，陈家只有降价应对。一时间，陈家的色宣就变成了宣城的色宣。陈家，白干了。

这一次，该怎么做，才能既将这东西传出去，又保守住陈家的既有优势？瞿老夫人的目光在贺显金身上打转，她开不了口，她开不了口向这个毛头丫头低头求助。她虽然不知道这丫头究竟能想出什么办法，但她就是莫名其妙地知道这丫头能行。

瞿老夫人眼睛向下瞥，余光扫了眼二子陈猜。陈猜莫名其妙被瞪了一眼，有些惶恐地四下看了看，不是很理解他老娘究竟是要叫他偷鸡，还是叫他摸狗。

瞿老夫人再投一眼。陈猜更惶恐了，身形一缩，当即嗫嚅认错："娘，您瞪我，我也想不出这种新奇做法儿……显金聪明，显金想出来的，不也是咱们陈家的吗？"

瞿老夫人气得心肌梗塞，她当然知道这个蠢货想不出这种金点子！她是要这蠢货给贺显金下矮桩，问问之后怎么打算卖这纸的！这蠢货不去下矮桩，难道要她去吗？

瞿老夫人横了第三眼。陈猜"扑通"一声跪下，跪得很是利落，痛哭流涕地对天发誓："以后儿子必定好好钻研，想出更好的主意做纸，母亲您别气了！"

瞿老夫人闭了闭眼，她都快摸到左胸上被气出来的结节了。

"起来！"瞿老夫人睁眼厉声道，顿了顿，缓和了许久，终于神色平和地看向贺显金，"既是你想出来的主意，下一步该如何做起来，你可有什么打算？"

贺显金老神在在地点了点头，言简意赅："有的。"

瞿老夫人颔首，静待下文。等了良久，除了令人尴尬的沉默，什么也没有。

"有的"，然后呢？怎么做呢？你得张嘴说呀！瞿老夫人来一趟绩溪作坊，回头回到家里一数，胸口上长了八个结节。

瞿老夫人再问，贺显金再缄默。瞿老夫人被逼急了又问，贺显金转过头看窗棂外的天空，若不是实在不会此项技能，她甚至想吹两声口哨。瞿老夫人气得后槽牙发痒，早在一开始这丫头在老宅祠堂里歪着脖子睨人时，她就该发现这丫头忤逆！

瞿老夫人没了招式，极度憋屈地丢下几句话："这东西既是你想出来的，那你便自己做吧，若要支钱，就拿着凭据寻你二叔，若要用人——"瞿老夫人回想了那一圈白花花的肌肉，再看了眼贺显金身后头发丝都透露着狡猾劲头的漆七齐，随即冷笑一声，"若需用人，也不用劳烦谁了，你自己为自己准备得很是完善。"

贺显金谦逊敛眉："过奖过奖。"

过奖、过你个头啊！并没有在赞扬你！

瞿老夫人深吸一口气："做事情既无需瞻前顾后，更不要优柔寡断，但也要凡事以陈家为先，不可逐小利而失大本，更不可坏名声而获私利。我们陈家不只是商贾，更有个要科举的学生，凡事多站在二郎的立场想想，钱要赚，但名声更要好。"

瞿老夫人很怕贺显金走奇招险招，为了赚钱不择手段，再着重强调："最要紧的一点，不可与官府交恶！"

贺显金"嗯嗯啊啊"如唱摇篮曲，瞿老夫人看到她这副样子，气不打一处来，余光瞥见畏畏缩缩跟在她身后的二子陈猜，更生气了。

　　"你！"瞿老夫人点名。

　　陈猜低着头认命地向前一个跨步，算作应答。

　　"你领着显金好好做。"瞿老夫人语气强硬，透露出一丝如若贺显金胆敢说不，她就算不要这夹画的纸，也要叫停这个项目的强势。

　　出乎她所料，贺显金未有一丝犹豫地点头："原也需要二伯帮忙。"

　　陈猜表情惊恐，总有种双雄斗法，牺牲炮灰的即视感。

　　瞿老夫人松了口气，却深看了贺显金两眼，想撂几句狠话，却又极怕这狠话成真。面对贺显金，她没由来地多了几分投鼠忌器的忌惮。

　　当耗子脱离了猫的五指山，猫会怎么做？是一口把耗子咬死，还是玩味地拭目以待，看这耗子到底能跑多远？自然是后者，若一口咬死了，又怎会有狩猎的乐趣？瞿老夫人以这个理由说服了自己，再看贺显金低眉顺目、很是温驯的样子，却升起一股莫名的奇异感。到底谁是耗子？谁是猫？

　　瞿老夫人暗自甩头，她一辈子吃过的盐比这丫头吃过的饭还多，就算天道轮回瞎了眼，她占着长辈的名头，怎么着也不可能是那只耗子！瞿老夫人沉吟片刻后，终究脸色铁青地甩开袖子往外走。

　　深秋的宣城，雨雾蒙蒙，来时晴天，去时雨天，瞿老夫人一出绩溪作坊就被噼里啪啦的大雨珠子砸得个晕头转向。

　　"没眼力见的东西！"瞿老夫人抬头恶狠狠地骂了句天。

　　瞿二婶忙搀过老夫人，连声先给老天爷赔罪，紧跟着嗔怪道："您被气昏头啦！这可不兴骂！呸呸呸！"又苦口婆心地劝道，"您何必同她苦苦置气？您前头不是花大力气查了她的账吗？比起六老爷、五老爷在家时，账本子更干净、账上的钱更多不是？她脚踏实地帮着陈家干，有什么不好……"

　　瞿老夫人重重地杵了一下拐杖："她忤逆！老五老六再坏，见到我这个嫂嫂，何时吹眉瞪眼过？你且看她，为了老三同我讲条件，冷言冷语，何时有过好脸色？"

　　瞿二婶耸耸肩。老六老五面上恭敬，却暗地里掏陈家的底子；金姐儿虽未卑躬屈膝，账面上却干干净净。这就很难评啊！

　　瞿老夫人拐杖杵地，站在廊间，看雨哗啦啦倾盆而下，等待小丫头折返取伞，叹了口气："还有与芒儿那桩婚事，若能成，该有多好。偏偏二人如今一个南一个北，芒儿甚至因此匆匆定亲，躲到了外镇……这证明什么？"

　　瞿二婶点头，这题她会，证明芒儿和金姐儿不投缘！

　　谁知瞿老夫人给了她一个跳出五行之外的答案："不就证明了这丫头与陈家无缘吗？"

　　瞿二婶觉得瞿老夫人对贺显金的爱恨情仇来得如天外飞仙般缥缈。一开始两个人隔得远，通过书信联络，最多半年见一次，倒还相得益彰，主欢客敬；这显金一回宣城，几个招子一放下，连续拒绝老夫人好几次后，老夫人就很有些成见了。这次听说显金要比试捞纸，甚至特意将李三顺调开，只给她留了个周二狗凑人头……

今天，两个人的不对付抵达顶峰，他们家老夫人这么十来年还真没受过这种气——谁敢在老夫人说话时候，脖子一扭看窗外的鸟儿啊！

瞿二婶尿尿劝道："有缘无缘，也都在陈家了，小姑娘不懂事，自她娘死了，却如同开了关窍似的，带着陈家的生意攀芝麻秆，您说您，轻易与她计较什么？她不气，您倒把自己气得半……"

不能说"半死"。老夫人年纪上来，很在意说些死不死活不活的话。瞿二婶立刻改口："您倒把自己气得半碗饭都吃不下，何必呢！"

瞿老夫人只觉憋屈，这份憋屈，她无法宣之于口。如果不重用这丫头，她面临着无人可用的困境。她难道不知道陈猜不行？难道不知道瞿大冒不行？难道不知道灯宣作坊那几个老人资质有限，再混下去也只有这个水平？但是，她不把这些人顶上去，她还能做什么？一个是唯一能接替家业的儿子，一个是娘家她素来喜爱的侄子，还有二十几年跟着陈家打天下的老人，这些若动了改了，陈家也就不是陈家了！

瞿老夫人仰天长叹一声，似自言自语："如今破局，只能靠二郎了。"

瞿二婶深以为然地点头："是是是！待二郎择日高中，陈家便是不要这门生意，您也是门廊五根柱子的老封君！"

门廊五根柱子，意味着家里出了位封疆大吏，光耀门楣。瞿二婶一边劝，眼神一边落在了抄手游廊后的那把天青色油纸伞上，伞柄刻着一株挺直蔓延的君子兰。瞿二婶挠挠后脑勺，认真思考，感觉脑子都要长出来了。好熟悉的图案啊……

伞的主人，如今就在绩溪作坊。陈笺方下意识避开瞿老夫人的踪迹，从水槽棚户的后方绕进来，一抬眸便看到七八个泾县的老伙计围在贺显金身侧，七嘴八舌地笑闹。钟大娘将贺显金的头发揉得跟个乱鸡窝似的，周二狗尖声怪叫，郑大郑二兄弟一左一右，意图把贺显金举起来。

是的，字面意义上的举起来。贺显金被举到一半，停在了半空。

郑二发出尖锐爆鸣："下来！下来！掌柜的看着瘦，实则有肉，我抬不动了！"

紧跟着就被黑皮胖丫头锁儿一记爆锤："你抬不动掌柜的，请找找自己的原因！跟掌柜的有屁关系！"

陈笺方轻手轻脚地靠在棚户外的砖墙上，嘴角不自觉地噙了一抹笑，眼神一动不动地钉在人群中心的那个姑娘脸上。如远山青黛一般的双眉，狭长上挑的眼眸洋溢着真切澄澈的笑，肤容白皙细腻，下颌精巧，上唇薄薄的，下唇却溢满樱桃般醇厚的粉。

在真心待她的这群人中间，她如同一枝高挑劲直的漂亮君子兰，他最喜欢的君子兰。真美呀，陈笺方将手中的提篮轻轻放下，静静地转身离开。

欢呼雀跃之后，周二狗眼睛贼尖："棚户旁边有个提篮！"

"酱肘子"漆七齐小跑步前进，双手拎起来拿起来给贺显金看。提篮里蒙了一层湿润的素细纱，贺显金将细纱布轻轻掀开，里面是一盆茕茕孑立、黄蕊白瓣的君子兰。这盆花，应该被人很好地照料着，每一片狭长卷曲的叶子都光洁得如同上了蜡，三四朵兰花在草叶中盛开，如林中雪、空中云。

漆七齐很激动地狠拍周二狗左腿："啊啊啊——啊啊啊——谁送的！谁送的！谁送的！"如同唱山歌，最后三个字，甚至破了音。

周二狗甚至隔山应和："啊啊啊——啊啊啊——你怎么——又拍我——左腿——啊！"唱腔凄厉，唱出了瘸子的绝望。

钟大娘在贺显金耳边笑出猪叫。贺显金轻轻伸手摸了摸眼前那朵兰花，指尖温润又似萦绕清香，轻转头同锁儿道："你要提醒我每天浇水哦。"

锁儿笑眯眯应了个是。

贺显金赢了，赵德正心服口服地将桑皮纸作坊的里外钥匙、账本、库房清单、原料采购庄户名号、银号存单等全都装在一个大大的木匣子里递给贺显金："说话算话，愿赌服输，你必能好好壮大此处，我也老了，正好就此机会衣锦还乡，带着老妻过几年舒坦日子。"

贺显金将木匣子反推回去，风轻云淡道："您还管着，我信您。"

赵管事已是陈记难得的实帖人了，任谁干了二十年，一夜之间，要受一个从天而降的十七八岁的少女的辖制，没谁不疯。

贺显金从怀里掏了张契书推到赵管事跟前："您看看，和董管事、三顺师傅一模一样的契书——三道杠，每月休八日，灵活上工制；儿孙免费进官学，若考取秀才，举人师父每月上门教改文章；年终拿红利，人食五谷，若有小病小恙，医药诊疗费用店子出八成，您自己出两成。"

钟大娘站在贺显金身后，看着这份契书，很想流口水，残存的尊严及时制止了她。赵管事目瞪口呆，一目十行地将契书看完，不是，咱就是说，老董和老李，他们平时就吃这么好吗？

贺显金继续掏出软毫笔，语声极为平和："我接手桑皮纸作坊，您继续做管事，您和董管事一南一北坐镇，我还有什么不放心的？"贺显金再笑道，苦口婆心地安抚，"您潜心打理这店子这么多年，一腔心血尽数倾注，您放心，我纵有些小心思，也只会做一些小改动。"

赵管事愣愣地接过笔，"唰唰唰"签上自己名字，签完之后方问："做哪些小改动呀？"

贺显金利落站起身，先将契书贴身收好，再道："一则，咱们要把店子名称改掉；二则，店子的装潢也要改掉；三则，咱们店子卖些什么品类的宣纸，也需做好调整。"

赵管事有点蒙。小、小改动？这是小改动？谁家的小改动连店子名字也要改啊。赵管事想说话，但张了张嘴却无话可说，蘸满墨的软毫笔都还在手里呢，拿人手短，古人诚不我欺！

贺显金说干就干，当日下午便组织人手将桑皮纸作坊拿油布从头蒙了起来，绩溪作坊营造原班人马，当场进驻桑皮纸作坊敲打营造。桑皮纸作坊连同赵管事十一个伙计，暂时尽数打包绩溪作坊。

十八个新崽儿被钟大娘带着，回泾县开展忆苦思甜教育。这批新生多是恒记与白记出来的学徒，防人之心不可无，贺显金要以缂丝夹画宣纸一鸣惊人，自然就要把一切泄密的风险扼杀在摇篮中。

　　李三顺一本正经地抽水烟，眯着眼看绩溪作坊棚户旁两列崭新的排屋和灶屋，里面架着七八口大锅，深深感叹一句："金姐儿，你老实告诉你李师傅，陈家这几间铺子哪间该做什么，你是不是一早就心里很有数？"

　　贺显金笑了笑，没答话。一子落而满盘活，生意先做的是货，再做的是人，最后做的是资源，谁抢占的资源多，谁就赢。陈记起业几十年，先在泾县苟着赚小钱，瞿老夫人背水一战，把陈记带出泾县，带到宣城府开了分店、赚了银子，可这三间铺子各管各的，业务有重复也有互补，原料来源是八仙过海、各显神通。

　　三间铺子明明都姓陈，偏偏还单打独斗，形不成合力，在市场差的时期，其余两间全靠桑皮纸作坊供血才能活下去。这种开店模式，就是瘸子模式，腿长的那条走千万里路，腿短的那条腾空享福，非常不均衡，日子久了不就成当初的局面吗？绩溪作坊拖后腿，灯宣作坊庸庸碌碌，桑皮纸作坊负重前行。

　　做生意做成了"凸"字结构，迟早要瘫。三间铺子明明可以把纸业业务一网打尽，覆盖全部用纸的阶层，以陈家一己之力垄断宣城府的宣纸也并非美梦。这些打算，贺显金自然不会同李三顺细说，就让老头儿好好抽两口水烟吧。她只让李师傅带着周二狗，赵管事带着郑大，在绩溪作坊加班加点地做缂丝夹画宣纸，两个班组占据四个水槽齐头并进。

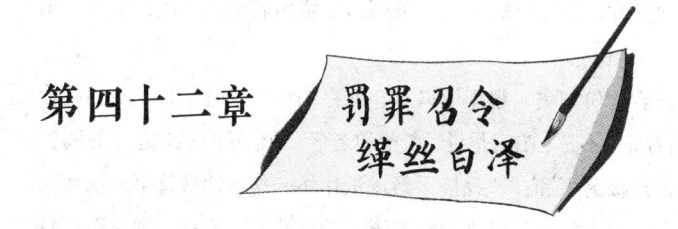

第四十二章　罚罪召令　缂丝白泽

　　一不留神，一月时间飞纵而过。陈记城东的两间作坊关门闭户了整整一个月，甚至一向收效甚佳的桑皮纸作坊，都被一大匹油纸蒙得死死的，只听里面"噼里啪啦"不知作甚。一时间，宣城府谣言满天飞，有的说陈记有个败家玩意儿，在泾县无恶不作，连赌三天三夜，把家里产业都输光了，如今他老娘只能以资抵债。

　　陈敷听到了，你还不如直接报我名籍，谢谢。

　　有的说，陈家得到了一本造纸秘籍，如今正在闭关修炼，等到时间一到，便有亮瞎诸人双眼的绝世珍品闪亮登场，到时一脚踏平恒记，双拳打死白记，横扫诸峰，做宣城府最勇敢的店子。这个故事前半段走的武侠风，后半段走的封神风，风格紊乱，贺显金表示不予置评。

　　还有的就很实际，说陈家预备卖掉祖产，一半拿给长房二郎君远上京师拜师，一半要给长房二郎君求娶京城四品官嫡女，以图岳丈好好帮忙。对于这个传言，瞿老夫人表示，除了卖掉祖产那一部分不喜欢，其他的部分她极为满意，同时想认真发问："哪里来的四品京官嫡女？我再分他一些银子，麻烦他帮我好好介绍一个。"

　　整个十一月就在迷迷瞪瞪的传言中度过，其间，贺显金意外接了个帖子，来源很霸道，从宣城府台熊府递出，熊呦呦邀乔宝珠与贺显金进府赏梅。

　　接到这张帖子，瞿老夫人险些喜极而泣，抱住宝珠花花一顿"心肝、宝儿、乖乖"乱叫，心里头甚是清楚，陈家能拿到这张帖子，大半是沾了乔宝珠的光。

　　瞿老夫人反手从私库里掏了一百两银子，拨给乔宝珠好好买点珠宝首饰，也特意叮嘱贺显金："穿得光鲜些！虽还在孝期，却也过了两年，纵然不能穿红着绿，好歹也穿一穿除了棕、灰、靛以外的色儿！"

　　故而，当贺显金穿了一身屎黄色出现在瞿老夫人眼前时，小老太太如同看到了森林深处的泥壤，有种喜气盈盈又散发芬芳的空旷感。简而言之，有点土。

　　小老太太欲言又止："你娘从未教导过你穿衣打扮？"不应该啊！贺艾娘纤长细腰，一袭暗花银裙将正房太太孙氏衬得跟难民似的！

　　贺显金低头疑惑地看了眼袖口："我觉得，挺鲜亮的了。"等会从熊府回来，上坡摊渡草都不用换衣裳，直接撩起袖子上，和漫山遍野的干草融为一体，很节约时间。

　　瞿老夫人抿抿唇，看了眼更漏，只能着重检查乔宝珠，看了乔宝珠穿的淡绛色襦裙，与头面搭配得宜的粉宝赤金首饰，便满意地点点头。这样才对嘛，这样一看就知道陈家绝没亏待乔家的姑娘，纵然恩师有罪，陈家也在竭力照拂恩师的幼女。

　　等等，四品京官的嫡女？如果二郎与乔家姑娘结亲……瞿老夫人再看了眼乔宝珠，小姑娘白净敦实，可一双眼不见聪明劲儿，听说脑子不灵光，嘴舌也不善言。若是她爹还在，那自然是门陈家千磕万拜都求不来的好亲事，如今乔家倒台，这丫头养着倒能全个好名声，若真娶回家，倒是浪费了二郎那张脸。

　　"去吧。"瞿老夫人收回目光，眼神躲开那坨屎黄色，"显金照看点宝珠，宝珠玩得畅快些。"

　　一上骡车，花花小胖宝珠便靠在贺显金身侧，嘟嘟嘴："姐姐也要玩得畅快！您都辛苦一个月了！宝珠大了，哪里还需要什么照看？"

　　贺显金揉揉花花的小脑袋："她说话，你左耳进，右耳出，犯不着深究。"

　　花花嘟嘟囔囔地点头，贺显金目光柔和地看着宝珠。

　　贺显金与宝珠到得极早，熊呦呦在门口接，一见贺显金，便面露喜色地轻轻踮脚，向贺显金招手："这便是乔家妹妹吧？"

　　宝珠红着脸叫了声："呦姐姐。"

　　熊呦呦双眼笑如弯月，递过一只装饰精美的锦囊："久闻大名，我伯父与你爹爹是上下年，主考官同是吏部尚书许卯元，不算同科同年，但算同门，素日说起你爹爹，我伯父总要叫一声师弟。"

宝珠看了眼贺显金。贺显金伸手将锦囊接过来,笑道:"什么同科同年同门,都不如给咱们来一壶甜茶合适。"

熊呦呦笑眯眯地连连颔首,语声温和平缓:"有有有,如何没有?"领着二人进院落,拿了四色攒盒给宝珠垫肚子,趁无人便与贺显金咬耳朵,"先头听说陈家把几家店都蒙了,我伯父还特问了我,别是有什么事吧?"

贺显金手里捧着茶盅。熊呦呦知道她不喜欢喝热茶,特意备下了橘皮、冰糖、山楂、干浆果煮成的凉茶招待。

"没别的事,关上门做纸呢。"贺显金笑道,低声问,"可有乔山长的消息?"

熊呦呦摇头:"没听伯父说。"隔了一会儿又道,"邀你来是我的主意,邀乔姑娘却是伯父亲点。我暗自琢磨,乔家那事多半快要分明了。"

这个贺显金猜到了。若乔家的事仍然没有眉目,熊知府就算是心学一派,就算怜悯乔家天降横祸,也不可能主动给宝珠下帖子。在此之前的整整一年,宣城府台并未过问一句宝珠的近况。

"那你的婚事呢?"贺显金声音压得更低,"不是说,一般姑娘要嫁人了,才会请上相好的姑娘来家里喝茶聊天吗?今天这赏梅宴可是这功用?"

熊呦呦面容带笑,神态大方:"定了,上月定下的,还是崔家。"

"熊知府不是放话,若崔大人为知县才肯嫁女吗?"贺显金惊讶,倒没听每月一封家书的便宜老爹说起此事呀!

熊呦呦神容未变,笑着给贺显金添茶:"任免令也是上月下来的,崔大人得偿所愿,终究迈入七品官的序列。"

贺显金"噢"了一声。熊呦呦又道:"说起此事,也颇为周折。今年仲春,伯父已然接到新任泾县县令的任命书,只待其人到位。可等来等去,人没等到,等来了任命撤销的文书,而后又重新来了崔大人的任免诏令。说来也巧,和崔大人的任命诏令一起下的,还有隔壁安阳府知府的流放罚罪诏令。"

熊呦呦的信息渠道,比很多在职的底层小官小吏都灵光。并且,熊知府向来不吝于让唯一的侄女,与自己的两个儿子围坐一起,听一听新政新策,或读一篇近期流传甚广的文章,不拘什么,议政也好,乐府也好,诗词也好,甚至前几月还读了萧敷艾荣所书的新文。这位横空出世的作者妙笔生花,写风、写花、写月,也写肉饼、写羊汤、写葱丝,是位笔调多变、笔触成熟的良者。

故而,熊呦呦同贺显金说起这些事时,神色自然,眉目平静,并不以为有何不妥,就跟其他闺中女子与手帕交聊胭脂、聊衣裳、聊眼中钉的瞎话,一样嘛!

贺显金埋头听,听完愣了愣,总觉得哪里有些不对劲。安阳府知府突然被问罪?安阳府知府的罪行确实罄竹难书,先头那伙山匪,不就是他圈养出来的吗?难道有人告了御状?此人可真是明察秋毫、善解民情、善体民意的包青天啊!若不是官场上的事离得太远,贺显金甚至想敬这位包大人一杯凉茶！

"可说明罚罪其责？"贺显金低声问。

熊呦呦摇头："这诏令来得莫名其妙，没明说为何罚罪，只是罚得极重，徐知府及府中男丁流放三千里至闽南，家产尽数没入官库，知府衙门中的通判、学政都被撤了官，唯有一点，家里的女眷和幼童倒是皆逃过一劫，只是收名籍回老家。"

贺显金挠挠头，又听熊呦呦道："不过听说，京师里也突然换了一大批人，应天府尹首当其冲被贬到了凤阳做县令。"

心、理两派，不是东风压西风，就是西风压东风，如今呈现出的是心学反扑、理学败退的现状。这样想来，乔师得见天日，也快了。贺显金想起那夜窗台下的纸笺，张口想问，却被陆陆续续、三三两两进来的红莺翠柳打断。

熊呦呦抱歉地同贺显金笑了笑。贺显金不在意地摆摆手："你是主家，自要招呼妥帖。"

没一会儿，整个花间便围坐着十来个衣着光鲜、打扮齐整的小姑娘，有的留着头，有的及了笄，大多都在十四五岁。有一两个认识宝珠，便凑过来同花花说话，贺显金看了看两个小姑娘目光澄澈一脸善意，便帮宝珠理了理衣角，鼓励似的轻声道："去吧，与旧识聊一聊、开开心。"

宝珠一走，贺显金彻底变成了一个人。说实在话，对这种场合，贺显金非常陌生。为了缓解尴尬，贺显金端着茶，认真仔细地赏梅。秉承着离近点赏得更全面、更具体的原则，贺显金一张大脸快要凑到人家梅花花蕊上。

"赏梅，是赏气、赏形、赏味、赏色。"身旁出现一腔水灵灵却略显骄矜的声音，贺显金抬头，见一个模样标致、嘴儿翘翘的姑娘穿着件崭新的烫金彩缎褙子并六幅褶裙，斜眼立于身后，其后还跟着两个样貌不如她、打扮也不如她的姑娘，活脱脱一个霸凌小团体啊。

"你这样凑近了看，呼出来的浊气都把雪中仙子污掉了。"彩缎褙子斜着眼睛上下打量贺显金一番，"原以为你是姐姐府上的丫头，可一想，知府衙门府上丫头也不穿这黄得发灰的色儿啊……你谁呀，报上名来！"

贺显金挠挠头，仰头喝完凉茶，突然如同看见什么似的，面上一喜，踮着脚热情招呼："您来了？您快过来！"

彩缎褙子条件反射转身去看，身后空无一人啊！彩缎褙子蹙着眉转头回来，却早已不见贺显金踪影。

"人呢？"彩缎褙子气得眼睛都直了，目瞪口呆，"这人怎么这样啊！"

严肃点！宅斗呢，哪有说不过就跑的呀！这什么人啊，难道不应该跟她打两三个回合的嘴仗之后，发觉她是个色厉内荏、只知惹事却笨口拙舌的蠢姑娘吗？

跑了的贺显金另寻了个角落吃茶，搭了个眼睛看全场，心中思忖，这恐怕是满宣城府有名有号的姑娘都来了吧？二十来位姑娘，带来了二十来种香味，天南海北的香味混杂在一起，贺显金如同一只导盲犬，不知拿这鼻子怎么办。

待人到齐，一众人在熊呦呦的指引下，向外堂去。穿过回字形的抄手游廊，四岸含苞欲放的梅花如缓缓拉开的画卷般出现在众人眼前。宴席也设在此处，两人一案，开阔的游廊被厚厚的油纸布罩住，隔绝初冬凛冽的风。每只案前都点了不出烟雾的银丝炭，菜汤陆续上桌，香味伴着热腾腾的炭火扑鼻而来。

总的来说，这是一场贺显金没有参加过的高规格宴会。嗯，也可以理解为单身派对？姑娘们喝果子酒，酒过三巡，开始送礼，多是金银珠宝、珊瑚头面。

彩缎褙子看了眼左下方埋头干饭的贺显金，撇撇嘴：刚才她打听清楚了，这就是城中卖纸陈家的姑娘，不对，拖油瓶姑娘，小娘生的、小娘养的，也不知靠什么掌事，甚至搭上了青城山院的乔家，今天这才有了一席之地。

最讨厌小娘了，更何况还是个拖油瓶。更何况这拖油瓶刚刚还玩弄她！

彩缎褙子摸了个大家都静悄悄没说话的空当，大声道："听说陈家换了位掌柜的？是个小姑娘，今儿也来了？"

贺显金嘴里还嚼着青菜，茫然抬头。

"她送啥呀？"彩缎褙子捂着嘴笑，"莫不是送了她那二嫁给人当小娘的娘亲，如何魅惑郎君的心得？"

贺显金放下筷子，皱起眉头。熊呦呦脸上的笑顿了顿："宝眷，你休要——"

"别胡说八道！"贺显金眉头紧蹙，"此等宝典，怎可轻易送人？"

熊呦呦一口甜腻腻的桂花酒酿卡在喉咙。什、什么宝典？这世上，真的有这种东西吗？

名唤宝眷的彩缎褙子目瞪口呆，随后狗狗祟祟地转向熊呦呦求救。是宅斗的招数更新了吗？她怎么有点接不住？

正值熊呦呦思考如何解围之际，贺显金率先朝宝眷一声憨笑："那宝典下回再给妹妹吧，连同功法一起给，今儿确实没带，妹妹甭着急，心急吃不了热男人。"

一众姐姐妹妹捂嘴笑开。宝眷一张脸瞬时通红："不，我没，我不，我不要男人！"

贺显金惊讶，转头问熊呦呦："不要男人？这位妹妹，莫非出家了？我记得咱们这万国寺不收尼姑呀！还是说自梳了？"贺显金主打一个浮夸的演技，五官乱飞，一个大惊讶，"难道说这位妹妹很有想法，还想搞断袖？"

宝眷快哭了。什么出家呀，什么断袖啊，她家正在给她谈一门婆家甚是有钱的婚事了，这节骨眼上，可别因为贺显金这张臭嘴给黄了！

宝眷哭唧唧地看向表姐："大姐姐——"

熊呦呦迎着小表妹无助又求救的眼神，笑道："你叫大姐姐也没用，你贺姐姐正问你话呢。"说了自讨苦吃的丫头一句，熊呦呦到底还是开口圆了场，"上个月见姨妈，倒也没听说要出家的消息？还是说，就这一个来月，觉醒了佛性？"

其他小姐姐笑得更快乐了。快乐是她们的，宝眷什么也没有，宝眷哭得更厉害了。贺显金乐呵呵地接过熊呦呦递过来的梯子，笑着开口："宝眷妹妹要的好东西，咱是没有的。今天陈家承蒙呦呦姐姐青眼,得与诸位姐姐妹妹相见,倒也带了佳品来。"

贺显金顿了顿,给大家反应的时间:"若诸位姐姐妹妹不嫌弃,呦呦姐姐也准允我打开,我倒是不介意请各位姐姐妹妹检阅指正。"

熊呦呦做了个请。贺显金从锁儿手中接过一只小臂长的青绸锦绣木匣,轻巧开了铜锁,从里面拿出一小卷用淡粉色缎子装裱得当的卷轴。

"可是诗词书画?"

"看上去像!"

"这位贺掌柜,好似得了许久乔山长的指点,难不成在书画上的造诣不俗?"

"没听说啊,许是借呦呦姐姐的由头,陈家买来的名家书画以图讨熊大人欢心吧?"

"啧啧啧,这些商贾真是有点那个。"

众说纷纭,最后的落脚点永远是商贾低贱。能不能有点创意,锁儿抿抿唇,在心里打了个无聊的呵欠。

贺显金站起身,郑重地拿起那支卷轴,当着众人的面对着阳光缓缓打开。卷轴是空白的,没什么书画,更不是甚名家的字画,就是一张平平无奇的白纸!

"喊——"

"啧啧啧,这些商贾真是有点那个欸!"

"空手套白狼!"

宝眷泪眼蒙眬地一挺脊背,正想说点什么挣回颜面,刚想张嘴,却感受到上首表姐犀利又直白的目光警告,随即嘟嘟嘴,肩头一耸。这个贱,还是让别人来犯吧……

坐在贺显金对面的小姑娘笑得眉眼弯弯,指着贺显金手里的卷轴:"不过一张净皮纸,装裱得很是不错,却远远称不上佳品,贺掌柜说话未免太满了。"

熊呦呦笑道:"难得听恒五姑娘开口说话。"

噢,恒记的姑娘呀。

恒五娘站起身,朝众人福了福:"家父常言,人需谨言慎行,言得有终,五娘见识短浅,素来只有听诸位姐姐教诲的,岂能轻易开口惹笑。"五娘笑着,手掌指了指贺显金手里的卷轴,"只是做纸、认纸、识纸乃家学,如今听贺掌柜哄瞒诸位姐姐,五娘便坐不住了。"

贺显金看了眼恒五娘,小姑娘身形纤弱玲珑——说白了就是矮;肤色均匀、气度温润——说白了就是相貌一般。嗯,话术呢,很标准的绵里藏针,看来恒家后院也不是什么太平胜地。

贺显金点点头,跨步出列,站在一左一右两案之间,迎着初冬的暖阳,将纸张正面对准阳光。贺显金下颔一抬,问宝眷:"您看到了什么?"

宝眷疑惑,她都不犯贱了,怎么还有她的戏份?宝眷求助似的看向熊呦呦,熊呦呦眨了眨眼,给了个准允的态度。宝眷站起身,眯着眼看,看了片刻方转头,一副很是吃惊的表情。

"什么呀!"

"看到什么!快说呀!"

诸位的好奇心被成功勾起。

宝眷瞪大双眼，大声道："梅花！我看到了梅花！"

恒五娘嘴角微微勾起，一副成竹在胸的模样："熟宣过蜡，金箔划水，用极细的软毫在过蜡的纸面勾勒梅花样式——至后唐，薛涛粉笺已出现此工艺。"意思是，平平无奇，不过东施效颦。

宝眷忙摇头："不不不！不是纸张表面，是纸张里面！里面藏着许多梅花，有的盛开了，有的含苞待放，有的甚至能看见花蕊！"

恒五娘眯了眯眼，亦跨步出列，向贺显金理直气壮道："贺掌柜，能否借我一观？"

观完了，好抄是吧？贺显金如若未闻，低头将卷轴一寸一寸细心卷起，隔了半晌，方抬头回绝："此纸，是陈家为呦呦姐姐今日的赏梅宴特意制的，恒记也是做纸的，您家的上品宣纸愿意给每个人都摸一摸吗？"

自是不愿意。宣纸金贵，任谁都上手，纸张早就泛黄起毛边了！

恒五娘目光晦暗不明地看向贺显金。贺显金将卷轴重新放回精制匣子里，呈到熊呦呦身前，转身朝众人朗声笑道："今日的梅笺不方便给诸位细看，但明日午时后，城东纸坊旧店新开，到时不仅有梅笺，还有许多缂丝夹画纸笺在'浮白'纸坊展出！"

浮白，好漂亮的名字！

熊呦呦笑道："桑皮纸作坊改名为'浮白'了吗？"

贺显金笑着点头："青檀一木三万点，秀水千遍一浮白，我觉此名与宣纸甚为相宜。"

熊呦呦笑着点头："那我明日也来捧场。"

贺显金笑着，双手呈上一支薄如蝉翼的木签。熊呦呦低头一看，上面印了一方小巧可爱的卷轴和一个"陈"字，便笑道："这是？"

"这是入场木签，没有此木签者，不得入内。"贺显金转头看向诸人，"浮白与其他纸坊不同，是邀请制，不招待身份来历不清不楚之人，望大家理解。"

身份来历不清不楚，不就是下等人嘛！她们可不是下等人，她们是整个宣城府最有身家地位的闺阁姑娘了。诸位姑娘顿时来了兴致，如坐针毡地等待着一声令下，即刻找到贺显金讨要"入场木签"。

所有的宴，吃喝到最后，都是互吹。只有姑娘参加的宴席到最后也吹牛，只是手法稍微含蓄一点，通过诗词歌赋抒发一下每天无所事事的生活多空虚，就算买再多的胭脂，睡再多的午觉，听再多的曲子，也无济于事。

就很难评。不能喝酒的贺显金听得一度大翻白眼，深恨自己文化水平为何如此高，连这些酸词腐句都听得懂。

大家喝得差不多了，就借着熊呦呦的名头要帖子了："呦呦姐姐，你明日去浮白看纸，可有陪客？妹妹明日无事，尽可以陪您尽兴。"

说完之后，目光炯炯地瞅着贺显金，贺显金非常识时务地双手呈上一支入场木签。聚会结束，贺显金送出将近二十支木签，几乎在场的小姐姐人手一张，唯有那位恒记的五娘遗世而独立，众人皆醉她独醒。贺显金手里握着今日带来的最后一支入场木签，温和又大气地朝她颔首致意。

客人三两散去，贺显金和熊呦呦打了个招呼后，带着打着呵欠的花花小宝珠出熊府，预备慢慢悠悠走回去权当消食。刚拐过墙角，便被一腔倨傲自持的声音拦住："贺掌柜。"

贺显金循声看去，一个袖珍的身影从墙角的黑暗处走出。贺显金笑了笑："恒五姑娘。"

"您可以唤我作阿溪。"恒五娘笑了笑，小方圆脸此时此刻倒显得很和气，"宣纸靠水，我家便给我取名恒溪。"

贺显金点点头："莫不是你还有位妹妹叫恒猕猴桃？"捣纸浆要放纸药，纸药就是猕猴桃藤的汁液。

恒五娘愣了愣："这倒没有，我唯有一个弟弟，名唤恒竹。"

噢，捞纸竹帘，但这名字还不如叫猕猴桃呢，在做纸时，猕猴桃藤汁液可比竹子重要多了。贺显金发散地想，一边想，一边步履轻松地朝前走。

恒五娘在原地站定了一会，预备给自己营造氛围感，低了低头，刚仪态十足地抬头，便见贺显金已经双手背在后背，走出老远。为啥不等她？恒五娘深吸一口气，埋头追上。

"贺掌柜，明日浮白开张，是否欢迎恒记也进店参观学习一二？"恒五娘声音很稳，如刚才那般，口吻成竹在胸，"做生意切莫同行相轻，大家都是宣城府里有名有姓的纸行，便是放到整个南直隶也是首屈一指的，若不互相搭台，便是互相拆台……"

贺显金云淡风轻地点头："您这句同行切勿相轻，我十分赞同。"

恒五娘笑了笑，刚想继续说，却被贺显金截了话："请问，五姑娘刚刚在聚会上，为何不找我要入场木签？"

贺显金随意笑着，仍旧如闲暇散游般慢条斯理地朝前走。恒五娘愣在原地，贺显金继续走远。恒五娘被晚风吹醒，回过神来，赶忙追了上去："聚会上人多口杂，且众姐妹都在要入场木签，我便想等您得了闲，再单独找您聊聊……"

贺显金停下步子，恒五娘险些撞到贺显金后背。

"不。"贺显金很淡然地摇头，"是五姑娘觉得当着众人主动找上陈记跌份儿，这才躲到现在，藏在墙角背后，趁四下无人找上了我。您既然觉得丢面子，我又何必热脸去贴冷屁股？您傲气，陈记也不是卑微到骨头里的。同行切莫相轻，这句话，回送给您也合适。"

贺显金说得很直白。恒五娘脸上顿时青一块白一块，张口想要解释，但确实不知从何说起。

贺显金突然又开口问道："五姑娘，还没接手家里的生意吧？"否则怎么会单纯到事情没干成，还把人给得罪了？

恒五娘抬眸迅速瞥了眼贺显金，低头轻声道："家里长辈正盛年，我便只帮忙算算账、清清货，不算接手。"隔了一会儿，声音变低，似是私语，"家族更新迭代，幼弟要接手生意，总要有人做阵前卒。"

阵前卒？丢了她，来给弟弟铺路的吗？

"听起来五姑娘也是读过书，并非脑子空空的娇小姐。"贺显金轻声道。

恒五娘轻轻点头："我恒家虽是商贾，却也给姑娘们读书的机会，我跟着老师读过四书五经……"

贺显金彻底停下步子，转过身来，双手抱胸，目光沉静地看了恒五娘一会儿，抬起下颌，句子是设问句，但语气却很笃定："你想掌家？"

恒五娘一惊，条件反射般否认："不不！我一个姑娘怎么掌得了家？"却并没有回答想或不想。

贺显金了然地点点头，突然转了话头："今日，白记怎么没来？可是没有适龄的姑娘？"既然陈记、恒记来了，那么作为宣城府做纸三巨头之一的白记，为什么没有出现？

恒五娘笑了笑："恒记的姑娘尚且能够跟着兄弟读书，白记的姑娘却只有一手好绣技，在南直隶达官贵人的府邸多为续弦或贵妾。在闺中的姑娘，也闺训甚严，轻易不会露面。"

陈家，因为瞿老夫人当家，尚且能给没有血缘关系的姑娘和媳妇崭露头角的机会；恒家，对女儿相对宽松，可以读书，但不能染指家产；而白家，却对女儿严防死守，甚至将族中的女子当作资源扔出去，当续弦或当妾，以换取官场的支持。贺显金轻轻叹了一口气。

初冬晚风微凉，贺显金穿得厚，一身屎黄色的袄子把肩膀和腰罩得密不透风，粗壮得像一棵不怎么在意形象的屎黄色行道树。恒五娘却是精心打扮过，虽也穿着袄子，却薄得惊人，力图全面展示婉转曼妙的身姿，冷风吹来，恒五娘指尖发紫。

贺显金低头将屎黄色斗篷取下，平和地围在恒五娘项间，轻声道："天再冷，自己也得穿暖和。"说罢，便双手将袖中最后一支木片签子递过去，"你来，可以，恒记其他人来，不行。"

小巷内，灯火昏黄，徽州房屋独有的灰檐翘角犹如一卷复杂沉静的山景。恒五娘微微愣住，目光复杂地盯在那支木片签子上。晚风吹过，酒宴上带出的果酒气味吹到二人的鼻尖，恒五娘觉得天旋地转。

贺显金将薄木签子往前伸了伸："要，还是不要？"

恒五娘试探着接过。贺显金未作过多停留，带上胖花花，转身就走。恒五娘愣在原地，吸了吸鼻头，这斗篷颜色并不好看，却有股厚重温暖的草木香味。

贺显金往回走，锁儿一声嘟囔："同行生嫉妒，您何必给她？"

花花正吃着白糖玉米花，嘴里攘得满实满载的，口齿不清道："独木难成林，宣纸不是宣城府的宣纸，也不是南直隶的宣纸，是大家的宣纸，是大魏的宣纸。"

锁儿没太懂，蹙眉"嗯"一声。花花把白糖玉米花吞下，换了种通俗易懂的说法："也就是说，整个大魏的钱，咱都能赚。"

贺显金停下步子，又惊又喜地一把抱住花头，恶狠狠地亲了两口："谁教你这些的！"

虽然被贺显金猛亲让人很快乐，但……花花艰难地把白糖玉米花从贺显金的熊抱里拯救出来，顺便挣扎着把头从缝隙里挤出来，狠狠吸了口久违的空气，才弱弱道："这、这不是大家都知道的吗？"

我的个乖乖！贺显金热泪盈眶，姐姐没白疼你！说到钱的事儿，就变机灵了呢！

翌日，风从东北而来，被敬亭山的山峰一挡，就势分成了两股夹带了高山寒气的冬风。午时一过，宣城城东，原桑皮纸作坊门前"噼里啪啦"响起了九九八十一响鞭炮的声音，红纸被腾空炸翻，锁儿和张妈一左一右，满面喜气地拎着提篮给看热闹的小孩子发糖果，一时间，作坊被里三层外三层地围着看。

瞿老夫人喜气洋洋地穿了一身绛色缎面粗呢长袄，配了一件同色但稍暗一些的万福纹褶裙，再搭着亮色绛红绸褙子，整个看上去就是瞿老夫人做梦都想成为的官家太太。身边的丫头、街坊都说着吉利话："你们家是天降了个财神爷呀！老三本事不大，他闺女倒很能折腾，听说今儿熊大人都要来呀？"

瞿老夫人乐呵呵的，一张脸笑得像朵菊花："熊大人日理万机，哪有空搭理咱们这点小生意？他老人家的独一份侄女儿来，说是往后要嫁回泾县，在宣城府过一日少一日的。"

城东口的街坊四邻"哇"一声："您连熊知府的侄女要嫁到何处都知晓？！"

瞿老夫人笑得眼睛瞧不见了："怎么不知道？嫁的泾县县令崔大人，两边庚帖都过了，崔大人也颇为照拂我们陈家，去年年底，我们家二郎还和崔大人一起写文章来着。"

街坊啧啧称奇，无不艳羡："嘿！你们陈家有个贺掌柜，再出个陈二郎，当真是逃都逃不掉的福气呀。"

瞿老夫人的眼神移到背手站在台阶下的贺显金身上。在四方围堵的奉承声中，这是几个月来她看这丫头最顺眼的一天。

更漏匀速下落，贺显金关注着时辰，吉时一到，贺显金将蒙着牌匾的红布一角恭顺地递到瞿老夫人手上。瞿老夫人满意地向贺显金点点头，再使劲一扯，"浮白"二字终于露出真容！

字体端正挺拔，笔锋圆润藏拙。陈笺方也站在台阶之下，微微偏头，便看到小姑娘仰着头的下颌、挺翘的鼻头和闪闪发光的眼眸。她正专注而自豪地看着他的字，目不转睛。

陈笺方手心发汗，低下头，轻声道："最后怎么还是选定这幅？"

这幅字太过板正，不见锋芒与棱角，他其实是不满意的。他练"浮白"二字的行草，练了一月有余，终是写出了与他本质截然不同，但符合心意、带有几分张扬的字体。可惜，贺显金好像没有选择那一幅。

贺显金抿唇笑了笑："出入这间店的，多是上了年纪的读书人、喜好风雅的商贾、家有恒产的闺阁女子。用规矩大气一些的字，更讨他们喜欢。"

陈笺方思索片刻后，笑一笑："你说得有道理。"再看牌匾上，除了"浮白"二字，还刻有一方小小的印章，印章里有一卷玲珑可爱的书卷图样和"陈"字的变形体。陈笺方后知后觉地发现，这间店里许多地方都有这个印章图样。

陈笺方低声问："这个印章可是你刻的？"

贺显金微微发愣："我不知道呀，老师没教过。"

好吧，去玩吧……陈笺方不自觉地展颜笑开，只觉贺显金突如其来发蒙的眼神很有趣。

贺显金解释道："花了三十一两银子，请城西的孙秀才篆刻的，算是陈家的标识。"

二人在台阶下相隔不远，却不能称为亲近。瞿老夫人身后的瞿二婶却无端端地从这二人一来一往的交谈中,看出了些许微妙。瞿二婶警惕地瞥了眼瞿老夫人,还好,这小老太太还沉浸在旁人虚伪的奉承里无法自拔。

瞿二婶揉揉眼睛,再看过去,又觉这两人一左一右站得很开,哪里还有半分旖旎?大概是昨晚看谈情说爱的话本子看太晚,导致看谁都在谈恋爱吧,眼下乌青的瞿二婶想。

再者说了,谁敢在老太太眼皮子底下勾引二郎君呀?是嫌自己的一身皮粘得太牢靠,还是嫌自己命硬得上不了阎罗王的生死簿呀?瞿二婶摇摇头,今晚上就找点相公大刀向堂客砍去的话本来看,得回归现实。

瞿老夫人将红布扯开的同时,浮白的大门从内部缓缓推开,几十支半人高的蜡烛整整齐齐地燃烧着,跳动的火焰被一摞摞色彩斑斓的秋花紧紧围住,大堂被打通,三间堂屋合作一间,宽敞又径深。

二十个排列有序的玻璃匣子矗立在打磨精致的青石墩子上,每一只玻璃匣子都有一块砖大小,玻璃匣子外摆放着两行两列蜡烛,在烛火照耀下,玻璃匣子里摆放的纸张熠熠生辉,好似被蒙上了一层璀璨的金光。每一张纸的侧面都印有陈记小巧可爱的卷轴符号标识。

诸人在门口核对过薄木签子后,陆续入场。宣城府有钱有势的人户几乎都到了。有一位身着长衫、读书人打扮的山羊胡子老人,凑近了看,惊讶地大声道:"纸中有画,是延绵不绝的山脉!这纸里藏着画啊!"

贺显金的声音适时响起:"今日,为浮白第一展——缂丝山海经!"

"是昆仑!这山是昆仑!"老人明白过来,接着迅速走向另一个玻璃匣子,激动道,"这张纸里藏着鹿鱼,鹿鱼长二尺余,有角,腹下有脚如人足,出自《三国志》!"

贺显金笑了笑:"是的,是鹿鱼。"

老者很激动,扒在玻璃罩子前,似乎陡然想起什么:"怎么卖?这纸卖吗?"

贺显金抿唇一笑,目光中暗藏狡黠:"卖呀,开门做生意自然是要做买卖的。"

"索价几何?"老者再问。

贺显金唇角勾得很客气:"明日午时,就在浮白花间堂有一场拍卖会,凭薄木签子入场,今日展出的二十张缂丝山海经宣纸将全数出售。"

"拍卖会?"老者不解。

贺显金亲切解惑:"拍卖会,同一展品,价高者得。"

拍卖会,这是一个新名词,在《说文解字》里都没看到过,大家伙都甚觉新奇,几乎手中拿到薄木签子的人,翌日都来了。

贺显金目光环扫一圈,隔壁的学政大人亲自前来,同知与通判家的姑娘与长兄幼弟相偕而来,熊呦呦带着那日名唤宝眘的彩缎褶子小姑娘,另有漕运码头上的盐商、布商、茶商,百草堂的大夫,做营造的黄老板。这是近的,还有些远的,比如宣城近郊的乡绅、家有恒产的地主、儿孙子侄在外做官的书香世家,也都聚齐了。

昨日那位看到昆仑山就眼冒金星的老夫子，便是最后那一类人，自己不太行，考了个秀才就没继续考下去了，但生了个极为争气的儿子，一路考到进士，如今在翰林院编书，也算是宣城府的进士老爹。

贺显金扬起下颌，向人群中的某一点微微颔首。一张似熟非熟的胖方脸从人群中冉冉升起，像一朵施了两倍肥的大号向日葵。张文博手里拿着薄木签子，冲贺显金兴奋地摆手。

锁儿感叹："怎么胖成这样了啊！"

贺显金淡定，婚后幸福肥嘛，腰上的肥肉，也是他们两口子幸福的一环。

更漏的沙砾落尽，展厅背后的花间堂四面凿窗，听锣声"咚咚"一响，四面窗齐刷刷地降下帷幕，十余盏画着精细工笔的羊角灯缓缓升起，只见花间堂左右两侧摆着梨花木太师椅，太师椅旁搁小矮机，矮机上摆放精巧漂亮的白瓷小碟与一整套钧窑白釉茶具。

花间堂前有三寸木台，没一会儿，便有位面戴白羽、着青缎长衫的女子手拿金灿灿的小锤翩然登上小木台。台下六盏灯陡然亮起，将台上的女子衬得如带荧光，如一块温润又温热的玉。

"钟管事有点不一样了。"周二狗挠头。

贺显金满意地点点头，舞台的灯光，让扯着嗓子骂二十来个青壮年小伙儿"废物点心""蠢屁蛋子"的卷王之王钟大娘都变得柔和温婉，这让她很难相信那些舞台妆造之下花魁艺伎的真实性格……

贺显金面容平和，双手抱胸站于人后。

钟大娘朗声介绍规则："今日展品，一百刀一拍，起拍价均为五百文，有意者请举牌，一次举牌加一百文。号数牌就在您的右手边，三次叫价落槌成交！"

台下窃窃私语之声此起彼伏。起拍价是很低的价格，甚至比竹纸还低。五百文一刀上品宣纸？不过是五十个肉饼的价格呀！大家没玩过这个，很有些跃跃欲试。贺显金勾起唇角笑了起来，这就是拍卖的绝妙处之一，初始价格让人觉得可以讨到便宜。

钟大娘黄金小锤一敲，最先展出的便是进士老爹心心念念的缂丝昆仑山宣纸。

"六百文！"高干老爹手握翰林院出身的宝贝儿子，无所畏惧！

"七百文！"

"八百文！"

"九百文！"

一呼一吸之间，价格瞬时哄抬到了一两一钱银子！熊呦呦若有所思地笑了笑，冲贺显金轻轻眨了眨眼睛，也不知是称赞还是服了气。贺显金隔空遥遥拱手作揖。

拍到后面，诸人表现各异，有的杀红了眼，频频举牌；有的回过神来，明白了拍卖的真实用意，捂着牌子，一脸警惕地看着台上笑意盈盈如春风和煦的美女；有的就很想要，且并不在乎银子——进士老爹十分顺利地以五两七钱的价格拿下缂丝昆仑山宣纸，兴高采烈地跟随陆八蛋进里屋签字付款。出来时，便有一位同样面罩白羽的小丫鬟紧跟其后，进士老爹心满意足地落座，小丫鬟围炉煮茶，福建白茶清香飘逸。

诸人看了看身侧空空荡荡的茶盏，陡然明白过来，要花钱买东西，才能喝口茶啊！这、这是什么奸商啊！但转念一想，大家都是体面人，若独独自己喝不到这口茶，岂不是太掉价了？

第二件、第三件、第四件展品依次以六两、六两七钱、七两三钱的价格被拍出。缂丝山海经系列宣纸，共计二十刀，图案花纹均不相同，大约价格都在六七两银子之间。

贺显金在暗处微微颔首，和她估计的差不多。缂丝系列宣纸，其实从本质而言，只是平平无奇的净皮纸，论做工与品质，其实比不上三两一刀的上品玉版，更比不上五两一刀的澄心堂纸。唯一的卖点是缂丝藏画，而贺显金人为赋予了它更多的卖点，比如地位，比如竞拍的趣味，比如竞争的火药味。这些东西卖多少银子都有道理可言。

贺显金站着看完了整场竞拍。临到最后一样展品，钟大娘特意压低声音，将氛围营造得足足的："最后一件展品，乃举世珍宝！"

小锣"咚咚"响，花间堂的光线明暗交替，绒花与鲜花在刻意制造的黑暗环境中难辨真假。

"白泽！"钟大娘声音猛地提高，"缂丝白泽！白泽兽，虎首朱发而有角，王者有德，方出世辅佐，乃为良臣之机相。陈记为制此缂丝白泽宣纸，特请归隐画师张归宗出山执笔，废卷三百方得此纸。竞拍价，五百文！"

白泽！良臣！王者有德方现身出世！

在一众举牌中，熊呦呦终于举牌："五两银子！"

堂间静默三瞬后，后排落座一直未动的一中年男子朗笑举牌："八两。"

熊呦呦并未回头看，反而将牌子收起，冲钟大娘轻轻摆了摆手，示意放弃。

"八两银子一次！"

"八两银子两次！"

钟大娘即将落槌之际——"十两！"

贺显金转头，目光投向第一排，是宣城府龙川溪码头上的盐商甄三郎。甄三郎眉头飞扬，得意洋洋地看向后排的那位外乡中年男子。

"二十两。"中年男子面白无须，神色淡然亲切，操着一口标准的官话，却一听就知道不是宣城府人。甄三郎快被气死，跟他拼银子？也不看看他们家做的什么买卖！

"三十两！"甄三郎豪气十足地开口。

中年男子默了默。钟大娘目光灼灼地投射到最后一排，明显等待在中年男子出价。中年男子却始终老神在在，并不再接话。

"三十两一次！"

"三十两二次！"

"三十两三次！"

咚！槌落定局。钟大娘朗声恭贺甄三郎："恭喜甄小三爷！抱得一刀白泽！"

贺显金从暗处隐去，低头朝锁儿轻声交代："去打听打听那位中年男子是何许人也，现居何处，若打听到了，直接送一卷缂丝花鸟的纸过去。"

被喜悦冲破头的甄三郎在付完钱后，后知后觉地发现，他今天来逛一趟纸铺就给出去了五十两银子，把两个月的月例银子都给出去了。这才月初啊，他后两月咋过啊，他没有存款呀！更何况，他买这么多纸干啥啊？他甚至只会写《三字经》！就算放在宣城府的纨绔二代圈子里，这种文化水平，也属于相当出名的存在。

　　甄三郎战战兢兢地回了家，原以为会吃自家老头一顿毒打。谁知刚进正堂，那老头就抱着他的头狠狠亲了四五口，兴奋地大声直嚷嚷："果然是人傻福气大！人傻福气大！"紧跟着便甩了一百两给他，顺手将他斥巨资拿下的缥丝白泽宣纸吞下了。

　　月黑风高夜，熊知府的大门被"叩叩"敲响。被扰了清梦的门房老头没好气地探出头来，甄三郎他爹亲自上门，裹着狐皮大氅，身后放着一大桶炖得软烂的羊汤。

　　甄三郎他爹裹紧狐皮大氅，跟熊知府的门房点头哈腰地谄笑："初冬吃羊，一冬皆暖，这桶羊肉可不一般，长在岩上，吃的是山里的药草，皮糯肉嫩，熬了一下午，就撒了一丁点盐巴，简直鲜得要把舌头咬掉。几位大人守夜辛苦，若不然将这桶羊汤分了暖暖身子？"

　　甄三郎弓着腰，眼白抬了抬，目光有些疑惑。门房将门缝拉宽一些，方便接过羊汤，羊汤让门房的脸色好了点。

　　甄爹赶紧笑嘻嘻地拱背弓腰，将身后用牛皮纸裹得严严实实的东西通过拉宽的门缝塞了进去："几位大人请一定要将此物转交给熊大人，他必定喜欢！"

　　"是啥？"门房哑着嗓子问。

　　甄爹赶忙道："今天熊大姑娘想买但没买成的宣纸，被我那不争气的幺儿阴差阳错地搞到了。"

　　门房若有所思地点点头，将门缝拉得更大了。甄爹精神一振，赶忙顺着牛皮纸往里塞了一只沉甸甸的香囊："小的姓甄，名有前，龙川溪码头上走盐的小商贩，这香囊请诸位大人吃肉喝酒！"

　　门房像个黑洞，两只手一伸，瞬间吞噬掉所有以门房为半径三米之内的礼物。见门房收了东西，甄爹一步一个谄笑地躬身退出。

　　甄三郎看了眼紧闭的门房，嘟囔一声："几个看门的，也配叫大人？"

　　甄爹蒲扇大的巴掌，瞬间扇飞逆子后脖颈："宰相门前七品官！这知府的门房，里头学问大着呢，谁能得内院通报，谁送的东西能见天日，谁的东西敢收，谁的东西不敢收，谁来得勤快，谁又突然疏远，一门房，就说尽半个宣城府！你说他是不是大人？"

　　甄三郎惨叫一声，捂住无助的后颈脖子，像只被揪住翅根的走地鸡："万一他把咱送的东西吞了咋整？"

　　甄爹揪住走地鸡的脖子，一顿输出："老子走南闯北供你多读书，你偏偏去骑猪！门房要的是顿顿饱，不是一顿撑，你先把门房喂饱，他还能偷吃？"

　　甄三郎抖抖肩："咱们送的这玩意儿，能到熊大人跟前吗？"

　　甄爹回望一眼闭得紧紧的五排钉大门，羊胡子一歪，笑道："熊大姑娘向来低调内向，寻常不言喜好,她大庭广众之下出手,代表啥?不就代表了熊大人想要吗?这道理我懂,难道门房不懂?门房还敢扣那玩意儿?"顿了顿,钩住逆子的脖子,拽着儿子往出走,"咱们拿不拿得到东段河的航票,弟兄们后三年能不能喝酒吃肉,就看这一遭了!走,吃羊肉喝酒去!你这傻狗崽子还有点背时运气啊!"

十日后,龙川溪东段航票开号,甄记盐号赫然上册。甄爹欣喜若狂,抱住三子狗头,态度亲切:"被揍的后脖子还疼不?"

甄三郎:谢谢爹,身体的伤痕早已愈合,心灵的伤痕,不接受除了涨零花钱外的任何补偿。

与此同时,陈记缂丝山海经系列夹画展出已结束,历经五日,每日拍出十至二十刀缂丝山海经夹画。作拍卖场的花间堂此时蜡烛撤场,宫灯收回,真花凋谢,绒花却被妥善收藏,以图下回再绚烂夺目。

浮白恢复日常营业,第一日,顾客爆满,皆冲着名动宣城的缂丝山海经夹画宣纸而来。

"我要两刀九尾狐缂丝夹画宣纸。"来者是个十六七岁的小姑娘,趾高气扬的模样配得上裙摆间若隐若现的琉璃富贵花样烫金襕边。

贺显金笑了笑,在柜台后态度真诚:"实在不好意思,没货了。"

小姑娘一愣:"那我要鹿鱼。"

贺显金又翻了几页:"不好意思,也没有货。"

小姑娘蹙眉再道:"那就要长四角的夫诸!"

贺显金翻都不翻了,直接道:"也无货。"

小姑娘眉目一横,终是将情绪彻底宣泄出来:"怎么什么都无货?你是不想卖吧!开门做生意,你搞什么名堂?我从隔壁淮安府坐了一天的马车过来,腰杆都快断了!我不管,你给我找出来!我要九尾狐!要鹿鱼!要夫诸!"

哪个小姑娘不想要这三个山海经神兽?这三个,可是贺显金筛了又筛,选了又选的,又乖又萌,实力还贼强!

贺显金笑道:"不好意思,咱们浮白开展,展品只做一刀,卖完即止,如若您实在想要,可以打听打听是哪几户拍到了这几刀宣纸,看看对方是否愿意割爱?"

一样只做一刀?小姑娘更想要了。可找人买卖这事,倒也不太现实,能拍到展品的人家大多非富即贵,怎么可能愿意随意卖出去?就算加钱,估计也很困难!小姑娘站在五斗柜前,低头踟蹰。

贺显金见状,笑眯眯地再道:"不过,我们还有些未展出的缂丝夹画宣纸——葱聋、土蝼、文鳐鱼,这些图样也很乖巧,您看要不要带一刀走?"

葱聋、土蝼、文鳐鱼?一个像羊、一个像蚂蚁、一个是条肥鱼,哪比得上九尾狐精巧?小姑娘有些犹豫,想了想道:"这些,一刀也只有一种图样?"

贺显金笑着点头:"是的,独一无二的宣纸,赠予独一无二的您。"

赠予?人家不花钱啊?充作门面的周二狗五官都要抽搐了。掌柜的,是真厉害。光天化日,青天白日，瞎话是张口就来啊。这钱，她赚，他一点不羡慕。

小姑娘却颇有些心动，低头想了想："那……给我来一刀文鳐鱼的吧。"有时候吧，肥鱼看久了，也还算眉清目秀。至少比蚂蚁好吧？

贺显金点点头，翻开簿册，软毫笔舔墨，轻声问："敢问您贵姓？家中排行？"

"我姓石。"小姑娘探头去看，"家中行四。"

贺显金蹙眉翻看一番后，抿了抿唇，疑惑发问："您未在浮白买过宣纸？"

石四娘愣了愣摇摇头，不明所以道："我、我家在淮安府啊……"

贺显金有些遗憾地将软毫笔放下，极为恭敬地说道："实在不好意思，缂丝山海经系列的宣纸珍贵稀少，我们只提供给在往日里与'浮白'理念十分契合的客官购买。"

啥意思？石四娘整个一大蒙状态。啥叫与"浮白"理念十分契合的客官？她契合啊，她有钱啊！她哪里不契合了？！

"契合？"淮安府小姑娘从牙齿缝里挤出一个反问，"怎么来评判是否契合呀？"

是要做个表，还是要算算分值？还是来上一卦，看看风水？这就很难评呀！

淮安府小姑娘的疑问，吸引了好几个企图甩银子买缂丝夹画宣纸的客人近距离围观。周二狗头不动，目光动，像一只稳定的猥琐鸡头，他倒要看看，他们家掌柜的要怎样把赚钱和卖货提升到一边有文化、一边不要脸的高度。

贺显金平稳地笑了笑，以一句大家意料之外的话开场："宝剑赠英雄，红粉赠美人。缂丝夹画宣纸凝聚了数十位匠人夜以继日的心血，也是宣城府头一份的荣光，陈记不愿意随意对待用精血浇灌出的作品。契合，说到底不过是您认同我，我认同您，您手上拿的薄木签子已证明了陈记对诸位的认同……"

贺显金笑得很标准，眼眸弯弯，露出八颗白净剔透的牙齿，手掌朝上，落在淮安府小姑娘面前："但，正如这位远道而来的姑娘一般，很遗憾，我未曾看到诸位对陈记的认同。"

周二狗克制地移动目光，脸上是一切尽在掌握之中的淡然，内心掀起八丈高的波涛。做生意做到这份儿上真厉害啊，哪家卖东西的敢对客人说"对不起，老子没看到你认同我的商品，所以老子不卖"？还有哪家，有种就站出来！世人皆道商者低贱，缘何低贱？

贺显金脸上的笑很客气，言论却让淮安府小姑娘明显一愣。

"认同……没看到……没看到我对陈记的认同……"淮安府小姑娘变身复读机，陷入了贺显金的语言逻辑，"怎么证明我对陈记很认同呢？"

贺显金压低声音，语气平和轻缓："您多用几刀陈记的纸、多逛一逛陈记的店，不就是认同了吗？"

淮安府小姑娘想了想，认为贺显金说得很有道理：怎么表达你喜欢一样东西？不就是用金钱朴素地表达吗？淮安府小姑娘想通后，将头猛地抬起，很是赞同地点头："我认同！我很认同！我现在就可以认同！"

贺显金笑了笑，转身从斗柜里双手捧出两刀净皮玉版，再转身找了几本做好的四季花鸟手账本子，随即又蹲下身，双手捧上一刀五粉梅花洒金笺，笑了笑："姑娘用玉版写字也好、画画也好，皆是上佳之品；手账本子是陈记的老牌子了，记账、记事十分便利；再有这刀梅花洒金笺，配上簪花小楷，远看就像画儿一样……"

认同这些就行了？淮安府小姑娘试探性开口："这些……多少银子呀？"

贺显金笑了笑："不到十两。"

淮安府小姑娘又问："那……认同完这些，是不是就能拿到缂丝文鳐夹画宣纸啦？"

贺显金面上带了些惊愕，忙摆手："您说的这两点可没有直接联系！"顿了顿，道，"只是说，您若中意这几样货，我便让伙计给您包起来，再留您一个地址，但凡缂丝文鳐出了货，我立刻安排伙计为您送上门去。"

淮安府小姑娘一个振奋，大手一挥："那给我包起来！"

豪迈完，又反了一把，转头问贺显金："掌柜的，咱们缂丝文鳐宣纸一刀索价几何呀？"

贺显金笑眯眯："不到十两。"

这么点银子，还以为跟那一刀卖出三十两天价的缂丝白泽有一拼呢！这么点认同，她能再来五百份！

淮安府小姑娘一下子愈发振奋："包起来！都给我包起来！"小姑娘大气到了顶点，云袖高拂，目光灼灼，"我还能认同一下九尾狐？或者貔貅吗？"

贺显金都有些无语，您这么快接受这个游戏规则，可是会倾家荡产的哦！

"不能哦。"贺显金笑得很温暖，吐出的字却十分冰冷，"展品拍卖不限买卖次数，但拍卖会后的宣纸售出，一般来说，一次只能认购一刀。"

"浮白"的游戏规则，没几天就被众人摸透了，大概是一比一的"认同"比例，也就是说十两一刀的宣纸，需要十两的配货才有可能买到。

为啥说有可能？因为确实有人付出了配货的钱，最后没拿到预想中的货。当然只是少数，十中有一罢了，打上"陈记"的门去问，便得到"下次出货一定提前告知您"的回复，也只能善罢甘休。毕竟这也没签契书呀，谁告诉你买了一比一的配货就一定能拿到缂丝夹画的？这种就属于运气比较差嘛，也只能捏着鼻子自己认了。贺显金的这一套规则，有人乐此不疲，当然也有人拒绝当饥饿营销的奴隶。

对此，瞿老夫人很是不满："索性放开出货，竹帘子是现成的，高师傅带着小曹村，手艺也纯熟，一个晚上便能出一百刀纸，一刀纸的利润是八两银子，咱们敞开卖，岂非能狠狠大赚？你如此玩弄买家，不怕他们索性掉头走了？"

贺显金目光沉凝，语气淡定："若走了，只能证明，不是'浮白'的受众。"顿了顿，唇角勾了勾，笑道，"若咱们不控制量，敞开了卖，您以为，一刀纸还能有八两银子的利润？"

瞿老夫人瞅着贺显金，再若有所思地注视着自己那双放在榆木四方桌台面上的手，手背沟壑纵深，皮肤像脱离枝干的树皮，深浅不一的褐色斑点昭示了这双手的主人，并不年轻了。

瞿老夫人眼皮低垂耷拉，将手从四方桌拖移拿下："这既是你的主意，就按照你的想法做下去吧，你如今是陈记的大掌柜，我也只是随口一说，你便随便一听。"顿了顿，又道，"要让伙计多注意近日城中纸行的走向,你将那缂丝夹画宣纸盘得云山雾绕,外行人看上去花团锦簇、精妙卓绝,实则懂行的一拿到纸,不消十日便能参透其中精髓——如今卖得高,更要保证以后卖得好。"

贺显金心里吐槽,脸上恭敬,坐在左下首,低头吃了口茶,抬头看了眼对门一同领训的长房遗孀段氏、二房伯母许氏还有三房名义上的娘孙氏,这三妯娌各有各的事忙。希望之星他亲娘段女士,面色鲜活了许多,虽仍不爱说话,眉梢眼角却透露出与前几月截然不同的劲儿,简而言之,就是整个人活过来了;二房陈猜老婆许女士,前些日子被原桑皮纸作坊、现"浮白"店子的账攻击得双眼无神,至今还没缓过神来;孙女士就很灵性了,老婆婆在台上说,她在台下说,眉飞色舞地和身侧的丫头逼逼叨叨说小话,一看读书的时候要么坐讲台边,要么坐最后一排,反正不是啥好学生。

贺显金收回目光,再看了眼更漏,记住了这个时辰。往后初一十五来蓖麻堂请安,切记避开这个时候,她着实不想同这三位各有千秋的女士再次在蓖麻堂偶遇。随着瞿老夫人训话结束,贺显金低头一窜,脚下如装了弹簧似的一下蹿到连廊。

"贺掌柜——"声音轻轻的,像拂落花瓣的微风。

贺显金转过头,却见希望之星他娘段氏朝她走来。仔细来看,段氏与希望之星相貌如出一辙,略微下垂的小鹿眼,笔直挺拔的鼻梁,长翘的睫毛,只是较希望之星多了几分清冷之感。

贺显金声音不由得放缓:"大伯母,您有何事?"

段氏唇角勾笑,走近了些,与贺显金客气颔首示意,说话不见弯绕:"为缂丝夹画宣纸而来——听说贺掌柜本次推出的山海经十分红火,下月将推出'花语',我虽不才,绝非大家,却也浸淫书画几十载,画花鸟是我的长处,若你需要尽可来寻我,帮你打个底板倒也不是难事。"

贺显金惊喜:"是吗?未曾有听闻!"

她推山海经,可真是遭了老罪了!除却那幅白泽是请名家出山落笔,其余全都是她和钟大娘泡在书里,一幅一幅临摹出来的。万幸的是,竹帘编图案无需太过精细,就像临摹简笔画一样,总体要求是神大于形,她们俩这才算是蒙混过关!

可下一个"花语"系列,她预备推出四十九种花语,每种做两至三刀。也就是说,如果不找外援,她和钟大娘两个没什么艺术细胞的,要绝望地画出四十九种花,画到最后,或许就把自己画成了神兽。

段氏抿唇笑起:"闺中好好学过,嫁人生子耽误了,如今又捡拾起来,方才完成张记绸缎当家太太的百鸟图,手上正无事,如今自家有需,我当然义不容辞。"段氏目光亲和看向贺显金,似乎很欣赏这个人在哪儿就在哪儿搅起惊涛骇浪的小姑娘,"大部头的画幅,如今我虽力有未逮,可若你只需小小一朵一朵的工笔花,我或许能帮上忙。"

贺显金的注意力被前一段话抓住了:"有人请您画画啊!您可真厉害呀!"

"你的缂丝夹画宣纸也很是漂亮。"段氏抿唇笑着,与贺显金并肩朝前走,一边走一边轻声细语地说着工笔花鸟的事儿,说工笔的笔触要细要稳,颜色要漂亮出挑,不能如水墨一般全靠渲染和意境,一边又大赞贺显金脑子灵光、想法清灵,是把做生意的好手……两个人向外走，有些话很投机八十句都不多的意思。

三太太孙氏站在门口，翻了个白眼，嘴角快撇到天上去："素日以为大嫂是只鹤，那种天上飞带着仙气的仙鹤，如今在新晋财神爷跟前，仙鹤变彩翎母鸡，开屏倒是开得很欢嘛。"

背后说人坏话，得一起说才来劲。孙氏碰了碰身边的二太太许氏："二嫂，你说是吧？"

许氏抬起头，刚从账册的打击里缓过来，憨憨笑："母鸡也不开屏，开屏的是孔雀。"

孙氏无语，说孔雀，不就抬举那段氏了吗？许氏想了想又认真道："且还是公孔雀才会开屏求偶，母孔雀没那几根长毛。"

孙氏真的感觉挺无助的，这个家好像只有她认认真真宅斗，其他的人要么在卖画，要么在普及禽类求偶知识。

贺显金与希望之星他娘段氏敲定了先拿三幅样稿看样式的初步意见，贺显金执意要给钱，段氏执意不要，只说："我的画能藏在宣纸纸层里，已经很是知足了。宣纸，特别是家里的宣纸，是二郎他爹最喜爱的纸张，我的画夹进去，你中有我，我中有你，又岂是金钱银两可衡量的？"

贺显金表示秀恩爱是一回事，赚钱是一回事，其实并不冲突。贺显金索性直接问："您帮绸缎庄的张太太画百鸟图，可有索价？"

段氏点头。贺显金便豪迈道："张太太付您多少银子，我便支您多少银子。"

段氏笑道："与张太太说好，年底请画，润笔费百两。"

百两？那他们还赚个屁啊，利润全给出去了。果然，所有的艺术，都是用钱堆出来的。贺显金抽抽嘴角，倒不是买不起，只是自己临摹更有性价比。

段氏见状忙笑言："贺掌柜先看样稿再做定夺吧！"

贺显金答应下来，细细嚼巴几下，方深觉基因的玄妙。段氏恣意洒脱，前几次和她接触都是想说便说，从不顾忌他人的感受，如今画画、卖画，就算深爱的丈夫过世，她也能过出属于自己漂亮的后半生。而陈笺方……

贺显金想起陈笺方，不自觉地叹了口气。这个青年，好似总被两块硕大的石头压在胸口，在压抑与逼迫中艰难喘息，背着这两块石头步履维艰地朝前走。甚至，这两块石头，其中有一块，是他自己压上去的。母子母子，却活脱脱南辕北辙的两种个性。

贺显金脑子想事，脚下走得飞快，到了"浮白"，却见赵德正一脸焦灼地跑到她身边，如噩梦再现，压低声音道："不好了不好了……这几日白记、刘记、兴荣记都出了缂丝夹画宣纸……其他两家不足为惧，做的东西看不出名头，白记的缂丝夹画宣纸却很有些看头。咋办！咋办！"

就像他当初的色宣！明明他想出来的，尝试几百次试出来的，还没风光半年，就被铺天盖地的色宣冲击、取代。赵德正愁眉苦脸地看着面目全非的"浮白"，不由埋怨贺显金："您阵势搞得大，却是高高拿起、轻轻放下，这店里的装潢全改了，就是想继续做以前的卖纸生意也没那么多地方摆置斗柜了……"

"恒记呢？"贺显金抬眸沉声问。

赵德正没想到贺显金的关注点在这里，卡了个壳，隔了一会儿才说："没、没有动静……"

贺显金"噢"了一声，抿唇笑了笑，便继续抬脚往里进。

赵德正满面通红地拦住贺显金："咱们'花语'还出吗！"

贺显金风轻云淡地点点头："出啊，图样都请人先制了。"

赵德正瘪了瘪嘴："咱们索性降价吧！白记卖得很便宜！一刀缂丝寿星公夹画宣纸，只卖三两银子。"

贺显金步子一停，赵德正险些撞到廊前的柱子。贺显金比了个"二"的手势，赵德正不解其意。贺显金轻笑斜眸："这是赵管事第二次质疑我。事不过三，若有第三次，您就去帮着我父亲打理泾县铺子吧。"

赵德正目瞪口呆：这什么时候了！还有心思清算啊！

赵德正身后的南小瓜伸手使劲扯他衣角，示意他可别说了。赵德正将衣角气急败坏地猛地抽回来："吃一堑长一智，色宣的前车之鉴尚在眼前，你却不管不顾，咱们陈记开在此地不是一锤子买卖，更不是只赚人一次银子！是要人一而再、再而三地做回头客！"

贺显金彻底停下步子，半侧过身，双手抱胸，成竹在胸道："我不出手，自有人出手，赵管事凡事莫急。至少，你应当学着信任你的掌柜。"说罢，便跨步向里走去。

留下赵德正呆立原地，谁？出手？出什么手？谁管你纸行之间的明争暗斗啊！老百姓还巴不得打得越厉害越好，越便宜越好啊！赵德正坐立难安地思考到傍晚。

锁儿舔舔嘴角，话在嘴边，忧愁地看了看思考中的赵德正，很想告诉他，别人思考是思考，你一思考，惹人发笑。

临到傍晚，南小瓜急匆匆地跨过门槛，低声急促道："刚有人把白记的摊子掀了！"

啥？赵德正猛地睁眼，不可置信："谁？谁把白记的摊子掀了？！"

南小瓜露出奇怪又不解其意的神情："龙川溪码头上的甄记盐贩，甄家三郎一进白记的门就直奔那缂丝夹画柜子，双手一抬就把那柜子全给掀翻了，抽了刀狠狠砍了三两下，只说'但凡白记再敢出白泽缂丝夹画，我甄三郎见一次砍一次！'"

赵德正满脑子问号。贺显金见怪不怪地低头平和誊抄账本。

赵德正开口："显……贺掌柜，这是为何？是您指使的吗？"

贺显金半垂眼眸，将笔搭在笔洗上，轻笑一声："我？我指使得动盐商家的公子？"

赵德正发觉自己问了句蠢话，嗫嚅了下，很想再问。

贺显金笑了笑，反问南小瓜："白记的缂丝白泽，索价几何？"

南小瓜调研功夫扎实，张口就道："四两！比其他家的，贵一两！"

贺显金点点头，笑着看向赵德正："甄三郎当初以三十两的高价在'浮白'买下那一刀缂丝白泽夹画宣纸，如若我猜测不错，早已被他老爹送到了知府熊大人的府上。"贺显金顿了顿，给赵德正思考的空间，却见这小老头跟得很吃力，便继续道，"您想想看，甄家送给熊知府的礼，如今满大街都是，且四两银子就能拥有，甄家气不气？"

赵德正眼中闪过一丝睿智的光，虽然只有一瞬。

"甄家干的是码头，码头做事靠的是蛮力和臂膀，说白了，黑的白的都得吃点；白记嘛，小小商贾一户，甄家打他搅乱市场，拉低自家送礼的档次，还需要挑时间吗？"打就打喽，还要挑时辰吗！贺显金隐秘地笑了笑，下颌轻轻抬起，语声平和自然："出现便宜的仿品，最着急的，不是我们。"

赵德正看向贺显金的眼神多了畏惧与敬服，颤颤巍巍、哆哆嗦嗦地开口："最着急的是、是当时花了高价钱，买了我们缂丝宣纸的那群人……"

那群切实付出了金钱和时间的人，不允许他们手里的缂丝宣纸掉价！

贺显金给了赵德正一个孺子可教的目光。这就是很歹毒的奢品理论，购买奢品的人，是不会允许他手中的奢品跌价的。一旦跌价，又如何用奢品来证明他非富即贵的身份？又如何让他和普通买纸的人划开泾渭分明的界限呢？陈记缂丝山海经夹画宣纸一出，有些竞拍到的乡绅，甚至在家中设下了"缂丝宴"，邀邻里友朋前来观赏。一旦放任仿品出世，他们追捧过、喜爱过、切实付出过金钱与时间的陈记缂丝山海经夹画宣纸，失去了正统的地位，又算得了什么？只能算个笑话。

贺显金逼迫着整个宣城府渴望过缂丝夹画宣纸的名流都主动站出来，维护陈记的正统地位。赵德正想通了，贺显金低下头，继续平静地誊抄账册。

生意人不事生产、坐享其成，玩的，不就是人心吗？